U0939390

當代律詩鈔

宗守文清題

毛谷風 選編

鎮江

圖書在版編目(CIP)數據

當代律詩鈔/毛谷風選編. —鎮江：江蘇大學出版社，2016.7
ISBN 978-7-5684-0204-0

Ⅰ. ①當… Ⅱ. ①毛… Ⅲ. ①律詩—詩集—中國—當代 Ⅳ. ①I 227.7

中國版本圖書館 CIP 數據核字(2016)第 175479 號

當代律詩鈔

Dangdai Lüshi Chao

選　　編/毛谷風
責任編輯/董國軍
出版發行/江蘇大學出版社
地　　址/江蘇省鎮江市夢溪園巷 30 號(郵編：212003)
電　　話/0511-84446464(傳真)
網　　址/http://press.ujs.edu.cn
排　　版/鎮江文苑製版印刷有限責任公司
印　　刷/句容市排印廠
經　　銷/江蘇省新華書店
開　　本/890 mm×1 240 mm　1/32
印　　張/17.5
字　　數/360 千字
版　　次/2016 年 8 月第 1 版　2016 年 8 月第 1 次印刷
書　　號/ISBN 978-7-5684-0204-0
定　　價/80.00 元

目録

當代律詩鈔卷一

當代律詩鈔卷二

當代律詩鈔卷三

當代律詩鈔卷四

當代律詩鈔卷五

前言

律詩主要由五律和七律兩種體裁構成，均起源于南北朝，成熟于初唐。南朝齊梁間，沈約、謝朓、范雲、王融等創永明體，倡四聲八病之説，注重聲律之細密，對仗之工整。『若前有浮聲，則後須切響。一簡之内，音韻盡殊；兩句之中，輕重悉異。妙達此旨，始可言文。』沈約《宋書·謝靈運傳論》謝朓《離夜》、范雲《巫山高》、何遜《與胡興安夜别》、徐陵《關山月》、江總《春夜山庭》及北朝庾信《舟中望月》諸作，在音韻、對仗、辭藻上已初具五律形態。至隋與初唐，五律正式定型，涌現出王績、杜審言、蘇味道、李嶠、王楊盧駱『四杰』、陳子昂、沈佺期、宋之問等作家，留下爲數可觀的五律佳篇。盛唐是五律創作的鼎盛期，王孟李杜卓然爲大家，雄視千古。王維之華妙精微，孟浩然之高迴清曠，李白之飄逸豪宕，杜甫之沉雄博麗，各臻其妙，各極其致。有唐三百年間，五律名家輩出，星漢燦爛，名篇佳作異彩紛呈，美奂美輪。其中尤以中唐劉長卿工于五律，有『五言長城』之譽。晚唐李商隱『五律佳者，往往逼杜。』紀昀《瀛奎律髓刊誤》『五律之妙，少陵之後，李義山最爲擅場。』尚鎔《三家詩話》宋代善寫五律的詩人仍然不少，梅堯臣、歐陽修、王安石、蘇軾、黃庭堅、陳師道、吕本中、陳與義、陸游、范成大、楊萬里、南宋『四靈』、林景熙等，各有佳作。

七律產生較晚，北朝庾信《烏夜啼》、隋代楊廣《江都宫樂歌》《江都夏》諸作已具雛形，歷經百餘年間各代詩人的探索、實踐，至初唐沈佺期、宋之問，七律始告定型。沈佺期《古意》一篇高振唐音，開啓了七律創作的新時代。『七言今體昌于初唐，至盛唐而極。王摩詰意象超遠，詞語華妙，堪冠諸家，輔以東川，附以文房，堂堂乎一代宗師矣。至杜公五十六言縱橫變化，直欲涵盖宇宙，包括古今，又非唐代所能限。』高步瀛《唐宋詩舉要》卷五 唐宋以來，七律大家也僅有杜甫、李商隱、蘇軾、陸游、元好問數人，其中首推杜甫，堪稱百代宗匠。沈德潛《唐詩别裁集》卷十三指出：『杜七言律有不可及者四：學之博也，才之大也，氣之盛也，格之變也。五色藻繢，八音和鳴，後人如何仿佛？』又説：『王摩詰七言律風格最高，復饒遠韻，爲唐代正宗。然遇杜《秋興》《諸將》《咏懷古迹》等篇，恐瞠乎其後，以杜能包王，王不能包杜也。』可見王維這位號稱『詩佛』的五律大家，在七律創作上較之『詩聖』杜甫尚遜一籌。杜詩海涵地負，律詩出神入化，歷代大家名家如白居易、李商隱、蘇軾、黃庭堅、陳師道、陳與義、陸游、元好問、劉基、高啓、錢謙益、顧炎武乃至近、現、當代諸多作者，差不多都從杜詩入手。陸游早年師事江西詩派曾幾，後擺脱江西窠臼，自成一家，主要受李、杜兩大家熏染。

當代律詩是唐宋以來律詩創作的繼承與發展。由于衆所周知的原因，從上世紀五十年代初至七十年代末大致三十年間，詩詞（包括律詩）創作跌入低谷，一片沉寂。衹有少數前輩堅持寫作，自娱自樂，僅在小圈子内流傳。廣大青年人不知格律爲何物，詩詞血脉幾乎中斷。『文革』之後，詩詞漸呈復興之兆，整個八十、九十年代，老一輩詩人是詩壇的主力軍。福州劉蘅（一八九五—一九九八），北京蕭勞（一八九六—一九九六）、陳貽焮（一九二四—二〇〇〇），南京林散之（一八九八—一九八九），上海沈軼劉（一八九八—一九九四）、彭鶴濂（一九一四—一九九六）、富壽蓀（一九二三—一九九六），臺北江兆申（一九二五—一九九六）、汪中（一九二六—二〇一〇）等前輩擅長五律。南京唐鼎元（一八九四—一九八八），上海陳聲聰（一八九七—一九八七）、王蘧常（一九〇〇—一九八九）、徐震堮（一九〇一—一九八六）、陳九思（一九〇一—一九九八）、施蟄存（一九〇五—二〇〇三）、蘇淵雷（一九〇八—一九九五），北京聶紺弩（一九〇三—一九八六）、錢鍾書（一九一〇—一九九八）、孔凡章（一九一四—一九九九），四川繆鉞（一九〇四—一九九五），廣東張采庵（一九〇五—一九九一）、劉逸生（一九一七—二〇〇一），山西宋謀瑒（一九二八—二〇〇〇），香港陳荆鴻（一九〇三—一九九三）、傅子餘（一九一四—一九九七），北美周策縱（一九一六—二〇〇七）

等前輩擅長七律。也有的前輩五、七律俱工，如蘇州錢仲聯（一九〇八—二〇〇三）等，不勝枚舉。

上世紀九十年代，已有部分中青年詩人嶄露頭角，律詩創作宗唐祧宋，成績斐然，博得前輩詩人稱賞。《海岳風華集》中就有不少五、七律佳篇。歷史車輪進入新世紀後，老一輩名家陸續凋謝，四〇後、五〇後詩人已成名成家，六〇後詩人也漸臻成熟，有的儼然成爲網路詩壇的盟主。七〇後、八〇後甚至九〇後青年詩人也相繼登臺亮相，『芳林新葉催陳葉，流水前波讓後波』。劉禹錫句因全球已進入互聯網時代，海内外中青年詩人借助網路，傳道授業，閲讀寫作，交流切磋，瞬息萬里，方便快捷。他們最鍾愛的體裁就是律詩，尤其是七律，數量和品質都十分可觀，佳篇迭出。短短十餘年間，一代新人飛速成長，迎來了詩詞創作的新紀元。

本人曾選編當代中青年詩詞精品《海岳天風集》（杭州出版社，二〇一〇年十一月初版），頗獲各方好評，但有不少遺珠。鑒于詩壇呈現的新形勢、新氣象，江蘇大學出版社董國軍副總編邀我再選一部富有特色的新選本。經多次協商，書名定爲《當代律詩鈔》，先後收到三百餘位詩家來稿，入選二百一十三家（其中女性作者四十二家），律詩二千四百〇八首（其中五律八百五十六首）。作者年齡上起七十歲（一九四六年生），下至十九歲（一九九七年生），每家入選二至十八首不等。

作者地域分布甚廣，涵蓋内地二十八個省、市、自治區（西藏、青海、寧夏三地空缺）與香港特別行政區（臺灣、澳門兩地空缺），以及馬來西亞。二百一十餘位作者大多思想活躍，思維敏捷，才情艷發，有相當的學養，對大自然和人類社會有初步的觀察和思考。多數作品有一定的功力，格律上能駕輕就熟，『帶着鐐銬跳舞』。聞一多語每個年齡段都有才華横溢的優秀作者和韻律鏗鏘的動人篇章。數月來審稿極爲辛苦，一言難盡，但收穫也頗豐：一是欣喜地看到數千年中華文化包括格律詩詞血脉未斷，薪火傳承，經得起一切外力的打擊和摧殘。二是驚奇地發現，不少杰特詩才來自江湖草野，民間底層，中等學歷，而所作律詩無論才情、功力、學養都令人嘆賞不已！三是某些作者的文化修養和創作水準實已超越部分前輩，青出于藍而勝于藍。這既要歸功于個人的聰明勤奮，也與網路平臺提供的便利以及相對寬鬆的社會環境有關。

當代中青年律詩創作成績可喜，同時也存在一些不足之處，略舉數端：個别作者醉心于酬唱贈答，次韻奉和不休；讀得少，寫得多，辭彙貧乏；題材狹窄，思路閉塞；小花小草，小狗小猫，小資情調，兒女情多，風雲氣少；對社會人生缺乏深入的觀察和深度的思考；對蒼生大衆、弱勢群體缺少應有的關愛和悲憫的情懷……相信隨着時間的推移、閱歷的增長，感悟的深化，藝術修養的提高，律詩創作必將結出更加豐碩的果實。

有關律詩創作要領、同光體、襟抱學識及繼承、改革、創新、用韻等問題，我想借此機會略抒己見，以期引起海内外詩人的關注。

一、律詩創作要領

首先要分清五、七律不同的藝術風格。五律講求字句之烹煉，意境之悠遠，風格以清麗、淡遠、閑逸、疏朗爲貴。王維、孟浩然的五律最能代表這種風格，李白之飄逸，杜甫之沉雄，都是今人效法的榜樣。七律以雄渾、剛健、亢爽、瀏亮爲上，杜甫的七律沉鬱頓挫，冠絶古今，不可不讀。七律創作難于五律，學律詩應先五律後七律，由易到難，循序漸進。當今少數人專攻七律，如功力不足，往往拖沓鬆散，湊韻而成，不如回頭從五律學起。但個别才力出衆者例外。用韻則可選寬韻，不必求窄求險。中二聯對仗要力求工穩妥帖，劉勰《文心雕龍》主張『反對爲優，正對爲劣』，今人也有主張『寬對爲優，工對爲劣』，都是經驗之談。律詩最好一題一咏，全力以赴寫好它。一題多咏或轆轤體之類，浪費才情，難出佳作，不寫少寫爲妙。

律詩創作要注重章法，要熟練掌握最基本的起承轉合法。首聯起：點明題旨，交代時地，定下全篇基調；頷聯承：或寫景或叙事，補充首聯的内容；頸聯轉：筆鋒一轉，别開生面，或由寫景轉入抒情、議論，或由此時此地此事轉向彼時彼地彼事，内涵與前兩聯有密切關係，而轉折的意味較重，此聯寫得好壞决定全篇的成敗；尾聯合：照應開頭，總攬全詩，有畫龍點睛之妙。但創作中要靈活變通，不可墨守成規，作繭自縛。如今有一些人寫律詩語無倫次，章法紊亂，勉强凑成八句，格律雖無大錯，讀後却不知所云，如墮雲里霧中，建議從頭學起。古人還十分講究句法、字法，因限于篇幅，不再陳述。

頸聯（五六句）在律詩中處于關鍵位置，務須刻意經營。沈德潛《唐詩别裁集》卷十二贊揚温庭筠《商山早行》頷聯『鷄聲茅店月，人迹板橋霜』爲『早行名句，盡此一聯』，轉而又批評『槲葉落山路，枳花明驛墻』兩句：『中晚律詩，每于頸聯振不起，往往索然興盡』。同卷又于贊許周樸《董嶺水》頷聯『服其用筆之老』後，即批評此詩『五六少力』。律詩頸聯如振拔高舉，則全詩氣勢充沛；如卑弱疲軟，則一蹶不振。可見頸聯關乎全局，不可掉以輕心！

二、當代詩壇不宜提倡同光體

同光體是晚清同治（一八六二—一八七四）、光緒（一八七五—一九〇八）年間形成的一個詩歌流派，因地域、取向有異，故又分爲贛、閩、浙三派，分别以陳三立、陳衍、沈曾植爲代表。同光詩人是一批『不專宗盛唐者』陳衍《石遺室詩話》，奉江西詩派爲圭臬，主張『無一字無來處』『詩詞高勝，要從學問中來』。《苕溪漁隱叢話前集》創作上喜搜羅僻字，搬弄典故，鑱刻雕鏤，詰屈聱牙，以文字爲詩，以學問爲詩，以議論爲詩，走江西詩派老路。光緒三十一年（一九〇五年），清政府宣布廢科舉，行新學，至今已一百多年，同光時代早已消逝在歷史的烟塵裹。如今，却有人鼓吹學同光體，鑽故紙堆，脱離現實社會，躲進象牙之塔，寫一些讓人看不懂的東西，以艱深文其淺陋，顯示其『博學』。詩人要提高創作水準，的確要多讀書，破萬卷，但在創作時又要避免掉書袋、獺祭魚。王國維《人間詞話》强調『不隔』，即不用典，明白如話。陳寅恪學問那麽大，詩却效元白體。錢鍾書《宋詩選注·序》也形象地批評過『認準了一家去打劫』的西崑體和『挨門排户大大小小人家都去光顧』的江西派。江西詩派尊杜甫爲鼻祖，同光詩人推崇江西詩派，有『一祖三宗』之説，當代又有人亦步亦趨學同光體，這不是捨本逐末嗎？建議當今以摹擬同光體爲榮的詩人拜杜甫爲師，取法乎上，僅得其中。所以，我認爲同光體在當代詩壇不值得提倡。

三、襟抱學識決定律詩的藝術高度和創作成就

古往今來，涌現過多少杰出的詩人，他們才華横溢，學養豐厚，功力精深，却

成不了一流詩人。這是什麽緣故呢？清中葉詩壇領袖沈德潛在《説詩晬語》中已作出解答：『有第一等襟抱，第一等學識，斯有第一等真詩。』可見宏偉的抱負、遠大的志向、淵博的學問和非凡的器識，加上時代社會等因素，是造就偉大詩人的先决條件。今舉杜甫、陸游各一首律詩爲例。杜甫五律《登岳陽樓》：『昔聞洞庭水，今上岳陽樓。吴楚東南坼，乾坤日夜浮。親朋無一字，老病有孤舟。戎馬關山北，憑軒涕泗流。』此詩寫于唐代宗大曆三年（七六八年）十二月。首聯點明題旨，頷聯極寫洞庭湖波濤浩渺，氣吞吴楚，包孕乾坤，境界開闊。頸聯一轉，寫親朋音訊斷絶，詩人飄泊江湖，孤苦落寞。但作爲一個胸懷稷契之志、以天下蒼生爲念的大詩人，絶不會僅僅停留在個人的榮枯得失上，因此尾聯自然而然地想到戰亂未息，國事不寧，百姓仍遭受苦難，詩人憑欄凝思，禁不住涕泪横流。杜甫在同一時期還寫下『濟時敢愛死？寂寞壯心驚』《歲暮》、『不眠憂戰伐，無力正乾坤』《宿江邊閣》、『落日心猶壯，秋風病欲蘇』《江漢》、『北極朝廷終不改，西山寇盗莫相侵』《登樓》、『野哭千家聞戰伐，夷歌數處起漁樵』《閣夜》等詩句。杜公以飄零潦倒之身懷經世濟民之願，第一等襟抱學識加上安史之亂引起的時代動蕩等因素，造就了中國詩史上最偉大的現實主義詩人。

再舉陸游七律《書憤》爲例：『早歲那知世事艱，中原北望氣如山。樓船夜雪瓜洲渡，鐵馬秋風大散關。塞上長城空自許，鏡中衰鬢已先斑。出師一表真名世，千載誰堪伯仲間？』此詩寫于宋孝宗淳熙十三年（一一八六年）春，時作者年過花甲，在老家山陰。詩人從青年時代就立志收復中原失地，中年入蜀從軍，手執干戈保衛祖國，意氣風發，慨然以『塞上長城』自許。可惜事與願違，朝廷以偏安爲國策，使天下英雄、愛國志士空有一腔熱血而報國無門，如今兩鬢斑白，仍未等到北伐的消息，怎不教人失望呢？尾聯極贊諸葛亮的前後《出師表》，表達了對南宋小朝廷苟且偷安、不圖恢復的强烈不滿。『望駕遺民老，忘兵志士憂』《縱筆》，『位卑未敢忘憂國，事定猶須待闔棺』《病起書懷》、『諸公尚守和親策，志士虚捐少壯年』《感憤》、『隆中高卧人千載，易水悲歌淚數行』《讀史有感》、『壯心未與年俱老，死去猶能作鬼雄』《書憤》……或直抒胸臆，或讀史感懷，語語流露詩人的愛國深情和豪邁氣概。

杜甫、陸游兩位不同時代的大詩人，如果衹關心個人的富貴榮華，升沉進退，胸無大志，吟風弄月，沉湎于聲色犬馬，試問能寫出傳誦千秋的律詩名篇，創作出光耀百代的藝術精品嗎？詩人的襟抱、學識，是决定律詩（也包括其他體裁）的藝術高度和創作成就的關鍵因素。

四、繼承傳統，關注現實，簡論繼承、改革、創新、用韻等問題

中華傳統詩詞從《詩經》《楚辭》發展至今，歷數千年之久，留下了不可勝計的優美詩篇，創造了彪炳後世的藝術輝煌。災荒戰亂，改朝換代，新文化運動的衝擊，强勢人物的壓抑打擊，都未能中斷其綿綿血脉。它猶如原上草，生生不息，『野火燒不盡，春風吹又生』。上世紀中、後葉近三十年間，詩詞被打入冷宫，『文革』之後，各地就紛紛成立詩社，詩詞創作開始復興。此時理應自上而下地引領詩人繼承傳統，發揚光大。遺憾的是一些不懂詩的『詩官』，不談繼承，却鼓吹什麼『改革』呀、『創新』呀，誤導詩詞創作數十年。他們也不懂怎麼改革、怎麼創新，動輒拿韻書開刀，瞎折騰，瞎胡鬧，弄出個中華新韻還嫌不够，又提倡用普通話押韻。由于普通話中没有入聲，像『吉』『白』『别』『絶』『結』『閣』『博』等入聲字摇身一變成了平聲字，甚至充當韻脚，與其他的平聲字一起通押。這一來就整個兒亂了套，格律詩成了非驢非馬的怪物。這是『文革』後詩壇的又一场浩劫！

努力維護、繼承和弘揚中華民族幾千年的文明成果和優良傳統，提高詩詞創作的藝術品質，是當務之急。從大歷史角度看，中國文學發展史上并非每個朝代都有人搞改革、創新，唐代陳子昂對詩風的革新，韓愈、柳宗元的古文運動，北宋王禹偁、柳開、穆脩的詩文復古運動，歐陽修、梅堯臣的詩文革新，晚清梁啓超發

起的詩界革命，主要就這麼幾次。一九一九年『五四』運動至上世紀七十年代，詩詞傳統横遭摧殘，元氣大傷，八十年代初詩詞有復興之兆，至今不過三十餘年，尚處在恢復元氣階段。此時大肆鼓吹『改革』『創新』，是極『左』思潮遺毒未肅清的表現。人類社會的進步離不開對幾千年文明成果的繼承，詩詞創作也是如此，没有繼承、借鑒就談不上詩詞創作藝術品質的提高。改革、創新不是每一個時代每一位詩人的責任和義務，而繼承傳統却是每一個時代每一位詩人必修的功課。

詩詞（包括律詩）創作繼承傳統是第一位的，是前提。但今人也不可一味泥古，沉浸在古人的生活氛圍裏或思古之幽情中。時代的確變了，在繼承的前提下做一些探索、創新是完全必要的。『若無新變，不能代雄。』蕭子顯《南齊書·文學傳論》我認爲當代詩人不但要關注時代現實、社會人生，還應關注大自然和大宇宙。傳統格律、賦比興手法可以基本保持不變，而創作題材、語言辭彙、構思立意和表現手法等方面不妨求變求新。至于用韻，本人主張仍沿用平水韻或詞林正韻。平仄、音韻、對仗是構成詩詞格律的三大要素，尤其是音韻，當代詩人没有權力也没有必要一夜之間將它拋弃。選韻是靈活的，此韻押不下去可以换個韻。三江韻很窄很險，没有幾個可供選用的字，但古今仍有人用它，而且很成功。一首律詩的藝術品質，歸根結底是由作者的襟抱、才情、功力、學識決定的，不是由韻書決定的。當然，爲了避免以韻害意，個别情况偶爾出韻也是可以通融的。《當代律詩鈔》中每一首入選律詩都要求遵守平水韻，除首句外，其他各韻脚都不許出韻，就是爲了防止有人混入雜韻，然後得寸進尺，用普通話押韻，過不多久，律詩就成了『四不像』。把好用韻這道關，等于守住了底綫。

本書承成都著名詩書畫家黄宗壤先生、南京著名詩書畫家樂泉先生及鎮江詩人、書法家于文清先生分别爲本書題簽，浙西著名詩書畫家、篆刻家盧前先生爲書名治印，又承如可（上海）文化傳播有限公司劉仁梅總經理協助部分稿件打印、掃描，謹致以衷心的感謝！

毛谷風　二〇一六年三月于上海

當代律詩鈔卷一

何文匯

一九四六年五月二十三日生于香港，祖籍廣東南海。一九六九年獲香港大學文學學士學位，一九七二年獲香港大學哲學碩士學位，一九七五年獲英國倫敦大學哲學博士學位。一九七四年自英國往美國威斯康星大學任教職，一九七六年回香港從事電視行政工作，一九七九年加入香港中文大學中國語言及文學系，一九九六年任香港中文大學教務長，二〇〇四年任香港中文大學—東華三院社區書院校長，二〇〇七年退休，任香港中文大學中國語言及文學系名譽教授。現居香港。學術研究範圍包括《周易》、詩詞及粵音，著有《周易知行》《詩詞四論》《粵讀》《廣粵讀》等專著十餘種。

讀易 一九六九年

闔闢爻通變，吉凶人自占。應知天水訟，寧及地山謙。素履行无咎，黄裳事必嚴。當逢時勿用，陽下作龍潛。

赴北京大學復旦大學招生畢歸柬髯翁用其送吾北游之韻 二〇〇〇年

傳學求才俊，初秋遂北游。髯翁壯行色，詩力抵奔流。暴雨侵黄浦，層烟壓帝州。

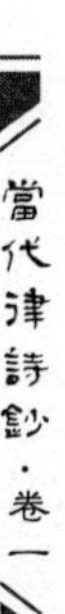

歸來思舊約，南島錯觥籌。

汝栢學長偕諸生過還見寄用其韻 二〇〇〇年

清旦故人至，睽違春已秋。身强非老馬，心遠托輕鷗。師保千年業，文章百尺樓。巍巍湛夫子，追憶涕難收〔一〕。

〔一〕陳湛銓老師乃汝栢之叔父，于一九八六年仙游。

題百鯉嬉清波圖 一九九三年

百鱗騰擲起風雷，曾往龍門點額回〔一〕。未許天中司潤物，惟遵時晦養文才〔二〕。身藏幽壑夢魂好，心逐清波日夜開。陶令生涯殊不惡，榮名且莫急相催。

〔一〕《水經注·河水》：『三月則上渡龍門，得渡爲龍矣。否則點額而還。』白居易《醉别程秀才》：『五度龍門點額回，却緣多藝復多才。』

〔二〕《楚辭·九歌·河伯》：『乘白黿兮逐文魚。』王逸《楚辭章句》：『言河伯游戲，遠出乘龍，近出乘黿，又從鯉魚也。』以鯉魚身有文采，故云。

髯翁病中賦詞見惠作詩酬之并呈乃文宗兄 一九九五年

失序寒喧易中人，悔貪佳景陷芳春。安心是藥能强體，伏枕無何合養神。閑夢且隨香茗舊，幽情又織慢詞新。明朝相約旗亭去，洗我胸懷萬斛塵〔一〕。

〔一〕朱熹《和張彦輔初到南康之句》：『十年不共賦陽春，正有胸中萬斛塵。』

乙亥清明後二日髯翁邀共乃文宗兄蘭苑酒家午敘用前韻 一九九五年

未空蘭苑老行人〔一〕，飛雨淒寒報晚春。已爲清明吊山鬼，直須唐宋覓風神。交頭分茗情依舊，抵掌論詩意轉新。歡極愁生成坐起，別來心事細于塵。

〔一〕秦觀《望海潮》：『蘭苑未空，行人漸老，重來是事堪嗟。』

小恙次髯翁尖字韻 一九九五年

懶意纏心壓筆尖，畫堂無語病懨懨。魂浮海市頻依枕，身在山樓廢捲簾。回首光陰駒過隙，賺人喜懼鳥鳴檐。勞生已分成膏火，空羨南榕弄美髯。

樓頭次髯翁叉字韻 一九九五年

獨立樓頭樹影斜，歸巢百鳥足喧嘩。下臨廣宇千尋海，北望群山幾縷霞。人我輸贏空自剥，乾坤消息信無差。閑情又動哦詩興，益覺花間有八叉。

初秋有懷乃文宗兄用其韻并呈髯翁 一九九五年

不見高人一月餘，鳳城無雁可傳書〔一〕。景風今日吹新市，別業當年袛舊墟。命有窮通曾妄革〔二〕，民經喪亂得安居。秋來頗好思興廢，况是窗前夜雨初〔三〕。

〔一〕鳳城，今廣東省佛山市順德區大良堡別稱，因鳳山而得名。

〔二〕劉峻《辨命論》：『余謂士之窮通，無非命也。』一九六六至一九七六年，國内有『文革』之殃。
〔三〕蘇軾《和劉道原咏史》：『獨掩陳編吊興廢，窗前山雨夜浪浪。』

次韻集將付梓人用玄武湖韻寄呈乃文肇平二兄 一九九五年

不與西昆鬥麗都，良才何必隱江湖。撫弦正待風傳響，下筆非唯字作圖。豈爲浮名誇博大，肯令國故墮空無。新詩改定長吟罷，更覺今吾勝昨吾。

肇平兄近惠庚辰元宵寄懷何文匯七律繼則招飲萬豪殿相見甚歡次韻酬之 二〇〇〇年

已過元宵風似刀，萬豪殿上謁文豪。我成江監空尋郭，君是陳王不姓曹。流水韶光忙裏去，同心佳興晚來高。遥追往日清狂甚，酬唱篇章接楚騷。

髯翁秋日寄贈五古十韻痛斥謗者感而報之并柬加國鄧偉賢兄 二〇〇〇年

百字秋吟動鬼神，苦甜都在敢求真。不容然後見君子，兼善還須恕小人。已爲謗言添自省，更從義氣感相親。關心聲韻非孤獨，海内天涯確有鄰。

余于一九七一年游學英國倫敦今春重回三十年矣 二〇〇一年

皇都曾作上庠游，今日春還鬢已秋〔一〕。文物裁成天寶地，市街喧動月華樓。呼朋互笑朱顏改，述志空嗟素願休。三十年前渾似夢，悲歡仍自繞心頭。

〔一〕劉希夷《故園置酒》：『酒熟人須飲，春還鬢已秋。』彼言春回，此言人回。

一九九八年北京大學百年志慶余代香港中文大學撰聯壽之嵌北京大學四字云北斗耀京華一志新民真事業上庠容道大百年强學有文章因以爲詩 二〇〇一年

前清遺味付蒼茫，北斗京華日月長。一志新民真事業，百年强學有文章。險因龍戰成衰敗，好趁鷄鳴復典常。欲正乾坤須立德，虐師批孔國之殃。

冬至家居 二〇一一年

山樓靜愛一陽生，又覺層陰壓海城。剥復有時知小隱，行藏无咎即元亨〔一〕。勞神爲有思玄癖，倦耳偏貪向曉聲。節氣感人宜不寐，移燈開卷待天明。

〔一〕王康琚《反招隱詩》：『小隱隱陵藪，大隱隱朝市。』白居易《中隱》：『大隱住朝市，小隱住丘樊。不如作中隱，隨月有俸錢。』

報鄺健行教授用梁巨鴻先生韻 二〇一四年

羡君老手制頹波，雲外傳音感若何。覓句自知新意少，起予惟有故情多。詩言比興斯爲美，律見精深不厭苛。還憶上庠同事日，論文把酒倍親和。

向喜英

筆名携鷹、向天游、無欲齋詩奴，别署榮州遷士、榮州遷客。一九四六年十二月出生于四川榮縣，祖籍湖南武岡，現居重慶南岸區。一九六九年畢業于四川大學中文系漢語言文學專業。中學語文特級教師。中專語文高級講師。曾先後兼任重慶市南川師範學校、重慶市南川教師進修學校、重慶廣播電視大學南川分校副校長。詩詞創作師承四川大學古漢語專家經本植先生，主張繼承傳統，反映現實，關注民生，抒寫真情。著有《無欲齋文存》《無欲齋文存續編》《歌呼集》《無欲齋吟稿》《無欲齋歌嘯自選集》等。

巴山憶别 一九九八年

憶别丁寧意，巴山夜雨時。纏綿縫舊縷，繾綣續新詩。榮辱心同結，悲歡手共持。歸來小窗下，剪燭話相思。

垂綸 二〇〇七年

垂綸殊雅事，亂緒一竿揮。意遠追風澹，情幽喜浪微。興高魚躍驟，心静鳥鳴稀。敢問磻溪客：何如我忘機？

壬辰秋日喜林弟訪渝 二〇一二年

歲月風塵惡，相看兩鬢霜。歡情猶在目，恨事總回腸。白酒澆懷熱，清茶漱齒香。夜眠重抵足，蝶夢逐鷹揚。

黔江小南海記趣 一九九七年

一泊龍泓瀲灧寒，天章雲錦織霞丹。峽裁碧玉夾明鏡，水繞青羅擁翠巒。細浪瀠洄塵俗遠，扁舟欸乃寸心寬。金鈎不逐沉鱗躍，釣得清風三兩竿。

秋風吟 三十首選三 二〇〇一年

玉篁生涼怯晚風，孤燈殘簡聽秋蟲。囂塵未息詩難覓，鬱氣難舒句未工。滿腹騷愁供剡紙，一腔心事付郫筒。問天不語歌喉噎，綺閣絲簧刺耳聾。

白雲生處敞蓬門，幽客相邀黃葉村。亂樹高嵎歸鷗鷺，疏籬淺壑返鷄豚。松風拂案茶猶暖，月色窺盤酒不温。冷落詩囊甘野蔌，醉中夢囈問晨昏。

欲賦丹楓覓絶巔，朋從屐杖印苔錢。崖間香裊千叢菊，嶺上泉飛百尺烟。靉靆雲閑留過雁，飄飖葉落逐翔鳶。詩心未老奚囊滿，醉卧秋暉枕石眠。

記夢 二〇〇二年

有所思兮心緒紛，夜來何幸睹温文。眼横脉脉秋江水，眉鎖春山黯黯雲[一]。哽哽欲言聲戚戚，潸潸無奈意殷殷。澆愁遣恨空釃酒，斫斷情絲乏斧斤。

〔一〕頷聯爲錯綜對。

魚韻一律自壽遣懷 二〇〇三年

過隙駒光忽杳如，劫餘嗟幸免其魚。偏憐草野甘藜藿，謹守芸齋讀簡書。高閣無階供醉卧，甓堂一宅樂幽居。杜陵李白長相伴，後學群兒羨煞予。

荆室又添新疾令我詩心頓挫賦此爲記 二〇〇三年

家有病妻心戚然，遑遑度日竟如年。歡容已少愁容掬，好夢稀逢惡夢煎。藥氣氤氳籠苦澀，茶烟霎靆慰纏綿。不寧思緒詩情杳，冷落案頭魚子箋。

無題二首 二〇〇四年

猶記雙溪横北郭，無猜笑語戲潺湲。幾回相約依長路，一别遥望恨遠山。行趾蜂趨朱錦貴，居甘蟄卧白雲閑。可憐醉墨鴻鱗杳，大夢醒來兩鬢斑。

惜别東皋吐肺言，難堪陌路沸塵喧。蜀江水碧沉雙鯉，巴嶺峰青隔斷猿。長夜鵑啼悲夜月，三春蝶舞戀春幡。書生有氣吞湖海，欲寄情心總觸藩。

春日郊游拾趣二首 二〇一〇年

恍入柴桑五柳家，輕風拂面遠浮華。欲尋療疾三年艾，難捨怡人二月花。詩思潺湲奔活水，心潮起伏漾流霞。閑情早逐嵐烟上，一掬清泉勝釃茶。

仙人驛路野人家，裊裊層嵐捧月華。薄暮欲遮高嶺樹，濃情却戀滿山花。睨他清趣千叢碧，撩我詩心萬縷霞。最是新篇能醉客，懶斟粗釀漫烹茶。

秋齋 二〇一三年

兀坐秋齋引恨長，悄然披卷閱滄桑。人乾美酒千盅緑，我伴寒燈一豆黄。零雨敲窗尋月色，稠雲蓋頂盼天光。載舟與否皆因水，空自沉吟憶盛唐。

中秋將至盼月 二〇一三年

欲向天游老愈狂，詩書佐酒擷秋芳。一心醉賞當頭月，豈料空餘兩鬢霜。夢裏蟾輝如雪白，杯中蛇影賽冰凉。恨無鐵彗驅霾净，返日揮戈盼魯陽。

春到南山 二〇一四年

款款清風拂面柔，騷人偏愛茂林幽。鶯聲嘹嚦時盈耳，花影扶疏屢碰頭。絶巘叢生長短柏，大江争發往來舟。欲尋迥句謳春意，却訝新苗護敗蕕。

春游南山 二〇一五年

層林薈蔚翳山家，薄靄輕雲托日華。游客争趨先熟果，詩人獨惜晚萌花。蜿蜒溝壑重重緑，迤邐岡陵片片霞。又步芳郊紓鬱氣，滌懷絶勝玉杯茶。

張希田

網名白樵蘇，一九四六年十二月生，山西省忻州市人。北京煤炭管理幹部學院畢業，高級政工師。中鎮詩社秘書長。曾爲山西軒崗礦務局工人，歷任局辦公室秘書、黨委組織部部長，焦家寨礦黨委書記，軒崗礦務局副局長等職。著有《百帙樓吟稿》《旅痕雜咏》及《昆仲詩詞集》（與張聞田合著）。

登桂林獨秀峰

相望兩江前，孤峰獨秀妍。登階拜玄武，俯首憶當年。落拓徐霞客，巍峨孫逸仙。人間今已换，民衆大于天。

觀新編晋劇傅山進京

易姓江山數兩朝，并州野老尚岧嶢。銀絲可斷相思病，金詔難彎志士腰。不仗威權礙璞碎，終憑暖意促冰消。傅山風骨康熙德，長與兒孫説坐標。

參觀徐向前元帥紀念館

戎馬生涯展帥才，聲威竟自布衣來。投身軍旅江山幸，轉戰西南局面開。歧路功高曾救主，良弓弦冷總銜哀。情牽桑梓歸魂晚，又惹追思上五臺。

盛夏回鄉探望老母適逢大雨連宵寄慨

窗前密雨又潺潺，惹我心煩膽亦寒。老屋衰頹愁尚漏，危墻坍塌補尤難。曾聽四柱功名相，慚愧三餐苜蓿盤。温飽餘生空事孝，九州誰信有窮官。

聞校友姜光杰因巨額受賄被判刑

回溯流光三十年，京門負笈正翩翩。聰明博得恩師薦，奮勉迎來境遇遷。步步青雲招艷羡，重重利禄惹垂涎。人生最忌無知足，莫嘆衰顔帶梏眠。

中鎮詩社成立十二周年依韻致斗全兄

落魄難忘壬午年，霍山幸與結詩緣。每逢雅集陶情遠，時有瓊章仗指傳。歲月匆匆十二載，風騷累累各千篇。驚聞某獎荒唐甚，更感沉沉任在肩。

反腐興慨

大憝欺天喜見擒，微官巨腐亦驚心。朝聞聚斂三千石，暮曝侵吞十億金。無度貪贜成共識，有權循吏已希音。唯期早易抽薪策，一掃蒼生怨恨深。

周鳳保 一九四六年生，安徽宿松人。中醫師。

冬柳 三首選二

底事經冬不着棉，渾身解脱寂于禪。舞腰更比秋時瘦，媚眼全消夏日妍。謝傅庭中空咏雪，陶公宅畔衹殘烟。遥知水驛江村路，冷雨凄風又一年。
弱質偏生近水涯，望秋摇落况冬耶。因風無復長條舞，映月空餘老幹斜。曲水章臺誰繫馬，斜陽古道自啼鴉。回思裊娜逢迎日，已覺匆匆度歲華。

花酒吟

戒爾休貪酒與花，才貪花酒便忘家。衹因花酒花心動，自是花迷酒性邪。酒後看花情不厭，花前酌酒興無涯。酒殘花謝囊金盡，花不留人酒不賒。

秋柳用王漁洋韻 四首選二

瑟瑟秋風暗斷魂，尚疑飛絮舞閑門。愁隨去雁雲千里，影伴栖鴉月一痕。舊曲忍翻新樂稿，清吟猶憶古山村。風流頓盡人何處，恨滿江關孰共論。
疏枝淡淡半含烟，照影清溪却自憐。斷雁飛時雲漠漠，殘蟬咽處雨綿綿。大堤曾過逢三月，舊地重游已十年。我亦蕭疏雙鬢老，含情無語立橋邊。

七十抒懷 九首選七

嘯傲人生七十春，飽嘗世味歷艱辛。中途輟學貧爲累，又遇焚書道不純。漏短終難成冷夢，思多無計送窮神。鶉衣藜藿延生命，幸保當時劫後身。
爲救蒼生改學醫，青囊奥秘苦探之。針憑心得沉疴起，藥借春風百病離。筆陣縱横非盡擅，杏林有願得相宜。老來應可安閑度，風月無邊自主持。

誤我青春貧病羈，遲婚五十抱嬌兒。晚芳吐艷無宜早，老蚌生珠那惜遲。佳境漸深思舊日，好懷正可賦新詩。如梭日月流光邁，子女都將大學時。

貧窮自在度生涯，亦算人間幸福家。伴有嬌妻司捧硯，行逢舊雨話停車。且欣身健能謀米，更得園寬好種瓜。内顧無憂堪慰藉，廿年再過錦添花。

茫茫塵世有沉浮，閲歷滄桑秋復秋。事讓三分皆共樂，心仁一點自無憂。夢中猶自尋蕉鹿，形外憑人笑木頭。駐景何須丹九轉，性情淡泊似閑鷗。

書卷隨時掛角牛，精神矍鑠守丹丘。心田有種春如海，鶴髮何妨雪滿頭。大塊文章供我讀，一生福慧在人修。參禪訪佛無須事，淡飯粗衣歲月悠。

息隱溪橋樂養生，案頭詩酒好怡情。夜來擗户呑明月，晨起開軒賞翠莖。種竹栽梅香門雪，持竿拂柳浪聞鶯。眼前兩袖清風在，老尚多情或壽徵。

王品科

一九四七年一月七日生，江西九江人。大專文化。一九六九年二月參加工作，執教十二個寒暑。一九八一年十一月至今從事群衆文化工作。廬山區文學協會和廬山區詩詞聯學會主席，《濂溪》主編。

中秋懷友人奉和孫公自誠吟長原玉 二〇一一年

露重西風起，甘棠浸月圓[一]。孤舟下湓浦[二]，雙劍印瑶天[三]。橋斷人何處？花開今更妍。舉杯問明月，何日聚群賢？

〔一〕甘棠：湖名，在江西九江市。

〔二〕湓浦：河名，在江西九江市。

〔三〕雙劍：山峰名，即廬山雙劍峰。

夜游五柳湖 二〇一二年

月上柳梢頭，湖中一璧浮。長廊回九曲，霓彩接瀛洲。渚岸蛙時唱，天街客久留。陶公和茂叔，何日結雲游。

訪汪胡風景區 二〇一四年

萬山烟靄朦，棧道入蒼穹。雷響傳幽壑，泉飛掛碧空。鳥啼深樹脆，雨洗野桃紅。南瀑在何處？蓬萊一望中。

杜宣故里行 二〇一四年

坐石立丘頭，書聲嶺上留。杜公宿居在，先哲未歸游。祖墓卧荆棘，殘荷對晚秋。百年風雨後，一壟繫濃愁。

辛卯重陽偕孫女玼芸訪蓮花洞 二〇一一年

數朝陰翳轉新晴，策杖南山漫步行。石罅清泉流汩汩，寒蛩幽谷泣聲聲。杏林葉落蕭蕭下，桂子花開陣陣清。留得芳踪聽秋雨，萬家父子仰高名[一]。

〔一〕明朝著名詩人萬衣、萬嗣達父子世住廬山蓮花洞。

咏梅 二〇一二年

深谷懸崖獨一枝，暗香浮動月明時。冰封百丈寒流激，骨傲三冬暖氣馳。暴雪幾番何所懼，冰肌滿地韻猶持。笑迎百卉妖嬈日，萬里江山萬里詩。

與江右詩社吟友晋謁汨羅屈子祠 二〇一二年

玉笥山頭杜宇鳴，三更啼血恨難平。離騷一卷刳心泪，天問千秋動地聲。汨水懷沙沉義憤，何人秉筆雪冤情？二千年後濤依舊，江上風清日月明。

故鄉行 二〇一三年

陰雨連綿久未晴，時聞布穀嶺頭鳴。西疇起伏荒榛漫，南畝膏腴野草生。少壯打工城内去，媪翁帶病壟中耕。桃源故地原多夢，柳暗何時花又明。

賴竹林

字仲賢，一九四七年一月生，江西尋烏人。大專畢業，中學語文教師，詩教專職教師。編有《中學詩詞讀寫》，著有《碧雲軒吟稿》。

甲戌暮春拜謁胡守仁教授于南昌蒙其招宴郇厨飽飫勉我詩學受益匪淺賦此以謝并乞吟正

今日何方去？洪州拜俊豪。傾心滕閣久，極目楚雲高。學海驚鳴鳳，詞林譽釣鼇。壽人堪壽世，飫德勝芳醪。

拙句勞青眼，仁懷孰與同？祉猷欣日永，杖履喜春融。雅誨情何摯，高吟興不窮。門墻增仰止，別去惜匆匆。

晦窗兄以新編海岳風華集下惠拜讀之餘彌深感佩賦此以謝兼呈谷風先生

海岳鍾靈秀，風華美絕倫。一編誠足式，百讀愈堪珍。雅愛如君少，疏愚愧我貧。前鋒知勁旅，敢不踵清塵？

寄懷谷風邦建盛元迎建諸友

相逢時恨晚，別久屢思君。夢裏依稀見，吟邊跌宕聞。友情盟鷺鶴，才氣羨機雲。再會知何處，江天日又曛。

讀天明近作多首謹依寄人韻勉和

雅致誠堪羨，楓林葉乍丹。天邊霽寒雨，山曲隱幽蘭。翰墨君真健，桑榆我太難。

虔城秋正好，極目幾憑欄。

辛卯深冬偶占

歷劫心尤壯，匆匆歲欲闌。潔身非浪許，珠泪豈輕彈。惜此三生幸，培吾九畹蘭。誰言心力瘁，新緑竹千竿。

感事雜咏

旗鼓堂堂雜管弦，滿城高調入雲巔。民間疾苦誰堪問，宦海風潮未許宣。日食尚無三合米，工分能值幾文錢？明知歲歲收成減，却道豐盈大有年。

山居漫興

鳳尾森森緑萬枝，風流瀟灑畫中詩。穠華最愛新晴圃，淡墨尤宜細雨時。秋水春山堪夢憶，松濤梅影足神馳。機緣若許迎鷗鷺，話舊聯吟酒一卮。

贛南諸詩友新春雅集分韻得昏字

寒威未斂謁梅村，熏沐歸來日已昏。登覽湖山曾繫夢，唱酬詩酒足消魂。家園慘淡萌新緑，劫火依稀認舊痕。霜月危欄凝佇久，百年歌哭與誰論？

甲午季冬寄酬南昌廖宇陽先生

登臨何處可消憂，萬里歸來憶舊游。患難餘生多感慨，嚴寒垂柳尚輕柔。見佳人物常欣羡，遇好溪山欲逗留。伫立天南時悵惘，聯吟尤喜晚晴樓。

王喜田

字育之，網名瀚海一鶴、凌川一葉，一九四七年一月三十日生于吉林白城鎮賚縣。祖籍山東蓬萊，現居遼寧錦州。大專學歷，中教高級退休教師。錦州市詩詞學會會員，錦州市老年書畫協會會員，東方詩書畫論壇錦州詩詞論壇常務版主，香港詩詞論壇中華玉律副首版。

寂懷

十載他鄉客，飄萍一葉舟。杯孤斟月醉，夜寂琢詩嘔。丹鶴邀爲友，閑雲樂作儔。甘霖蘇朽木，新蕾著枝頭。

合歡花

葉似含羞草，花如羽扇妍。絨絨張彩翼，鬱鬱馥心田。暮潤瑶池露，朝輝伊甸天。春芳誰可比，恩愛秀嬋娟。

鴻雁

風雨相依伴，晨昏比翼姣。傳書留美譽，育子築香巢。春戲洮河水，秋游衡岳茅。往來形影逐，生死一丘包。

雲霞

雲霞舒繡錦，倩影入心潭。萬里温馨遞，三秋愜意含。空橫携彩翼，野望化春蠶。何日芳洲蔚，狂歌伊水南。

伏驥

槽頭伏驥仰金蟾，月畔雲箋着意拈。回望征程多苦澀，前觀遠景盡甘甜。涸魚入水龍門躍，笨鳥投林虎翼添。挽得夕烟吟百歲，塗來墨韻醉雙髯。

蘇軾

襟懷磊落任磋磨，未展雲程歷劫波。筆掃萎靡鋪錦路，詞開豪放啓先河。烏臺詩案千回死，鴻爪寒泥萬里歌。覽卷神游何處去？西湖皎月共東坡。

咏菊

一花獨秀色繽紛，百卉凋零落彩裙。剩有金枝托冷艷，唯餘緑葉抱寒雲。自從陶令籬邊醉，便引騷人月下熏。敢問秋風知意否，衆香國裏韻超群。

沈園

柳蔭傾杯醉放翁，修眉愁月偶相逢。悲歌一闋千行泪，扼腕三秋百味濃。幾度幽懷臨斷壁，滿腔離恨入詩踪。春波剪影雙飛燕，鬢髮蕭疏憶婉容。

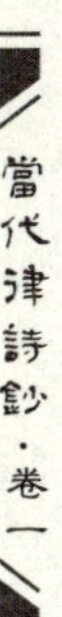

星漢

姓王，字浩之，一九四七年五月生，山東東阿後王集村人。十二歲隨父母進新疆謀生。十七歲參加鐵路工作，爲學徒工、信號工，歷時十三年。後考入新疆師範大學中文系，畢業後留校任教。現爲新疆師範大學文學院教授。中華詩詞學會副會長、新疆詩詞學會常務副會長。出版《清代西域詩研究》《天山東望集》等著作二十種。

洪洞拜舜廟

驅車三十里，振袂帶斜曛。風落桃花雨，山藏柳色雲。九州多舜廟，百姓仰明君。
試問廟堂上，祈求豈不聞？

甲午秋宿四平大架子山中

葉赫千秋地，空山一徑深。星光翻白露，風影過青林。松果燈前落，蟲聲窗外尋。
納蘭今夜到，與我共清吟。

卧龍山尋千佛岩

空山微雨後，雙足踏香泥。十里田邊水，一聲雲外鷄。李唐留歲月，諸葛駐輪蹄。
修竹掃天久，已教斜日低。

登東山嶺

我到青峰上，無心拜佛陀。寺幽香客少，僧懶落花多。壁畫細觀看，磨崖久撫摩。

夕陽歸去路，鐘磬滿山阿。

重游龍門石窟感舊

再踏龍門路，風光繫夢魂。春波流日月，山寺隱乾坤。古佛神情富，伊人風貌存。
白頭尋舊迹，石凳尚留温。

游香山寺

山寺傍伊水，游人不問禪。鐘聲風雨落，詩句古今傳。喚醒黃粱夢，來尋白樂天。
當時九老會，長恨我無緣。

雨中白馬寺

遥指洛河畔，鐘聲出梵宫。燕銜風淡淡，樹抱雨濛濛。白馬千斤負，緇衣萬慮空。
山門一揮手，紅日掛蒼穹。

登桂平西山頂

書生自有寸心丹，未必天門不可攀。白日夢中摩北斗，青雲梯上到西山。碧江水遠
殘霞碎，瑶寨茶香野老閑。快意今朝先一笑，清風來往洗塵顔。

四平戰役紀念館見林彪蠟像作

又現當年舊臉龐，馬燈影下對寒窗。山川烽火頻驚目，國共恩仇已滿腔。四戰四平

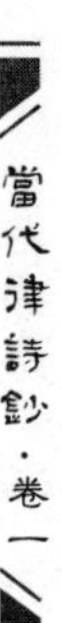

揚四野，三軍三載控三江。温都爾汗風吹草，痛説功勛葬異邦。

甲午秋游邛海

銀鷹奮翅下三巴，遠敞胸懷戀物華。邛海九秋真面目，瀘山百里舊烟霞。耳邊鳥語傳雲外，船上情歌掠水涯。莫道我來詩意淺，白頭原不讓蘆花。

乙未清明爲先慈上墳涉水跌傷

丘墳猶倚雪山高，荒野難尋路一條。寒水蒼顔流淡蕩，長風白髮捲飄蕭。已無頑劣時時勇，但覺衰頽步步摇。傷口還須盡遮蓋，莫教泉下再心焦。

謁朱德故居

四月山村未歇花，杜鵑聲裏熟枇杷。琳琅井水滋今古，海量亭風布邇遐。佃户心胸藏五岳，元戎身手出三巴。我來不爲尋詩句，但折吟腰送落霞。

趙迪生

筆名牛一，網名萍踪流水，一九四七年八月生，浙江樂清人，寓居廣州。著有《萍踪流水集》。

游忻州元好問故居得句

詩風宗老杜，血泪紀兵戈。末代生靈少，邊陲戰骨多。官貪羞與伍，民困忍催科？

一部遺山集，人間不朽歌。

陳仁德詩詞鈔讀後贈句

家學淵源厚，人生閲歷深。名曾呼狗崽，詩早入鷄林。每斥蜂衙腐，長爲蟻族吟。立言猶立德，一片古賢心。

憫兔

脚短奔如電，毛長柔勝紗。撑腸唯食草，營窟欲安家。警惕饑鷹爪，提防走狗牙。憫它猶憫己，弱勢等魚蝦。

咏蛇

吞吐分叉舌，蜿蜒屈曲身。若龍龍缺爪，似蚓蚓披鱗。牛鬼并非鬼，蛇神不是神。此君雖惡毒，無故不傷人。

題崧山濟公廟

嶺峻成之字，僧顛著口碑。不拘醪與肉，偏管是和非。天上風雲幻，人間雨露私。當年真活佛，未活到今時！

爲大崧山法華寺題句

叢林通九進，到此絶塵埃。鳥在枝頭語，梅從雪裏開。潮音傳宇内，衣鉢繼天台。

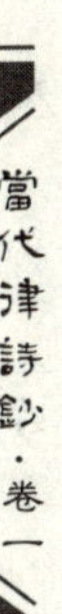

叩問唐時井，曾經幾劫灰？

龍潭山紀游 五首選二

四十八年前，采薪登此巔。一溪流不斷，萬岫望無邊。路險難投足，擔沉頻換肩。重臨思往事，不覺泪潸然。憶昔

久無人涉足，蔓草上階墀。爐絶香烟嫋，寺荒僧侶離。經壇營蟻穴，佛閣布蛛絲。僻地民貧困，神仙也背時！龍潭寺

讀社會萬象之我要把你從床上培養到主席臺上戲作

宦海波平風滿帆，教卿床上取頭銜。花情月意三春暖，雨魄雲魂一枕函。愛爾年輕腰楚楚，憑予權大勢岩岩。官兒也似猫兒樣，到嘴魚兒誰不饞？

讀辛盦詩稿呈作者曾心安先生

説是心安未必安，知公壯歲亦辛酸。飛霜撲面悲鄒衍，向像交心學比干。放膽痛陳新弊政，撫懷難忘舊傷瘢。董狐筆下無虚語，掩卷沉吟感萬端！

中秋

良宵我不唱離歌，却對冰輪感慨多。閨閣佳人空想象，公司老闆費張羅。商機無限參難破，月餅萬元傳未訛。知否權門過剩禮？夜深悄悄倒江河！

紀念詩聖杜甫誕辰一千三百周年

長歌千載韻悠悠，唯有謫仙堪與儔。望岳即思凌絶頂，窮途何以泊孤舟？心憂九陌烽烟起，目睹群黎涕泪流。此道當前誰繼武？今詩無復爲民謳！

畦　濤

網名鏗然一葉，一九四七年九月生，江蘇丹陽人。多景詩社成員。著有《礫荒草》等。

夜歸景澤園

市遠人喧静，携妻緩緩歸。西風吹槲葉，垂露濕墻衣。月白波心冷，路空車笛稀。樓高陰影重，欣有數簾緋。

曉出巫峽

巫峰西逝遠，山勢未東降。高岸凝幽碧，怒潮奔洞淙。孤吟猿入夢，對照月移窗。倏看朝陽舉，炎炎欲煮江。

過居庸

不到幽燕久，歲華思北風。霜深山石白，槭老堞闕紅。拊髀崚嶒上，興懷混莽中。歸來説慷慨，晞髮笑江東。

焦山古渡

疏鐘聽杳渺，雲氣漸蒼涼。潮漲江干遠，日沉山影長。一丸浮不定，四面駭奔瀼。爲問焦賢後，更誰知用藏？

暮秋過城頭山遺址

荒臺舊碣更誰看？槲葉飄蕭風色寒。青史空傳游俠士，坊村漫説買山官。劍能鏗響鳴何易，詩作商聲戒却難。躑躅龍岡衰草白，遥聞鳴雁過闌珊。

天山登高忽起挽弓之意

嵱嵷千堆俯瞰蹲，洶洶海運儼朝昏。盤空一鶚風無定，捲地群鷲勢欲吞。赤日流光分樹色，清飈舞袂帶雲痕。捫天我自舒長嘯，白髮猶冲三箭魂！

雨中行攝龍川古鎮

坐愛宣徽古韻香，行行來攝雨花墻。小尖峰壑流青碧，大塊坡田叠嫩黄。驛徑猶堪尋斷續，碑痕自在説滄桑。龍祠邂逅長安客，謾詫匆匆繹肯堂。

雨霽新安江十里畫廊

春江水色碧盈盈，雨後嵐霏散復生。叠秀重山洇翠黛，鬱香菜阪漾黄明。儼然村社堆晴雪，疏落魚舠下渌坑。路轉妹灘聽瀑急，顛風噎斷奮篙聲。

梅窗獨酌是夜大雪初霽

檐前破臘幾枝黄，磨礪苦寒披雪香。孤月自斟三影醉，萬花紛墜一時凉。徜徉豈必桃源洞，描繪終難渾脱囊。憑檻凝看欹側瘦，心同洗硯墨梅王。

過長興温塘村

盤旋登上仰峰頭，回望千山壓海陬。白雨飛烟迷蓊鬱，青衢繞谷下澄幽。欽聞鐵劍驅倭鬼，况説旌旗跨越州。小仡粟公慷慨處，琅玕如劍刺空稠。

立冬後一日與詩友小酌

爲避塵囂到竹庵，主人肅客共吾三。分壺絮語春茶釅，隔座傾樽魯酒酣。菊自多情香北牖，詩無達詁説周南。今朝莫笑酕醄甚，猶唱山歌謝味甘。

有感哥本哈根世界氣候大會

駟蓋轔轔共絶塵，千家旗鼓怒生嗔。緑園能挽荒沙後？海郭還淪龐貝濱。災沴七洲空説碳，冰銷三極不由人。馬蹄桌上風雲亂，欲霸還蠻誰肯臣！

秋暮過譚延闓墓

竹徑幽幽跫屐輕，秋來靈谷問孤塋。未憐華表分王氣，却忿紅潮勝甲兵。惟楚有材堪作棟，豈秦無道便宜卿？滿山瑟瑟梧桐老，灌耳空聞一地鏗。

登北固樓

老懷逸興嘯重樓，萬里風烟總醉眸。撲岸驚濤回怒雪，翻雲健翮掠平疇。三分霸業空陳迹，一帶江山壯碧甌。多少英雄前後踵，南來詞客莫言愁。

湖畔訪友

廬結菱湖不染塵，荆籬幸未却來賓。參差紙上松風亂，迢遞茶邊墨韻真。殘菊抱頭空有恨，素琴裂帛豈無因？主人一粲還行酒，燈下吟哦歲又新。

遣懷

一道疏籬南陌斜，小軒窗外即天涯。安貧未許青蚨拜，曠達何關白雉遮。酒盡還吟金縷曲，愁來獨惜米囊花。三千墨淬冰壺澈，但把凡心聽奏笳。

雪原暮歸

雪掩茫茫無點塵，大千渾若一清真。岑遥千叠渾如白，水瘦三分未愧貧。老樹栖鴉聒風疾，疏籬吠犬撲人親。嗞嗞小炭茶香溢，畢竟蝸廬暖似春。

秋夜

夜半臺鐘擾夢回，披襟小院獨徘徊。菊香無影隨風去，月色挾霜鋪地來。四海流雲金氣烈，千山落木塞鴻哀。寒潮欺世何能久，信有榮熙越歲開。

趙京戰

筆名葦可，一九四七年十月一日生，河北安平人。大學本科學歷。著有《詩詞韻律合編》《中華詞譜》《中華曲譜》《中華詩律》《中華韻典》等。

浙東大峽谷

盤古辟鴻蒙，親栽萬壑松。湖山懸緑幛，峽水卧蒼龍。爲慕謝公迹，來尋霞客踪。欲攀高極處，仰首五雲封。

陽關烽燧

黄沙埋故壘，留此一烽臺。羌笛吹三叠，邊風動九垓。曾經絲路遠，回望玉門開。誰解千秋後，猶思八駿來。

謝姜學宏詩友贈茶

獅峰雲霧裏，巧手采靈芽。爲寄幽燕客，遠浮河漢槎。安爐升巽火，汲瓮浄龍沙。一飲風生腋，顔如鷲嶺霞。

答謝江西詩詞學會兼寄迎建盛元二兄

匡廬雲靉靆，贛水自蒼茫。誰繼風騷骨，詩傳錦綉鄉？尋機揖高士，借席問甘棠。何日京華會，東籬菊正黄。

伊犁惠遠城將軍府

府第伶仃在，將軍安可尋？弓刀留舊影，叱咤有餘音。萬里三杯酒，千秋一曲琴。
白榆今合抱，歲歲望甘霖。

謁扁鵲廟

天命誰知曉？閻羅藏令牌。慈悲費心力，針藥救形骸。了却人間事，回交玉帝差。
還期醫國手，醫得世塵霾。

故宮賞月詩會四首 選二

月影還催晷影移，華堂宮幔自離披。九重殿宇朦朧色，萬里河山摇曳姿。盛宴先吟
如夢令，清光長照記功碑。洞簫聲裏霓裳舞，伴我新聲恣意吹。

團光如縷瀉清寒，玉闕歌吟引鳳鸞。一曲琴彈新雅頌，千秋史綴舊闌干。天將明鏡
高高掛，誰把紅塵細細看？知是嫦娥呼不得，萬民翹首仰冰盤。

重游白馬湖

蒹葭護岸似相迎，又作飛舟踏浪行。鷗鷺群飛争上下，水天共色自澄清。曾經滄海
三千里，未及蓬萊一半程。還羨桃花島中客，釣竿蓑笠任平生。

讀李鴻章赴都就試途中十律

豪氣才華紙上橫，官場未涉律先成。文章科第書生夢，鼎鼐羹湯宰相烹。上國還憂龍鳳輦，中堂那計毀譽名。每思甲午虛前席，卜得歸程是去程。

儋州東坡書院

身在蠻荒苦樂兼，荔枝三百味甘甜。望京閣畔泉親汲，載酒堂前韻自拈。何處回舟尋赤壁，幾番隔海望圓蟾。碑鐫屐笠當年影，留與瓊州百代瞻。

黃州東坡塑像

雨雪風霜朝暮侵，河山入眼任沉吟。烏臺莫憶凄涼夜，赤壁猶聞欸乃音。宦海八遷無半悔，人間一字值千金。卜居願作黃州客，蓑笠躬耕直到今。

翁同龢故居

龍樓將墜力難支，蹙損江南才子眉。無奈同朝裱糊匠，更兼異域虎狼師。瓶廬尚有梅堪折，人世曾無事可追。莫若翁家田舍好，彩衣堂上孝親慈。

步韻王漁洋秋柳四章 選二

颯颯西風惹夢魂，微霜先染棘藜門。隋堤景物添新憾，漢苑風光覓舊痕。樹影婆娑憐月夜，蟬聲嗚咽繞江村。紛紛又寫登高賦，誰與才人仔細論？

二月春風裁緑衣，一朝凋落事全非。明湖水冷波紋靜，梁苑月斜星斗稀。枝上秋蟬和露泣，林中烏鵲帶霜飛。人間都道秋光好，心事哪知已久違。

趙連珠

字鮫齋、貫齋。一九四七年十月十一日生，天津人。天津南開大學金融系大專畢業。

宜昌

彝陵戎馬郡，千古一江分。雁帶荆門月，猿啼楚峽雲。山川餘舊夢，烽火剩斜曛。爲問興亡事，濤聲日夜聞。

登五臺山大羅頂

登高窮碧落，矚壘蕩然開。紫氣割三界，梵光控五臺。古今成睥睨，俯仰久徘徊。勘破紅塵夢，興亡未許哀。

雁蕩山能仁寺紀游

客入梵空境，遥疑那爛陀。禪心猶未定，青髮已無多。雨色濕三界，雲根緑一蓑。欲尋歸處飲，容我醉時歌。

武侯祠

細雨清風裏，登臨謁舊祠。知兵非好戰，治蜀履多危。六出肝腸熱，三分國祚衰。英雄餘涕泪，惜未得天時。

謁侯村女媧陵寢

登臨來寢殿，向晚夕陽萎。庠舍傷周柏，鴻文仰宋碑。補天憂世敗，造物拯民危。憑吊悲今古，枯榮惹鬢衰。

石鐘山

才踐匡廬約，又尋鷗鷺鄉。野烟失彭蠡，孤阜下鄱陽。壁上驚鎸墨，夢邊憶舊觴。倘能携宋棹，復我少年狂。

寧武縣懸空村

亂澗烟霞裏，懸空舊有村。疑端生上古，造化嘆先民。據嶺猶歸晋，安貧爲避秦。何當消俗累，來此寄吟身。

咏孤雁用觀堂意

嘹嚦高飛春復秋，關河冷落伴孤愁。影分禹甸三千界，魂斷衡陽百尺樓。倦羽驚寒思歇浦，空弦惹夢怯回頭。可憐無覓筌篌引，一任栖遲燕雀洲。

有感

南睨蠻雲滯蜀江，劫塵驚定幾思量。公侯有種截龍脉，天地無心洗國殤。生態都隨心態變，歌聲不及哭聲長。是非功過等閑事，留與兒孫論海桑。

劍門姜維墓

烽火干戈憶舊時，雄關不阻魏王師。忠良空有三環策，國運難憑一臂支。解道升沉皆定數，勿因成敗論男兒。我來尋謁衣冠塚，蔓草青山惹夢癡。

有感用魚字韻

擘箋浮白寫真予，十丈紅塵擾客居。幾脉俠風難净世，一襟狂慧入編書。枕衾唯夢蕉邊鹿，莊惠空知濠上魚。太息斯心終不古，釋儒道法奈何如。

賀曉光兄七十晋二壽

劫餘夢影憶前塵，知是懷瑜抱樸身。涉事方圓咸有度，量人進退每求真。桑榆契媾情猶切，詞賦江關老更新。我祝先生仁者壽，蓬壺笻履樂游春。

賀長河兄六十晋八壽

濡沫因緣各自知，思君最是暮秋時。老來多故矜懷舊，劫外餘春盡入詩。手稿重拈和泪讀，歡情小憶每神馳。前塵一霎成桑海，續夢能傾病後巵。

丁小玲

女，一九四七年十一月生，浙江嵊縣人。下放十年，企業退休。江蘇省楹聯研究會理事，鎮江市詩詞楹聯協會副會長，多景诗社副社長，《多景詩詞》執行主編。詩詞收入《華夏吟友》《當代五十家女詩人佳作選》《二十世紀詩詞文獻匯編》等。著有《半丁集》。

六十年 四首選一

誤入塵間數十春，典詩無處着閑身。望殘一水黃蘆月，味盡千年庾信塵。熱泪常爲黔首灑，素心衹合自家珍。何時歸著謝公屐？本是剡溪打槳人！

游棲霞山 二首選一

西風吹夢入青蒼，鼓棹聲銷影漸凉。水石清華差可對，池荷枯立尚餘香。江光紅漾二三里，雁字横排一兩行。安得學禪來掃葉，鐸鈴斜月倚茫茫！

題畫

雲中一伫五千秋，疾俗如儂亦白頭？仙洞霞開真有夢，古猿夜嘯豈無由？山花點點杜陵泪，烟景茫茫庾信愁。高鳥巡天還入世，笑人坐地作詩囚。

編輯

書山無路出蓬蒿，叠叠層層白鬢毛。真在蠹魚叢裏老，難堪秦女指端勞。殘更幾卷秋聽雨，老屋三椽寒浸袍。五鬼生憎驅不去，海門夜氣正滔滔。

甲午元旦步孔東塘原韻

無端憂喜到童顛，答響高低破曉眠。送歲已傾桑椹酒，買山尚待白榆錢。擬將訪戴烟波淺，試更探梅風帽偏。不管桑田滄海换，閉門且和義熙年。

過昌黎閣

未知何地置身宜，愛此溪山烟雨霏。遷客曾來歌婉轉，祭文擲去蟹初肥。謝他瀘水浣雙眼，容我袁州覓紫芝。長恨臨歧不成咏，可堪回首柳依依。

小聚

千里雲帆欣一張，天涯情味亦堪藏。霽開青接仰山古，簾捲風翻縹帙香。似鶴主人能獺祭，如詩秋水正文光。不知相對夢多少，衹是當時未斗量。

如詩

如詩飄落想應宜，怕到殘陽紅冷時。已共古梅携少日，擬同醉菊卧疏籬。柏林千點赤難改，流水一彎舟去遲。雲外拈花夢多少，散巾披髮自尋之。

再謝諸詩友及江西仰公

文字能温羸弱身，堪憐百劫是詞人。有書天許渾如醉，無句花開不算春。紫玉簫吹三百曲，青燈味剩一些真。新詩欲典無從典，水黛山青爲我顰。

歲末二首 選一

仰天長恨歲匆匆，嘹嚦鴻過幾轉蓬。棖觸寒花行十里，補成殘帙費雙瞳。灑箋不盡書生泪，踏雪非關高士風。豆粥香中年又末，漫穿松影過橋東。

殷明輝

一九四七年生，四川成都人。中醫師。四川省詩學會常務理事，成都市詩詞楹聯學會理事。著有《溯洄集》《滇游詩草》《旅美詩鈔》等。

咏蘭

仙品逸姿滿畫堂，靈苞帶露晝初長。紫莖常入善人室，翠葉飽含王者香。九畹移來能解穢，三春種定可徵祥。衹同梅菊共芳韻，賺得丹青墨幾行。

咏荷四首 選二

西風昨夜過橫塘，姑射仙人試曉妝。解語通靈千朵艷，籠烟墜露滿村香。芳姿映水邀新月，素面朝天捧太陽。不與百花争寵眷，偏教雅士費辭章。

雨幕初乾翠碧涵，半篙烟水隔仙凡。銀鷗窺沼花多少，野徑垂竿人二三。獻瑞衾香分雪白，呈祥羽影映波藍。晚蟬乍報秋消息，月共詩情上筆尖。

重訪昆明西山三清閣

清虚洞府占靈氛，石棧躋攀徑可捫。絳闕雲中鐃鼓樂，丹臺世外小乾坤。舊踪難辨風無影，鸞約已空夢有痕。此去何年能再至，虔香三炷禮天尊。

重游昆明圓通寺

披衣漫上咒蛟臺，蕭寺春風喜再來。難得浮生温舊夢，曾經滄海酌深杯。珍樓寶刹僧無語，水榭曲廊花自開。鬧市何期留淨土，螺峰山下小蓬萊。

波士頓冬日雜咏十首 選四

北國孟冬飛鳥盡，疏林寒日氣蕭森。省心來效袁安卧，遣興深耽梁父吟。十二瓊樓風浩浩，三千銀界夜沉沉。故人遠隔清談廢，如醴濃情直到今。

客裏情懷有所思，大洋彼岸寄心期。句尋山水空靈處，夢托漢唐全盛時。高枕三冬孤月照，小樓竟日北風吹。璇花天半婆娑舞，覺海鐘聲聽恐遲。

世事人生一局棋，流年不覺鬢如絲。身當五濁交攻世，神往三山吐納時。頓悟由來緣漸悟，忘機妙處勝知機。凄清冬夜冥思久，天道循環豈有私。

海上風來衆鳥喧，雪消冰泮試開軒。時當乍暖乍寒際，春在非烟非霧間。半載廢行疏野趣，今朝泛駕訪幽巒。毗連豪宅繁花樹，疑是仙宫落眼前。

歲暮雜感

世事曾經千度變，雪花又是一番新。老歸大澤減滋味，夜改小詩期雅馴。送臘情懷雲布甲，獲春消息月逢寅。窺窗但覺諸天寂，渡海栖居幻耶真。

丁思深

一九四八年一月三十日生，廣東五華人。廣東教育學院漢語言文學系畢業。嘉應學院副教授，已退休。現爲廣東中華詩詞學會常務理事。著有《適閑堂詩稿》四集。

咏高州玉湖

玉湖吾甚愛，萬頃碧波開。短笛隨風去，烏篷聽雨來。鷺鴻聲浩緲，星月影徘徊。此處真堪隱，衣衫不染埃。

游湛江湖光岩

二月鶯聲裏，春風拂柳堤。雲閑水波静，僧老石岩栖。語笑賓同主，詩心雪與泥。湖光山色美，物我兩相齊。

中秋月夜寄友 二首

中天懸素月，莽莽出滄瀛。珠露凝光白，湖山透地明。笑談新世相，想見古人情。不夜風開帙，香茶代酒傾。

滄海塵揚日，非宜獻賦時。人皆歌鄭衛，我自讀豳詩。早識曲江曲，豈憂歧路歧？感君延佇意，遥寄芷蘭思。

春日遣興 四首選二

烟水尋常事，行踪自主裁。松[illegible]隨地見，岩壑逐雲開。石瘦添奇夢，山空想異才。青衫還短杖，魚鳥莫相猜。

雨夜一燈深，清風入素襟。讀書餘净土，閱世待觀音。得失當緘口，依違祇賞心。

靈臺安止水，何事拜黃金？

未能

未能從俗頌天澄，哪見河清紫氣騰？咬菜逢根明物性，讀書辨史養心燈。釣之在己魚因得，井未招風波不興。老樹成精身即寶，石先頭點佛爲朋。

秋思

未偕時進懶于思，哪得貂裘換酒巵？容我凡夫眠下榻，由他國手拾殘棋。園荒漸自新生草，筆鈍差堪久廢詩。木落洞庭聲裊裊，樽前休浪説明時。

甚矣

名心褪盡路平寬，即物能欣適自歡。三國河山歸赤壁，百年優孟總衣冠。岩熔地底旗旌晦，火徹天穹星斗寒。甚矣吾衰何所事？銜杯談笑共人看。

癸巳立秋

茗可除煩酒祓愁，容餘暑氣入新秋。從知律變風生樹，却看雲流月在樓。佛老觀空無作有，蘭荃逐國去還留。山中不用驚風雨，安穩身如在壑舟。

紀念抗日戰爭勝利七十周年感賦四首

彌天曠劫起盧溝，國祚阽危等覆甌。淮上烽烟連朔漠，新亭風景匝邊陬。大堤且歇風花曲，長劍當誅倭寇頭。草木能兵身裹革，披肝瀝膽衛神州。

豈曰無衣敵愾同，澤袍歃血賦秦風。風蕭易水劍芒白，弓掛桑林漢幟紅。火樹飛鴉人帶甲，霜晨結陣馬嘶空。祖生誓擊中流楫，直駕雲帆指海東。

血肉長城唱戰歌，班生投筆枕霜戈。臺兒莊上鏖兵急，白鹿洞中籌策多。起陸龍蛇隱青帳，斷拋身首護黃河。雄師踏破賀蘭日，快馬輕刀斬惡魔。

唱凱由來七十秋，止戈還仰固金甌。湖山西子傳嬌美，形勝昆侖踞壯猷。戰伐弭聲偕霧隱，和平携手與天游。枯桑已見生滄海，共挽銀河自在流。

洪祖林

筆名三餘子，一九四八年二月生，福建晉江人。中華詩詞學會會員，泉州詩詞學會常務理事，晉江詩詞學會副會長，晉江南英詩社社長。

重游九日山

昔日祈風處，重來百感生。千峰連海碧，一水抱城清。樹掩秦君舍，草荒姜相塋。風流人散盡，游客自多情。

烏江懷古

逐鹿中原雪濺紅，八千子弟出江東。拔山雖是匹夫勇，破釜堪稱蓋世雄。斬宋非關呈霸氣，放劉未必少仁風。兵家自古多奸詭，一誤鴻門帝業空。

登南詔風情島

三紀龍庭隨運終，此間遺有古行宫。臨波柳拂參差緑，繞閣花開寂寞紅。亡國皆因耽酒色，恤民豈可動刀弓。梟雄一代今何在？往事如烟付斷鴻。

游國興寺

眼前一角舊山河，今夕重來感慨多。千載麗花開鐵樹，半灣緑水綴青荷。梵宫有幸逢新紀，廢柱無言證劫波。回首塵寰名利事，清閑不若小頭陀。

秋游羅裳山

黄花紅葉好看山，今日身如野鶴閑。寥落數峰天際外，蒼茫一島水雲間。霜侵紫帽減青黛，秋入羅裳换素顔。佳景常留高絶處，莫因路險畏登攀。

山居即興

芳草如茵緑到門，二三陋屋自成村。風來柳擺深深影，雨過山描淡淡痕。酒有閑情呼野老，歌無逸興謝王孫。唱酬最喜知音在，一卷詩書共細論。

秋

野色蒼茫草染霜，蕭蕭落葉氣初凉。清江水映蘆花白，小院風飄桂子香。三徑黄花人醉酒，一盤鱸膾客思鄉。妖嬈雖是春光好，不及清新秋韻長。

打工泪

漂泊江湖何處家，静聽窗外雨沙沙。禦寒一襲舊棉襖，果腹幾根黄豆芽。富貴真如波底月，辛酸恰似釜中蛙。一雙繭手撑天地，别子抛妻未有涯。

細雨霏霏杜宇啼

蓑衣箬笠整荒畦，細雨霏霏杜宇啼。水送落花紅已減，風吹嫩柳緑初齊。春耕冬種一身汗，夏作秋收兩腿泥。誰見農夫成大款，田家辛苦不堪提。

傷别

征帆逐水去悠悠，送客江頭意轉愁。落日餘暉千里暮，西風長笛數聲秋。一朝雁影飛南浦，十載鶯聲啼故丘。聚散人生皆定數，不堪回首憶前儔。

感事

報刊讀罷又驚呼，如此衙門盡醉徒。一桌揮殘錢萬貫，三更傾盡酒千壺。正人形象誠堪慮，公僕昵稱恐不符。莫怪官員心膽壯，未聞吃喝掉頭顱。

除夕感懷

商戰經年利已微，勞心瘦盡細腰圍。休譏小可懷鷄膽，最懼權官耍虎威。盜不畏民風俗改，僕能欺主世情違。黑猫白鼠真無奈，莫逆龍鱗惹是非。

林維新

字炎生，號漫塗軒主，筆名二月蹊，一九四八年三月十二日生，廣東東莞人。大專學歷，中學數學教師。廣東中華詩詞學會理事，廣東省書法家協會會員，東莞市文聯委員，東莞中華詩詞學會副會長，東莞市書法家協會主席團成員，中國書畫函授大學東莞分校書法系主任、副教授。著有《漫塗軒吟草》《漫塗瑣語》等。

重游潮州西湖

認得西湖路，虹橋幾度經。欲看鸜鵒賦，直上景韓亭。觀稼人何在，摩崖字有形。不勝留戀處，靄靄晚烟青。

游園

漫步亭臺上，忘機鶴不疑。是誰香煮茗，有客苦吟詩。晴鳥關關處，風篁簌簌時。偷閑欣半日，報與故人知。

睡起

睡起窗前看，陽光已滿簾。有朋曾預約，過我不須占。物亂憑妻整，茶粗敢自嫌。書生仍本色，祇是鬢霜添。

客至

欲踐西窗約，掀簾放夕陽。門喧知客到，茶熟待君嘗。論世情偏激，談詩話正長。
直須謀一醉，厨下已聞香。

浩洪仁棣見訪并惠石印

贈我陰文印，從知格調高。虚懷看落款，實力想冲刀。士別驚三日，年衰嘆二毛。
無爲復無欲，端合隱蓬蒿。

虎

爲有雄姿在，憑人唤大蟲。得狐威可假，與豹氣相同。叵耐松名武，何愁婦姓馮。
當年夫子語，敢作耳邊風。

咏蘭

懶向人前説起居，芳園幽壑竟何殊？欲知世俗誰堪友，自識梅花德未孤。清氣每
招群卉妒，素心猶是一埃無。東皇若問升沉事，衹道今吾即故吾。

紅棉

春來休笑著花遲，除却朝霞孰似之？爲草木增千股勁，向騷人獻一囊詩。輪囷肝
膽狂飆後，磊落身軀驟雨時。勛策南疆天地立，金鈴十萬影參差。

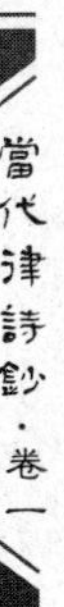

南窗

杯酒端能逸興添，吟身奚懼暮寒嚴。不爲已甚方稱聖，未到無求敢謂廉。翰墨每從清處寫，文辭終惹俗人嫌。南窗漫管絲絲雨，待我詩成始下簾。

自笑

自笑無爲老守家，少年心境記猶賒。肯逢事作墻頭草，羞向人添錦上花。莫辨是非清與俗，能齊物我邇猶遐。閑來最愛看莊子，釋卷超然對晚霞。

奉和孔凡章詩翁己卯迎春曲元玉十首選一

輒爲敲詩未肯眠，况過子夜是春天。才呼小女開紅酒，欲潤歌喉喚碧泉。知命情懷看改歲，快人心事仡來年。頻聞電話鈴聲響，訪戴奚須雪夜船。

恭和外舅陳雪軒先生八十自壽自嘲四首選一

一例行藏任笑嘲，早知天命懶觀爻。太平有象人詩治，久繫無爲我似匏。才拙每慚蠅附驥，身輕真羡燕歸巢。裁詩要作南山頌，吟到中宵睫未交。

春閑

客去門關静守家，觀書品茗餞韶華。平安有兆時看竹，富貴無緣懶問花。狂熱漸隨年味減，豪情欲向酒杯賒。殘寒尚在春猶淺，漫道池荷未爆芽。

遣興

試問花容與鳥聲，居閑何物不關情？酒邊揮灑書同醉，琴畔推敲句亦清。用世終成名利客，養生宜結菊松盟。早諳天道窮通理，得失無心未足驚。

春飲

漫問春前醉幾回，開燈招飲且重來。豈唯酒鬼能傾盞，許是詩人莫却杯！事業已然成泡影，浮名終竟似烟埃。千年一例銷磨盡，那管良材與散材！

春寒

莫把陽春作夏看，陽春中有倒春寒。冰凝嫩萼花無語，雨濕柔條葉未安。商略世情差類此，疑猜天意剩憑欄。眼前隱隱生機在，珍重詩懷一寸丹。

端居

書生老去尚何求？得失隨緣總不憂。傲世可曾遭白眼，抒懷時亦逞歌喉。揮毫偶作龍蛇體，上網能成汗漫游。自許詩材天賜與，芸窗窗外有羅浮！

雷雨

霹靂寧能聽不驚，憑他得意欲忘形。風來木末瀟瀟響，雨打窗扉靜靜聽。村野無禾滋玉液，官倉有鼠傲雷霆。杞憂許是無聊事，大夢如今若個醒？

胡平貴

字實之，網名鄱湖漁歌，一九四八年十月十五日生，江西南昌人。南昌大學化學系退休教師。

登黄馬白虎嶺依劍川韻

一虎盤松嶺，三江放眼收。雲烟騰四野，天地小丸州。望帝空垂泪，登高莫倚樓。不知春夢醒，何處可淹留。

偕江右諸友游城北山茶園

北郊春有約，携夢到花城。鎖定層紅影，翻尋紫陌晴。林嵐浮緑水，細柳囀流鶯。醉眼青山小，吟哦草木驚。

經馬尾泉登九峰寺

雲嵐浮紫氣，雨霽任山行。馬尾喧分水，苔溪碧隱甍。香烟熏杳裊，妙法証空明。回首望溢浦，悠悠一脉横。

金水兔秀才一得來昌諸詩友聚于竈王爺酒家分得人字

金風延竈火，古塔聚騷人。共惜東方韻，分斟四海春。浣花憐閣雅，析夢至情真。贛水蒼茫遠，輕波袛待皴。

赴星子五柳詩會取道潯陽與諸詩友小聚分明字

輕車微雨挾風行，領略秋光別樣明。峰轉林深山俊秀，江回塔鎖水縱横。南湖酒閣續高誼，雪碗書箋結夏盟。最愛濂溪荷芰好，苔痕折葉證前生。

大學畢業三十年贛州會

相聚休談歲月稠，但從眼角數悠悠。情融心底真如夢，話到家山都是愁。幸有兒孫怡白髮，愧無功業報同游。而今又覽清江水，千古茫茫一樣流。

觀山茶花後與梅雲草嘯青衫披雲殊熠諸兄游艾溪湖

醉賞茶花不忍還，驅車復至艾溪灣。飛霞日倦雲猶戀，煮酒風吹月有閑。捉夢人談非即是，聽琴亭近水耶山。霓虹幽竹映湖色，樹影蟲鳴夜籟間。

步韻奉和雨如兄江右歸來

麗日春深風送程，天涯聚散許心盟。尋常水墨江南景，別樣樓臺紫陌晴。逸句當從吟劍起，鴻襟好自采芹生。燕山万里雲高遠，歲月滄桑孰可争。

赴星子五柳詩會次雲海兄原韻

金風歌管又重陽，露染黄花嫣正當。五柳詩成秋繾綣，九天水落氣軒昂。心同蒼檜百年老，夢逐流雲一瓣香。蝸角閑身銜酒醉，星墩酥雨雁飛翔。

赴都昌詩友泉石之約次一得兄詩韻

天公作意雁傳箋，蠡浦溪山秋共歡。欹枕流霞泉石醉，坐憐野徑晚香寒。掬三江水以濡墨，交一生情好剖肝。風物川光皆俊美，瑶章祇待悉心看。

次韻奉和象賢兄五十初度

紛繁物事眼前過，斗轉星移可奈何？漫踏南湖秋夜美，偏憐圃鳥悦音多。襟懷灑脱詩書好，鬢髮難堪歲月磨。五十人生不言老，弄潮還起水雲波。

游雲居山次空山兄詩韻

得雨山靈宿草萋，梵香經葉個中迷。檻階龍柱分雲篆，碑匾琅函識御批。萬象歸空空即色，千峰積翠翠成泥。倏風又化無形筆，詩賦禪心肆意題。

憂天

繁華掠眼鬧燕京，底事紛紜理不清。執法無妨憐孽子，拼爹怎奈有公卿。八條冷冷館樓所，四海頻頻島艦兵。我欲魚臺尋釣處，如何白髮又輕生？

盤中珠

原名盤澤榮，別號望春樓主人，一九四八年生，廣東臺山人。

閑居四首 選二

水碧山青别有天，故園風景勝從前。柳陰隱隱傳鶯語，鷺影翩翩下渚烟。家釀都同田父酌，童謡愛聽月兒圓。個中情趣誰能會，難得清閑也是緣。

詩心端合老遐陬，塵海迷茫一筆勾。浥露山茶紅欲滴，隨腔牧笛韻如流。萬蟬熱鬧喧長夏，一葉飄摇報早秋。聞道清時多勝事，新詞爲底賦窮愁。

秋興五首 選三

踏遍山崖與水涯，不須到老始還家。崎嶇世道愁羸馬，酸澀人生品苦茶。歲月争如楓葉赤，情懷待向菊枝誇。桃源恐是神仙境，羸得飄蓬兩鬢華。

故椽猶在莫憂貧，鄉井還堪潤此身。香飯初嘗新稻熟，家醅重釀舊時春。晴軒秋爽呼吟友，夜雨爐温聚比鄰。且種薄田三兩畝，不知世上有風塵。

男兒不忘是神州，蕭瑟風來莫上樓。草木凋寒緣朔降，燕鴻逐暖望陽留。詩妨怨語難終稿，酒入愁腸始識秋。忽睹報端除腐敗，一時熱血涌心頭。

鄉情四首 選二

山村聽徹勸耕禽，一霎晴時一霎陰。沿路夭桃紅照眼，滿園嫩韭緑牽心。秧針得暖根争發，雨脚連宵春欲深。也擬荷鋤蓑笠去，明朝南畝好行吟。

往昔躬耕自不忘，誰知投老愛山鄉。陽催荔熟逢時蜜，風送荷清覺夏凉。一片晨光戲魚鴨，千重暮靄下牛羊。閑同鄰里瓜棚坐，説起當年話正長。

紅塵深處有詩人 五首

紅塵深處有詩人，市井悲歡亦藴真。一點秋懷宜自釋，萬般花樣任時新。吹簫落魄原非懶，屠狗爲生未算貧。莫扣豪門看顔色，蝸居容易寄吟身。

一字寬嚴力萬鈞，紅塵深處有詩人。樓高歌舞連雲響，巷陋孤寒待氣伸。千載朱門仍酒肉，幾家赤膽剩嶙峋。伊誰肯把如椽筆，不寫王侯寫草民。

勞生底事道艱辛，春到門前緑自匀。滄海横流無砥柱，紅塵深處有詩人。炊文鬻字家爲累，踏雪騎驢夢正頻。偶啓寒窗供嘯傲，北風撲面也精神。

廊廟江湖百感陳，行吟何必汨羅濱。春遒争賞花千樹，秋老遥憐月一輪。王道興時多墨客，紅塵深處有詩人。狂來忽下憂天泪，濕盡濤箋不濕巾。

此生惟與古賢親，白髮無端總負春。島瘦郊寒羞作伍，杜沉李逸合相鄰。毫尖瀉下輕還重，稿底裁成删欲珍。傲骨幾根留得住，紅塵深處有詩人。

熊盛元

字復初，號晦窗主人，筆名郁雲，網名梅雲，一九四九年元夕生，江西豐城槎市（今屬樟樹市）人。江西社科院文學所副所長，江西省詩詞學會副會長，江右詩社社長，持社《爽籟》總編，中鎮詩社副社長。師從毗陵吕小薇先生學詩古文辭。詩學樊南，詞宗花外。著有《静安詞探微》《晦窗吟稿》《晦窗詩話》等。

漫歌

漫歌園有棘，終日爲誰憂。漠漠天難問，湯湯水自流。鬓簪元亮菊，風滿仲宣樓。雲外鴻飛遠，荒寒逼醉眸。

己丑孟冬訪龍沙堆遺址

檻外雲孤起，江干日半昏。茫茫誰指顧，落落此乾坤。漫引仙家笛，難招帝子魂。苔梅知我意，香沁玉螺尊。

己丑歲暮感事

悵然吟小宛，履薄自兢兢。心死身猶健，天低夢欲騰。憲章光熠熠，岸獄霧層層。隔海春潮涌，終看谷變陵。

辛卯中和節感懷

已淆天地位，誰與致中和。峻極强哉矯，狂來嘯且歌。魂迷華表鶴，泪涌夕陽波。爲問蟠桃宴，仙家醉幾多。

壬辰元夜感懷二首

恣情同好惡[一]，萬態一時更。霜冽知春遠，樓高礙月明。廣衢燈媚客，枯樹鳥無聲。欲喚姮娥下，喁喁訴不平。

且置湘纍問，來從象罔游。玄珠惟暫失〔三〕，綠萼肯長留。挽夢雲千里，清心茗一甌。燈飄髮柳外，隔雨望紅樓。

〔二〕王陽明《傳習錄》：『妒賢忌能而猶自以爲公是非，恣情縱欲而猶自以爲同好惡。』

〔三〕《莊子·天地》：『黄帝游乎赤水之北，登乎昆侖之丘而南望，還歸，遺其玄珠。使知索之而不得，使離朱索之而不得，使喫詬索之而不得也。乃使象罔，象罔得之。』

癸巳除夜感懷

年來孤抱迥，壑底一舟藏。豹隱誰噓霧，愁多自括囊〔一〕。拈鬚知歲晚，把卷掬芸香。詩草隨心綠，榮枯已兩忘。

〔一〕《易·坤》：『括囊，無咎無譽。』孔穎達疏：『括，結也；囊，所以貯物，以譬心藏知也。閉其知而不用，故曰括囊。』東坡詩曰：『我今已括囊，象在六四坤。』

甲午新正詠馬

渥洼藏駿骨，夢裏欲騰雲。振鬣途猶遠，嘶風日漸曛。蹄輕曾歷塊，野曠孰同群。泪盡鹽車底，悲聲忍再聞。

豫園懷古

荷風起處覺新涼，翠減紅銷鬢亦蒼。四壁藤牽終古恨，一天秋入點春堂。小刀空幻龍飛影，清酒難澆蚓折腸。寄語游鱗休自樂，他年劫换海生桑。

初到興城

萬劫洪荒一覽中，誰知息壤是虛空〔一〕。雲蒸海氣茫茫白，泪漬蓮房慘慘紅。松竹夢篩駒隙影，古今愁托草根蟲。燈窗忽幻前生事，立馬當潮挽大弓。

〔一〕陳蒼虬《落花》：『願以虛空爲息壤，偶回庭坳聚殘春。』

壬辰夏夜咏懷

暑自炎蒸鬢自秋，霜華悄向鏡中流。忘川水幻前生影，破睡茶添永夜愁。詩未穩時頻吮墨，夢難尋處獨登樓。雲端擲筆還揮扇，隔葉蟬聲噪不休。

癸巳年感事

荒原鎮日待戈多，漠漠平林盡網羅。問我何人華表鶴，干卿底事禁池波。慣看青碧桑成海，翻認慈悲佛是魔。終古蔢蟾遥夜墜，恍聞山鬼泣岩阿。

癸巳歲暮

歲暮霜飛勢轉嚴，惱人芳信隔重簾。沉沉帝闕青霾鎖，渺渺銀河赤鯉潛〔一〕。長恨下情難上達，漫言西學已東漸。三千劫外中興夢，鏡裏梅枝取次拈。

〔一〕俞慶曾《沁園春》：『悵銀河無鯉，難通尺素；蓬萊少雁，不解傳箋。』

甲午卯月廿六赴成新吊蔡起興先生墓即用其丁丑初度

抒懷其四韻

一角荒墳惘惘尋，苔痕慘緑噬春深。忍聽悽惻山陽笛，長守貞幽物外心〔一〕。舟泛豈因流坎止〔二〕，草枯偏抱卷施吟。招魂賦罷嵐烟翠，佇倚蘭皋對野禽。

〔一〕《易·履》：『九二，履道坦坦，幽人貞吉。』王弼註：『在幽而貞，宜其吉。』後以『貞幽』指處幽隱而能貞静自守。

〔二〕賈誼《鵩鳥賦》：『乘流則逝兮，得坻則止；縱軀委命兮，不私與己。』

甲午雨中與諸子游浮梁瑶里〔一〕

此行端爲看山來〔二〕，何事重奩不肯开。傘底人憐枝上萼，屐邊春潤雨中苔。瀑懸飛練應難翦，潭隱潛龍莫浪猜。天自陰沉心自曠，碧雲深處一徘徊。

〔一〕江西浮梁瑶里鎮與安徽祁門、休寧及本省婺源接壤。

〔二〕王湘綺《發祁門雜詩》：『已作三年客，愁登萬里臺。異鄉驚落葉，斜日過空槐。霧濕旌旗斂，烟昏鼓吹開。獨慚携短劍，真爲看山來。』

甲午重九登樓走筆次少陵韻

傷高泪滴楚天寬，盡我清秋半日歡。誰賞樊川簪鬓菊，漫尋湘浦切雲冠。亭亭古佩當腰繫，裊裊霜風拂袖寒。折取蘆花聊贈遠，銀箋祇合醉中看。

乙未新春感事

祀祖依前薦太牢，卿雲起處月輪高。中樞自詡零容忍，下土誰憐久繹騷〔一〕。翰苑奇葩紅眩目，茶鐺細乳翠生濤。休吟去矣英雄事〔二〕，一任春風拂二毛。

〔一〕獨孤及《唐故洪州刺史張公遺愛碑》：『江介大恐，民斯繹騷。』

〔二〕杜甫《峽口二首》其二：『去矣英雄事，荒哉割據心。』

天台訪勝次王元美韻

神女生涯自可憐，何人采藥此留連。閑邀素友林中坐，醉向清潭石上眠。桃蕊繽紛春夢側，詩儕嘯咏晚風前。武陵舟遠歌猶漾，終古雲飛不計年。

周克夫

網名空山，一九四九年三月生，江西永修人。中華詩詞學會會員，江西詩詞學會會員，江右詩社社員。

清明祭掃

天傾寒食雨，杜宇叫殘春。啼盡斷腸血，難逢繫夢人。愁生風下世，情愴墓前身。他日無憐我，椿萱共柳新。

冬日二首

冬暮寒鴉叫，長天一色黄。蒼穹醞雪相，塘水隱波光。憶舊思如繭，懷親背作芒。

風摇椽作響，更令起傍徨。涷雨敲檐久，平居適廨房。有書遣愁緒，無鶴守蕭廊。瘴襲乾坤惡，鼠偷家廟傷。唯將怯寒酒，一暖九回腸。

南海

萬古洪荒載祖翰，誰掀波坼卷狂瀾。長灘難阻惡雕喙，百怪頻窺肥馬餐。綏靖多能傷國士，懷柔未可扼狼貛。江山信美皆吾土，不退夷蠻泪不乾。

感時二首

條風吹醒灞橋津，領引漁樵唱社新。雲幻不愁天竺雨，鐘鳴頻報景陽春。瑶池路遠通衢塞，林苑禽多賜囿人。縱是南山賞花客，也思磨劍洗埃塵。

彤雲翻捲繞長庚，試問江山有鳳鳴。休借連營誇鎧甲，豈疑倉廩養貪卿。城危總待英雄手，樂壞祈傾滄海情。更恤黔黎菜青色，普天齊沐德淵閎。

閑居二首 選一

僵卧危樓寄此身，莫驚塵海變來頻。詩隨流俗由生悔，德慕先賢豈自嗔。釀酒青梅曾問熟，辭工黄絹耻言貧。萬花筒裏風雲幻，羡盡鷗鳧水上真。

京華濃霾

誰送扶摇萬里風，盡驅霾霧掃長空。燕京城上紅旗隱，八綫道中車路窮。未必蚩尤吞麗日，還祈閶闔焕重瞳。皇城根下思恩澤，心事憂天西復東。

瑶河覽勝

脱却樊籠好自由，瑶河濺雪賞難收。霧凝氣化三春雨，澗作雷催萬壑舟。岸木摇山真豁眼，石崖獻瀑共鳴鳩。溪深當信淘泥久，證得青花傲九丘[一]。

[一]瑶河兩岸，爲景德鎮瓷窑千年淘泥地。

京華邂逅

七綫焦桐殊可期，金風玉露人傳奇。天風環佩仙音妙，山鬼嚶鳴望眼癡。五載相吟復相憶，一朝成握便成詩。昆明湖上波心漾，約取春光照水湄。

李育林

網名詩酒當歌，一九四九年五月生，四川成都人。高中學歷。

尋春

萌動青葱柳下尋，趁時物候暖人心。三朝破笋寒驅散，六出探梅瑞降臨。治世徐圖新手段，開年頻聽好聲音。子民欲享升平氣，還賴春風度上林。

甲午隨想

百二輪回彈指間，履新欲改舊家山。陰霾萬丈人神困，劫火三邊虎豹環。鼠碩總能誇國富，位卑枉自察民艱。鐵蹄如再侵華夏，多少貪婪是漢奸！

自況

遑論意氣有多牛，賺得斯年澹泊秋。非是琴心能折疊，原來塵事欠籌謀。無爲書牘情相擾，有價厨房歲自憂。一俟微醺高枕後，小康夢寐在前頭。

無題

焚書前事已成塵，興廢攸關率土濱。霜重難尋花燦爛，雲高宜布雨均勻。後庭歌肯行鐘呂，下里心猶讀甲申。廊廟近聞倡國學，復興可待慰斯民。

與孫共度兒童端午雙節

香囊祈福佩孫襟，與讀離騷和酒斟。萬象知行終覺悟，三閭氣節漫侵淫。率真眼裏春長在，憂患塵頭夢未沉。何止迷藏天地小，詩心從不缺童心。

題某中醫館

縱有沉疴不足論，此來枯木也逢春。案前切脉懷憐愛，世上懸壺見德仁。百草味調寒暑氣，千金方換健康身。長留一瓮關情處，醫典傳承取次臻。

志願軍遺骸歸國聞之感慨不已

莫道沉魂不過江，無端遭際杳遐邦。墳荒仍響鏖兵號，草碧曾留繫馬樁。六秩遺骸歸國土，三方破壁啓天窗。從來災難多人造，枉使妻兒泪下雙。

董小宛

家山慘淡失菁葱，忍見秦淮散柳絨。一地狼烟悲邂逅，半塘風月嘆遭逢。摧眉尚亂君王鼎，斂衽長留俠士盅。豈是前盟不堪證，此心婉轉最玲瓏。

柳如是

蘼蕪香隱一溪烟，眼底河山劇可憐。甌缺東林誰拭劍，曲殤南國子藏弦。平湖擁別鶯猶唱，半野思歸槳不前。拂水祇今情未了，孤墳聽哭落花天。

李香君

不唱後庭風月深，秣陵殘酒倩誰斟。樓頭雲媚梳香櫳，塞外霜寒襲薄衾。抱玉精神情漸悴，飄花顔色血堪侵。可憐名士皆屠狗，唯剩青燈伴佛心。

國家公祭日

金陵公祭長精神，不使沉魂久抑淪。修禊敢忘城喋血，救亡堪讓劍埋塵。擴張文化爲原罪，封閉思維成敗因。遇難墻前鳴警笛，或能振起力千鈞。

讀楚家冲吟鈔并寄

一卷詩書爽籟生，峻奇格調漸形成。摘些春月藏私夢，嘯幾秋風啓正聲。筆底共鳴猶共勉，天涯相敬不相輕。何愁壓歲陰霾重，讀罷君心自透明。

丘海洲

一九四九年九月生，廣東陸河人。中文系研究生班畢業。曾任深圳大學藝術學院黨委書記、深圳大學督導等職。現爲中華詩詞學會理事、廣東中華詩詞學會副會長、深圳詩詞學會名譽會長。著有《觀雲樓詩詞選》《经典丹青第二卷》等。

嘉峪關至敦煌機上即占 一九九一年

川野莽蒼蒼，渾涵去路茫。風停沙漠静，日烈焰波猖。浩宇猶初醒，巨鵬疑未翔。雲烟遮斷處，空姐指敦煌。

峨嵋山 一九九九年

峨嵋天下秀，奇景冠西川。金頂神燈妙，雲中大佛玄。猴靈撩過客，寺古隱游仙。最愛牛心石，鳴琴水拍濺。

祭袁文才 二〇〇四年

英雄何處出，耿介本農耕。氣蕩山河撼，風傳神鬼驚。未酬雲漢志，却陷莫須名。

千里來憑吊，猶聞杜宇鳴。

夏訪呼倫貝爾 二〇〇六年

豁眸天地闊，深緑接鵝黄。野曠晴山近，雲高大宇茫。疾車驚宿鳥，細草潤肥羊。獨愛神泉冷，奇花蕊正香。

己丑重陽登深圳大南山韻體雙限同谷風晋如君 二〇〇九年

秋光高處好，偕友沐良辰。日麗山增色，雲疏海有神。松風怡百鳥，嵐氣醉三人。疑化莊周蝶，陶然隔世塵。

夏威夷 一九九九年

大洋名重夏威夷，碧海藍天映逸姿。灘淺泳迷魚貫入，浪高馴士馬般騎。幾排椰影遮陰爽，萬片銀鱗拍岸遲。火島山青樓更秀〔一〕，景光四季美如詩。

〔一〕火島，指火奴魯魯島，檀香山市在此島上。

丁亥九日梧桐山登高用小杜九日齊山登高韻 二〇〇七年

湖光蕩漾紙鳶飛，勝日登臨訪翠微。方外閑雲依海盡，望中游侶擁花歸。有心桐子傳秋信，無意蟬聲沐朗暉。回首鄉關何處是，金風習習拂征衣。

鵬城小聚

二〇一〇年一月三十日與國明、谷風、東遨、海鷗諸兄聚于鵬城，席間即興題詩，低吟淺唱，陶然忘機，詩以記之。

何須方外索安恬，勝會而今共友耽。酒到醇時詩亦醉，韻逢奇處興猶酣。心高寧辨清還濁，曲雅非關苦與甘。笑看炎涼塵世事，良材未必盡楩楠。

陸河賞梅 二〇一〇年

孰言南粵雪無期，此地連峰白絮吹。浮動雲階香遠近，横斜鐵骨影參差。凌寒萼色霜中艷，浴日冰心雨後奇。清韻幾番吟不得，仙魂總在最高枝。

庚寅秋日奉和逸明兄 二〇一〇年

秋聲漸届暑雲深，喜聽江樓酒共斟。每向文壇宣正氣，何曾滬上隔清音。耳傍蜃影時人夢，眼底災情百姓心。風俗日衰思國運，憑欄一曲説浮沉。

郴州印象 二〇一一年

何處飛歌好放懷，郴州風物任詩裁。雲騰蘇嶺虬枝舞，浪擁東江龍女來〔一〕。周子説蓮稱絶唱，秦郎羈旅寄奇才。撩人最是湘昆曲，醉罷心田繞棟回。

〔一〕郴州東江乃柳毅傳書神話發生地。

徐　徐

字西隅，號若木。一九四九年九月生，江蘇鎮江人。大專文化。曾從事教育、地方史志、金融工作。江蘇省詩詞協會理事，鎮江市詩詞楹聯協會副會長兼秘書長，多景詩社副社長，鎮江市歷史文化名城研究會諮詢服務部副主任。參與《鎮江市志》第一、二輪編修。編著有《鎮江要覽》《江蘇市縣概況・鎮江市卷》《中國歷史文化名城旅游大全・鎮江市卷》。著有《猶賢齋詩》。

甲午歲暮感懷

大江流日夜，人事有滄桑。花月春風去，襟情秋雨涼。簫聲倦吴市，劍氣老朱方。借得南董筆，餘輝趁夕陽。

東臺新曹農場中學往屆高中部分師生聚會蘇州有作兼贈諸同學

碧月明千里，弦歌往歲稠。塵間各奔走，吴下喜淹留。憶舊憐紅豆，凝眸已白頭。霞杯當一醉，珍重又扁舟。

與名城研究會諸公考察運糧河感韓世忠事

一水迢迢去，靈旗逐逝波。裙釵豪氣在，忠武戰勛多。想見黄天蕩，低回老鸛河。無端驢背上，晨夕共烟蘿。

侍蔡厚示教授游焦山

一棹烟霞客，清風步履閑。海門孤嶼翠，天際大江環。碑帶魚龍氣，人浮雲水間。尚思三詔洞，高士許追攀。

家兄徐舒八旬大慶賦此以壽

八秩今稱壽，松喬自永年。貯胸文史富，過眼海桑遷。曾拓荒蕪地，更經風雨天。縹緗盈別業，勝似舊平泉。

秋柳四章用阮亭韻 選二

誰遣西風欲斷魂，弱枝疏葉立衡門。記曾摇緑纖纖影，想望籠烟淡淡痕。萬縷柔情酬別浦，一襟殘夢繞荒村。曲中玉笛聲何怨，靈武殿前當細論。

秋光一夕褪霞衣，景物蕭條人事非。繫馬情知枝已老，藏鴉更覺葉真稀。心隨亂絮和風去，身帶嚴霜逐雁飛。暮雨金城舊司馬，腰支憔悴願多違。

重游西安

輕車摇夢到西京，前度劉郎掉臂行。百二關河秦一統，千秋帝業漢經營。繡峰王戲烽烟起，湯井人歸香霧縈。起伏興衰等閑事，隋唐過了宋元明。

庚寅二月參加鎮江市志研討會有贈淮安市政協荀德麟

副主席

楚州一别廿年過，同氣相思感幾多。正旦談經連奪席，淮英題閣自長歌。回黄轉緑君真健，看碧成朱我若何。他日重沽京口酒，旗亭畫壁唱黄河。

戊子六十初度四律述懷 選一

花甲初周認不真，征鞍卸却已閑身。清風林下逍遥客，朗月書城坐擁人。磊落生涯歸淡泊，是非名利等埃塵。于今重拾舊簪筆，着意安排第二春。

北固春望

北固嵯峨萬木陰，樓臺高擁一開襟。臨風鼓角聲何壯，入眼興亡迹可尋。潮起海門波上下，雲横鐵瓮日浮沉。誰人能用倚天劍，畫出霸圖亘古今。

移家東門坡

山樓小借又移家，覽盡城南烟雨霞。曾采三秋籬下菊，來栽五色故侯瓜。成陰桃李添新緑，作嫁辛夷擲歲華。哀樂中年投筆去，且鑽錢眼爲生涯。

章一菲

女，一九四九年九月生，浙江臨海人。農餘喜詩詞，著有《偷閑集》。

南明寺采風十首 選二

久應名山約，偷來一日閑。尋幽攀野嶺，問偈叩禪關。地僻紅塵遠，林深紫靄環。
三秋風物好，沉醉幾忘還。

深嶂藏蘭若，逶迤一徑斜。竹低時吻額，風細不揚沙。悦耳迷山鳥，聞香辨野花。
羡他方外客，朝暮擁烟霞。

抗倭城懷古 八首選四

崎嶇三十里，水曲覺程遥。薄霧連山麓，清烟接海潮。碑亭餘肅穆，街市半蕭條。
九捷遺踪在，登臨一折腰。

昔年仙子國，歲月歷滄桑。城古青苔厚，雲閑野艾香。追尋知勝迹，指點見沙場。
故壘瘡痍滿，巍然立海疆。

蔓草連階碧，蒼梧障日紅。乾坤放眼闊，歲月轉頭空。逝矣沙場事，壯哉猛士風。
濤聲鳴不息，猶自頌英雄。

臨行生感慨，揖别又徘徊。過眼烟雲幻，攢心思緒哀。裁詩題古碣，傾酒奠荒臺。
歸路一回首，秋風捲地來。

春晨

初陽窺曉鏡，清夢落幽齋。啓户風盈袖，捲簾花滿階。晴烟迷野徑，鳥語動春懷。天意憐芳草，芊芊無際涯。

秋夕

翠竹摇清影，新凉撲小齋。玉盤移碧漢，桂雨落秋階。弄笛休驚月，行歌任放懷。心聲何處送，和夢到天涯。

除夕感懷四首 選二

銀花火樹亂霓虹，珠焰浮光映太空。天上時難千載老，人間歲又一年終。春風入徑梅争綻，福字臨門燭競紅。自笑童心猶未泯，也隨兒輩樂融融。

喜開家宴慶良辰，佳興來時忘苦辛。襟浥酒痕神跌宕，室漫香篆夜清新。情知量淺難酬盞，豈可囊空便負春。淡泊生涯猶自在，街頭還有望鄉人。

感時八首 選二

滚滚黄塵欲掩街，胭脂水又泛秦淮。歌場媚眼真難拒，公僕良知信可埋。墮落不慚泥没膝，風流猶喜玉投懷。民財擲盡銷金窟，硬説河邊未濕鞋。

青天鐵面世人歌，包黑今朝没奈何。裙帶縱横絲共結，枝椏重叠幹交柯。如來已受香三炷，鍾馗難拿鬼一窠。斂罷民財吹大號，脂膏香裏念彌陀。

和郭今朝先生題巾山息影圖律句四首

名山入畫墨淋漓，尺幅生綃藴妙思。浴日繁花香馥鬱，扶風瘦竹影参差。重林樹暖鶯啼早，雙幘峰高月落遲。借得空門逃俗累，卜鄰息影傍崇祠。

極閣閑亭恣意游，無邊翠黛擁江樓。林泉不負三生約，烟靄長資萬縷柔。問偈訪僧兜率寺，携朋放棹荻花洲。碧梧蔭裹黄藤榻，山鳥催眠午夢悠。

愛向重霞生處臨，江聲塔影息塵心。風流豈必登金榜，嘯傲何如在野林。曉起山花迎杖屐，晚來天籟豁胸襟。升沉榮辱渾閑事，淺扣瑶琴答暮砧。

春雨秋霖洗舊愁，緑陰無礙任昂頭。忘機且自鋪霞坐，放達何妨約鳥游。吟興狂時思倒海，酒腸寬處可行舟。雙峰拭目天高遠，仰看雲濤萬叠浮。

王一平

一九四九年十月生，浙江温州人。中華詩詞學會會員，中國楹聯學會會員，浙江省詩詞與楹聯學會理事，温州詩詞楹聯學會常務理事，《温州詩潮》編委，温州龍灣詩詞楹聯學會會長。主編《古堡深處》，編譯《槐陰集》。著有《蛙鳴集》。

文成百丈漈

蒼崖峻峭歷春秋，欲瀉銀河落斗牛。三徑野花香氣散，一窗緑韻白光浮。倚空寶劍隨風舞，飲澗玉虹涵月流。百丈噴珠天造化，瀑飛豈遜大龍湫。

河殤

孕育文明倚運河，情懷深邃寄柔波。圖謀功利金盤滿，刺破肌膚厄遇多。青鯉難能翔綠水，紅蜓不再弄圓荷。涓流泣泪長呼喊，還我清泠可奈何？

河醒

一曲波光綠有餘，彩雲舀起夢當初。魚如無水魚非活，水若無魚水亦虛。清障治河還孽債，截污納管利安居。洗心拾翠飛聲急，筆蘸熏風濃墨書。

河笑

雁影烟村綠柳渠，眼前風物畫難如。斜陽古埠舟摇晚，細雨漁翁夕釣舒。鷺狎雙溪時隱現，花香兩岸日耕鋤。水鄉流韻荷池月，夢在籬臺寄起居。

止齋故里行 二首

溪山第一久聞之，積翠峰前初謁祠。遠影總因明月見，清香唯有好風知。事功學説推文節，載道錚臣話國師。諫引帝裾多感慨，杲公碑記獨尋思。

綠在仙岩鳥唱晴，靈區湛秀笑相迎。松泉丹壑源猶遠，梅雨幽潭韻自清。南宋文章推獨步，東嘉學派樹先聲。書臺盥讀縹緗在，更有餘馨滿古城。

石門遺韻

好水好山在永嘉，層巒盡染吐清華。流鶯啼破三更月，麗日鋪開五彩霞。康樂石門留雅韻，招提遺址別僧家。紅塵一夢雲拋岫，對酒裁詩樂品茶。

雁楠道中步杜甫九日藍田崔氏莊韻

秋空四望自心寬，柿熟枝摇鳥語歡。清氣爽心楓換色，嵐烟出岫嶺加冠。溪風浸菊三籬瘦，山影連雲一徑寒。不老詩心吟不斷，回眸直作畫圖看。

鄒國榮

字梅子，號無爲齋主、梅樹下人、霍山夢鶴，一九四九年十月生，廣東龍川人。中華詩詞學會會員，深圳市詩詞學會副會長，《深圳詩詞》主編，香港詩詞學會副會長，世界漢詩協會深圳分會副會長，北社名譽社長；廣東省書法家協會會員，深圳市書法家協會會員，軒轅書畫院副院長，中國國學協會會員。著有《無爲齋詩草》《鄒國榮書法》等。

無爲齋雅集賦得

冬陰連半月，今日始開晴。客帶風騷至，詩從酒氣成。言談家國事，笑謔故人情。杯底流光短，醺醺滿别行。

訪荔園詩社

淅瀝長街雨，朦朧幾處家。行中稀晚客，傘下有殘花。裊裊湖烟滿，沉沉水閣斜。邀來尋雅意，無語一盅茶。

夜宿廬山聲屏別墅

深山垂暮早，墅地客行稀。霧起梧桐雨，秋寒牯嶺衣。四鄰燈落落，三疊夢依依。遠近無啼吠，荆吴寢萬機。

壬辰夏謁南臺禪寺詩贈懷輝方丈

茂林藏古刹，雄殿宿高燈。鐘静清凉界，禪皈大小乘。浮屠觀舍利，午宴味齋蒸。衡岳空空裏，南臺對峻嶒。

夜坐

三更雨無歇，一壁影孤閑。欲醉誰相飲，才書意又删。猿馳天地外，韻對宋唐間。終究情寥落，莫如開網頑。

春日感懷

春喧郭外暮難平，擾擾高枝鳥雀争。夕氣侵霞紅漸黑，上流入派濁吞清。聽鴻在野空啼月，看廟分堂正列名。初暖社山寒倒至，竹窗摇影夢無成。

夏至日感懷

風露傳分向夜欹，清宵燕坐對遥箕。沉沉樓宇囂難歇，澹澹情懷神正馳。日若無華長亦短，月如有色缺何虧。天河瀉眼心堪洗，漫取流光入小詩。

重九登霍山步蘇軾韻

山將秋色寫蒼蘢，引我偕朋上碧峰。勢借船頭朝霧破，香凝瓮口向天封。危崖越險景方好，故土長離情倍濃。千里歸來凌絶頂，風光四野飽雙瞳。

園中品茶偶拾

肆中落座竹籬圍，木椅藤几樹掩扉。燭火泥爐光熠熠，砂壺雀舌氣微微。無言對飲知高品，有景催吟入妙機。偶見東風拂梢過，一簾春色燕銜歸。

偶感

過眼雲塵一抹痕，關山邃處氣猶昏。經書半部誰匡世，濁浪漫天足斷魂。慷慨何由銅雀宴，風流但願杏花村。疏籬月色堪眠枕，桂影涵烟蝶夢温。

新春有感

春色難將朱紫諳，苑中肥瘦競狼貪。甘霖享盡猶無足，弱草欺殘尚有婪。罔置山川冰雪亂，何憐瘠薄野藜耽。輪回斗柄方東指，忍見横天霧瘴參。

鄉居漫吟

一灣溪水一彎崋，梅子樓依細寨斜。稻菽門前三塅錦，桂蘭苑内四時花。青松翠竹庭生月，淑氣清嵐棟涌霞。室雅天和人自在，童孫游戲我烹茶。

遺懷

一任潮流簸弄頻，逡巡圳角遠河津。夢中未識槐安國，醒後空餘樗朽身。熱鬧蜃樓銷大氣，清幽林野適閑人。且垂長綫烟波裏，静坐磯頭釣月輪。

六十初度

干支演繹復何窮，絮舞依然秦漢風。灞柳往時烟籠處，車塵今日客行中。但欣一路蹄聲疾，更得千尋意氣通。解轡檐前垂暮裏，井床月色正融融。

汶川大地震一周年祭

泪洗蒼茫五月天，難從噩夢憶嬋娟。雲中數萬魂猶哭，月下孤零雁可憐。但有春風還故國，獨無香火斷新川。哀靈且逐蠶叢去，社會年年祭杜鵑。

龍騰夢

盤古女媧堯舜天，龍騰一夢五千年。嫦娥夸父雲和月，道德文章哲與賢。滾滾長江追大統，泱泱故國譜新篇。肅聽義勇軍歌壯，到處河山起紫烟。

熊東遨

字日初，號楚愚，別署憶雪堂，一九四九年十月生，湖南寧鄉人。從事軍事新聞、高校教育及對外貿易工作四十餘年，退休後定居廣州。現爲湖南省文史研究館館員，世界漢詩協會名譽會長，中華詩詞學會常務理事，湖南詩詞協會副會長。先後任『世紀頌·澳門回歸杯』『沈園杯』『根祖杯』『屈原杯』『百詩百聯』等多屆全國詩詞大賽評委。著有《詩詞曲聯入門》《古今名聯選評》《詩詞醫案拾例》《畫眉深淺》《求不是齋詩話》《仙侶同舟集》《憶雪堂選評當代詩詞》等二十餘種。參與《詩經鑒賞辭典》《唐宋八大家鑒賞辭典》《花鳥詩歌鑒賞辭典》《清詩鑒賞辭典》《中國旅游名勝詩話》《百年文言》等十餘部大型辭書編撰。

秋日花岩溪觀鷺

尚有眉堪畫，秋山自入時。雲收千嶂雨，鳥誦一林詩。但得心常在，何嗟夢覺遲。世間真趣味，本不要人知。

雨中三峽壩上作

驟雨傾空過，平添百尺瀾。濤聲遥瀉海，雲氣半埋山。國仗人才立，天容我輩閑。江濱有漁父，所望衹長竿。

西水舟中拾趣

一注星河水，分流到鄂西。人言青嶂外，時有野猿啼。薄霰來風竄，凉波轉石梯。

誰家小兒女，擺手踏花泥〔一〕。

〔一〕土家擺手舞爲當地一絶。

京師茗話歸寄庶之孤雲凝秋寒白

舉世人無數，淘餘剩幾何？幽泉聞絶響，古木見交柯。還羨嶙峋石，能經歲月磨。中流同此棹，不計受風多。

壬辰初夏偕諸子重訪溪洛渡水電站

聯杖探溪洛，風同魏晋閒。眼隨中國大，心似古人閑。借石分滇水，因雲問蜀山。堰湖千頃碧，應見白魚還。

夏日天門山紀游

雲崖盤棧道，一綫入穹蒼。石拙苔痕淺，林幽鳥語凉。時光真手筆，天地大文章。會得支撑意，摩峰認脊梁。

同諸公北部灣看落日

極地窮幽賞，驅車探國門。恰逢春夏接，同看水雲奔。海幻千重彩，天垂一綫痕。丹珠明又見，不懼夜潮吞。

雨中登太乙山

陰晴高莫問，天意兩難兼。異曲傳風笛，真容隔雨簾。雲移山勢改，岸淺水紋添。盛世無趨避，支筇坐竹檐。

靈山道中即景

不似蠶叢險，攀援有棘虀。溯游塵屐濕，聯唱晚蟬多。片葉團清露，層田叠翠禾。小溪橫石板，容得幾人過？

夏日楠溪江探源小憩石桅峰

小坐雲林下，怡然品至清。嚵波魚可數，掛樹蝶初成。所見雖常物，何曾失正聲。窮源餘我輩，不畏路難行。

新秋訪安福寺歸寄達照上人

頂禮南來謁佛陀，流雲次第眼前過。一輪漸上潮推月，萬柄齊敲雨到荷。泉石在山聞法久，草花成藥惠人多[一]。繁華看盡歸平淡，秋水無痕鏡自磨。

〔一〕安福寺爲藥師佛道場。

山居答偉亮

枕邊清響石泉來，不濯冠纓也暢懷。一寸山河全小夢，十年風雨辨長材。株因有約終生守，心到無防盡日開。聞道老猿工飲弈，月明江渚待安排。

石霜寺古楓

閲盡繁華守本真，經堂護法遠閑塵。摇青别見霜前意，淬火彌堅化外身。何計野風終古削，正思凉露五方匀。山中寂歷同寒暑，未必松杉不可親。

過左文襄故居

好風依舊與民親，湘上農家有此人。百二河山勞守護，三千楊柳待延伸。中樞例奉和諧策，大海翻多覬覦鄰。禮罷先賢無一語，佇看飛鳥没遥津。

重陽登龍虎山同盛元迎建

拾取空山片葉黄，風前信手記滄桑。材無大用還知止，事到中年過即忘。新露珠團同面目，故交雲散各參商。不曾留夢憑高倣，孤負秋屏一枕凉。

臺山海玉歌

億萬年光養太和，元胎精氣得天多。偶憐珠寂鳴清夜，爲避人知隱碧波。寧静衹宜詩獨語，堅貞堪與月同磨。洪荒剩此媧皇脉，西北而今值補麽？

偕詩社同人大龍湫小憩和諸公聯唱韻

偶同溪石坐清幽，便覺生涯近一流。凉玉共看千斛瀉，翠雲分作幾團收。欲憑元始佳山水，守住心形小自由。何用百年重訂約，已留鴻爪在龍湫。

中華詩詞學會第四次代表大會在京召開因事未赴賦此爲賀

莫笑秋風出手遲，槿花紅已到孫枝。披殘夕照群峰立，點破青屏一羽馳。文字失題聊記夢，國家多幸不宜詩。思量衹有東坡老，未滅疏狂似昔時。

羅連雙

一九四九年十月生，山西五台人。一九七七年畢業于山西財經學院。曾任山西省體制改革研究會秘書長，中共長治市委副秘書長，現爲中華詩詞學會會員，山西省詩詞學會常務理事。著有《君山集》。

秋登西山

大道通天上，悠悠信步長。菊花甘後發，楓葉莫先黃。遠市仙宮影，新園玉女妝。金風如故友，疏我鬢前霜。

置書偶吟

五十年中萬册書，讀時欲細却常粗。知行自古難而易，名利于今有或無。紫玉峰頭尋瑞草，菩提樹下飲醍醐。衰顔不必酒來潤，展卷如成大丈夫。

長治百草堂

靈秀山中開一堂，堂名百草自含香。演來周易陰陽合，參破玄機意態祥。何必通天弄手眼，不妨就地醉芬芳。友人問我將何樂，掩卷徐行上此岡。

迎春抒懷

三羊開泰喜迎新，風物無涯皆可親。銜玉補圓天上月，拈花點靚眼前春。千山屏立形如夢，百世輪馳影若神。萬象入心心入法，金剛不壞是吟身。

五龍池

朝罷佛山情更濃，又來仙境禮真龍。潭邊呈首兼呈爪，山上疊花還疊松。百草爲誰藏寶藥，一臺迎客賞雲峰。千年不息甘泉水，養出人間福壽容。

冷陽春

筆名蕭辛，一九四九年十二月生，湖南益陽人，現居沅江。農民，初中肄業。工傷致癱。中華詩詞學會會員。著有《刑天詩稿》及《刑天詩稿》增訂本。

寄朱梅香女士 三首選一

病榻纏綿久，年華逐逝波。閑吟思舊賦，愁撰憫農歌。白髮催人老，青雲入岫多。情深難割愛，廿載著詩魔。

洞庭春景 二首

熙春碧水喜融和，霧帳初開露翠娥。千里長堤舒嫩柳，一輪紅日浴金波。風帆片片連雲動，鳥語聲聲逐浪歌。日暮漁舟紛艤岸，肥魚擔擔入筐籮。

千里荆楚開鏡匣，湖光山色美泱泱。晴波瀲灧烟雲淡，雨嶺空濛草木香。水擁重樓浮貝闕，山迎群雁入江鄉。天然一幅瑶池畫，裝點人間錦繡廊。

創作有感

筆耕自學少閑悠，暑往寒來幾度秋。一紙文章千滴血，廿年傷病萬重愁。貪圖安逸終無獲，肯付辛勤必有酬。筆底常憂才思盡，屢從生活汲泉流。

桃花

年年春雨潤新芽，萬樹鮮花映艷陽。渾似楊妃舒笑靨，宛如西子著紅妝。賓鴻曾訝丹雲落，社燕初疑绛雪香。衹恐深夜花謝去，倩人折得一枝藏。

春日

春來萬物勃生機，李白桃紅草緑蹊。烟霧迷蒙青嶂暗，田疇馥郁彩雲低。蜂兒采蜜纏花樹，燕子銜泥度柳堤。更有池塘添熱鬧，鵝歡鴨唱和鶯啼。

咏望兒山莊望兒母塑像

游子離家未解愁，思兒日日立山頭。滄波浩渺浮蓬島，幻象空靈涌蜃樓。白髮豈緣霜雪染，青鸞長恨海天悠。傷心最是黄昏後，不見天涯一葉舟。

黄金厠所

電視新聞報道：廣州市政局用八百萬元修了一厠所，墻壁飾以金箔。聞之有感。

厠所黄金飾粉墻，廣州市政太荒唐。未曾節儉崇文帝，竟以奢華學紂王。短巷猶多藏穢地，長街幾許便民房？公權濫用無監督，何日蒼生作主張！

應揚州瘦西湖杯大獎賽而作

揚州來賞西湖貌，造化神奇分外嬌。十里烟波舒媚眼，雙堤楊柳束纖腰。蘭舟桂楫蓬萊島，月洞風亭玉石橋。欣佇熙春臺上望，瓊樓座座矗雲霄。

馬斗全

一九四九年十二月生，山西臨猗人。山西大學歷史系畢業，山西省社科院研究員。主要從事古文獻、文史和文化研究，論文、文章多發表于權威學術雜誌和大報。中鎮詩社社長。著有《南窗吟稿》《讀詩閑劄》等。

甲戌夏新居五首

要款無餘蓄，論銜屬散仙。當然該立地，否則便擎天。角落掃除細，圖書搬運先。雖云淺且陋，總算是喬遷。

世豈多風雨，高墻障牖前。觀天如坐井，面壁似參禪。有地難栽柳，無雲且看烟。雨時排水響，聊作是山泉。

謝却北風累，悠然自面南。終朝少見日，爲伴許栖蟫。徑與權門遠，食能藜藿甘。幾多愛我者，都説這人憨。

位賤易知足，吾廬吾自憐。小詩裁枕上，大字練窗前。廳敞堪延客，軒凉好熟眠。當年杜陵老，那得有斯緣。

才住即能慣，還欣得地偏。一多閑雀顧，便少俗情牽。商海聲難到，書城守可堅。從兹陋齋裏，矻矻效先賢。

賓館陽臺正對大雁塔

唐賢題咏處，一日幾平臨。灞水仍東去，驪山近可尋。悠悠千載事，渺渺此時心。盛世思天寶，憑欄且嘯吟。

雁蕩山中

烟霞層疊處，幽趣孰能知。倚石坐每久，看山無已時。風來唯是爽，水去且由之。偶攝悠然影，他年好配詩。

人生

人生幾兩屐，世路總多艱。何若山中卧，悠然物外閑。尋詩兼聽鳥，隨處一開顔。他日升仙去，無須舁骨還。

寄河勝

公務閑時但閉門，案前相伴衹詩文。春風吹處誰偕我，燈影孤時倍憶君。披雨同尋岱頂雪，倚松還攬華山雲。未知何日峨嵋上〔一〕，促膝清談到夜分。

〔一〕吾家所在之塬名峨嵋。

會後與周毅兄稽留二日得兩游歷山西峽

爲愛仙源别去遲，秋風莫笑客情癡。昨游真得詩多首，今到還携酒一巵。蛺蝶縈人知舊識，崖峰經雨盡新姿。臨流覓石徘徊久，更坐溪山欲暮時。

癸未九日詩莊登高

人無目的山無徑，但向莊旁高處行。叢棘牽衣如有意，雜花耀眼不知名。望中俱失峰千仞，霧裏時聞鳥一聲。欲問風前何所感，滿坡野菊愜吾情。

乙酉上元約諸社友同步王荆公上元韻

此夕清光處處同，游觀欲繼古遺風。燈摇焰火升騰裏，詩在吾朋把握中。大富知歸太子黨，小康説與主人翁。弊端未去豪須抑，誰是今朝拗相公？

聞紀念黄遵憲逝世一百週年國際研討會于京城召開感而有作

晴嵐嫩柳又春妍，遥憶先生一慨然。横海幾回持漢節，啓蒙最早説人權。豈惟奇氣詩中見，更有高風域外傳。百載時光容易過，今將何語報重泉？

歲暮用放翁韻

世事瞢騰感萬端，况逢殘臘更祁寒。一身何處容蕭散，千里鄉關自鬱盤。衣食無憂差可幸，詩書爲伴略成歡。閉門不礙遥天信，好句來時獨笑看。

妻歿已八閲月悲又有詩

一别無從覓影踪，更無片語略相通。人間日月泪光裏，鰥後情懷詩句中。知己難歸多惘惘，還憐有夢總匆匆。茫茫天地望何極，悲恨浩如流水東。

夜宿雁門關

懷古尋詩未是閑，偕朋來宿雁門關。蒼茫嶺路人千里，蕭瑟秋風月一彎。休問長宵誰有夢，劇憐奕世事多艱。河山大好須珍惜，想到輿圖泪忽潸。

雁蕩優游閑住堪稱詩界首創諸人感覺極佳賦贈東道主樂强宏志兄爲謝

大龍湫下聚朋儔，心自悠閑境愈幽。天氣清和時正好，峰巒碧翠雨初收。一番吟事斯爲勝，七日風流孰與侔。此問良籌并高意，替詩謀歟替山謀？

游内蒙古格根塔拉大草原得詩多首

百端都廢剩吟幡，游屐悠然又草原。漠漠穹廬雲織就，飄飄健翼鷂飛翻。宜人最喜暑天爽，擾夢休嫌鳥語喧。却笑老來詩思減，偏多拈韻十三元。

當代律詩鈔卷二

李訓論

一九五〇年一月生，江西安義人。農民。一九六八年初中畢業回鄉。曾經務農、教書、辦鄉鎮企業，現有自辦企業。師從胡迎建先生。中華詩詞學會會員，江西省詩詞學會理事，安義縣詩詞學會秘書長。著有《初耕集》《續耕集》。

茶友

水沸芽隨撮，時依客準來。無言知事底，啓齒坦胸懷。兩額眉頭鎖，一壺雲霧開。尋幽嫌日短，把盞孕詩胎。

從靖安仁首洲尾過渡潦河時值傍晚

篙插幽潭皺，波浮美夢奢。撐開半河碧，漏出幾枝霞。釣漢饞鱗静，浣姑偷眼斜。艄公心莫急，點水可生花。

登神農頂

群峰羅脚下，登頂白雲横。峭壁闢幽壑，寒烟鎖石城。欲將宏畫覽，却怕夕陽争。我借神農力，日斜雙指撐。

過舊書地攤

每見攤圍白首群，價成橫秤按公斤。時花漸落風追影，逝水難平浪擠紋。莫讓浮名枷鎖住，隨拋俗物醋缸熏。可憐多少繁華後，掃帚清場亂緒紛。

采珍

青嵐旖旎眼依依，蹀躞從容入夢奇。不惜平時千滴汗，來尋深壑半籃詩。家常菜少添加劑，室内花無競秀枝。每每[illegible]撩清淑氣，吟泉生處盡情追。

陳世群

一九五〇年二月生，廣東海豐人。當過記者、編輯。中華詩詞學會會員，中國楹聯學會會員，汕尾市楹聯學會副會長、學會詩刊《海陸風》主編。

重過縣衙

難憑手筆記流年，十載虛隨此執鞭。侵蝕終教陵谷變，疏迂豈記歲時遷。豁眸新貴多煊赫，稱意同儕半杳然。側伫庭除殊感觸，群情哭訪擁門前。

春日抒懷

歲去真成赴壑蛇，春來似挽過山車。漸回陽律聞啼鳥，徐拂東風孕嫩芽。潤物偏宜連夜雨，催詩早綻滿庭花。烟波深處堪棲止，不釣浮名釣落霞。

戲咏手機

時髦尤物衆殊科，風靡寰球人着魔。玉面嬌羞生百態，鶯聲柔嫩唱千歌。新歡入手愁忙甚，舊寵收心退讓多。苦辣酸甜相告慰，不憐教我可如何？

謁蓮花寺

名傳飛瓦事曾諳，古寺何期此日參。曲道鷲從頭上起，禪燈訝許眼前探。聽經伏虎留佳話，覓迹思賢吊翠嵐。爲有蓮峰靈境在，衆生迢遞禮香龕。

咏荆州

金鏞玉堞史悠悠，風物人文孰與侔？屈宋高才真巨擘，張關大義足千秋。楚都名勝聲華遠，江漢明珠錦繡稠。故國神奇勞夢想，荒臺感興動神游。

蓋茨贊

百億盡捐渾裸身，富雖敵國視浮塵。乍聞寧不疑神話，及悉方驚是至仁。伉儷同心然諾重，黔黎解困受恩真。何須褒善開宣講，默守衷誠似戆人。

不丹改制

初傳改制笑無稽，忽報成真世嘆奇。已弃皇權同敝屣，未聞鮮血濺丹墀。輿圖换稿雲山静，福祉臨民桑海移。野老不知更替事，山中飽看爛柯棋。

亳州原書記李興民升官鬧劇

鬧劇驚聞出亳州，居然戇大慶封侯。三軍檢閱充元首，萬姓失聲嗤沐猴。威逞地方需拍馬，官升書記要吹牛。頻頻作秀熒屏上，誤盡蒼生是此儔。

戈爾巴喬夫八秩感賦

曾經陣痛歷時艱，回首風雲合破顏。洞悉根源拋弊政，砸開枷鎖闖難關。乾坤扭轉經綸手，日月重懸霄漢間。身繫蒼生天錫福，悠然一老享清閑。

紀念歐陽修誕辰一千周年

紫陌垂楊春日融，與誰把盞祝東風？文章太守民同樂，宦海名流酒不空。已置恩榮天地外，慣看山色有無中。起衰一脉承韓柳，播譽千秋世代崇。

紀念杜甫誕辰一千三百周年

烟塵胡馬黯神州，患難飄蓬早白頭。茅屋秋風祈至願，朱門凍骨發殷憂。生靈塗炭哀時泪，故國傷心歷亂秋。詩聖聲名人共仰，抗懷芳躅一身留。

悼索爾仁尼琴

星移物換霧雲收，歸正哀榮終首丘。故國相殘難托命，殊方放逐苦登樓。文驚當世獨夫怒，犀照深潭識者憂。天步艱難見風概，誰爲砥柱屹中流？

劉冀川

筆名薏軒，女，一九五〇年十月生，祖籍四川。曾入伍，歷任貴陽市委機關幹部、貴州省文史研究館黨組秘書、《黔風詩刊》編輯；海南省開發建設總公司黨委辦公室主任科員，海南省婦女詩書畫家協會副主席，海南省詩詞學會理事。中華詩詞學會、全球漢詩總會、巴黎中華文學社成員。擅月琴。著有《薏軒詩集》。

和世廣兄再叠金水赴蓉原韻并寄海内詩友

地遠蓬萊近，天涯寄此身。海寬容歲月，心曠伫星辰。有趣茶中客，無求檻外人。清居長掩翠，花醉性情真。

游北大校園

信步行幽徑，燕園柏木蒼。崇文淵藪近，懷史玉碑凉。亭坐依斜照，風回送暗香。蓮心何處繫，湖畔柳絲長。

咏哈雷慧星

雲外何飄渺，逍遥永未停。流光分日曜，巨尾掃天庭。運轉長循軌，扶摇無定形。宏觀研宇宙，漢史早留馨。

雨中攝花影

庭園連日雨，擎傘近花墻。粉瓣明珠聚，芳枝碧葉張。盈盈時墜露，默默暗聞香。牽袂知深誼，影留春意長。

林則徐

虎門銷鴆鬼神驚，沙角臺高峙鐵城。惟冀丹心輸社稷，豈憐白髮聽邊聲。死生祇爲國家以，肝膽未因禍福更。氣骨千秋磨不盡，大江依舊作雄鳴。

報國寺

守隘銜山一寺雄，懸階聳殿上天宫。佛光普照雲霄静，古木濃遮俗念空。覽月峨嵋開寶鏡，扶筇嶺海賦征鴻。往來盡是烟霞客，願許何人濟世窮。

和世廣兄次金水盩堪餞晦窗韻

梅窗聽雨换新辰，心底無求便是春。獨向江山斟薄酒，遥看日月轉空輪。千秋豈有長生夢，萬劫猶存不壞身。人在天涯何所寄，滄波一去渺輕塵。

和斗全兄中鎮詩社成立十二周年寄同仁韻

騷壇風雨一年年，共振嚶鳴信有緣。北嶺秋風吟興起，南疆海韻和聲傳。詩懷坦蕩舒真意，境界天然出雅篇。世態紛紜宜望遠，星辰日月在雙肩。

甲午閏九月九日各地詩人聯吟作

一年兩度遇重陽，百載光陰補歲忙。秋去秋來原有序，花開花謝自留芳。悠然景色閑中賞，隱逸人生静裏藏。筆下烟霞隨意賦，怡情即是好風光。

登昆明大觀樓

無限風光蔚大觀，瓊霄空闊海雲寬。晴峰猶放千年碧，斷碣曾沉一水寒。覽勝從來多墨客，高吟未必盡儒冠。詩心久佇憑欄處，巨幅長聯勢若磐。

柏舟

網名逍遥羽毛，白羽僑，一九五〇年十二月生，安徽泗縣人。一九七六年畢業于安徽師範大學英語系。曾任教于浙江絲綢工學院（現浙江理工大學）、浙江教育學院（現浙江外國語學院）、浙江大學城市學院。著有《孤山夜吟集》《海島聽濤集》。

白露

日落山凝遠，新凉作晚游。吟蛩驚白露，明月近中秋。暮管吹芳樹，蘭舟泊酒樓。芙蓉餘韻在，相戲水禽幽。

晚歲

乾坤存大道，萬物有枯榮。晚歲峰迎遠，初冬雪快晴。風飄黄葉落，日下暮雲横。

皎皎山前月，殷勤照我行。

夏夢 二〇一二年

盛夏留清夢，雲山邈且凉。醒來猶暑熱，追憶更彷徨。春戀桃花雨，秋憐紅葉霜。旋游冰世界，滿目盡琳琅。

中秋日讀舊作有感

一枕和平夢，百年羞辱盟。雄獅初睡醒，魑魅尚猙獰。長劍倚天竦，天槎傍斗横。東風猶可待，一舉斬蛟鯨。

癸巳秋登蓬萊閣

天末秋風起，澄清萬里埃。丹林釀玉露，綺夢醉蓬萊。海日噴雲出，狂飆卷浪來。至今高閣上，猶有避風臺。

甲午新春和陳湘明

頭上鄉思縷，江南細柳芽。可憐游子夢，猶在故人家。暖氣催殘臘，寒流渡海涯。唯期今夜雪，飄去護梅花。

秋興八首其四和老杜韻

秋來局勢亂如棋，萬里風烟入眼悲。政客高談韜晦策，草民奢盼購房時。雲中雁叫歸程遠，月下簫吟睡意遲。一夜寒林承玉露，滿頭白髮費凝思。

蘇曼殊墓

名被情僧任妒猜，生于亂世顯奇才。芒鞋踏破山河碎，倦筆書成斷雁哀[一]。丹桂開時猶有恨，故塋尋處已無堆。騷魂散入湖雲裏，漫把孤山作鏡臺。

〔一〕斷雁：蘇曼殊著有情愛小説《斷鴻零雁記》。

八卦田

遺宫廢苑邈雲烟，城外南郊有籍田。水繞八丘行卦氣，躬耕九穀禱豐年。弦歌慘戚山河碎，風雨飄揺帝祚懸。忽見林間花喜鵲，雙雙飛去柳塘邊。

壬辰冬至爲瑪雅預言世界末日賦此述懷

讖語千年此日終，生逢盛世現夔龍。狂歡再度平安夜，爛醉來聽末日鐘。地陷天傾空悸悚，蝸居垢食且從容。吊絲貧賤輕生死，不向神前卜吉凶。

和李泳草堂人日我歸來

草堂花萼影徘徊，照醒孤山梅眼開。遥想少陵歌醉後，却思處士鶴飛來。飄蓬萬里詩千首，悵望千秋酒一杯。明月輕舟歸棹遠，乘風老去卧蒿萊。

文登營步韻戚繼光

蕭蕭故壘海之涯，漠漠烟村數百家。已近重陽思菊酒，曾經中夜起悲笳。流光恍似迷春夢，世事渾如泛客槎。海上倭夷猶肆虐，天生飛將守中華。

廉相頗

一九五一年四月十九日生，山西永濟人。天津大學畢業，高級工程師。中華詩詞學會會員，中鎮詩社社員，中華詩詞藝術研究所研究員，中國毛澤東詩詞研究會會員，永濟市詩詞楹聯學會副會長。中國書畫研究院研究員。編有《香港回歸詩詞選》《戊寅抗洪詩詞選》等，著有《鴿原吟草》。

廣勝寺

飛虹天地聳，光彩炫雙瞳。峻嶺崇山上，流泉古柏中。素雲飄玉宇，佛寺沐金風。縹緲空靈處，詩禪意自融。

靈空山咏松

雲岫仙踪處，天風至此回。動情丘壑樹，滿目棟梁材。昂首蒼穹去，銷魂騷客來。驚瞻高邁氣，雷電不能摧。

雪花山演兵場

抗日英雄氣，山川印記多。峥嶸排陣勢，蒼鬱擁嵯峨。關隘今安在，烽烟曾幾何。

清剛雄邁處，昔日舞兵戈。

天柱峰

群峰俱拔地，一柱觸天關。名出鄉邦外，秀標雲水間。雁歸先共敬，猿恐不能攀。地火生神劍，風雷祇等閑。

秋登鸛雀樓三首選二

昔年魂夢幾徘徊，幸有春風蕩劫灰。雪霽冰開頻自喜，浪翻濤涌急相催。河邊側耳鐵牛吼，樓上揚眉鸛雀回。舜日生輝情愈奮，弄潮兒女敢争魁。

高閣憑欄騁遠眸，山光雲影望中收。探身欲駕千重浪，昂首當歌萬古流。西岳崔巍迎旭日，中條蒼鬱接清秋。文明古國摇籃裏，滚滚黄河第一樓。

題貴妃故里

鍾靈毓秀好河山，天許蒲東生玉環。宫舞曲中情切切，華清池畔水潺潺。神魂已去烟塵外，愛恨長留天地間。風雨朝綱危斷日，傾城傾國怨紅顔。

緬懷抗日名將左權將軍

松風如訴語沉昂，抗日烽烟憶太行。炮火飛騰移虎帳，將軍奮戰騁沙場。山河失色埋仇恨，天地回聲悼國殤。應是英雄申正告，不教鬼魅復囂張。

天宫一號發射成功

太空問鼎氣雄昂，敢遣神舟頻宇航。美夢千年游玉闕，天宫一號作津梁。泱泱大國鏗鏘步，閃閃星河燦爛光。猶似井岡根據地，神軍奮發拓天疆。

咏五臺山

古寺相鄰若比肩，星羅棋布樂駢闐。林陰蔽日添凉意，殿宇覆山生紫烟。菩薩頂前話菩薩，龍泉寺畔飲龍泉。欲尋忠烈令公塔，西望蒼松接遠天。

黄思維

一九五一年六月生，上海金山人。上海詩詞學會會員。著有《鳳翔軒詩詞》《鳳翔軒詩話》，編注有《秦少游詩精品》等。

武夷山記毁林之碑被毁感作[一]

一棹送青來，峰回九曲隈。河山如此美，斤斧不勝摧。獨狗嗟何用，高碑毁可哀。幾時行政令，群起護林哉。

[一] 武夷山管理局基建科長陳建霖自稱『看山狗』，痛林木之濫伐，乃撰寫碑文并勒石以儆毁林者。

壬辰中秋國慶相逢喜作

薄海歡雙節，清輝賞滿輪。共來形勝地，皆是太平人。盛會民同盼，南溟艦續巡。

夢圓中國好，相與詠歌新。

鶴濂先生五十金婚詩以奉賀〔一〕

鴛鴦曾伴戰雲飛，歷盡風霜喜并歸。聽櫓江樓心共遠，憑欄月夜臂相依。惟耽詩卷隨年富，未羨功名感發稀。賴有持家賢内助，豪情猶自挽斜暉。

〔一〕彭鶴濂（一九一四—一九九六），上海金山老詩人。著有《棕槐室詩》《棕槐室詩話》。

司馬遷之死

由來直筆總違尊，哀怨深深屈子魂。發憤以償當日辱，艱難成就一家言。人才苦抑邦無道，今古長悲獄有冤。但鑒此心書信在，若非知己與誰論。

讀許白鳳先生上孔方兄書有感〔一〕

今古風流屬孔公，答書盡在不言中。世無此物官難倒，人有斯兄路可通。數曲千金争穴走，十年一劍嘆囊空。經商處處朝吾看，何日醫貪復療窮。

〔一〕許白鳳（一九一二—一九九六），浙江平湖人。著有《亭橋詞》《丁卯廬詩》等。

題華山郵票

胸次先收一華山，衆峰刀削勢孱顔。兒孫羅列黄河側，菡萏紛開碧落間。能扼山喉多有膽，更騎龍背敢辭艱。他年方寸還千仞，笑向蓮花頂上攀。

寄懷周振甫先生[一]

筆底波瀾老更成，印須我友見真情。一編談藝傳佳話，半世然藜竭寸誠。會得看山名不問，常因觀水眼尤明。昔年晤教難忘却，遥向京華頌晚晴。

〔一〕周振甫（一九一一—二〇〇〇），浙江平湖人。中華書局編審。著有《詩詞例話》《文心雕龍注釋》《中國修辭學史》《中國文章學史》《周易譯注》等。

辛未四月重游南京晤胞兄思訓

白門重到雨傾盆，别後應驚歲月奔。柳暗台城春始去，湖明玄武夢猶温。六朝山色供吟稿，萬里江聲是話源。休道人間多聚散，恣情杯酒向燈昏。

自戊申秋同學别後風雨東西倏焉廿五載矣今春聚會欣慨交心賦此志感并贈同學

當年我要讀書難，上下山鄉命令頒。一别争知渺音信，再逢應是改容顔。各經風雨乾坤裏，深藴悲歡懷抱間。三載同窗情似昨，童心又在此時還。

乙亥春送珍懷先生再赴美國

耄年再渡重洋日，正是芳菲處處時。故里月明難共賞，遠書行細慰相思。數來才女憐前代，獲取詞心解妙辭。每歲春申换新貌，歸看都市益雄奇。

謁魯迅故居

晚年篇翰更鋒芒，想見橫眉兩目光。曾對明槍何所懼，難防暗箭却堪傷。危邦去此非吾土，鬥士誠堅死戰場。依舊硯前金不換，人間換了感滄桑。

鄰鄉平湖振甫白鳳善蘭先生吾鄉鶴濂松亭先生皆與予忘年交也五年間相繼徂謝辛巳清明詩以追懷疊魚字韻

平生知遇豈忘予，聆教當年在寓居。人去猶爲天下惜，才難頻見古來書。依依窮巷隔深轍，渺渺清江空舊魚。比歲兩鄉耆舊盡，起聽鄰笛泪潸如。

題三蘇墳

宛若峨眉擁翠嵐，對山猶是作深談。千年父子何曾獨，一代文章却占三。世路崎嶇還可記，人生興廢自同諳。料知身後應驚嘆，崛起鷹城在豫南。

六十初度

榴花紅處一憑欄，六十年來思渺漫。却望眼中人就老，亦知世上路行難。曲肱飲水不妨樂，把酒對山能自寬。差可吟詩賢博弈，又添長句付毫端。

辛卯秋懷周退老兼示培均葆祥二先生

雨過叢桂氣尤馨，繞砌蛩鳴且自聽。朋友二三同切切，月華十五正亭亭。學詩不覺年將老，忘歲相交眼總青。炳燭依然仰前輩，筆耕墨稼未曾停。

杜甫誕辰一千三百周年作

獨立蒼茫杜少陵，向來吟咏尚聞聲。史詩三吏兼三別，身世南征續北征。感動千秋憂國泪，飄零萬里望鄉情。高高筆架山猶在，仰止先生故里行。

癸巳秋初游北大清華

風雲北大餘聲響，水木清華役夢游。學子神馳兩名校，平生懷慕幾前修。低徊玉塔湖光好，想像荷塘月色幽。紀念碑銘重展讀，自由獨立共追求。

甲午春訪圓明園遺址公園

曠代園林不復還，尚餘殘石燒痕斑。實爲强盜稱君子，自詡文明極野蠻。感慨蒼茫遺址上，留連往返麗春間。萬方盼得安和日，莫忘前朝國運艱。

張英杰

一九五一年生，馬來西亞怡保人，祖籍廣東蕉嶺。自幼居怡保霹靂洞名勝，隨父張仙如居士學詩，并拜易君左、劉太希、李冰人諸前輩爲師，專攻詩詞駢文，有『詩壇才子』之譽。現任霹靂洞主持，馬來西亞詩詞研究總會顧問。有《躡雲樓詩稿》三集。

檳城關堤雅集有懷海外詩友

今夕重游處，關堤結伴行。月明增客思，風急壯潮聲。望斷天涯路，難忘海角情。南洲歸雁杳，別緒逐雲生。

游檳城極樂寺次毛谷風詩家韻

極樂超塵外，經聲繞佛堂。雲山開法戒，花雨散天香。塔現千重影，霞飄五色光。忘機何所擬，鷗鷺正成行。

登峨眉山金頂

山峻登金頂，天高步白雲。寒風吹瑟瑟，落葉舞紛紛。法界從心得，經聲遍處聞。大行清凈地，我自挹靈氛。

石岐瞻仰中山紀念堂

初訪中山市，來瞻紀念堂。老榕猶挺拔，晚菊競芬芳。魂魄千秋壯，功名四海揚。低回憑吊處，暮色入蒼茫。

秋日訪天師府

龍虎山中住，神仙府上來。新秋探勝迹，古樹傍高台。有限流光去，無邊大道開。幾曾游物外，歸路首頻回。

登廬山含鄱口

登高何所見，翠嶂影重重。飛瀑三千尺，穿雲五老峰。山中探勝境，世外覓仙踪。遠望迢迢處，鄱湖霧正濃。

白鹿洞

來吊朱夫子，還尋白鹿踪。紫陽猶照耀，丹桂正香濃。受業群才出，傳經百事從。畢生弘道義，千載仰儒宗。

檳城藝協詩詞組壬午重陽雅集

風流且效孟襄陽，世道升沉不用傷。萬片閑雲隨客路，九秋凉氣蕩詩腸。山行静處心能静，酒到狂時句轉狂。此日登高同勵節，勁如黄菊傲嚴霜。

泰南勿洞之游

十載重來小鎮游，霏霏細雨夕陽收。四圍山色争迎客，一帶風光任展眸。歌院聽歌聲婉婉，酒家對酒興悠悠。那堪明日飄然去，宛在揚州意未休。

全球漢詩總會第九屆廬山國際詩詞研討會謹賦 五首選一

千尺飛流遍處聞，佛光朗朗顯靈氛。東林寺接西林寺，南嶺雲連北嶺雲。錦繡谷中探勝境，仙人洞外望斜曛。多情月色松間照，照澈詩心酒半醺。

己丑中秋感懷次易順鼎韻

爲愛秋光夜不眠，幾行雁陣向雲穿。新愁未了情何了，舊夢難圓月又圓。世網潛驚塵裏劫，詩心遠跨海中天。那堪寥落逢佳節，衹合銜杯作醉仙。

登金馬侖三寶寺

升沉早悟世情艱，峻嶺登臨意自閑。萬片雲浮三寶寺，千叢樹擁幾重山。鐘聲響徹紅塵外，秋氣遥連碧海間。我輩隨緣來禮佛，静聞梵唄共開顔。

詩聲墨痕次劉作雲詞長韻

静處能參萬物情，任教變化自分明。朝看雲影連山影，夜聽風聲并雨聲。把酒何妨邀客醉，傷時莫負以詩鳴。墨痕留得千秋鑒，不論人間陰復晴。

登山

曉日高懸百丈山，凉風微拂樹回環。一峰勢出浮雲外，萬籟聲傳叠嶂間。氣壯方知人未老，心清轉覺意偏閑。年來悟得超塵累，俗事無争總不攀。

山居

淡泊詩懷見性真，洞天舒嘯孰堪倫。竹能作伴松能友，山亦爲家水亦鄰。四海敦盟還化俗，一生超逸不沾塵。忘機畢竟知何似，鷗盟飛回自在身。

朱玉明

網名老槍，一九五二年二月八日生，江蘇泗洪人。高中畢業。中華詩詞學會會員，江蘇《中青年詩詞》編委，泗洪詩詞學會常務副會長。著有《蹉跎齋吟草》。

有感文人相輕

摘下素儒巾，臨溪好浣塵。和弦音律美，即景意情真。伐异非君子，標同是小人。揚帆歸藝海，共泛一江春。

步李濟州懷遠韻

乾坤藏奥妙，月借日生輝。意轉情懷亂，天寒木葉飛。雲垂千嶺暗，雪裹萬枝肥。工崽不由己，夢歸人未歸。

游洪澤湖穆墩島

漢瓦秦磚杳，波光燦若銀。滄桑幾度變，景色萬般新。踏上穆墩島，追思點將人。東君張一網，抖落滿湖春。

鄉村行

秋頭銜夏尾，時令倍分明。晚雨三更住，涼風一夜生。高粱抽紫穗，玉米掛紅纓。喜望農田裏，豐收已九成。

浣花溪懷杜甫

雪劍霜刀入夢頻，一場春雨草茵茵。蒼生泪血凝詩賦，大塊文章泣鬼神。又見衣冠新顯族，依然酒肉老風塵。浣花溪畔人如海，憂國憂民有幾人？

感時

當空磅礴即生威，灑向人間雨點微。開發孰憐山水瘦，招商時見主賓肥。蟻蠅碌碌争殘骨，饕餮便便着錦衣。唯有詩心仍未老，癡情猶待彩霞飛。

五十感懷

歲月煎成半碗湯，一杯下肚九回腸。愁抽舊繭心情亂，醉舞新歌脂粉香。踏地芒鞋堅似鐵，望天白眼冷如霜。臨風把酒問明月，誰向人間送暖凉。

感時

九曲黄河發嘯歌，泥沙俱下泪婆娑。半壺濁酒孤燈暗，一夜寒霜千里皤。有道招商征舊屋，無錢供我買新窩。關門又造富民册，濁浪何時化碧波？

鄭作堅

網名海中海，一九五二年二月生，廣東梅州人，現居深圳。大學文化，退休公職人員。

步韻唐大進詞長花城海鮮樓集

亘古文華勝地尋，群賢聚首韻盈襟。明珠新璧輝寰宇，清水香江閱古今。浪擊神舟頻讚嘆，風臨高樹自豪吟。笙歌奏出曈曈日，一瓣芬芳故國心。

過潮州湘子橋奉和劉柏青詞長

一江涵日煥金濤，醒世韓祠鐘鼓遥。聖哲風規開鱷渡，長虹霽色送蘭橈。潮興四海生潮曲，鳳落三山聽鳳簫。喜看龍湫騰瑞氣，關河勝概更多嬌。

粵東揭嶺飛泉

南溪九曲弄晴烟，澤潤人間幾許年。石磴曾招千萬客，澗流每奏十三弦。先秦驛站何年廢，賢哲芳踪海宇傳。天籟悠悠思緒遠，相將揭嶺濯清泉。

訪湖南芷江受降城

折翅倭梟墜芷江，元元振臂動瀟湘。受降難雪沖天恨，翹首當瘵遍地傷。神社幽靈窺釣島，南洋鬧鬼幻刀槍。任憑風浪無端起，劍指滄溟正義揚。

陳仁德

網名虞廷，一九五二年四月生，重慶忠縣人，現居重慶市渝北區。四川大學畢業，資深記者、編輯，已退休。中華詩詞學會理事，重慶市詩詞學會副會長兼秘書長。著有《陳仁德詩詞鈔》《雲氣軒吟稿》《吾鄉吾土》《新編聲律啓蒙》《陳仁德文存等（六卷）》。

重慶機場送别

來去都無定，遭逢或有緣。歡歌猶在耳，盛會已如烟。情義銘心底，分離到眼前。
凌空揮手處，天際祇茫然。

驚蟄日與端誠遠彬良圖玉蘭茗飲李本森兄畫室前

榕陰下

繞郭生雲氣，盈門盡畫圖。樹篩光影碎，風暖鳥聲呼。坐對河山好，空悲道義孤。
茶烟飄漸遠，欲去復踟躕。

夜至香山寺

野徑深林外，蟲聲滿草廬。晚風何淡蕩，秋氣漸蕭疏。山影沉天際，星光照路途。
禪房幽且寂，原不戀城閭。

巫山晨起即興

好夢宜巫峽，高樓近水隈。晨光隨浪至，曉霧共雲開。船影窗中過，濤聲枕上來。
危峰天外立，隱隱見崔嵬。

宿玉峰山生態園

幽寂池邊路，清凉雨後天。松風來座下，雲影到窗前。萬樹皆春色，群峰盡夕烟。

夜深燈火黯，倚枕聽啼鵑。

立秋

熱浪奔無盡，千山復萬丘。舉家思避暑，一雨忽成秋。高枕來清夢，關門品雪甌。悠哉同此樂，足矣更何求。

暮秋即事

霜凝水漸寒，秋色已闌珊。木落群峰瘦，雲開遠路寬。爲貪高閣静，坐到夕陽殘。最喜無人處，風光獨自看。

自嘲

浮生聊復爾，世路感漫漫。遇酒常狂飲，横琴衹亂彈。惡詩焚未忍，舊性改尤難。一事差堪慰，心如鐵石般。

遣懷

早成花甲叟，未改少年狂。人世歸無奈，塵緣已漸忘。酒酣仍罵賊，路遠怕思鄉。偶遇佳山水，沉吟意味長。

枕上得句

不盡烟雲放眼看，回黄轉緑總無端。侯門絶似函關險，世路勝于蜀道難。悵日月隨流水逝，惟詩酒共寸心安，萬家燈火過長夜，幾處笙歌幾夢寒。

晨起得句

小樓高卧自心安，不拜財神不拜官。古誼常如陳酒品，好書須作美人看。未酬夙願情難了，已過中年意漸闌。世事紛紜誰管得，隔窗塵土正漫漫。

感秋

白露蒹葭易斷魂，光陰黯黯去無痕。也曾慷慨詩千首，到底輕狂酒一尊。覽鏡驚看鬢髮白，觀花漸覺眼眸昏。情仇恩怨都忘却，滿地秋風獨倚門。

觀黄河壺口瀑布仍用小杜韻

蒼崖斷處怒濤飛，濁影騰空霧氣微。天造奇觀疑是幻，身臨險境竟忘歸。一番風雨成秋色，萬古雷霆共夕暉。滚滚驚湍奔眼底，亂濺黄漬上征衣。

清明訪都江堰災區

風吹玉壘白雲低，斷壁殘墻近古堤。災後山形多破碎，春來草色太凄迷。血光滿眼何堪憶，噩夢驚心未忍提。正是清明營奠日，茫茫蜀道杜鵑啼。

遣懷十首選三

我行我素我心寬，窮骨猶能耐歲寒。朔氣連宵催雨雪，孤光照影倚闌干。芳樽對月聊成醉，長鋏無車不再彈。后土皇天風景好，新亭誰共望河山。

不拜財神不拜官，飄然來去一兒男。性情豈爲榮華改，文字宜將道義擔。身許清貧終未悔，志存高遠久彌甘。古賢遺範堪追慕，風雨孤村老學庵。

人間彈指變炎凉，早認他鄉作故鄉。生性疏狂常醉酒，行爲傲慢懶燒香。曾經滄海心如鐵，未到昆侖鬢已霜。雨打風吹天不老，名山事業待商量。

萍蹤

萍蹤直欲遍神州，但得偷閑便遠游。太白狂吟何浪漫，小紅低唱足風流。興來身似難羈馬，行去心如不繫舟。賦得海湖詩幾卷，自歌胸臆自悠悠。

胡迎建

字建之，筆名湖星，一九五三年一月生，江西都昌人。一九八七年畢業于江西師範大學，獲文學碩士學位。歷任江西省古籍整理辦公室副主任，省社科院贛鄱文化研究所所長，二級研究員，首席研究員。江西省詩詞學會常務副會長、《江西詩詞》主編，中華詩詞學會常務理事，省文史館員。二〇一五年獲江西省社科普及專家稱號。主編《廬山歷代詩詞全集》《鄱陽湖歷代詩詞集注評》等，校注《宋版邵堯夫先生詩全集》《重刊邵堯夫擊壤集》等，著有《民國舊體詩史稿》《一代宗師陳三立》《朱熹詩詞研究》等，另有詩集《帆影湖星集》《雁鳴集》《輕舟集》《瑩鑒集》等。

清明前五日至修水雙井瞻拜黄庭堅墓四首選三

幕阜抱川疇，修江宛轉流。途旁桃萎謝，野外草青稠。鄰近贛湘界，難分吳楚陬。
我來尋勝境，斫地欲埋憂。
黨禍竟招尤，帝廷乏遠謀。貶官溯彭水，扶柩自宜州。雙井泉猶潔，千年筆見遒。
掬香携泪拜，恍惚夢從游。
遺骼歸雙井，英名滿九州。壘垣成小院，刈草露孤丘。文節標能勵，邪風斂未休。
長吟奇崛句，仰止思悠悠。

三百山知音峽急流中有知音石

湍奔回轉峽，雷擊串連潭。中有知音石，與誰抵掌談。澄心清洗耳，滿目碧排篸。
衆水多歸北，此流獨向南。

有感重慶事

封疆左棍盡收羅，謀作主公手段多。打手空投擒黑霸，民情裹挾唱紅歌。鬧騰巴蜀
追功狗，觸怒中央激巨波。不信謡言能亂世，豈容幕後互操戈。

西藏納木措湖二首用灰韻

高從風口下山來，碩體玉容漸展開。銜浪銀鷹飄有響，粘天碧淥浄無埃。波平萬頃

雪冰潤，巒臥兩旁翡翠堆。水底傳聞通海眼，乘槎我欲上天台。
冰川造化大湖瑰，玉鏡晶瑩衆嶺偎。雲幕低垂峰黯黯，波光倒映雪皚皚。但祈聖潔
存千代，莫讓紛争到九垓。周穆西巡未來此，遜吾眼界盡奇恢。

重陽再游龍虎山有感步東遨盛元兄原玉

丹崖碧樹葉微黄，又望懸棺證海桑。溪曲撑槎浮沫逝，壑深悟道舊痕忘。穿林拂翠
由誰引，傾蓋班荆祈共商。衹恐重開龍虎鬥，振衣千仞憚新凉。

謁元好問野史亭與墓園

學詩早慕遺山筆，訪古趨瞻野史亭。歷亂騾馱書篋重，積哀燈映泪花零。鐵蹄踏破
大金國，皤首歸來故里庭。猶幸時無文字獄，自將著述鑄儀型。

梅州謁黄遵憲人境廬

久仰詩壇卓爾雄，晴明穿巷覓城東。廬邊手植花木茁，堂上壁存印璽紅。閑日難彌
肝膽裂，鴻篇盡寫國民痌。何時重論同光史，點將誰能出以公。

青田千峽湖

天許雲開雨轉晴，乘舟四顧水光瑩。千峰綴緑岩身裸，九曲涵清玉鑒明。神女歸來
雲戀戀，湘君移住態盈盈。巍然巨壩何時起，醉我逍遥水一程。

重陽在星子縣城租艇登落星墩用杜甫九日藍田韻

艤岸登高騁望寬，重尋舊迹雜悲歡。船棲灣港如城垛，雲戴匡廬儼冕冠。萬頃湖平猶静寂，一絲風起轉清寒。欲捐余袂葺荷蓋，帝子何年降渚看。

參觀鯉魚洲北大清華五七幹校遺址有感

俊彦專家逐水涯，百間矮屋散安家。共修長壩攔高浪，苦煉紅心送晚霞。圍墾荒洲身瘦弱，换來粗食汗交加。勞心勞力全顛倒，誰究玄機識罪邪。

鄱陽湖詩會在生態規劃館召開適逢端陽前一日有懷

屈子感賦三章选一

懷沙拉泪近端陽，遠眺天光映浩茫。華夏本爲龍世界，彭蠡應護鶴家鄉。粼粼波漾群魚樂，簇簇林縈野岸長。生態平衡終有望，何妨高咏與雲翔。

中華詩詞學會四代會召開之際敬步馬凱首長原玉

天意難知莫嘆遲，光風轉蕙茁繁枝。伫觀擂鼓群英會，更待揚旗駿馬馳。積健爲雄弘正氣，黜浮斥僞寫真詩。復興何日能圓夢，應是千家崛起時。

羅金華

網名楚蜂，一九五三年二月一日生，湖北荆門人。中華詩詞學會會員，中華辭賦社會員，湖北詩詞學會理事，荆門市詩詞學會副秘書長、《象山詩詞》副主編。詩詞賦曾在各級大賽中獲獎三十多次。

咏雪

朔風飄絮遠，碎影入池驚。舉世憂身老，惟君覺步輕。灑空深巷静，積素廣場平。一色茫茫白，欣看玉宇清。

龍泉酒歌

龍泉韻味濃，舉酒對花叢。一盞千憂散，三壺萬念空。放歌揚美景，狂舞向東風。誰解其中樂，生涯醒醉中。

登聖景山

鬧市喧囂久，紓懷聖景中。數枚桑葚紫，千點樹莓紅。蝶舞邀新客，鶯鳴逗老翁。登高一長嘯，散髮沐清風。

秋韻

暑氣金風褪，蟄吟夜漸凉。雨催荷芰老，雲散樹林蒼。彎月千般語，披霞萬物光。田疇瓜果熟，把盞稻花香。

文明湖感懷

偶來此處識興亡，幾度榮枯塞草黄。落葉欣隨歸去路，飛雲夢想自由狂。風彈菊色隨天意，雨放山光戀夕陽。雁翅編年難讀史，垂綸莫問爲誰忙。

瀏河島踏春

漫步瀏河日影長，一彎藍水蕩天光。芽頭偷向柳梢綻，梅瓣暗隨衣袖香。攝下林花成畫本，賒來鳥語入吟章。中流翠色吾先喜，詩筆憑將春韻裝。

鄧雄勇

號松風閣主，網名泰山松，一九五三年六月生，江西南昌人。南昌市二十七中畢業。傢俱行業私企負責人。江西省詩詞學會理事，南昌市詩詞學會副會長。

慰平生

最慕平生是布衣，無煩無惱任東西。不爲五斗弓腰脊，寧可三餐裹腹饑。南粤深秋空望月，東吴半夜獨聞鷄。三更夢裏桑榆好，朝見兒孫晚見妻。

登滕王閣

滕王高閣聳長空，畫棟雕檐造化工。背靠西山依贛水，面臨南浦沐天風。寒潭半掩千秋月，白塔頻傳萬古鐘。王勃雄文今尚在，登樓極目賞無窮！

井岡路上

殘荷落盡槿花香，臨暮驅車上井岡。撲面輕風猶拂柳，沾眉薄霧若凝霜。三山疊翠松邀竹，五嶺含丹鳳約凰。九曲盤旋峰路轉，方知半夜過黃洋。

與諸君吴城登高感懷

望湖亭下草枯黃，憑吊朱陳古戰場。曾有烟波迷野渡，今無驟雨洗征航。難尋荻岸鳧鷗舞，枉對高天雁鶴翔。夢裏濤聲猶在耳，舉杯誰與論滄桑？

謁陶公靖節先生

秀毓匡廬百蕊妍，風疏五柳綴斜川。重尋采菊南山路，又賞消愁醉石篇。解綬歸田標傲骨，安貧樂道拒豪權。餘生不問浮塵事，喜作桃源自在仙！

黄心培

字清源，一九五三年十月生，上海人。中國楹聯學會會員，中華詩詞學會會員，浙江省詩詞與楹聯學會會員，上海楹聯學會會員，上海詩詞學會會員，沈祖芬詩詞研究會副會長。

咏天台山雲錦杜鵑花 一九九九年

極目翠峰妍，瓊台綻杜鵑。連山雲幻錦，映日瀑生烟。雨潤千堆玉，風光五月天。曷當春永駐，相伴理詩篇。

爲胞弟心毅所攝天山題照 二〇〇六年

素有擎天夢，終無展志緣。冰懷誰共識？玉質自堪憐。冷落修高境，堅剛藐衆仙。衹因多傲骨，遠鎮大荒邊。

讀當年共赴邊疆插隊同學來信 一九八四年

曾經風雪共邊屯，銘骨能忘歲月痕？塞外縱遼春不度，韶光雖逝命猶存。草逢千劫依然緑，天本無情曷足論。莫嘆他鄉成异客，關山更有未歸魂。

重陽四十初度咏菊 一九九三年

小苑西風幾透簾，素心一片自安恬。清芬豈共滄桑變？本色何妨歲月添。縱對嚴霜難易節，偏生瘦骨不趨炎。千秋但得騷人愛，每到重陽有韻拈。

西湖晚霽 一九九四年

天堂最愛晚晴圖，雨霽烟霞蕩滿湖。四岸濃添青更碧，數峰淡到有還無。千絲柳釣三潭月，十里荷擎萬斛珠。遠處清風飄桂馥，醉中西子倩誰扶？

咏竹 一九九四年

雪侮霜欺壓翠帷，依然未改歲寒姿。天生傲骨爲誰瘦？影伴清簫入夢遲。破壁何妨經雨後，聽濤自在起風時。虛懷久抱凌雲志，再化龍騰或有期。

秋到清涼山一九九六年

天然神秀畫難成，出岫雲烟着意生。風到山前猶帶翠，根蟠石上不知名。林幽幾感濤音送，雨霽頻聞澗鳥鳴。更愛清泠溪有韻，當窗試茗品秋聲。

咏項羽二〇〇〇年

國恨家仇三户同，江東舉義擁重瞳。拔山蓋世當稱霸，破釜沉舟屢建功。已滅暴秦無敵手，不追窮寇枉英雄。别姬慷慨歌悲壯：豎子成王理不公！

咏劉邦二〇〇〇年

夜遁鴻門滑似鰍，言而無信慣陰謀。覬覦帝位明韜晦，招納韓彭暗記仇。金殿登臨功狗殺，大風歌罷笑容收。若非周勃靖諸吕，天下豈能重姓劉？

夜讀偶思二〇〇〇年

夜夜昏燈伴子時，窗寒苦讀復深思。長悲壯歲成虚度，忍把殘身再透支。造物因循皆有律，捫心最怕是無知。何當瀝盡男兒血，鑄就人生不朽詩。

蔣母墓道二〇〇一年

萬松不語立嵐烟，耳際時聞泣杜鵑。尚有微風清墓道，終無孝子祭墳前。泪翻峽浪三千里，魂斷親情數十年。話到人間恩與怨，紛紜歷史賴誰詮？

感事 二〇〇二年

神州喜慶節逢雙，浪里淘沙話大江。時以不回知可貴，國從多難悟興邦。滄桑歲涌情千里，坦蕩胸仍血一腔。別抱思懷牽兩岸，伫看明月度南窗。

觀潮 二〇〇六年

倒卷江流海激昂，遥聞雷滚震東方。潮横水面濤連漢，勢搗胥門馬脱韁。安得龍孫同醒悟，莫教鬼魅再猖狂。清污蕩腐除頑垢，使我神州正氣揚。

登黄鶴樓有懷沈先生祖芬前輩 二〇〇七年

雄樓百尺枕江烟，如畫風光到眼前。偏對珞珈懷絳燕〔一〕，總因崔顥感青蓮。傷心托夢飛吴地，化鶴何時唳楚天？飄盡白雲愁未盡，憑欄忍痛誦遺篇。

〔一〕珞珈：山名，武漢大學所在地。絳燕：沈祖芬先生筆名。

梅花九首用青丘韻 選四 二〇〇八年

潔身無悔下瑶台，爲寄清懷傍水栽。照影冰池雲錦燦，香堆雪岸玉人來。孤芳悄織瓊田夢，雅韻長分野陌苔。塵世若非知己在，更容襟抱向誰開？

紅雲破蕚滿枝頭，美艷難從筆底收。踏徑人迷香雪海，敲詩客引木蘭舟。冰心一片知誰苦？鐵骨千創夢亦愁。輕撫劫痕思往事，更添慷慨伴清游！

滿澗烟籠月一痕，芳心淡釀幾絲温。松姿偃蹇親珠蕊。竹影婆娑護古村。碧葉垂巾輕揾泪，清溪别夢暗銷魂。追攀縱有黄金屋，許嫁唯依處士門！

早識豪門不可依，豈愁疏影對清輝？幽姿冷艷窺禽語，曲岸孤芳映雪飛。雅道緣何知己少？陽春自古和音稀。泉聲又伴琴三弄，悄送香魂載韻歸。

宋玉萍

網名梅心竹韻，女，一九五四年三月一日生，山西太原人。一九六二年隨退休父親回鄉。高中畢業後曾務農，任民辦教員，一九七七年考入會計學校，後從事國企財務管理工作三十年，退休後移居北京。著有《梅心集》二卷。

游懷柔神堂峪

眉分林麓翠，衣荷水風凉。石亂迷幽徑，雲深接大荒。觀天心宇净，觸蕊屐痕香。濁世歡娱淺，空山歲月長。

奉和豐順旅台吴覺生先生思鄉詩

旅枕縈殘夢，歸思每斷腸。蓬廬愁遠渡，日月盼飛黄。世事波千劫，滄桑夢一場。覺來兄弟在，携手話同鄉。

咏梅八章 選一

造化原來約此生，難爲濁世也冰清。但懷一樹真顔色，未逐群芳俗性情。异質曾經方外領，虬枝何必畫中名。進身羞唱自媒曲〔一〕，三弄依然化笛聲。

〔一〕清詩人吴雯《明妃》有句：『不把黄金買畫工，進身羞與自媒同。』

再嘆庶民買房難

數年調控價離奇，覓得蝸居未展眉。舉債頻追槐國夢，節衣難飽阮囊饑。漸明房政誑寒士，堪恨石崇不我兒。天下之憂非斗米，岳陽樓上有人悲。

壬辰歲尾即事

臘盡春回柳未青，梨花滿地不聞鶯。龍吟漸作蛇狂舞，鄉路翻成客旅行。霾霧迷心封凍硯，孫兒啼夢起深更。詩題繞枕魂難穩，吮斷纖毫字未精。

賀女子十二詞坊詩會重開

久疾幽庭今夕開，小寒節氣望春來。簾中看月詩魂醉，竹下鳴篪素意裁。芳卉千叢凝曉露，瑯函一紙入書台。蓼紅深處衣塵净，十二樓前緑鬢回。

秋興四首

愁心閲盡怕登樓，俯仰人生一葉舟。方見紅繁延苦夏，又臨翠減報中秋。閑看舊雁雲中過，驚覺時光掌上流。不問前村涼與熱，此身隨分老幽州。

搜尋一字一沉吟，不計才微掬素心。下筆尤鍾梅共菊，留痕罔顧淺和深。三生何幸詩成趣，半世持誠友似金。客子行歌秋雨落，却疑天外有知音。

千山行脚汗斑斑，風景多留定影間。顧盼蒼生多蟻累，流連名利幾人閑。鬥鷄旗下嘵嘵語，走馬燈中木木顔。閱此生涯驚此夢，何如合掌守心關。

曾坐村居月半輪，勿須乞巧指如神。或因織女傳家法，未及修身做美人。繡罷春衫鋤日月，搜來故紙展皺皴。縱然命裹鹽車累，却有童心不染塵。

中秋四首

自笑人生轉角樓，老來緣分豁詩眸。拈來疏密檐頭雨，織就盈虛桂子秋。幾處瓊筵飛玉盞，誰家瑶笛引風流。階前拾取黄花瓣，三徑無人景亦幽。

月無常好莫奢求，十萬清光涌即休。一剎盈虚同四海，半輪游走近中秋。餅圓或可療心病，酒醉何須羨鳳樓。不待涼風萍末起，流雲自掩漫天愁。

山眉抹黛水凝眸，碧夜平分一歲秋。光滿似堪餐秀色，魄清由此合圓周。香醪乍啓思酬兔，玉鑒高懸已映樓。千里嬋娟誰與共，願人長好夢長留。

行來策足怕回眸，掠鬢方驚一葉秋。字拙知難通要妙，齋明且喜坐高樓。偏輕辯論關三耳，祗羨逍遥啜一甌。長願此生心皎皎，好隨明月入仙游。

代古成

網名思安，一九五四年三月二十三日生，四川瀘州人。中華詩詞學會會員，海南詩詞學會會員。

秋韻

池裏釣魚蝦，江邊擭彩霞。林叢輸瑞氣，樹下逗慈鴉。縷縷清風爽，翩翩雁影斜。金秋楓叠韻，濃菊亦堪誇。

故鄉

長沱水兩江，是處老燒坊。白塔迎朝日，鐘樓挽夕陽。寬街馳寶馬，行樹蔽陰涼。静氣聽花語，凝神聞酒香。

中秋寄思

秋水漫横塘，時聞桂子香。山幽籠曉霧，菊艷罩輕霜。拙手敲詩韻，柔腸付酒漿。舉頭問明月，可照我家鄉？

端午寄思

又飲雄黄酒一盅，幽思不與那時同。門前艾草頭朝下，夢裏龍舟尾向東。粟粽依然香且糯，世人反比富和窮。吾兒不懂離騷恨，問我靈均可姓熊。

風過瀘州帶酒香

一代名城老窖藏，二郎順水又流芳。雲峰祈福今生禱，堯壩尋幽古韻彰。老號黄粑甜糯爽，新堤葱緑柳成行。春來巴蜀聽花語，風過瀘州帶酒香。

許振文

一九五四年四月生，廣東紫金人。中華詩詞學會會員，深圳詩詞學會常務理事。著有《許振文詩集》。

仙湖植物公園

弘法貫長虹，仙湖萬緑中。接天叢嶺翠，映日百花紅。足浴清流水，臉揉輕壑風。珍奇物景異，仙境一般同。

晨運

天明晨跑去，宿鳥幾聲啾。馬路車仍少，公園人漸稠。劍隨衣袂勁，歌伴舞姿柔。運動身心健，青春活力留。

荆州懷古

極目楚天悠，長江滚滚流。一城存古韻，三國繪春秋。恩怨幾時了，戰争何日休？興亡供借鑒，大意失荆州。

屠呦呦贊

神奇華夏女，科學一高峰。草送人間福，丹除瘧疾凶。居貧安淡泊，冒險亦從容。
不屈三無者，星光耀九重。

同學聚會感懷

不覺流光逝，渾然四十年。同窗憧遠景，共室頌豪篇。雪髮匆匆至，童心冉冉燃。
東籬迷采菊，月朗撫琴弦。

瘋狂雙十一

昔日逛商場，如今網購忙。千家隨點入，萬户任徜徉。秒殺心猶醉，傾銷意欲狂。
長年囤集貨，一夜見空倉。

深圳壯歌爲深圳經濟特區建立三十周年而作

卅載鵬城舉世驚，中興偉業首功名。一錘封土陳規破，三日層樓奇迹生。斬棘披荆
開血路，移山填海造新城。波瀾壯歲欣回首，敢在人先又續征。

咏房奴

城中最苦爲那般？莫過難圓房一間。購得二成年貸付，扛來半世月供還。返貧無
奈心操碎，負重何堪腰累彎。不畏人生坎坷路，從容笑對白頭顔。

深圳京基一百

京基一百入雲霄，屹立危乎烟霧繚。俯覽群樓蛛網織，登臨衆友月宮邀。地王難及平雙臂，國貿唯能齊半腰。但勸居尊休自傲，新高崛起在明朝。

早春村色

細雨如烟布穀啼，早春村色惹人迷。枝頭荏苒花將發，岸上綿延草欲齊。曉雀争鳴催夢醒，鐵牛奔跑把田犁。風光最是農家屋，傲視城中别墅低。

紀念抗戰勝利七十周年閱兵有感

陵谷滄桑七十年，閱兵典禮撼雲天。中華兒女抒奇志，血肉長城賦壯篇。重器精尖威力巨，雄師智勇泰山堅。貧窮落後成回憶，崛起東方國夢圓。

神奇微信

高新技術出奇葩，資訊紛呈接不暇。歷史新聞隨指點，天文地理任時查。聽音互話千重嶂，對影相聊萬里涯。共享環球方寸裏，神通造福世人家。

陳和世

號五四，又號黔峰山人，别署文華堂主人，一九五四年八月二十五日生，湖南城步人。現居長沙。十四歲失學隨父母下放務農。少年始隨父自學詩古文辭，著有《文華堂壬辰雜詩》《文華堂詩》《文華堂詞》《文華堂卮言集》等。

夜訪宣城謝朓北樓遺址不果

北樓何處覓，玉魄冷遥空。故郡房看拆，新城彩幻虹。咿呀聽寥廓，傴僂奏絲桐。粥粥長街上，誰人識謝公。

癸巳端陽

龍旗風獵獵，鼉鼓響逢逢。羽棹兒郎競，河章老筆扛。世難容屈子，誰可拯危邦。角黍年年祭，徒然哭楚江。

元日題荆妻繡贈駿馬圖蓋予生丁甲午肖馬也

假我雙飛翼，層霄可駕雲。泥塗思踠足，雪巘睨斜曛。大筆描觀止，佳人識不羣。伊誰歌老驥，萬古覓知聞。

步韻顧亭林海上四首選二

四百年來海氣侵，風流异代此過臨。清名但爲新君諱，炎午尤憐故意深。執戟行朝時在夢，丁憂盡孝亦懷金。一門忠烈殤邦國，敢忘風雷老將心。

沉霾萬里蔽重城，又遺嫠憂紙上生。三户長懷匹夫責，廿年難捨故園情。唐王可惜非英主，馬祖還憐失輔京。昨日上林開國宴，夷門誰識老侯嬴。

龔自珍紀念館

甲午春暮，客居杭城。攜妻往拜馬坡巷龔自珍紀念館。時霖雨凄其，落英繽紛，徘徊久之。

戴雨尋瞻國士儀，天公知我亦含悲。窗前一卷明良論，陛下三卿醒耻詞。忍別雄談衰減處，來觀戲術累丸時。九州生氣憑誰恃，對劍如聆己亥詩。

菊花四律 選二

久矣無人要野杖，平生却慕竹林游。閑從南郭尋幽徑，獨向東籬賞素秋。朝日同君相映發，晚霞共我惜淹留。卿卿莫笑癡頑甚，倩解喁喁路叟憂。逢菊

久矣孤斟疏對月，簞瓢屢罄悵何多。望同陶令衣誰白，酒未沾唇面怎酡。新雨何當偶滋潤，故人曾記幾經過。餐英尤愛孟夫子，來就黄花發浩歌。飲菊

癸巳秋杪焦山步顧貞觀韻

誰遣一巒來日邊，分明西子立翛然。九門礟墨遺靈寺，萬里烟波闊楚天。殘石于兹銘瘞鶴，新亭隔岸泣流年。金陵舊事何堪憶，擁鼻難爲下水船。

鄧水明

號湖山，一九五四年九月生，廣東電白人。華南理工大學本科畢業，高級工程師，全國大壩安全鑒定專家。曾任鑒江流域水利工程管理局副局長，河海大學兼職碩士導師。中華詩詞學會會員，廣東中華詩詞學會會員，茂名詩詞學會名譽會長，嶺南詩社茂名分社名譽社長。著有《湖山詩稿》。

山居八首

偶放烟霞入，樓藏草木森。凉風生碧水，遠景出蒼岑。花落有餘態，鳥鳴無俗音。
閑來一樽酒，邀月照彈琴。

山好雲堆髻，江清月上樓。微凉初入夜，薄醉正宜秋。自得逍遥意，誰同汗漫游？
臨風吹玉笛，驚起未眠鷗。

半官還半隱，排闥即山林。花鳥疑堪友，松篁亦解音。才非當世急，詩續古人吟。
嶺月凉如水，虚堂似海深。

晚籟沉千壑，天風撼小樓。雲來時作雨，雁過正銜秋。松鬣參差出，江聲日夜流。
五湖鷗鷺侶，何處逐扁舟？

青山有真味，調合與誰分。千蓋松遮日，一溪波浣雲。門垂陶令柳，蠹蝕賈生文。
才淺難爲用，何辭鸞鶴群。

住久山俱熟，塵氛漸覺疏。風來松子落，月出鳥聲虚。得句能無酒，撑胸豈有書。
蓬萊隨處是，天地一茅廬。

野徑通茅舍，閑雲鎖碧峰。階鳴三月雨，門對五株松。醉月頻賒酒，耕烟欲唤龍。
叔卿如可接，遺舄願相從。

簾動鳥聲碎，風微花木燃。自來詩句好，誰共酒杯傳？萬壑雲都懶，一湖春可憐。

不嫌書滿榻，長伴美人眠。

秋興

野色補天青，秋山相共明。風斜孤鳥没，帆過片雲輕。莫問杯中意，空慚世上名。夕陽紅未了，隔水照歸程。

九日

孤雲陪我坐，天地兩無嘩。自勸傾村酒，誰來就菊花。青山長作客，白首未還家。共插茱萸處，遥知涕泗斜。

山居四首

月色溪聲共一廬，何辭老眼爲春蘇。峰争雄長排雲出，鳥下檐楹對客呼。倚石有時閑把釣，對花無日不提壺。狂來欲坐千松頂，醉看浮雲自捲舒。

一棹斜拖十里霞，湖山着眼便堪誇。菰蒲盡處通漁舍，楊柳陰中見酒家。萬事到頭皆是夢，百年留命爲看花。蘭台走馬驚蓬轉，何似林泉度歲華。

住近湖山夢亦清，當窗翠黛四時横。心摹畫境兼詩境，耳飽松聲更槳聲。對語不知幽鳥意，忘言真見古人情。此生合是餐霞客，衹揀紅塵遠處行。

住近松濤柳浪邊，竹籬茅舍也陶然。春來自帶看花眼，老去唯求買酒錢。明月入幃疑有約，青山對面亦前緣。憑君莫指長安道，却話無官便是仙。

步和蘇俊詩舟

詩鬢依然敵素秋，放歌還上最高樓。黄金散盡仍呼酒，明月飛來恰共舟。終擬入山行問道，誰知得句勝封侯。任他塵世成翻覆，萬里蒓波一白鷗。

塵中吟二首

長安道上幾人回？萬古功名一寸灰。心似寒潮隨月退，鬢如繁蕊被春催。陶潜語淡饒新咏，杜甫家貧祇舊醅。但有烟霞供飲啄，不妨隨處把詩栽。

鎮日名場困此身，何時浮世斷囂塵。文山會海無閑日，送去迎來老盡人。夢裏江湖長入手，歌中鷗鷺可爲鄰。何當一棹尋詩去，更結烟霞未了因。

湖居

湖山住近趣無窮，雲在波間水在空。有約能來惟皓月，無時不在是清風。詩情渺渺堤前柳，世事悠悠天際鴻。剩欲放舟從此去，一蓑烟雨任西東。

白鳳嶺

字霄峰，號山陽居士，一九五五年一月生，河南項城人。一九七三年參軍，一九八七年轉業至焦作市工商局工作。中華詩詞學會會員，河南省詩詞學會會員，焦作市詩詞學會秘書長。愛好書法、繪畫、篆刻及收藏。曾獲首屆『詩詞中國』傳統詩詞創作大賽一等獎等奬項。著有《風鈴》。

晚歸山陽過黄河大橋

黄河天險過，剎爾一驅馳。高庫濾新水，莽原鋪錦絲。山清雲迹遠，野闊日踪遲。正是夕烟裏，歸車唱晚時。

雨後出雲台山

雨洗青山潤，靄升深壑幽。長虹半遮面，峻嶺亂昂頭。一瀑飛天外，群鴉繞寺周。雲台真好客，欲去又相留。

垂釣

小山含黛睡朦朧，半是晴明半雨中。燕子飛時荷颭水，蜻蜓立處葦摇風。無心雲彩追清底，有趣青蛙跳緑篷。斜倚長竿横石坐，垂綸獨釣笑蓑翁。

夏夜

夏夜乘凉小島東，龍源湖上晚來風。一泓碧水羅星漢，四野濃陰透霓虹。舞曲輕盈蛙伴唱，荷香飄灑月和融。閑聊織女牛郎事，舊説新編或不同。

靳家嶺紅葉

誰持彩筆畫秋風，潑墨群山一抹紅？十萬畝連天色潤，三千峰與水光融。透迤雲起層層浪，縹緲林生道道虹。騁望太行真秀絶，靳家嶺上盡霜楓。

臘八粥

棗米桂圓蓮子糖，熬成寶粥醖壺觴。萬家習俗祭先祖，幾代貧寒夢小康。積雪漸融風料峭，東君已降步鏗鏘。一年好運輕輕舀，佳節濃情共品嘗。

古從新

筆名愚石，號五味軒主。一九五五年二月九日生，廣東五華人。中專學歷，中級館員。曾任五華縣文化館副館長。中國戲劇文學學會會員，中華詩詞學會會員，廣東省作家協會、戲劇家協會、詩詞學會會員，五華縣作家協會副主席，五華詩社社長，《琴江詩苑》主編。著有《古從新劇作選》《尷尬哥與風流妹》《五味軒詩詞選》《五味軒詩詞選續集》等。

咏懷五首選二

少欲凌雲去，鵬程萬里開。胸寬容海岳，志遂挽風雷。書劍酬明德，詩情仰逸才。不堪回首處，劫夢化成灰。

徒將憂患繫，空抱濟時才。年少窮先至，吟多醉後哀。壯心隨日減，老我逐愁來。惟有窗前月，相知不見猜。

友邀遠游因事未能前行

共抱雲霄志，翻愁俗務禁。山河歸夢遠，花草寓情深。雁引游人泪，猿驚客子心。
知音嗟未見，惆悵托瑶琴。

景山遠眺雜感

雲霞迢遞接郊扉，三海風光入眼微。宫闕參差成渺影，煤山哀樂伴斜暉。殘垣小徑
花留恨，野艇長橋鳥囀稀。莫道興亡多少事，一人天下一人肥！

三閭大夫祠懷古

九重深閉絶清音，傳語能聞恐不禁。懷策長垂憂國泪，騁才空抱濟時心。隻身天地
知何補，千載江湖怨亦深。秋草夕陽今又是，離騷一卷向誰吟。

五味軒辛卯秋日雜咏（二十一首選九）

此身淡泊復何求，人海閑看混濁流。入世漸深知五味，流年空逝警三秋。青山繞郭
孤村寂，黄菊烹茶萬慮收。看盡浮雲一回首，衹留清夢學莊周。

秋高落日入窗櫺，茅屋風吹又幾層。丈室容身雖是小，寸毫落紙尚能勝。紛紛草木
終摇落，莽莽乾坤自永恒。白髮添來渾不覺，忘情欲學苦行僧。

對竹遥思秋日寒，霜風撲户歲將闌。花開雨潤偏争麗，名被人忘信可安。五味詩存

塵世感，半生愁借酒杯寬。披襟喜有鄰家釀，醉我裁箋寄玉蘭。

聞道招携酒慢斟，紅樓一擲逾千金。筵前官擁傾城貌，月下村傳徹夜砧。民苦誰憐空有願，途窮人惜總無心。年來獨抱傷時感，忍看高倉碩鼠侵。

依舊窗迎夜月來，蟲聲咽咽鬱難開。熒屏掠影皆春色，塵世驚魂畏劫灰。宦海滔滔多腐惡，天心默默費疑猜。亦知樂土成虛妄，漸老情懷衹剩哀。

自笑寒儒道已孤，安邦終愧薦良圖。埋憂情負山河壯，痛國心教酒病枯。世路于今多陷阱，人生終古少平途。金甌誰補東南缺，哀郢空懷楚大夫。

覽鏡應驚兩鬢絲，塵囂日日滿城池。潛龍水底天歸黑，讀史胸中我悔遲。河濁但祈清有日，吏廉惟恐恨無時。愁來休向人前説，世事難言一局棋。

一生心事向誰論？榮辱隨它志尚存。曠達前賢誰得似，浮沉今世史重温。不妨客笑棲寒舍，何限書撕任稚孫。自是樗材甘落寞，愧無良策醒人魂。

時序秋來落葉飄，蘭階苔老石紋雕。夢中滄海憑魚躍，韻裏青山得鶴招。把酒消閑三徑菊，填詞解悶一枝簫。百年過半心何似，樂有天倫慰寂寥。

黃玉春

一九五五年三月一日生，黑龍江依蘭人。一九七六年參加工作，曾任中學教師、依蘭縣人民政府教育督導室副主任，現受聘于依蘭縣恒江物業公司。中華詩詞學會會員，黑龍江省詩詞協會會員。

野望

行人歸欲晚，暮靄鎖江城。老柳依村立，長堤卧月明。蒼松猶有色，雪野静無聲。寥落春萌早，詩心寄物榮。

山裏人家

山中搭草舍，垂柳作窗紗。瓢舀清泉水，盤堆碧澗蝦。親栽蔬菜嫩，醉倚夕陽斜。賞曲聽鳴鳥，朝朝氣自華。

老榆樹

鄉間阡陌裏，百載歷滄桑。淅瀝聽春雨，從容讀夕陽。年年承旱澇，默默對炎凉。逆境心平静，人尊大樹王。

老烟袋

銅鍋烏木杆，一袋老黄烟。鎮日斜腰上，閑時叼嘴邊。散開雲繾綣，串得味回旋。到此真親切，鄉情夢裏牽。

九寨溝

夢幻迷離九曲旋，山藏聖境水藏仙。波分五色花浮海，浪叠千層石卧泉。孔雀開屏迷嶺樹，犀牛望月蕩雲船。人移景變神奇妙，净化心靈醉碧天！

讀春江花月夜

緩緩春江碧水平，空中皓月共潮生。清波婉轉芳叢秀，樹影婆娑玉冠明。霰白無塵輕有色，花鮮有味静無聲。誰人對鏡相思遠？千載青楓未了情。

題清代錦州副都統承順故居

老瓦青磚古巷間，風霜斑駁舊時顔。花凉空對三更月，江冷依環四面山。列陣攻關乘雪夜，飛刀逐敵過沙灣。雲烟往事今猶在，仗劍遼西策馬還。

藍岸

夏日熏風碧水濱，美人魚戲浪花親。金沙妙處真成幻，藍岸靈時幻作真。豪爽英才男子氣，温柔天使女兒身。瀟湘曉月當空照，可愛清純不染塵！

陳中寅

自號待笛軒主人，一九五五年十二月生，湖南祁東人。歷史學學士，副高職稱，從教，退休後居衡陽市。現爲中華詩詞學會理事，湖南詩協常務理事，《衡州詩詞》主編。喜吟誦，懂樂理，能製譜。著有《待笛軒吟稿》《詩國吟誦存譜》。

秋郊晚步

向晚輕移步，心平自得閑。霜痕知岸闊，月影仰弓彎。路轉溪歸鳥，樓横樹掩山。莫從林下覷，羞澀有紅顔。

石船山下謁王夫之草堂

雄哉文史哲，仰止石船山。漫説清風度，忍呼明月還。堂幽甘繼絶，筆妙耻偷閑。洗墨鄰湘水，餘芬溢兩間。

題曾國藩故第藏書樓

萬卷知誰睹，來嗟故第龐。勳碑銘末世，血雨黯長江。夢遠書翻蝶，樓空葉戲窗。文韜應覺憾，攘外鼎難扛。

天安門廣場新竪孔子銅像

美政宜和門莫憑，天安門外巨雕興。人謳至聖仁無敵，我悟長河夜有燈。怕憶跟風呼打倒，欣逢把脉話傳承。文明接力春堪駐，合羨京華勇破冰。

春郊遣興

一春靈感動心窩，雨霽郊原萬象和。人向野間尋秀木，鳥從晴後譜歡歌。當年小徑樓添榭，此際方塘鴨戲鵝。更羡司花天意解，頻催五彩繡前坡。

咏竹

春兮幼笋夏兮桐，秀色雅姿秋復冬。立地虛懷鄰水石，迎風亮節伍梅松。曉昏幽寂堪摇影，霜雪紛繁豈廢容？莫道青枝難吐艷，城邊意醉兩三峰。

寒梅

冰封雪裹意難沉，育就丹葩苦樂深。倚水瓊枝芳未減，臨風傲骨瘦堪吟。三冬景色疏疏貌，九域春光耿耿心。莫問林逋今在否，冲寒有客訪遥潯。

靈渠覽古

到此分流三七開，秦堤風物久徘徊。千秋漕運懷征楫，萬里圖謀仰霸才。漢越交通堪嘯咏，滄桑變化未沉埋。眼前滚滚渠波笑，奔向田疇尚救災。

劉祝金

網名阿金，一九五七年二月生，吉林磐石人。供職于吉林省磐石市文化市場執法大隊。中華詩詞學會會員。

生日述懷

窗籟東風漸，籬邊杏欲開。曉雲浮北雁，夜雨潤南陔。烹蟹研薑罷，温杯待客來。年衰尚能飯，風物等閑裁。

遷居隆昌上城三期

舍置塵囂外，危然接昊蒼。開窗鴻影入，迎面白雲凉。倦卧人無擾，謳吟韻不盲。東風知我意，遍染菜花黄。

正月初八應江岩兄招有記

誰道春來晚，荆籬見柳黄。酒烹懷染緑，詩話韻流香。張膽謀登月，長歌憶拓荒。桑榆君莫笑，更比少年狂。

夜讀耐寂軒詩存兼寄耐師

開卷神形現，勾皴筆墨殊。養真憐抱璞，薦火暖吟雛。皎潤白山月，渾成黑水珠。臨屏叩珍重，平仄賴君扶。

應雪峰約與不敏兄石頭兄邊兄小琳江畔小酌二首選一

得遇烹鮮手，先登捉月台。炎凉宗漢瓦，啼笑話秦灰。鳳穴堪誰匹，程門向我開。往來真境界，相樂掌中杯。

學詩二首

經年求韻事，弄斧向班門。芸閣鏖書罷，春山落月昏。更衣驚物序，秉燭忘盤飧。還念聞鷄舞，霜衰兩鬢痕。

輾轉知天命，回眸百念虛。形孤空閉户，性拙苦裁樗。雠韻敲平仄，煩師問魯魚。
十年無見地，句陋愧鄉閭。

甲午早春寄邊兄二首

得遇嵚崎客，十年詩酒儔。江湖尋夢倦，琴鶴識吾求。漱影松間月，放懷籬外鳩。
烹鮮招近局，韻事好拈鬮。

聞雀知寒盡，殷勤掃舊苔。烟霞乘醉斂，桃李趁時栽。謀句斟風月，臨陂濯俗埃。
行程君擬否？莫負杏花開。

歲末與單位同事小酌述懷

時事酬心願，生涯一頁新。形枯能秉帚，耳順不憂貧。渭水垂綸手，南柯逐夢人。
榮華雖我願，何忍捨天真。

鄧仲錦

一九五七年八月生，廣東新會人。中山市中華詩詞楹聯學會主席。中國楹聯學會會員，中華詩詞學會會員，中華全國集郵聯合會會員，廣東楹聯學會常務理事、會長助理，廣東中華詩詞學會常務理事，中山市文學藝術界聯合會委員。編著有《斗室詩詞鈔》《香山古建築對聯集成》。

暮上卓旗山

絶頂風光妙，登臨境界開。一江天外去，萬象眼前來。日落林生彩，溪流石長苔。
吾心羞媚俗，愛此隔塵埃。

登鼎湖山

烟嵐迷翠嶺，幽谷玉溪潺。蹬道通天府，游人上畫山。碑亭供小歇，木杖助高攀。
忽聽晨鐘響，叢林掠白鷴。

壇子嶺攬勝

三峽思游久，今時得夢圓。登臨壇子嶺，俯瞰谷中川。歷歷行舟影，濛濛遠樹烟。
西陵天下仰，一壩利千年。

登武漢月湖古琴台

思古幽情發，登壇拜謁來。不聞弦索響，惟見柏松栽。寂寂琴樵會，凄凄山水哀。
知音何恨少，誰復識英才？

咏李白

大名垂宇宙，萬古一詩仙。暢飲何辭醉，高吟豈媚權。聖賢悲寂寞，奸佞樂翩躚。
世事常如此，明珠亦黯然。

游福州鼓山涌泉寺

鼓山有寺客心傾，寶殿莊嚴玉塔精。百歲老僧修貝葉，青衣梵士掃閑庭。巉岩入目青雲繞，古木參天俗氣摒。何日能抛名與利，竹房松舍净心靈。

九月八日訪斗門金臺寺

碧波蕩漾映黄楊，草密林繁護曉霜。楓葉紛紛披艷彩，菊花簇簇逸芬芳。臨高頓覺重陽近，眺遠方知客路長。身在靈山心仰止，巍然梵宇沐霞光。

新會禮樂行

搭艇乘車到故鄉，恍然禮樂耳邊揚。葵堤尚見兒時渡，壟畝仍聞橘子香。陋巷徘徊瞻祖宅，遠親探訪踏蟾光。彎彎河水穿橋去，明日橋頭又折楊。

蘇州寒山寺

屢興屢廢嘆神奇，門向西開惹客疑。寶塔巍巍臨驛道，梵音陣陣播城池。楓橋柳岸繁華地，黛瓦黄墻絶妙詩。張繼詩名傳海外，寒山拾得婦孺知。

咏荆州

白霧茫茫水面浮，晨行柳徑并花洲。漁郎無事岸邊釣，楚客多情驛外游。歪道斜門思聖帝，粗心大意失荆州。英雄自古難完美，忠義如公誰與儔。

遣懷

曾經江上學行舟，技藝難堪馭激流。避得舵前明障礙，失防水底暗礁謀。朱門熱鬧應他屬，斗室孤清合我留。名利從兹抛却去，自由自在寫春秋。

秋日遣興

人生失意乃尋常，豁達何愁寂寞長。室養芝蘭情性冶，街喧車馬濁塵揚。當紅誰肯急流退，守拙吾甘淡泊嘗。往事如隨烟霧散，獨携樽酒賞秋光。

曾鳴

網名心動八風飄，一九五七年十月生，四川瀘州人。

寂照

寂念照皈依，卿卿往復歸。秦淮燈影渺，巫峽槳聲稀。幡動藏心動，霞飛帶鶩飛。中天秋月朗，一覺澈千扉。

遣懷

山水從心了，由來日日新。磬鐘惺覺遠，魚鼓泯聲親。獨悟燃燈夢，千尋醉柳春。神游翩八極，身外復何身？

遣懷三首

常邀日月伴清壺，一紙江山萬里圖。來去空空明得失，古今寂寂照榮枯。浮生半世偷閑醉，羈事三分入静濡。莫道身邊無勝地，炊烟裊繞證醍醐。

風來風往任隨風，彼岸花香此岸同。心性潛移非廟事，江山幻化實天工。凌烟冊載千塵土，落日樓湮幾羽鴻。憂患芸芸多少問，如如佛指一拈中。

憑欄問劍嘆何求？極目雲天往事悠。葉滿空山藏六道，花開心地遠三秋。紅塵易墮輕風去，清譽難全澀味留。歲歲中秋今又是，洞庭深處有扁舟。

天仙硐

雲溪竹海洗塵喧，鷺影山歌繞硐天。瀑水源頭思活水，禪烟起處話炊烟。古碑遺落翼王墨，螢火翻飛蜀相箋。月下翠微誰獨秀？群峰峙立大江邊。

玉蟾山

一山瑞氣入雲天，蟾影摇光罩客眠。寒雨臨淵清宿垢，秋風過境掃殘箋。朝聆羅漢禪心蕩，暮涉流民苦水漣。最是崖邊仙磨兀，原來佛道伴炊烟。

佛光靈玉

佛示龍鱗泛海灣，萬千祥瑞佑台山。觀空有色來如去，悟道無心得似還。藴潤藴剛藏奥妙，見仁見智露斑斕。風流不改希遷意，物我交融澗水潺。

景北記

一九五七年十二月生，山西洪洞曲亭鎮人。一九八二年畢業于山西大學歷史系。先後在臨汾地委黨校、地委組織部及洪洞縣部分鄉鎮部局工作。上世紀八十年代曾在《中國史研究》《黨史研究》等刊物發表學術論文十六篇。現任中鎮詩社副社長，臨汾市詩詞學會副會長。著有《一是齋詩稿》。

鸛雀樓

不墜青雲志，來登鸛雀樓。排空浮日月，俯地瞰春秋。心曠吟懷遠，神怡逸興遒。黄河際天去，浩蕩送歸舟？

端陽

未許詩家幸，空聞汨水流。不期梅子雨，徒漲杞人憂。天意高難問，我心清可抔。忍將哀郢泪，付與楚江舟。

春日詩莊訪友

詩莊掛夢邊，契闊已經年。雨過空山静，林幽衆鳥翩。當風蝴蝶舞，浥露杏花鮮。行到雲深處，主人猶未旋。

廣勝寺酬妙瓊上人

爲沙我亦恒河數，憶得菩提一夜居。暫借青燈觀世象，漫憑黄卷認清虚。無花蝴蝶不成夢，有樂莊周即是魚。塔外懸鈴聲在耳，問風萍末已多餘。

錢謙益

兩朝領袖指痕深，惜是清名無處尋。皮癢頭留山斗耻，水凉意冷士林心。絳雲樓上無情火，紅豆莊中焦尾琴。空剩蒼凉詞賦在，可憐輸與美人襟。

懸空寺

萬仞恒峰俯一灣，烟霞萬縷峽藏關。鐘浮異想天開處，寺落虚無縹緲間。歸鶴攀猿憑爾去，停雲駐月任他閑。我來味盡懸空意，一點名心不待删。

七夕

靈鵲辛勤何所求，天河無語向西流。葡萄架下童謡老，籬菊枝頭蝶夢休。得道仙姝嗤織女，乘龍快婿笑牽牛。情之爲物古今异，剩把清樽酹雁丘。

六十將至戲題

一事無成意未灰，歸歟宜放斂眉開。五千年雨胸羅電，九萬里風襟裹雷。不向秦川悲逝水，且從菜圃煮青梅。角鉦起處頭飛雪，更把青春舞一回。

退居書感

游魚脱網似逃秦，來做桃源自在民。病骨試敲聲似磬，名場不競月如人。未能濁世超凡俗，尚可清心閲海塵。羅雀門前無客擾，細斟薄酒醉芳辰。

葉寶林

一九五八年三月二十日生，吉林農安人，現居北京。本科學歷，高級編輯。詩刊社子曰詩社常務副理事長、副秘書長，《詩刊》增刊編輯，《詩詞家》雜志副主編。著有《大漠紅柳》《回頭明月》《套住太陽》。

螢火蟲

幽光迷夜色，豆火熠村東。撲扇摇秋水，提燈讀夏風。卑生雜草裹，敢混衆星中。借得西江月，悠悠綴夜空。

黄河泪

源頭白雪妝，入世便遭殃。萬壑泥沙起，千秋涕泪傷。早知非净土，豈肯下天堂。滚滚黄河水，何時不見黄？

黄泥火盆

大雪降荒村，黄泥置火盆。花鷄梳院落，鐵勺炖黄昏。室外山河冷，壺中日月温。

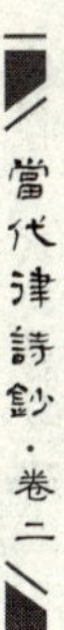

三杯老渾酒，燙暖小乾坤。

登飛來石

黃山頂上佇高臺，身是仙家落九垓。鐵骨猶能擎宇宙，冰魂豈可化塵埃。天隨雨雪炎凉去，世任悲歡寵辱來。待得媧皇他日至，薦君宜作補天材。

鷄鳴寺

六代臺城瓦耐磨，玄湖未老柳婆娑。雕欄影鑒胭脂井，月色枝斜玉樹歌。坐錯龍庭非好主，皈依廟宇是彌陀。梁王四捨鷄鳴寺，爲讓人間懺悔多。

陳順平

筆名帥克，一九五八年十一月生，江蘇鎮江人。一九七六年二月入伍，一九九七年轉業。一九八三年畢業于天津師範大學中文系。中國法學會會員，香港詩詞學會會員。曾擔任《紅袖添香》詩風詞韻編輯，《漱玉》特邀編審，《中華詩人》副主編，香港詩詞學會《網刊精粹》副主編，《中華詩人千家詩》《中華女子楹聯》《中華女子散曲》等第一卷副主編。

春日雜題 十五首选四

濱江春色好，緩步棧橋移。寒魄共潮起，和聲與笛吹。風翻楊柳曲，水轉浪花詞。惟有千山静，倚窗聽畫眉。

春雨兼春雪，幾輪寒漸微。山塘泥燕啄，郊野雉鷄飛。蝸角蘭芽觸，柳腰星點圍。茶炊新佐客，暖意溢柴扉。

聽窗啼鳥集，紛語向誰陳。濱水常温課，待茶時憶人。爬梳雙鬢老，把盞一壺春。書漸成黄紙，眼愁看不真。

煦風温老樹，時雨化輕寒。蘭蕊雍庭户，草莓應市盤。鹿鳴花徑早，燕語杏梁寬。九盡濱江道，行人衣已單。

夏日雜題 二首

鷓鴣朝暮促，郊野如新沃。望眼悵飛蚊，登途憂病足。花間漸落花，局外紛成局。據案滿堂風，時翻傳習録。

日暮鳥投林，蟲聲猶未竭。蟬鳴楊柳風，蛙鼓池塘月。螻蟻夢南柯，螳螂誇斧鉞。絲牽夜色中，蛛網何曾歇。

憶麻栗坡〔一〕

戰雲翻捲嘯天風，浴血國門花正紅。猫耳洞前旗影亂，磨盤山上炮聲隆。連營號角摧妖霧，揮劍神兵斬大蟲。日月見新人見老，至今難忘説英雄。

〔一〕麻栗坡位于雲南文山州東南部，對越自衛反擊作戰時曾隨部駐扎于此。

九月十八日聞防空警報

聲震長空警笛鳴，碧雲劃破鳥魂驚。仰天猶嘆張公子，回首何堪北大營。勁旅憐教槍炮啞，雄關耻任虎狼行。國門從此傷千古，敢問誰人不動情？

辛亥革命百年紀咏

風雨滿樓秋帳寒，沉疴病篤馬蹄殘。偏方無濟膏肓疾，敗絮强撑龍鳳冠。左紫園中驚芍藥，正黄旗下涌狂瀾。民生民族民權事，辛亥百年天地寬。

題抗戰勝利紀念日

十四年中裹戰袍，抗倭兒女逞英豪。折肱磨就芙蓉劍，瀝血堆成伍子濤。煮遍汪洋烹海鱷，搜窮利刃斬蠼猱。長城不倒誰欺我？立馬烽台再試刀！

賈東蘇

字抱溪，又字卧溪，一九五九年五月生，江蘇揚州人。長于陝西，現居揚州。大學學歷，經濟師。

山水

霞澄峰疊幛，渚染淺青袍。飄渺冲雲雀，迷茫捲浪濤。江河流水遠，松竹立山高。

羡煞漁樵樂，悠然繪彩毫。

送友

晨起觀嵐靄，與君相對吟。山高聞好鳥，路轉出青林。壯士荆軻志，書生季子心。倚簾迎旭日，靈鵲報佳音。

船過采石磯

誰與層波傍石磯，百千溝壑亂雲飛。立岩松柏隨風勁，居水人家與世違。多有蓬舟思向遠，總爲心志夢潮歸。高臺似坐吹簫客，斷續清音掩翠扉。

春游海南

天涯樹緑錦雲低，海角珊紅望欲迷。佇看燕鷗揚麗羽，行隨椰柳度清溪。新茸細草花間樂，古老鄉情石上題。坐賞南疆如畫景，無邊海浪醉沙堤。

梁玉芳

字鬱樵，號留蘭閣主，女，一九五九年十一月生，廣西平樂人。政治經濟學研究生畢業，現供職于廣東河源市國税局。中國李商隱研究會副秘書長，中華詩詞學會理事，世界漢詩協會主席團副主席，廣西詩詞學會顧問，廣東中華詩詞學會常務理事，廣東省河源市詩詞協會副會長。著有《留蘭閣吟草》。

重臨三門江古渡

耀眼初紅葉，青山下夕陽。來車多結隊，去雁不成行。劍嘯三門峽，詩吟兩鬢霜。
西風回古渡，白水四茫茫。

咏茶十二題 選二

今人崇古禮，龍鳳鑄時成。方舀一瓢水，猶傳萬馬聲。雲霞蒸淡月，雷雨接平明。
縷縷馨香散，浮光滿太清。茶鼎

清輝仰衆賢，風過月無邊。醉解人天際，沉思雪乳前。茶花遺恨事，錦瑟憶當年。
來效盧仝鈍，林泉枕石仙。茶韻

遣懷 五首選二

蜀道崎嶇秋雨頻，驀然回首隔龍津。江浮畫舫逍遥閣，岸歇沙鷗自在身。下里蕪詞
羞附鳳，公門御酒醉扶人。周鄰雀噪三更後，獨對窗西月一輪。

蘭因絮果本無由，九苑馨香孰與留？三界空靈心剃度，六根清净酒消愁。得臨仙
境忘三味，不問人間第幾秋。滿盞霞光邀月酌，林泉日暮枕溪流。

用紅樓菊韻賦蘭花十二題 選五

意緒無端晨暮侵，玉溪山谷絶塵音。風前有韻撩神醉，雨後無痕帶泪吟。未必東皇

分國色，但求知己解芳心。孤高可擬詩人志，從賦離騷頌到今。詠蘭

所南潑墨任清狂，文士秋心不可量。片葉妝眉纖若柳，團花粉面淡如霜。精誠至處呼能出，靈感來時醉寫香。莫道白綾非沃土，何慚潘岳莅河陽。畫蘭

生憎日夕枉窮忙，欲借名花作靚妝。避世何甘人索寞，耽詩莫笑我癡狂。休言薄俗心成雪，惟覺深情鬢染霜。自愛風流高格調，幾時端正到君旁。簪蘭

擾擾塵寰入夜清，流光萬里溯空明。國香有譽緣天賜，心海無機剩鷺盟。莊子園中花蝶栩，謝郎池上柳禽鳴。功名早付黄粱去，留得春暉縷縷情。蘭夢

雨箭霜刀逼漸欹，陳庭隋殿似同時。竹籬仗義支柔弱，臘瓣含香嘆散披。芸案詩成人惻惻，草堂春晚日遲遲。此行合是天涯隔，浥泪題箋寄寸思。殘蘭

當代律詩鈔卷三

布鳳華

網名歲月如歌，女，一九六〇年二月十五生，山東陽谷人。曾任山東省陽谷縣招商局局長、黨組書記。中華詩詞學會理事，山東省詩詞學會副會長，中華詩詞研修班導師，中華詩詞論壇高級顧問。著有《歲月如歌》。

水鄉春韻

曉月彎成夢，輕烟籠翠棕。槳聲春水緑，傘影雨絲紅。江闊鷗飛遠，天長雲過空。小橋梅子浦，一笛釀花風。

司空圖

生涯三避詔，入峪隱浮名。閑取壺中月，漫拈山上英。品詩如品酒，知止若知行。杖策雲深處，貽溪好濯纓。

休休亭

亭築深山裏，幽林繞碧渠。鳥聲空若磬，花影静如疏。世事憑遷變，風雲任捲舒。抛閑書一卷，坐沐日徐徐。

秋登靖邊樓

遠上靖邊樓，馳眸望代州。關懸千古月，雁叫一聲秋。恒岳雲端聳，滹沱足底流。楊家忠烈事，永世説難休。

尋賈島庵不遇

賈公遺迹費探尋，想象荆榛掩映深。歲月變遷荒苑廢，庵堂零落碧苔侵。知君運蹇如詩瘦，顧我山行類苦吟。月下寺門驢背上，推敲故事到而今。

謁趙國七賢

邯鄲望遠碧連天，拂拭行塵謁古賢。未想祠堂築身後，祇緣忠勇搏生前。良臣何幸遇明主，霸業由來仗鐵肩。酒爵一杯香一炷，風雲往事已茫然。

重陽吟

雁過長空時序新，登高百感正侵人。菊花偏綻離家日，樽酒難歡帶病身。世少恩榮亦知足，路多坎坷未沉淪。茱萸休怨寒來早，騷客胸中自有春。

漂母祠

浣絮河邊草木青，暖風麗日映丹楹。祠緣漂母凌空立，飯助王孫策馬行。有愛能赢人敬愛，無名却得世揚名。婦人女子休輕視，幾個男兒享此榮？

劍門關

倚天雄勢挾群峰，萬壑迷濛殺氣濃。叢莽盤蛇森晝戟，巉岩喋血掛蒼松。開山力士知何去，刻石金牛已杳踪。常聽子規啼夜月，堪嗟史海幻魚龍。

蜀道翠雲廊

碧海深深入望奇，綿延百里盡虬枝。嶂開千載嬴秦路，樹合三圍翼德碑。浩瀚如雲迷楚客，峥嶸似鐵出王師。蠶叢故國今無恙，古柏爲屏賴護持。

張濤

字文六，號成齋，一九六〇年三月六日生，江蘇姜堰市溱潼镇人，現居鎮江。鎮江多景詩社成員。

登芙蓉樓望月

悵望樓前月，遥遥寄此心。江流來浩蕩，朋輩共登臨。但見金樽滿，空聞畫角沉。漁歌今又起，相説楚天深。

金山遠眺

人説金山勝，臨風好舉杯。巨輪冲浪去，蘇子不重來。塔影凌霄壯，鐘聲入耳哀。

且憑尊酒力，歌嘯上高臺。

題植蘭圖

幽姿何所倚，危石結苔深。劍氣從根起，花香向野沉。美人能淺酌，君子共長吟。紉佩存高古，盤絲入舊琴。

寄遠

春來何寂寞，獨酌酹寒泉。作別三千里，空吟九百箋。澄懷何以寄，幽緒孰爲傳？日暮山川静，憑窗望遠天。

吴大兆

網名皖江輕舟，一九六〇年七月生，安徽樅陽人，現居望江縣。公務員。中華詩詞學會會員，安徽省詩詞學會會員，安慶市詩詞學會理事，望江縣詩詞學會常務副會長，《雷池吟》執行主編。

咏月

不計天寒暑，何辭星朗稀。乘鸞修玉斧，剪錦作霓衣。夜掩書生瘦，光盈桂子肥。多情常伴我，熠熠一輪輝。

春游賞二喬玉蘭花

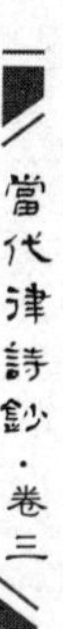

携手踏歌來，黌園覓紫腮。葉期玄燕剪，花爲麗人開。極目憐銅雀，虛心慕瑾才。欲吟佳句去，舉步尚徘徊。

雷池口江邊植樹

雨住天開眼，堤邊柳色新。田疇花朵朵，沙渚草茵茵。手植三株樹，心存一片春。枝頭歌不歇，笑慰此情真。

棉農嘆

眼前疑是雪，心上亂如麻。甩汗培良種，披風抹贅芽。欲提三袋絮，可換幾杯茶？不爲油鹽鉢，誰還種此花！

送別

長安從古好，同作上林游。花謝香仍在，雲移月帶羞。遐思前路遠，極目水天悠。萬里風行緩，殷勤伴小舟。

訪徽州府署

步入譙樓感慨多，難題佳句震山河。一方明鏡堂前掛，十萬紋銀殿後呵。不向宣城彈錦瑟，安于古歙拜彌陀？此巡欲問清知府，祇是斯人昨夜挪。

古雷池懷古

後學虔誠吊古豪，猶聞月下讀離騷。重陽木本倪模植，升字塘因進士刀。與妹一書緣得鮑，臨灘萬朵興于陶。濃陰可擋風和雨，白髮叢生問爾曹。

蔣光年

字文光，號丘溪居士，一九六一年六月生于上海，祖籍江蘇溧陽，現居鎮江。鎮江市文聯副主席。中華詩詞學會理事，中國楹聯學會書法藝術委員會委員，江蘇省文聯書畫研究中心特聘研究員，江蘇省楹聯研究會副會長，江蘇省詩詞協會常務理事，江蘇省美術家協會會員，鎮江畫院特聘畫家，鎮江市書協副主席，鎮江市花鳥畫研究會名譽會長，鎮江市詩詞楹聯協會常務副會長，多景詩社名譽社長。著有《丘溪吟草》《蔣光年詩聯書法作品集》《蔣光年詩文集》等。

過茅山喜客泉訪楊瑩道友

四壁晶瑩石，一泓澄碧泉。亂珠涌明鏡，雜樹沐青烟。品茗蒼松下，談詩紫竹前。何時來問道，坐看白雲巔。

喜逢焦山建寺一千八百周年贈高僧茗山法師

焦岩踞坐浪濤中，浮玉香烟上碧空。遠岫西來青似染，大江東去氣何雄！名山高隱千年寺，古刹深藏八秩翁。今日有緣逢盛典，金鐘玉磬樂融融。

九華攬勝

春到九華醉客顔，峰回路轉意悠閑。清溪飛瀑流幽澗，佛寺晨鐘繞翠山。修竹虬松生碧落，田疇精舍遠塵寰。此行最憶天台頂，黄岳匡廬指顧間。

登金陵閱江樓

閱江樓上瞰江流，歷歷風光眼底收。百里帆檣騰巨浪，一橋虹彩接高樓。濤聲天地春雷滚，山色古今王氣浮。六代繁華留勝迹，憑欄指顧豁吟眸。

游瓦屋山步葉鵬飛兄原玉

茅峰丫髻兩纏綿，瓦屋雲山别有天。梵唄悠悠鐘韻遠，香烟裊裊佛光鮮。青龍幽洞留奇石，神女平湖隱大賢。倘許結廬霞嶺上，不成菩薩亦成仙。

與婁江周黎霞聯家謁宋文治藝術館

黛瓦粉墻嘉木欣，梅香庭院竹依人。雙馨德藝堪垂範，半壁雲烟可冶春。黄岳瀑流宜入畫，太湖帆影最傳神。風情畢竟婁東好，形勝名家倍足珍。

與葉鵬飛黄君兄游常州東坡艤舟亭

艤舟亭外運河水，曾載坡仙萬里歸。一棹飄摇滄海險，半生落拓壯心違。堂前抱月藤花繞，閣畔題碑墨韻飛。千古風流多絶唱，今來岸柳尚依依。

佳州

石城古堡鐵佳州，塞外雄關作壯游。二水奔騰縈大峽，一橋飛渡枕長流。霞紅東郭香爐寺，雲白西關鐘鼓樓。晉韻秦腔歌不斷，扶桑日出醉吟眸。

步于文清瞻園雅集韻四首 選一

瞻園勝日喜淹留，石勢嶒嶙曲徑幽。簇簇奇葩添逸趣，叢叢修竹助優游。翔龍舞鶴饒佳趣，複水重山見遠謀。挈友賞梅兼品茗，行吟更上倚雲樓。

寶華山

寶華三十六蓮峰，古寺深藏樹色濃。地控秣陵天設險，山蟠句曲勢如龍。尋幽每叩無梁殿，禮佛時聞上界鐘。御道玉蘭生意滿，俯看雲海蕩心胸。

林志高

又名兆善，字五之，號種雲，網署拖泥帶水，一九六一年九月二十一日生于廣東紫金縣城，祖籍廣東廉江青平鎮橫椏村。大專學歷，自營企業，現居深圳羅湖區。

送慈親回故里

風疾站臺上，他鄉送至親。我聲還未囑，慈泪却先頻。魂與機車走，影由暝色湮。遠山初吐月，猶照別離人。

惜墨齋雅集

登齋相話雨，漫寫一天新。開卷山山碧，生花字字春。墨增雲態度，筆仗竹精神。野外鵝昂頸，呼聲動玉津。

月影

清光臨近裏，映出廣寒枝。伸手空攀折，無風自動移。江天明上下，雲路暗盈虧。曉度霜橋處，欲離難得離。

壬辰秋興

瀟瀟紅葉下，路濕霧凝香。似夢疑非夢，將霜欲未霜。那堪寒暮起，却惹别愁長。萬里心間事，猶如此際茫。

謁中山陵感賦

俯仰英靈地，陵威冠大千。雲騎六朝影，氣涌五湖天。遺願猶慷慨，蒼生俱肅然。民民民主夢，夢夢夢如烟[一]。

[一]民民：衆多。民通綿。《詩·周頌·載芟》：『綿綿其麃。』夢夢：昏聵。《詩·小雅·正月》：『視天夢夢。』

丙戌秋望賦興

風欺草木嘯長天，騎起寒潮逐雁遷。大野茫茫雲障落，黄沙滾滾地形偏。日粘暮氣終垂首，衰到亡時始息肩。積翠于今成夢化，蒼生何處不空然。

楸枰偶得

烏飛鷺落起長吟，瞬霎方圓戰火侵。漫漫吴圖生死劫，條條河洛海天心。分清黑白棋之道，感慨晨昏日最深。王質安知談局裏，百年世界幾浮沉。

無題

湘浦聞歌惜玉鸞，醉魂獨向楚天盤。水中明月浸無濕，嶺上行雲曬未乾。春夢徒經十年暗，秋霜落至一江寒。浪花日夜重重打，冲淺武陵烟雨灘。

夜懷

星河漸次走輕紗，影上凝魂向遠賒。一縷晴雲牽作綫，三分明月繡成花。更初未見韓娥咏，夢破空由鳥使嗟。爲此商音歌不斷，與風銜露到天涯。

重陽登三清山见司春女神咏句

霧靄重重日破開，長空幻影盡花魁。雲游峭壁晴光合，石門奇觀玉色來。不與人間争地位，還爲世上護天材。老松幸對仙姿仰，無限春思緑九垓。

秋夜居壁背瑶寨得句

瑶家寨上踏秋清，吊脚樓高夜色明。捲幔相携銀月坐，過橋又與白雲行。岸邊菊笑香銜露，江面風來水動情。想覓對歌忘偃息，隔山鷄唱兩三聲。

己丑夜暗秋來即興

邊天角嘯起烟熏，甲午風潮近又聞。兩國連馳黃海艦，三更自念水犀軍。寒秋漸漸圍城院，老木蕭蕭墜夜雲。嶺外鴻聲那堪説，嗟余白首看龍文。

壬辰歲暮感懷

雁向衡陽轉徙難，經風過雨幾番寒。髮莖白似蒙頭雪，心血紅于煉後丹。逐日沉時天未顧，流霜飛處夢相看。鳴來空賦凌雲想，祇覺春秋霧汗漫。

信步羅湖緑道五號綫寓興

性喜休閑好蹟靈，峰頭初日掞湖星。星爲曉世天然白，樹不知名眼上青。鶯興呼人春自邇，花溪流水影曾經。頻來清氣催吟賦，鼓起行雲直展翎。

甲午端陽托興

星沉汨水與誰憐，千載長吟九嘆篇。抛粽招魂鸞早返，涉江到岸鳳同眠。二三更夢歸于月，一兩片雲留住天。遠地回風頻祭賦，不堪海岳起昏烟。

冷迎春

筆（網）名紫藤、海兒，女，一九六二年十月生，江西修水人，現居九江。江西廣播電視大學漢語言文學專業畢業，江右詩社社員。曾在柴桑杯文學大獎賽等賽事中獲獎。

濂溪茶樓

親友聚同堂，蓮溪自有香。茗湯濃玉盞，絲竹妙幽篁。對水滄波意，觀人聖手方。
春風徐拂面，橋曲接仙鄉。

蓮花鐵佛寺

五蘊空靈裏，心香透碧蓮。飛檐騰畫閣，流響出林泉。净土三山境，浮屠七級天。
此間誰是我，掬水遠塵阡。

有所思

一自親顔渺，童心失所怡。聲來疑父語，月出想慈眉。脱口邀兄弟，懷憂撫樹枝。
家書修雁陣，何處問歸期。

與夫采薺菜

湖望城郊遠，幽尋隴上妍。衙門抛腦後，夢境到身前。心細知春暖，風馨著露鮮。
田間留此味，童趣得天然。

題自繡贈夫紅玫瑰圖并和夫君詩

手起針連縱與横，胸藏腹稿不須驚。絲絲綰作同心結，脉脉匯成共濟情。花艷誰如天道永，香純還得水源清。年年獨抱君之朵，自把相知種腑城。

湘西鳳凰古城

梧桐自有鳳凰栖，晨霧如紗作夢幃。小巷幽深思舊雨，名門顯赫沐新暉。清華亭外登虹練，吊脚樓前望翠微。沽酒書窗燈耀目，明如日月啓心扉。

周燕婷

別署小梅窗，女，一九六二年十二月生，廣州市人。物理教育研究生，中學高級教師。從師嶺南名宿張采庵先生。著有《初月集》《小梅窗吟稿》《畫眉深淺》（合著）等。

無題

誰會登臨意，天涯獨倚樓。霜寒花未發，林暗鳥奚投。大漠三更月，長風一葉秋。江湖波渺渺，何處適行舟？

秋夜賞月和東遨旅途新作

一輪秋净月，無語自成詩。對影憐人早，叨光嘆我遲。水濱雲濕袂，花畔露盈卮。莫更愁圓缺，清輝定可期。

重訪天涯

碧空新雨過，鷗影逐帆馳。海日徐徐起，椰風淡淡吹。去來潮有信，今古夢同癡。

此夢誰先覺？天涯繫所思。

八〇屆同學乙酉五羊重聚

未悉流光逝，風霜鬢角侵。雲天隨雁闊，烟樹隔江深。漸少春邊夢，空餘壁上琴。
黄花一壺酒，追憶少年心。

歲暮和友人韻寄懷智妙居士

梅花猶待發，天氣幾番更。逐暖雲無迹，添寒月有情。何緣師我佛，真個悟人生？
雪意窗前近，詩愁感莫名。

廬山如琴湖花徑

七月風猶膩，好花開未休。琴音時斷續，峰影自沉浮。會得新秋意，來尋古徑幽。
空林雨初過，樹杪白雲流。

丁亥冬至游九寨溝童話世界

深林藏小海，漱石見斑斕。草結冰花俏，光生雪嶺寒。何人探月窟？有瀑瀉雲端。
恍惚時空轉，童年夢未删。

秋游荔波水上森林得句

欲探龍宫秘，秋風結伴行。樹從波上出，凉向袖邊生。遠壑籠烟紫，高崖落照明。

詩成誰與和？啼鳥兩三聲。

秋日清遠飛來寺

莫道禪窗寂，西峰是比鄰。秋花三徑老，眉月一痕新。石轉溪聲遠，霜清樹色勻。空山來復去，何處不宜人？

過香積寺

清風徐到寺，香霧散方圓。鳥啄青松側，雲過白塔前。暫離塵世界，來證佛因緣。默立重陰久，林花坐滿肩。

陳村蘭花會所訪剛毅兄

喜得蘭花約，相携訪古村。好風隨我至，静室有詩存。廿載人無恙，孤光月到門。別來多少事，一一茗邊論。

春泛小灘江

清游不是載愁船，楊柳新生串串烟。日色初隨梅子暖，春聲暗遣鳥兒傳。流波百折終歸一，積翠三分更望千。天自融和人自健，衹憐詩債欠年年。

李興旺

網名楚家冲，一九六三年一月生，湖南岳陽人。一九八五年畢業于湖南師範大學中文系。從事過教育、媒體與企業管理工作。中華詩詞學會會員，中華詩詞書畫交流協會常務理事，中華詩詞論壇高級顧問。首屆、二屆百詩百聯大賽初賽、復賽評委。著有《楚家冲吟鈔》。

旅思

窗鳴枝葉落，秋老客心長。讀帖香三炷，思君月半床。青筠誰作馬，舊苑可凝霜。今夜夢魂裏，風添幾許凉。

蟬

聲高逢露閉，抱恨去塵寰。轉世趨炎盛，進階緣木攀。脱袍捐舊義，領頌勝朝班。午溽人思静，乘風噪更蠻。

壩上行次老土有寄

蜿蜒不過嶺，穹蓋四圍平。羊共白雲遠，花開淺草明。抬望蒼隼影，卧聽莽原聲。一霎太陽雨，依稀萬馬行。

游京西十八潭

青嵐百嶺列雲端，幽澗蝸行十八盤。葬碧千尋飛瀑冷，割陰萬點碎光寒。雜花逸世藏于棘，怪石呼風卧有鼾。我亦登高凌絶頂，烟霞遠近是衣冠。

晨曲

遠岑綽影見微茫，天籟怡然醒小窗。犁響一鞭春起調，鷄鳴四野谷回腔。黄鸝枝上談秦漢，篔水潮頭送筏艭。恰是桃花三月埠，離歌踏浪出湘江。

鄉村正午

蟬鳴高樹緑藤樓，牯睏池塘角鼻浮。萬頃清荷翻作扇，一層薄雨過如秋。遥岑淡影閑雲馬，曦日停鞭静壑舟。倏爾人聲分四野，犁耕白水鴨巡游。

歸思

幾回夢底入蘿村，醉水眠山只一樽。吠犬無欺蕭鬢客，呼爺不識敬茶孫。胸中丘壑多鄉景，案上詩書盡旅魂。又見清秋歸塞雁，不堪老母久依門。

蚊子恨

屋角蓬叢暗寄藏，亦謀食肉亦偷香。我何驚悚逃蒲扇，君却威嚴坐廟堂。吮血我輸君手段，居心君比我猖狂。世間如若有公道，但願同遭一劍霜。

打工仔假日

欣將工服换閑裝，聞説公園春半香。擬約同鄉度周末，未知昨日去何方。書中暫許無孤獨，酒後不妨真激昂。燈火萬家蝸屋外，憑窗太息客心長。

中秋步何言詩韻

秋雨埋雲夜未除，誰分月色到衡閭。歌飛霓彩喧窗檻，路斷朱門送璧車。世不清兮節相似，天難明矣事應如。舉頭無望思無繫，今夕何年問蠹書。

得閑

難得浮生有空餘，蕪樓竟日忘崎嶇。詩題紅葉一秋老，畫到青藤半架枯。小院果香藏鼠衆，古泉月冷對人孤。技將十八堪無用，閑聽高枝噪夜烏。

與牛夕對

反芻半卧嚼青草，松煮泥茶隔壁居。燕子來時安伏圈，杏花開處好看書。欲耕田野無農户，貫過城門似鯽魚。且與閑牛歌此夕，琴聲一抹振清虚。

彭日生

號無竹齋主，網名三秋之晨，一九六三年二月生，江西寧都人。寧都縣會同中學教師。江西詩詞學會會員，香港詩詞學會會員，九州詩詞學會會員，子曰詩社社員。

題圖霜楓客路

月落曉風凉，丹楓萬里霜。禽聲開霧氣，林影弄晨光。渺渺家山遠，悠悠客路長。愁心似紅葉，無奈點秋妝。

重陽前夕

林中黄葉落，村外石橋横。鳥語烟嵐晚，桂香溪水清。
明日重陽節，登高數雁聲。酌泉拈菊意，待月望山情。

秋游翠微峰

錦湖沉五色，丹壁立千尋。風洗崖邊竹，泉鳴石上琴。
縱逸邀知己，觴飛共醉吟。裁雲織秋夢，拾葉寄詩心。

山中梅

娟娟一樹梅，寂寂立山隈。月冷烟雲護，歲寒松竹陪。
誰解春風意，清香入夢來。芳心共冰雪，麗質絶塵埃。

秋夜隨感

落木深深徑，枯荷淺淺塘。烟籠一溪水，月白半橋霜。
不知籬外菊，作意爲誰香？顧影驚身瘦，懷人覺夜長。

初夏雨霽

雨霽看飛燕，池平數浴凫。紅荷羞照水，緑蓋欲流珠。
泠泠頻洗耳，湛湛一塵無。傘晃佳人笑，魚沉稚子呼。

漫步

片雲凝雨意，流水惜花情。看月月痕白，聽松松韻清。溪深當静釣，徑曲且閑行。何處尋樵客，臨風晚笛横？

夏夜

山村夜氣清，蟲語引人行。路曲田間繞，橋低柳外横。追風看螢點，踏月數蛙聲。一片鄉心動，潺湲直到明。

游上猶東山寺

東山古寺深，瑞氣鬱沉沉。曲徑烟痕濕，浮階藓色侵。雲横迷客眼，松響息塵心。鳥語含禪味，泠泠浣我襟。

偶感

烹茶品禪意，聽水識雲心。信筆塗鴉字，開樽調素琴。枕邊山月落，夢裏草蟲吟。得失不知數，但聞天籟音。

尋春

走近溪橋三徑幽，醉看鵝鴨恣沉浮。娟娟修竹依依樹，裊裊輕烟隱隱樓。淑氣襲人人已覺，清風傳意意無休。明天春媚千花放，欲約黄鶯共唱酬。

回老家拜年得句

新歲新晴淡淡霞，清深鄉路竹陰遮。一溪山影薄烟影，幾樹桃花羞菜花。駐足醉聽鶯雀鬧，回眸笑看雨風斜。依稀又見雙飛燕，掠水銜泥入我家。

登蓮花山

古刹輝煌入眼新，山花澗竹共争春。雲纏蓮道看無厭，霧罩仙池辨不真。登頂欲窮千里目，汲泉爲洗一襟塵。俯觀香客如潮湧，試問酬恩有幾人？

歸

輕烟淡靄襯明霞，竹樹依依路半遮。幾畝平田涵白水，三間老屋插新笆。溪中月是心中月，眼裏家同夢裏家。更喜東風如約至，桃苞欲破柳初芽。

游瑞金羅漢岩

絶壁千尋聳翠微，修篁垂柳共依依。烟籠虹氣靈龜隱，澗瀉天河白練飛。聽鳥啁啾如唤夢，看雲舒捲欲忘機。湖風洗净蒼苔石，誰與横竿釣落暉？

盧象賢

筆（網）名向閑，號黄龍山人，一九六三年二月生，江西修水人，現居九江。一九八二年畢業于江西大學淡水養殖學本科。高级工程师。著有《黄龍山人小説》《黄龍山人夜話》《黄龍山人韻語》《黄龍山人七律》《黄龍山人自由詩》等。

冬夜游湖

雪霽廬山晚照妍，解舟操槳悄開船。無端攪破平湖夢，有意深藏野渡烟。倦鳥還巢花拂翅，困龍吐氣浪捶舷。閑將撈斗裝星戲，水色蒼茫暗接天。

重上石鐘山

觀濁觀清自藴藏，偷閑兩度陟高岡。路迂不覺山峰小，碑夥方知歷史長。蘇子心靈勤秉燭，彭郎情重苦吟香。人生各有初衷事，莫逐紅塵作白忙。

過九嶷山

蕭瑟風中倦鳥還，輕車漫過九嶷山。頗疑北闕多藏惡，不信南方獨號蠻。逐盡三苗人死野，哭殘二女竹凝斑。重瞳難見千年事，剩有浮雲朵朵閑。

浦江秋夜

照眼繁華爛漫秋，毋須秉燭夜能游。畫船况在烟波内，江水還連滄海頭。萬國衣冠招手過，一灣男女放聲謳。可憐西北荒山裏，學子書燈尚缺油。

維也納

音樂之都信不訛，滿城劇院滿城歌。森林滴翠鋪長卷，河水流藍送短波。嗟我頭皤詩意倦，羡他國小大師多。今宵過客原無事，華爾兹中聽協和。

病中

二豎侵人織網羅，高眠一榻漫消磨。詩刊每覺佳篇少，電視長嫌廣告多。照壁孤燈驅黑暗，穿窗斜日布陽和。平生總把閑情慕，真到閑時不奈何。

謁文廷式墓

翰院書聲海上烟，百年來我拜前賢。路邊竹筍緑如染，嶺表鵑花紅欲燃。赤子癡心長玉碎，帝王家事枉情牽。晚生亦有多般痛，且借青山歇鐵肩。

過秭歸

美人香草世間稀，霧裏看花過秭歸。汨水揪心狂屈子，胡沙撲面老明妃。憂天未必真堪笑，報國而今豈敢祈。偶向大江邊上望，溪流九畹浪微微。

與朱貴平先生并内子游兜率寺

每聽鄉親説寺名，來時日暮雨飄楹。龍安寨古强人杳，兜率堂新過客更。十里紅塵橋隔斷，千年赭壁佛摩平。葫蘆自在山頭擱，偶借天風奏一聲。

春日

淫雨初停爽二眸，朝陽先照最高樓。抖翎濕鳥盤蒼樹，和葉流泉下小溝。蘭朵潔招君子目，柳絲斜拂美人頭。四圍熱鬧車聲急，静煞湖心一釣舟。

辛卯除夕

輕舒倦眼抖塵襟，一歲方除一歲臨。莫上危樓追暮日，常從寒夜養春心。福能悦耳須多祝，詩不宜時漸少吟。鞭炮萬千潮既久，尚留幾個有强音。

仙人球

不需牽扯不需遮，自長枝椏自綻花。瘠土貧沙堪立命，陽光雨露足生涯。抱團未解相傾軋，探腦何曾羡豆麻。莫道卑微輕染指，也知憑刺護身家。

過輞川懷王摩詰

金屑幽篁兩不存，衡門豈是舊時門。逝川如此真銷骨，來者爲誰欲斷魂。百事惟從詩裏憶，千年仍向眼前奔。長安遥望霾如海，君子終朝似戴盆。

華清池

入雲宫殿也難存，留得空空舊澡盆。麗質恐招林鳥妒，老懷安靠石泉温。河寬漫聚覆舟水，驛小閑收傾國魂。可有清池能洗罪，更無刑法到天尊。

吴金水

本名吴國水，號生雲閣，一九六三年十月生。世居北京。早年隨詩人書法家槐庵夫子游，詩多率意遣興之作。

明月山采風

偕游明月山，明月已闌珊。剩有輝光在，化爲岩瀑閑。危松猶戢戢，春鳥自關關。勝友千尋上，遥隨棧道還。

廬山道中俯瞰鄱陽湖

清風如有意，伴我上歸途。更藉雲霞色，來描山水圖。星河連浩瀚，郡邑入模糊。始悟廬山廣，浮沉僅一隅。

過興福寺步常建韻

古寺知何處，虞山多密林。鐘隨香火静，院隔雨烟深。喬木重飄葉，寒花乍洗心。濺濺破龍澗，想見昔時音。

重過香積寺次右丞韻

重過終南下，憑欄看遠峰。更從劫後塔，懷想昔時鐘。深院垂丹柿，高秋肅碧松。長安久罹旱，誰爲遣神龍。

乙未破五閑作

爆竹烟花滿鳳城，幽居獨坐小窗明。堆盤餃子玲瓏白，稱意羔兒瀲灧清。窮鬼不忺詞客送，財神慣見路人迎。邇來萬事皆無味，閑自塗鴉對晚晴。

篁嶺古村

千家錯落勢依山，都在春風淡掃間。倚巷梨花初掩映，繞階泉水已潺湲。窗雕檐刻形容古，匾語楹書氣度閑。最喜村頭多古木，霜皮寫盡海桑斑。

清明回鄉祭掃堂妹家小坐

久歷存亡漫説哀，幽思都化紙錢灰。白楊翠柏墳前合，艷李穠桃砌下開。迓客妹夫沽酒至，灌園甥女荷鋤回。鄉村也是滄桑急，莫道清明始再來。

三江來京小聚分昨夜雨疏風驟爲韻得風

欲爲清游洗碧空，京華連夜雨兼風。六朝人物千年後，萬里風光二月中。詩筆每因思力健，談鋒不藉酒杯雄。當筵更作明朝約，要上峨眉送遠鴻。

礬山杏花萼部絳紅瓣則粉白遠觀如雪乙未春重來觀賞得句

芳華偏愛遠山村，屋後檐前處處春。漫咏出墻紅杏句，常疑送酒白衣人。風來巷口香猶在，鳥語梢頭影不真。最喜老翁親過客，殷勤指點幾株新。

鷄鳴驛

鷄鳴山色壓城垣，古驛蕭條午日昏。每見迎春開井栅，時聞吠犬應街門。舊祠壁畫依稀影，深院磚雕斑駁痕。慈禧西奔栖處在，百年世事與誰論。

延慶道中

玉英雲母燦層巒，野杏山桃開未闌。才見白鷗林罅滅，已臨碧水澗邊寒。路途百里隨心騁，錦繡千重恣意看。佳境從來容易過，回眸都付白雲端。

自題山水畫

千里雲峰萬里湍，半生閱盡漢江山。松窗泉磴吾何有，月笛風船夢未删。世事多般凋緑髮，神州無地寄蒼顔。宜人丘壑知何在，試寫胸中一角閑。

送春

昨日韶華可得追，舞雩臺下亂紅飛。風凋萬壑鶯聲渺，日竭千川浪影微。忍見江山付鶗鴂，聊憑詩酒悼芳菲。也知青帝猶能返，祇是朱顔不與歸。

望江樓公園

連宵凉雨掩嬋娟，曉起陰雲勢更顛。漲水遠浮崇麗閣，空庭難覓浣花箋。窗篩秋色玲瓏影，桂染清風馥鬱天。爲待鷺鷥時一過，不辭半日倚闌前。

閱江樓小聚步老杜曲江對酒韻

江山寥落少陵歸，更遺何人值紫微。摇水鐙樓星漢瀉，沁脾花氣酒香飛。蒼凉秋興因誰發，朗吣春懷與世違。千載京塵依舊是，聊憑樽斝洗緇衣。

大散關

當年一戰退胡塵，贏得偏安百五春。大散嶺前雲靉靆，清姜河下水漣淪。秋風鐵馬吟今古，雉堞譙樓扼蜀秦。此際登臨還太息，關河終棄宋遺民。

乙未立冬後一日

霧霾四塞暗穹隆，枉費連翩過域風。初雪漸銷塵外白，上林强炫臘前紅。亡秦楚已無三户，送酒車猶足萬盅。想見明朝剡溪棹，今生樂事幾曾窮。

乙未至日感事

天公貶我一何深，絶地衰時始降臨。身世難逃秦社稷，情懷偏向郢歌吟。忍看聖主防川力，每試英雄蹈海心。十載芳菲成永憶，罡風早已剪東林。

韋秀孟

筆名雪薇，女，一九六三年十月生，廣西鹿寨人。任職于鹿寨縣職業教育中心。

重逢又别

久别無音訊，偶逢情未疏。衹驚雲鬢改，莫怨仕途虚。酒滯星河淡，茶濃曉日初。

送君南浦外，征雁幾行書。

相會在故鄉

相期載酒共登樓，雁唳寒雲樹歷秋。別後幾回思往事，今來重見怕抬頭。寨前門巷尋新夢，籬畔花叢棄舊愁。未飲半杯人已醉，陳年心緒抑還浮。

百里柳江

華燈夜織柳千條，船載漁歌逐浪飄。叠彩畫廊邀月美，流螢橋帶卧虹嬌。群峰倩影排方陣，三姐山歌伴洞簫。最是江灣懸玉瀑，濤聲如吼薄雲霄。

平山山歌桃花節

乘車百里賞奇葩，粉黛嬌姿映早霞。花蕊飄香翻峻嶺，情歌傳意醉青崖。癡男秀女拾春夢，侣燕儔鶯訪舊家。滿目鄉村新景象，誰栽桃樹遍山窪。

咏青蓮

幽香暗遞貌如仙，未與群芳比艷妍。泥裏藏身濁未染，水中立足志尤堅。常依瘦影窺清鏡，不必蒼山刻錦篇。淡利疏名溪净客，堪將碧浪映藍天。

游謝魯山莊

山莊游賞沐春暉，溝壑青磚知幾圍。閣上題詩邀友聚，花間垂柳伴鶯飛。高山翠岫攜雲遠，古道長風醉月歸。且借茅臺歌雅句，芳樽逸興透心扉。

紀念柳宗元

寒江獨釣蕩孤舟，又得西山一日游。萬畝竹濤悲子厚，十年羈客夢莊周。永州八記人爭誦，僻壤千奴公解憂。荔子高碑難盡讀，風霜幾度歷春秋。

立春

綿綿細雨獨徘徊，又見西樓燕復來。幾處花容非我有，一窗柳色爲君栽。長風帶醉盈香袖，緑水含羞浮玉杯。移步翠堤消塊壘，鴛鴦着意鬧春臺。

劉向京

一九六四年一月十五日生，甘肅甘谷人。心理學碩士，天水市衛生學校教師。天水詩詞學會副會長，《渭濱吟草》主編。

讀溪谷清秋圖感賦

隴南多勝迹，峻嶺貫西東。峰聳屠龍劍，橋開射日弓。危崖松漸老，溪岸葉初紅。行至雲深處，蕭然天地空。

月夜有寄

陋舍清光滿，寒枝影自横。風高憐旅雁，夢斷怨啼鶯。情托三更月，愁排五字城。

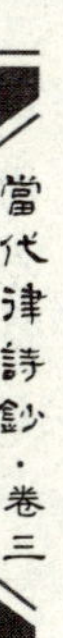

撫弦聲哽咽，殘露濕秦箏。

秋游古坡草原

徒步登巒岫，遼原一望開。牦牛驚遠客，清露滌靈臺。俗慮隨風去，詩情逐雁來。
秋光頻入鏡，并剪不須裁。

癸巳中秋前夜詩友雅聚拈韻得時字

羲裹開筵日，嘉朋薈萃時。清樽浮緑蟻，古韻釀新詩。起舞頻舒袖，賡歌共展眉。
直教東海月，獨向隴頭移。

南宅子初見臘梅

高標欽慕久，一面恨緣慳。偶爾乘幽興，因之識玉顔。金鐘依竹静，香骨伴雲閑。
春訊何勞報，東君自往還。

甲午歲杪感懷

清夢誠堪貴，桃源信可期。官倉烹碩鼠，善政肅威儀。社稷晴明日，黎民悦樂時。
但看深雪裹，梅蕊綻新枝。

蒙仰老寄贈仰齋吟稿有作

茫茫網海隱高賢，標格巍然老謫仙。情暖三江心似火，樓飛五鳳筆如椽。春鴻迢遞傳佳訊，秋室虔誠誦錦篇。立雪無門空抱憾，夢魂頻繞贛雲邊。

暮春陪甘谷詩友游牡丹園有作

匆匆不待洗風塵，爲惜初晴物色新。久慕名園誇魏紫，喜偕佳客賞餘春。娱心艷蕊斑斑媚，入耳鄉音字字親。杯酒何堪申寸意，小詩權作席間珍。

參觀何曉峰先生遺作展感賦

昔曾座下沐春風，今向丹青憶故踪。蘭菊爲師甘淡泊，雲霞作伴自從容。德輝羲里垂千古，藝冠儒林峙一峰。堪慰曹溪衣鉢在，堂前桃李已葱蘢。

重陽唐林園雅聚拈韻得雲字

垂綸漫釣碧池雲，野草閑花散异芬。徑掃唐林迎雅客，丹流柿葉照斜曛。凡人不解濠梁樂，妙筆能書錦繡文。耳熱酒酣無老少，秋光詩債且均分。

咏柳

隨風借勢巧梳妝，閑聽鶯聲送夕陽。老幹曾留司馬泪，新絲總繫旅人腸。謾誇楚女蠻腰細，慣見春閨午夢香。斜出一枝尤可愛，隔簾影拂小窗凉。

五十抒懷

雨雪風霜五十年，真淳一味尚依然。愁來漫酌劉伶酒，老去思耕陶令田。得句頻于清夢裏，尋幽每到白雲邊。何勞更問行藏事，兩忘齋中別有天。

文中華

網名裂石驚弦，一九六四年二月生，湖北荊門人。荊門市詩詞學會常務理事兼副秘書長。

游東山千佛寺

木魚敲動一林風，龕案香烟裊佛容。謖謖修篁摇白壁，泠泠泉水入蒼松。人間正道塵千劫，岐路迷津霧幾重。惟願諸神能值守，休耽濁酒誤鳴鐘。

登鸛雀樓

依憑華岳大河東，鸛雀龍蟠今古雄。萬頃唐疆烟靄靄，一汀雲樹鬱葱葱。猶臨畫壁濤聲外，似見前賢鶴影中。更上層樓窮遠目，奔流日夜雨兼風。

三峽人家

江峽神奇巴楚雄，雨絲風片霧迷濛。濤吟槳櫓摇帆影，溪出廊橋隱竹叢。情海縈回長笛韻，心泉駛進小烏篷。古藤流水紅衣女，挽住游人在畫中。

屈家嶺農谷看桃花感作

雅客乘風月賨臨，芳菲馥鬱滿衣襟。小園歸燕常傳意，香徑飛花却繫心。津渡潺潺人渺渺，桃源漠漠夢沉沉。喜它鸝鳥多情甚，又趁陽春送好音。

劉中慶

字任之，網名賀蘭吹雪，曾用網名獨孤求醉，曾用齋號聽雪樓主人，一九六四年四月生于大連，祖籍山東東萊。寧夏大學文學學士，曾爲中華詩詞（BVI）研究院研究員，現居北京，從事管理諮詢行業。工詩詞，尤擅長調。詞風高古蒼勁，沉厚激越。作品入選《二十世紀詩詞文獻匯編》和《海岳天風集》。著有《吹雪詞》《卧壚堂詩稿》。

馬航客機失聯

明月沉何處，波音仍渺茫。雲中鳶斷綫，海上艦迷航。重辨登機者，猶遮蒙面妝。可憐驚蟄後，人意轉惶惶。

賀天許芳辰

高樓彈錦瑟，弦柱感流年。詩友別滄海，佳人隔遠烟。管中窺豹變，枝上看鶯遷。何若蘭陵酒，樽邊近聖賢。

葬春

一夜長安盡下帷，楊花柳絮滿天飛。魏王儀仗重加冕，武后屏風半脱衣。門草嶺前風颯颯，看花陌上雨霏霏。餞春等是瓊筵散，馬踏殘紅緩緩歸。

雜感

景近殘春感不禁，江邊坐嘯復行吟。可憐赤縣遍秦幟，孰信神州竟陸沉。流水落花同寂寞，殘垣斷壁共蕭森。隔屏亦有知音者，爲我重彈海上琴。

中秋前三日柬庶之兄

節近中秋傷客心，秋風秋雨滿秋林。可憐故國重披髮，太息長安遍左襟。廊廟紛誇趙高馬，午門獨撥廣陵琴。坐禪應到五更後，一抹晨曦出遠岑。

乘機赴重慶機上感賦

又擬御風遨九天，憑窗不必羨神仙。横簫弄玉時招手，乘鶴洪崖共拍肩。田野坦平大棋局，峰巒起伏倒垂蓮。巴山衹在白雲下，萬里長江一抹烟。

乙未暮春悼林昭

靈岩又是雨瀟瀟，國有芳魂不可招。横道無非豺與虎，遮天盡是鷲和鴞。已過寒食仍烟禁，未到重陽憂菊凋。應信年年四二九，滿屏刷爆是林昭。

是日京城陰雨

雨意沉沉壓北門，平明天色近黄昏。賣萌童子歡聲又，搔首佳人笑語温。華表已無血紅色，石碑尚有彈丸痕。荆江正報樓船覆，黑傘白花空斷魂！

次省吾齋主人韻五首 選三

老大方知萬事空，雕龍事業總雕蟲。新亭人物參差似，南宋風光約略同。醫國人才仍種菜，鄰班同學各乘驄。一池秋水干卿事，叉手閑偎碧玉籠。

極目蓬山隔海雲，白衣蒼狗總難分。庸醫顱腦可穿竅，元匠鼻端能運斤。未信樵夫誇艷遇，偏迷海客述奇聞。羅敷終是心難死，翹首年年望使君。

偶于燈下憶從前，似雨似晴寒食天。彌勒重生原讖語，祖龍將死豈訛傳。洞中開宴唯貪色，石上觀棋已忘年。何必殷勤卜胡運，春秋筆止獲麟篇。

閑居五首 選二

危樓十二卷簾帷，把酒無言對夕暉。古渡才從霧掙脱，孤城漸被夜包圍。鈞天夢斷二熊死，華表雲高一鶴歸。袖手西風凝想久，翻墻花絮正紛飛。

獨立高樓有所思，闌珊燈火不勝悲。收監例是東林黨，登殿無非蹴鞠兒。返照浮光猶絢爛，逆風霾霧總支離。幾回深夜觀天象，熒惑分明帝座移。

七月即事

捕快三更猶捉人，神州一夕數驚魂。楚猴尚且思冠冕，胡馬終歸愛裸奔。既倒骨牌多米諾，已焚神殿所羅門。紅場遥想降旗後，一杆無言對日昏。

陳致

一九六四年五月生于北京，祖籍上海松江，現居香港。北京大學歷史系學士，南京大學古典文學碩士，美國威斯康星大學博士。曾任教于新加坡國立大學、威斯康星大學，二〇〇〇年至今任教于香港浸會大學。現爲香港浸會大學中文系講座教授、香港浸會大學文學院署理院長、宗頤國學院院長、創意研究院副院長。此外，任上海古籍出版社《早期中國研究叢書》策劃人、《諸子學刊》創刊副主編、《饒宗頤國學院院刊》創刊主編、香港人文學院院士、香港二〇〇七—二〇一三全港高校學術評鑒委員會人文學科組委員（中國語言文學組召集人）、南京大學兼職教授。主要從事《詩經》、金文、古史與學術史方面的研究。出版的專著有《詩書禮樂中的傳統：陳致自選集》《從禮儀化到世俗化：詩經的形成》《跨學科視野下的詩經研究》《中國古代詩詞典故辭典》《中國詩歌傳統及文本研究》《簡帛·經典·古史》等專書十餘種；另有數十篇中英文學術論文在大陸、香港、臺灣與歐美等地著名學術刊物上發表。

香港雜咏 二〇〇三年三月二十三日

樓市浮沉海，人流往復梭。地緣維景貴，值讓孟鄰多。相宅思逾半，傳聞信不訛。萬金拚一擲，起落奈誰何？樓市

來去横江鯽，誰能惜此身。舌人通譯事，監兑據關津。貨賄輪鞅集，親朋次第鄰。

歸來嘆兩足，可爨似勞薪。過關

市肆如鱗次，樓臺較筍多。盤中堆海錯，池內養蛟鼉。食客連翩至，佳人巧笑瑳。飯餘簽卡去，不問價如何。酒樓

雲冪殊方至，風來百事迍。桅檣迷海霧，京國亂緇塵。萬籟尋都寂，群巒亦已馴。孰云顏色慘，一霎里閭新。颱風

春感三首 二〇〇一年四月十二日

春來無處寄吟鞭，時幻陰晴筆亦懸。駘蕩冶情知已弱，隨分樹色訝仍妍。軒檽猶校書來讀，野徑思憑騎自專。撏撦幾番皆落索，客懷霑雨各芊綿。

風烟一顧鬱何申，欲浼游絛繫此春。慰我斛愁詩作客，祈他杯釀暖侵脣。心兵浩瀚期誰托，骨相參差久自辰。雅憶當年泝江楫，分波澹蕩定何人。

歡城愁壁遞相推，電笑雷騰一擲移。四海幾思真夢友，三生空負舊年期。戾天霜翮猶鳩翰，著眼春容似驥馳。偶立小窗縱望眼，山形依舊賦權奇。

次韻奉和嚴綬丞壽澂兄京都訪古 二〇〇二年七月八日

京都自古帝王州，暝寺荒垣處處留。烟雨樓臺紛入眼，蓬山詞墨數從頭。茗甌相聚斯文在，圖畫爭開戰鬥休。聖德文章輝此國，嵐山襟帶水悠悠。

東京增上寺二〇〇二年七月八日

寺隱翳東京塔下，余與蕭兄馳、嚴兄綬丞、賈晉華君于塔頂下視，檜瓴櫛次，蘭若儼然，初未識何所，排扉而入，始知其爲德川家塋園，自第二代將軍至十五代，皆埋骨于此。

神武當年拓此疆，沙蟲猿鶴競何忙。句兵拗折爭千畝，乘史湮沉剩幾行〔一〕。夷夏雖分仍外徼〔二〕，鼎彝自辨亦中强。一編古事從頭記〔三〕，至竟文章抑武章。

〔一〕日教科書，于侵華事，只略記數語。
〔二〕日人于古，亦以夏自居，德川氏拜征夷大將軍。
〔三〕日人古史，以《古事記》爲椎輪初製，多附會神武天皇故事。

靖國神社二〇〇二年七月八日

霸越吞吴事總虛，雲台麟閣亦墳如。狂心已薄蛇吞象，嚚世猶聞獺祭魚。着意魂精紛陣列，無情日月各居諸。兩行碑碣仍森矗〔一〕，此日人間祟幾餘？

〔一〕神社前兩行碑碣，鐫像鏤文，自伐功略。

睞戲二〇〇三年五月十日

陳翁季和，先王母之中表親，夙習聲律，雅擅南昆。晚歲自滬瀆移家都下，閉户索居，不問世事。海上故實，縷縷能述。髫時從家嚴過其廬，時翁年幾杖朝，耳復失聰，然倚聲按節，猶復能歌，票然一引，顧盼自得。

賈子馮郎事可追，寄情優孟亦恢奇。太羹玄酒誰争賞，靡鳳吡鸞未展眉。老負清才歸日下，閑揮别調異明時。知翁絲竹平章慣，箏筑重泉放浪隨。

悼周師幼琴先生[一]

四首选三 二〇〇七年五月八日

當時學子陳情事，兩岸高明噤未言。有黨詎容存信史，辭鄉差可著微論。詩人未默丘能伏[二]，俗籍流傳僞者尊。遺著煌煌今在案，可堪酹酒一招魂。

先生生爲洪憲民[三]，夢寐時温語笑親。讀史襟懷常落寞，論詩肝膽每輪囷。三元境造疑鯤化，异代文翻悟道真。歸去九原無一語，邀雲攬瀑待何人。

死生生死問誰能，往哭來歌意可勝。問道誰依南國楚，學詩我似夏蟲冰。偶存古貌矜孤往，稍近元音愧未曾。夢影依稀天漢隔，人間詩政定無憑。

〔一〕周幼琴：名策縱，字幼琴，一九一六年一月七日生于衡永郴桂道祁陽縣（今衡陽市祁東縣），二〇〇七年五月七日逝世于美國三藩市，美國威斯康星大學東方語言系和歷史系終身教授，國際著名紅學家，美國威斯康星大學東方語言和歷史系終身教授。

〔二〕周策縱先生自序《五四運動史》，曾引桓寬《鹽鐵論》云：『詩人疾之不能默，丘疾之不能伏』。

〔三〕周策縱先生嘗謂生于洪憲元年，余因戲尊先生爲『洪憲遺民』，先生不以爲忤，反撫掌而笑。

香港浸會大學饒宗頤國學院成立志喜二首 二〇一三年一月十四日

獨上獅山歷夕岑，好風颯颯豁重襟。世塵擾攘無今古，道術澆漓孰淺深。棫樸延材思故脉，菁莪毓士度金針。伏生皓首新經學，柱石南天亶素心。

麟鳳中原事未空，十年海嶠謁儒宗。已從東學通西學，更辨三重益兩重。鄴羽竹書存史記，徽南函夏共提封。敷文浙水非陳迹，梧嶺獅山植萬松。

陳少平

字責正，號聽雨舟主人，一九六四年五月生，廣東陸豐人。中華詩詞學會會員，中國楹聯學會會員，中鎮詩社社員，廣東中華詩詞學會理事，廣東作家協會會員，汕尾市楹聯學會副會長。曾任《陸豐詩詞》主編。著有《汕尾當代詩詞選》《陸豐歷代詩詞選注》《呦呦鹿鳴——廣東省陸豐市十三位中青年詩人詩詞作品選》《侯方域〈四憶堂詩集〉注》《芳草萋萋》《聽雨舟詩詞》《聽雨舟詩詞（續集）》等。

訪雪卿古村寨及其老屋

一寨横空起，群山簇水流。滄桑深巷月，斑駁古墻秋。門鎖家猶在，林高鳳自留。江花何日滿，同楫木蘭舟。

諸友復緣河岸行至鳳河義渡碑碣處

遠溯鳳河水，流經赤石城。往來千客渡，風雨一篙撐。此地碑猶在，當年義不輕。停車聊一顧，空慕古人情。

偕昭正江浙素蘭觀海

道路臨風斷，渺茫一鑒開。三千湮日月，咫尺入蓬萊。海鳥忘憂去，浪花飛吻來。巨磐如待我，猶似子陵臺。

咏桃渚戚繼光抗倭古城

一從浙水騁元勳，桃渚聲名便不群。海上長城凌浩淼，江南重鎮萃人文。銅墻尚掛誅倭劍，青史長歌衛國軍。擰緊炎黃繩一股，邊關奏凱靖妖氛。

惠州蓬萊詩社成立暨創刊肖松兄囑爲鼓勁賦此以賀

笑他下海幾帆歪，風雨談詩坐釣臺。久駐名城謀貨殖，終携樂府到蓬萊。東坡舊硯憑君洗，北海深杯向我催。得趣何嫌西子小，快風一箭放舟來。

恭賀羊城熊鑒師九十大壽

忍睹千年大道荒，避秦無計氣堂堂。牧羊旌節和天老，刺虎文章擲地香。檐下舐平傷痛迹，路邊看透帝王裝。征途修遠何須畏，南斗高懸燦夜光。

偕蘭芬游惠州西湖得肖松兄全家作陪

鵝城老友熱心腸，客路欣沾西子光。欲借天風高格調，共題秋水大文章。東坡一貶湖山重，南嶺千年筆墨香。多少斑斕補天石，朝廷不用又何妨。

九日偕諸友登蓮花山暨游金竹古寺次老杜九日藍田崔氏莊韻

一日開心路亦寬，登高望遠盡狂歡。思來曠野頻添竈，免入迷宮惹溺冠。傍寺有緣金竹古，離塵不悔石波寒。高山歲歲詩人會，一例王侯冷眼看。

周末偕報國水良楚雲玉柳游白沙浮

遠山藏寺片雲遮，佳日携朋到白沙。微雨驟來迷海宇，小礁一占足烟霞。沙中貝殼鮫人舍，浪裏輕舟漁子家。聞道天涯風色好，有芳草處即天涯。

肖松兄陪余與詩社諸友游羅浮山上距前游二十載矣

巉岩猿狖洞猶存，漫壑青烟竈尚温。一代風流沙作飯，廿年開發嶺成園。不求靈藥醫愚魯，來待梅花入夢魂。多個人兒撑把傘，爲余遮雨到前村。

春日偕諸友泛舟日月湖

忽見山前水一瓢，倚舷養目任浮漂。爲春打雜因情願，與汝同舟不寂寥。天下事多三角戀，人間債每兩頭挑。今朝畀我五湖水，一醉何分野與朝。

范義坤

號海琴齋主，網名海浪滔滔，一九六四年六月生，湖南湘潭人。現居廣州。公務員。著有《海琴齋吟草》。

讀安全東公雲水集

天籟行間淌，泠泠染夕曛。詩猶稱老辣，天豈喪斯文。玉樹千珠集，風光幾度聞。浣花溪上月，長照楚庭雲。

登郴州蘇仙嶺

爲探蘇耽迹，尋幽拂旅塵。桃花溪外竹，白鹿洞中辰。碑賞詞書絶，香融寺觀真。猶憐秋嶺月，徒照問仙人。

游西遞宏村

村畔湖光静，毵毵嫩柳纖。堂空存古色，溪澈動清弦。幾度塵中事，三春壁上箋。誰云徽硯老，猶自起松烟。

讀小忍庵叢稿[一]

琴齋披卷鶴飛鳴，又引南山無限情。撫案絃邀秋月老，尋幽緑繞忍庵行。且憑壯翮翔空宇，當學先生淡俗名。北望浦東雲水闊，凌波一棹句初成。

[一] 小忍庵叢稿：上海老詩人王瑜孫先生(一九二二—二〇一五)撰。

詩懷

閑將微趣浥紅塵，嶺表盤桓幾度春。古調窗前斟露飲，羈愁夢裏與誰陳？鈎沉每賦蘭臺月，解甲猶懷礪劍人。安得洞庭螺影碧，一蓑烟雨任垂綸。

謁袁督師祠

隻手擎天夢未沉，祟祠入望柏森森。兵鋒幾度驅夷虜，冤魄千秋慟史林。毀柱寧消亡國恨，撫碑又聽靖邊吟。水南村上泠泠月，猶照戎關碧血心。

電影歸來觀後感作

久獄偏遭妻失憶，同枝何罪禍無端。半生夢隔天涯遠，咫尺街連朔雪寒。對面信箋哀自讀，相疑琴鍵欲誰彈？站前癡望夫歸路，劫燼紅羊不忍看。

長沙戰友同窗雅集

雅苑亭臺風露清，葱蘢緑色滿星城。一痕旅寂初聞笛，數片卿雲欲問楹。未采花光纏酒氣，已移勝概入詩情。長歌且寄湘江岸，窗外芳叢落雁聲。

感東海風雲次李鴻章韻

未靖東瀛豈卸鞍，兩輪甲午恨銷難。凋零故壘隨風蝕，隱約烽烟帶血殘。起舞鷄鳴沾露月，彎弓氣涌祭旗壇。籌邊久悵金甌缺，縛虎長纓指日看。

旅中感懷

愁入喧囂不可尋，客中猶識溯源深。山川一往成回首，海岳幾回空好音。入世身餘循吏氣，鈎沉夢度楚庭陰。蘭臺爲琢傷秋句，誰與滄桑和獨吟。

游天子山

武陵叠嶂掩雄關，浩氣猶存天子山。石柱隱從松露泣，岩鷹正挾夕陽還。一時風物紅塵外，幾代英雄草莽間。莫道峽中雲渺渺，崖臺回望雨斑斑。

憑吊福建戍臺將士爲紀念沈葆楨保臺建臺一百四十周年而作

謁祭英靈淚雨傾，虎頭山下怒潮生。過帆每賦驅倭業，歸翼長懷築路營。幾處陣雲鯊待獵，百年義塚幟高擎。騁眸滄海連天際，嘹唳聲傳浪不平。

翁麗萍

網名幽蕙含馨、妙慧，女，一九六四年六月生，祖籍福建，長居厦門。

題秋荷

葉殘香瓣落，藕老幾絲牽。冷月枝何瘦，寒塘影可憐。詩情空有怨，畫筆不成妍。

芳緒無人解，心惟獻佛前。

贈詩友

筆下龍蛇動，情傾水乳融。同斟新蟻緑，共賞晚楓紅。浩劫多番過，靈犀一點通。碧雲思渺渺，萬里望歸鴻！

游佛園二首

蓬山裊紫烟，勝境夢魂牽。雲展晨風翼，泉彈幽谷弦。菩提多慧果，迦葉悟前緣。識得紅塵幻，胸中自湛然。

日月終無極，山河屢變遷。嵐烟飄裊裊，澗水瀉涓涓。劫火悲經毁，遺音待鐸傳。青巒如佛卧，大肚納坤乾。

酬丁桂芝吟長兼晚晴詩友

我生思羽翰，上下水雲歡。佳景觀花月，芳林集鳳鸞。開懷傾玉斝，裁句謝金蘭。三世因緣契，前程萬里寬！

依韻奉和陸世全會長

雨霽蒼穹净，山川入畫中。寒梅舒瘦影，幽竹沐輕風。借月留清照，吟花寫素衷。不愁知己少，真意與君同。

黄石寨

夢裏縈回情幾寸？黄獅喜見枕蒼岑。奇峰削玉穿雲際，幽澗飛珠沁客心。一匣寶書憑展閲，九重仙閣幸登臨。摘星攬月呼詩侣，共倚青笻發嘯吟！

泳壇小將葉詩文

天賦奇才衆可超，泳壇奮勇奪高標。瀛寰共睹飛魚影，吴越應憐雛鳳嬌。妙技煉成憑汗水，雄心安可畏風潮？中華一葉詩文載，七彩人生任爾描！

鳳凰古城

長街窄巷廉纖雨，淡霧疏烟吊脚樓。水約魚舠穿燕去，歌偕環佩遏雲流。邊城古韻心頭繞，中國風懷筆底收[一]。沱水清甜思共飲，仙源一醉絶煩憂！

〔一〕沈從文小説《邊城》，黄永玉油畫《中國=MC2》。二人均是湘西鳳凰人。

胡楊

胡風朔雪一肩擔，大漠蕭蕭翠影寒。塵劫三千猶葉茂，洪荒萬古有根蟠。英雄不朽欽儀範，鐵石真能鑄膽肝。我亦多年懷遠志，夢隨羌笛到樓蘭。

趙一翰

一九六四年六月生，廣東新會人。中華詩詞學會會員，廣東中華詩詞學會常務理事，新會岡州詩社社長。

壬辰初夏夜漫步翁山九仙村

漫步雲天外，清風自可期。星稀桃李隱，夜静蕙蘭滋。蔗茂田間暖，瓜香陌上奇。茫茫天地闊，但覺此心癡。

初訪翁山清水茅棚

甫許長松願，旋登石徑斜。天開金玉嶺，僧采野生茶。修竹維精舍，雲泉洗藥芽。方從喧鬧入，未敢擾仙家。

謁白沙釣魚臺

白沙垂釣處，磯石已無踪。最是江灣水，深藏海底龍。胸間蟠大壑，意外起奇峰。雨笠烟蓑客，何當一笑逢。

甲午深秋由西藏林芝赴川謁成都草堂

白髮君真早，知天命乃遲。林泉聆舊雨，卷帙牖新知。勝日情懷遠，他鄉夢幻癡。蒼蒼松柏在，默誦杜陵詩。

游敦煌莫高窟

滄海横流日，天高地迥時。梵經藏厚土，彩卷禮長眉。石洞玄機隱，沙洲陌路歧。徘徊三界外，世事總羈縻。

讀陳垣先生元西域人華化考有寄

中西學術一標新，碩士鴻儒借問津。异域風情東土演，家鄉禮樂友邦親。開張翰墨驚天地，灑脱詩文動鬼神。晚輩從兹勤秉筆，登高唱咏羡斯人。

瞻仰大鼈島第一石抗日烈士墓碑

白日青天戰馬屯，英雄禦寇國之門。西江激浪彤雲起，桂嶺擎旗百姓尊。敢下黄泉窮碧落，拼將熱血灑昆侖。恍聞高唱大刀曲，冷月邊關鑄國魂。

徐水宏

網名一泓山泉，一九六四年九月生，廣東五華人。現任職于廣東省五華縣公安局。廣東省楹聯學會會員，廣東省嶺南詩社社員。二〇一一年獲廣東省首届公安金盾文學作品獎詩歌類銅獎。

山村探親紀事

篁碧掩雲霞，溪聲繞野花。小姑端老酒，大伯泡新茶。城裏談污染，村中聽鼓蛙。耳邊聞侄語：下月買新車。

癸巳深秋登霍山

人稱五岳壯，我嘆霍山雄。舉足船頭轉，回眸酒瓮空。高僧禪在意，名士句由衷。

絶勝丹霞景，歸來似夢中！

觀國際旅游小姐表演

T臺美艷幻如真，倩影盈盈欲亂神。古典鑾音添喜氣，新潮服飾擁佳人。明眸笑靨堆雲髻，移步流香綻絳唇。自悔癡迷顔似玉，魂銷秋夕與春晨。

寒夜值勤有懷

風雨如磐夜已深，戎衣似鐵覺寒侵。敲詩每灑憂民泪，瀝膽猶懷濟世心。壯志拏雲添雅韻，豪情對月助低吟。縱然苦累人憔悴，無悔浮生感不禁。

賀遼寧公安詩詞學會成立

弘揚國粹道途艱，播火傳薪步履先。詩與黎元憂樂共，心懷家國夢魂牽。胸藏丘壑吟情壯，筆蘸雲霞着意妍。揮劍騰龍誅腐鼠，簫聲引鳳寫鴻篇。

初戀

邊關月夜露沾衣，傷盡春心醉不歸。一月卅箋人謂苦，三年千韻世稱稀。情隨邕水成烟滅，緣斷凉山化雪飛。約定今生牽汝手，天涯遠隔莫相違。

梅仕燦

號鳳山，一九六四年十月生，江西進賢人，現居南昌市。大學數學系畢業。爱好圍棋書法。中華詩詞學會理事，中國楹聯學會常務理事原江西詩詞學會副會長，江西省楹聯學會首届副會長、名譽會长。主編《醇醪淺酌——詩詞楹聯常識》。

訪星子縣棲賢寺

沿溪行自緩，睹石盡珠璣。風鼓松濤嘯，泉奔玉屑霏。聞禽遇知客，索籍囑題扉。五老皴痕瘦，憑欄豈欲歸。

贈陳氏太極拳第十二代傳人吴雲青

謙恭一俠客，身世足稱奇。裔襲奥斯曼，根源土耳其。依仁情自篤，耽武志難移。語我神州好，浮雲不欲追。

寧都縣青蓮古刹大雄寶殿佛像開光暨祖師塔觀音路竣工慶典爰占五律一首書贈證通住持

名刹凌霄峙，風霜幾度秋[一]。塔供新佛像，路接古源流。慶典炮聲密，朝華香客稠[二]。證通弘法處，竹木識禪修。

〔一〕青蓮古刹已歷一千七百年之久。

〔二〕朝華：客家方言，猶如拜廟。

梅家莊

蜿蜒水泥路，越畈入吾村。溪緩群魚樂，林深衆獸奔。由來無大事，偶過有王孫。地僻塵囂絶，閑談伴酒樽。

中盤勝馬曉春九段授四子指導棋

飄逸妖刀馬，棋才第二人〔一〕。臨江承授子，角力嘆逢神。幸得四星助，方成百步馴。于今愧吾友，喜若醉醪醇。

〔一〕日本九段藤澤秀行云：以棋才論，曹熏鉉第一，馬曉春第二。

步馬凱同志韻賀中華詩詞學會第四次全國代表大會勝利召開

尋芳處處不爲遲，昨日枝非今日枝。妙景從來憑趣得，佳篇未必費神馳。三秋可結三秋實，一代當吟一代詩。莫與前峰競高下，唐情宋意各緣時。

自青海抵西安過樓觀臺幸謁中國道教協會會長任法融仙人感賦

終南福地半山巔，信是人間好洞天。竹海林濤潭瀑碧，蘇行歐隸塚臺全。離青喜謁達三佛〔一〕，入陝恭聆第一仙。萬法融通臻妙境，真經原本在心虔。

〔一〕三佛指塔而寺葛嘉活佛、住持宗康活佛及玉樹相古寺阿着活佛。

玉樹行

銀鷹循峪撲機場，舷外白雲隨手將。烈震驚魂雖七秒，名城觸目已千瘡。三江本是同源水，九域原無异脉鄉。但使殘垣盡推去，帝臺王母羡新妝。

大理

首向滇中西北行，雄州絶特壯斟吟。籠雲載雪蒼山偉，映月羅星洱海深。七代名城傳萬里，一方古塔聳千尋。花容鳥語多佳麗，疑是九天仙子臨。

白鹿洞書院

古木摩天數百秋，儒生舊館絶塵憂。夙聞白鹿游雲殿，遥想朱翁枕水流。鳥語千年應未改，書聲幾代却全休。文風寂寞由來久，此地空餘正學樓。

許建榮

網名白雪仙子，女，一九六四年十月生，安徽黟縣人。曾任中華詩詞論壇和中華國風文學論壇版主。

白荷花

一枝素白染初匀，淡泊由來不媚人。出水亭亭清俗眼，回風濯濯净囂塵。君行江浙雲隨履，我住南塘月在身。烟雨沉吟秋迭夏，繁華看盡守天真。

梅花

一株寂寞小溪彎，野徑冰封素影嫻。但得抱香吟白雪，幾曾入夢到孤山。雲箋嶺外無須覓，清韻心頭未肯删。蝶亂蜂繁桃李事，春風與我不相關。

端午分咏荆州

自古雄觀萬里江，郢中歌調世無雙。楚波迢遞歸雲夢，蘭思縈回戀故邦。去國離騷長太息，懷沙孤憤未能降。龍船鼓角荆門過，歲歲端陽别有腔。

游賞碧山緑萌園林

别開園景對山陰，夢在烟蘿一徑深。泉水共人清到底，晨風和鳥久回音。橋通古舍無塵俗，雲落幽亭息遠心。十里溪光翻白鷺，草香花影上衣襟。

春思

寒窗夜雨輕如許，曙色微明緑意舒。近水蕩舟穿曉霧，遠山含翠映茅廬。看花每悵春來去，對鏡常思歲減除。燕子雙飛人獨立，半溪梅影似當初。

題蘇小小墓

正是江南陌上春，霏霏細雨滌輕塵。西泠橋畔烟如幻，鏡閣樓中情可真？縱得留芳憐薄命，幾曾吊古惜佳人。香車猶載千年夢，一望湖山柳色新。

聽古箏蕉窗夜雨

長夜聽箏漫寂寥，雨聲點滴落芭蕉。歌猶飛處人何在，雁未歸時夢已遥。蓼岸溪風寒漠漠，巴山楚水路迢迢。思懷幾許憑窗立，弦入秋江萬里潮。

步白居易江樓夕望招客韻

風烟節物兩蒼茫，曲徑蛩鳴惹恨長。萬木寒山秋四野，一輪明月水中央。詩窮莫寫溪亭露，酒薄難消鬢角霜。桂馥清泠素華洗，年來不覺又新凉。

情人節詩贈夫婿

慣將情意道平常，樂也曾經苦也嘗。相許紅塵甘守拙，漸消緑鬢老無妨。青春似酒濃時好，歲月于今淡處長。風雨等閑容易過，碧紗窗下共流光。

山居二首

繞庭曲水濾絲棼，天井藤窗過隙熏。賢士曾經銘陋室，山陰不復换鵝文。柳條輕釣烟霞染，松子閑敲楚漢分。向晚風吹牛笛近，石崖泉響起寒雲。

身無羈絆自相便，俗慮能忘茅舍前。半畝水田鋤暮雨，幾聲布穀帶晨烟。山峰青出雲天外，佛寺遥臨松壑邊。花落衡門風不掃，僧鐘在耳似逃禪。

江竹筠

崖前爛漫簇雲霞，仿佛英姿冰雪賒。春報重城猶料峭，風摧瘦影不傾斜。百年生死朱成碧，一曲紅梅歲自華。歌樂霧多迷遠近，清香如故女兒花。

扈超峰

別號淡竹齋主、鄴下散人，一九六四年十一月生，河南南樂人，現居安陽市。中華詩詞創新研究會副會長，安陽詩詞創新詩社社長。著有《洹畔吟草》《往事如烟》。

讀書偶得

面壁心尤静，讀書常閉門。漢詩堪下酒，元曲總縈魂。誰解東籬趣，吾知馬頰恩〔一〕。詩情燃一縷，再訪舊時村。

〔一〕馬頰河爲故鄉一小河。

自題

洹上飄零久，沉浮歷苦辛。卅年崇劍氣，四海若家珍。傲物非才俊，疏財性本真。舟横憑自度，詩酒我芳鄰。

夜讀

彈鋏祈魚怨，陶朱泛海流。鴻門魂欲斷，垓下命當休。把酒陽關道，縱情黄鶴樓。沉浮天地事，榮辱付東流。

麻雀

恬適如麻雀，憂歡一粒功。春來依倩柳，秋去伴疏桐。殿宇可游憩，茅檐能避風。幾人能入世，誰與我心同。

癸巳冬至

冬至如期至，蕭然意若何。飛雲杯裏逝，征雁夢中過。雙鬢雪侵染，孤舟浪打磨。疏狂經半世，榮辱付吟哦。

夜游三角湖公園

夜來衹恐黄花落，籬下蛩聲入耳頻。月色娟娟堪對酒，湖光淡淡足怡人。穿廊忽覺塵囂遠，隔岸遥看竹影親。園外又聞車馬亂，古城一寓寄殘身。

曾議輝

别名曾毓輝，一九六四年十一月六日生，馬來西亞霹靂州怡保市人。祖籍廣東連州，現居怡保，從事旅游業。曾跟隨著名華樂家蔡亞歷老師學習古筝。現任馬來西亞詩詞研究總會交際一職，怡保山城詩社社長。

勿洞碧村度假感賦

叢林籠薄紗，隱現兩三家。山外溪流澈，籬邊竹葉斜。碩肩扛菜果，纖手織棉麻。

避世離鄉客，埋名最可嘉。

世局感懷

遠望峰千仞，深淵比鐵牢。澄空雲淡淡，怒海浪滔滔。明睿心尤壯，剛强氣更豪。
橫眉看世態，誰獨領風騷。

新春感賦

蝶舞成雙對，低飛過短墻。尋聲聽燕語，捎訊泛花香。風蕩庭前柳，神馳夢裏鄉。
人間春景在，瑞氣正飄揚。

懷遠有寄

送別長亭外，無邊景色宜。玉壺春酒溢，堤岸柳絲垂。燭冷西厢映，星繁北斗移。
天涯雖遠隔，紅豆寄相思。

思鄉

溪水清如鏡，林深緑草環。人行千里路，霧繞萬重山。縱酒生悲慨，傷情掩笑顔。
遥天相望久，何處是鄉關。

幽居閑賦

閑步長堤上，亭臺翠竹圍。雲山環秀色，花圃散芳菲。人静知虚實，心明辨是非。

一朝霜染鬢，碧海蕩舟歸。

賦詩有感

歷載耽詩賦，心寬志趣堅。匡時還衛道，奮起更揚鞭。愧乏生花筆，慚無倚馬篇。流光如逝水，可奈世情牽。

南粵游踪

探勝游南粵，風光似畫圖。連綿山險峻，横貫路崎嶇。深壑看紅葉，輕舟泛翠湖。猿聲何處起，隔岸客相呼。

夜雨有懷

世俗分清自在身，銜杯淺酌味甘醇。那堪夜冷空邀月，猶覺花遲莫怨春。揮筆難描山外景，傾心常憶夢中人。芳踪渺渺無音訊。寒雨瀟瀟灑水濱。

江山眺望

霧繞高岡翠影圍，晨風吹拂曙光微。蘭香淡雅教人醉，燕語呢喃催客歸。久嘆情緣難再續，厭看世事已全非。渾忘幾得消塵俗，傷感何堪柳絮飛。

山居閑趣

葉落山居小徑中，噪聲雜亂遍秋蟲。曲溪流淌環幽谷，皓月初升照碧空。眼底繁華皆幻夢，襟懷坦蕩似霓虹。思潮起伏情尤切，衾薄難禁夜半風。

大馬詩研總會第四十一届全國詩人乙未小陽春雅集

韶光不負慶佳辰，月灑清輝照四鄰。禪院忘機登覺路，旗山美景最宜人。世情看透清還濁，塵俗難分假亦真。一咏一觴千古頌，唱酬更憶永和春。

李汝啓

網名江湖小李，一九六四年十二月生，江西上栗人。本科學歷，外科醫師。

雪霽小石源

春暖消殘意，潺流漫小渠。溪橋没對孔，潭口噴雙魚。樹杪花猶俏，山陰雪未除。擬邀烹積冷，電話在長途！

祭葉

夜來遥占斗，天外一星殤。再肇功銘史，特行心似鋼。東風凋碧葉，凄雨洗紅場。回首蒼茫處，中原路正長！

逸廬分韻得因字

風藻多君處，揮毫每絶倫。九江欣暫集，廿載説前因。壁篆龍蛇影，湖流自在春。

殷殷三徑外，一傘動萍身。

譚嗣同百四十年祭

無力回天句未磨，神京沉醉又笙歌。宫中早定簾垂策，海上風聞衣帶波。百四十年新氣象，一千萬里舊山河。旌旗變幻龍庭主，唤起英雄説共和。

和水村先生游楊岐詩

楚尾吴頭古道場，空山鐘鼓韻疑唐。泣岐失向迷南北，變法無門哭莽蒼。渺渺宗風源有自，森森松櫝將成行。野花不管興亡事，一度秋風一度黄。

吊楚王臺

曾經戰陣逐江湖，一頁風雲散楚圖。客自遠來憑勝迹，峰從高處指平蕪。溪生香芷春還茂，石幻劍痕雪未除。回首荒林遮破廟，蒼崖忽又轉樵夫！

過惠陵

我自西來訪蜀都，當年臺殿早荒蕪。三分終不延劉祚，一統何須論霸圖。葉隔黄鸝鳴上苑，花隨流水下東吴。望中唯有參天柏，依舊森森蔭墓廬。

咏史

聖主宵衣坐廟堂，禪臺高築鼎臣忙。談兵新建樓船策，救市重翻貨殖方。四窟輕鬆憑緑卡，一棺辛苦壓紅塲。庫夷島外茫茫土，盡付熊羆作故鄉。

龍虎山天師府

峨峨宫殿迴塵寰，聞道仙家此往還。華表鶴歸松自老，玄庭雲鎖月臨關。光浮七寶流丹井，烟篆重霄響佩環。同契客來參正覺，休將龍虎障前山。

江右癸巳年會登古梅關

迢遞來憑古國春，轍痕没處障烟津。源窮贛水知南極，秀引越山分北鄰。初到客嘗梅子酒，重逢我是隴頭人。時平有險不須設，皓月晨風自可親。

乙未端午前一日共青城謁胡耀邦陵

爲踐當年鷗鷺盟，歸來無復戀神京。國從君後千重夢，客眺山前一鑒明。石上形容猶坦蕩，憶中歲月尚崢嶸。懷沙畢竟成何事？九派茫茫接太清。

住院

病房門掩隔晨昏，卧對懸瓶劇苦辛。早晚三餐人作主，昂藏七尺藥稱臣。何曾賦可長卿比，太息詩非老杜倫。魏紫姚黄經眼過，從今宜唤李唐人。

李静鳳

字羽閑，别署青鳳，齋號散花精舍、褪紅簃等，女，一九六四年十二月生于江蘇揚州，南京人。現就職于金融系統。著有《散花集》。

落葉

驚風紅似醉，雨迹在塵烟。今夜愁離蝶，當時苦別蟬。形枯分露冷，碧掌蜕金仙。
不見維摩恙，誰登大士船。

舊照

無邊春色裏，花月一爲塵。行到回眸處，驚如隔世人。山雲新病骨，海水舊吟身。
最是情天永，空言滅喜嗔。

進賢縣軍山湖泛舟呈振振子翼建輝立榮諸先生

分我湖山態，眸青對菊黄。持螯秋水冷，拍棹雁天長。車馬暫爲客，斯文久不彰。
勞勞自兹去，遥望是柴桑。

辛卯除夕有作

守璞非無地，天年在養真。凍開江自浪，塵去物如新。誰分觀濠客，從知擊壤民。
卿雲正四起，脱兔上蒼旻。

辛卯中秋薄陰誦石屋禪師山空雲自在天净月孤圓句即賦

平分秋一半，但喜鏡初圓。光色安能睹，高明見廓然。碧霄雲自在，黄葉樹清便。

若待心輪出，渾如海上天。

甲午迎年

人生胡不老，世事動如麻。應物原愚拙，得詩忘整斜。塵埃吹野馬，露電袖青蛇。尚許匡床坐，經書問六葩。

半山園訪王安石故居

拗相歸來罷，青苗法不恩。得詩皆瘦峭，此老作狐言。綠暗紅酣水，粗衣蹇策村。原非拘禮俗，何事更爭墩。

己丑人日感懷

暗室燃燈照有涯，空中著眼見狂花。飄零文字曾經海，辛苦浮生未績麻。應惜木符惟餞歲，終憐水蜮慣含沙。回天春影周旋我，一倚焦桐看莫耶。

仲春答曼雲有寄

偶向東風一黯然，昆池小劫劇相憐。劍非越鑄想龍氣，箏帶秦聲學雁傳。到海不回揚子水，出門便踏柳花天。多愁才説無方避，將入蠶山挾枕眠。

自四月十四日青海玉樹地震後火山颶風水災异變苦多亡者有之曷勝哀感

杞天玉樹見殘骸，沸海冥靈未有涯。何物江山淪與朽，矧吾哀痛著于懷。交侵水火生非慣，久病閻浮夢不諧。空裏一球如泛宅，會無息壤爲安排。

聞卉姊目痛作小詩遥寄

銀艾同塵不受污，微支目力看鼪鼯。靈宫寧悔梯天藥，大國焉存照乘珠。六草三真非色相，寸山尺水即醍醐。雙瞳向壁青如許，參得殊方海未枯。

無題四首

石凹餘馨墨淡磨，幽花疏竹一時多。偶然林薄來風雨，久矣山扉帶薜蘿。不掃塵心如敗葉，曷知生趣似嘉禾。秋聲曠漠難爲寄，緩板低頭恰自哦。

鴉柏秋來意態疏，窺窗皓月祇如如。案前才動翻經葉，門外轟傳載鬼車。作浪江心魚脱網，寫雲天上雁傳書。風霜料理明朝事，補屋添衣歲不居。

惘惘同癡朝酒邦，元音一激若鐘撞。如斯骨格天相妒，可惱平生世不降。繩結多情封太古，劍花無影落虚窗。好山對視終難厭，故抵高吟字字雙。

人間多少是相輕，古怪前生性未更。不受牢籠霜樹雀，豈乖帝力火秦坑。插花潑茗須天分，識字翻書費歲庚。托籍山中奉寒素，幸今無復累君平。

冬寒讀莊

跳脱雙丸大海東，奈他横掃水烟空。從知叔世安蓬艾，一誦南華倍感通。何待神魂來歲杪，孰培風力出環中。吹噓應自生磅礴，去宅冰清姑射宫。

張春義

筆名東方麓臺，一九六五年二月生，山西榆次人，現居太原。一九八六年畢業于太原理工大學，現就職于建築施工企業。中華詩詞學會會員。著有《俯首白雲》。

過雁門關

扶笻攀石磴，形勝此無倫。雉堞雁門矗，人烟馬邑新。連烽閲今古，一嶺界冬春。李牧廟猶在，梅花幾度巡。

過周莊

墟鎮瀕湖岸，停舟近竹廊。小橋凝古色，曲徑散秋香。雨洗郊原緑，月敷烟水黄。人家談沈塚，對酒話偏長。

過魯肅墓

遺塚踞清幽，江天入望收。烟雲渺南北，草樹自春秋。分鼎籌前箸，銘功列上流。一樽人吊罷，争説借荆州。

立春

乾坤今臘半，一歲又回春。帶郭梅方吐，沿堤柳未新。風多陽氣動，雪暗暮山顰。欲赴桃花約，郊園試問津。

謁元好問墓

孤亭墟墓此相鄰，景物無多迹已陳。不改秋風凋隴樹，尚存舊碣記詩人。逋亡遠寄遺民泪，搦管空悲故國春。日暮疏烟同漠漠，岐陽讀罷愈傷神。

送友

鐵鳥片時千里還，銜杯不必叠陽關。笑嗔歲月身將老，遥指江湖路尚艱。物外高情同管鮑，毫端麗賦近楊班。酒酣偏愛詩酬唱，病句何妨手自删。

登居庸關

石蹬縈回逾百尋，横雲雉堞一登臨。千峰環擁分南北，萬里綿連閲古今。霄漢又聞霜雁度，朔風或作玉龍吟。化工得失杳難問，獨向河山繫寸心。

過長平古戰場

荒村遺廟暮雲頭，獨吊長平恨未收。戰壘盡隨丹水逝，朔風似説趙人愁。九秋衰草悲陰壑，千里征塵捲杜郵。向晚茫茫驚戍鼓，坑邊酹酒一持甌。

垓下

烟波何處吊重瞳，駿馬佳人俱已空。欲就新醪酹風月，還從遺碣嘆英雄。三千蜀道識韓信，百二秦關屬沛公。時不利兮非戰罪，徒教今古話江東。

謁伍子胥祠

烟霞長鎖畫堂深，往迹猶存事可尋。抉目空留吴相恨，卧薪誰識越王心。秋江疑雨風初起，水閣吹簫月欲沉。更盡炷香遥酹酒，獨憑闌檻寄悲吟。

過苻堅墓

山河百戰剩殘塋，片土荒蕪未許耕。峰帶亂霞初落日，苔侵遺碣尚留名。一從淝水驚風鶴，幾度秦川罷甲兵。過客嗟吁捫虱略，蕭蕭木葉送秋聲。

過丹陽吊蕭衍

萬里重陰渾不開，投文欲吊幾徘徊。陵傾故地烟塵合，寺鎖遥山鐘磬來。貝葉蓮花迷昨夢，青絲白馬寄餘哀。臨風三嘆興亡事，獨向荒榛酹一杯。

秋風

蕭蕭竹韻昊天澄，霽後欄杆久獨憑。香溢菊籬時墜露，月臨湖面忽疑冰。空山木落悲工部，故里鱸肥返季鷹。去雁無情催客老，因嗟繫日欠長繩。

過巨鹿

漳河白浪渺悠悠，往迹如斯不復留。古道暮秋初落葉，楚人曩歲此沉舟。腥風夾岸鼓鼙急，赤日流霞烽火稠。子弟八千方大捷，咸陽已報盡歸劉。

謁杜甫墓

寂寂喬林一徑開，丘墳數仞没蒿萊。遺碑向晚浮烟合，陰嶺初寒過雁哀。萬里風霜歌當哭，十年烽火劫成灰。獨留滿篋驚人句，碧玉琪花散九垓。

陳忠平

字半愚，號一得愚生，齋號野雲廬，一九六五年三月生，江西都昌人。都昌糧油質量監督檢驗站站長，工程師。著有《鄱湖野語》。

即感

赤夏河干白，望霖心若煎。蚊雷方聒夢，霉雨竟傾天。未盡活鱗族，胡爲漫阪田。世新農自末，不問歉豐年。

題孤鶴寫真

跂立孤亭側，其鳴遍九皋。危枝圓露眼，落日撫霜毛。寧益寒雲白，豈争丹鳳高。靈飆如可待，矯矯出蓬蒿。

晨興

宿雨淺浮碧，游行霽日春。風雲仍不定，天地正更新。石罅冒初蘚，波間翻細鱗。狎鷗青渚上，輒覺泌丘親〔一〕。

〔一〕泌丘，隱居之所。

作客徐埠中學題贈

離即衢塵側，修篁護李桃。三年聯縣冠，千日想師勞。檐雨侵燈影，星霜落鬢毛。但教田户子，不盡没蓬蒿。

立夏後三日柏窗兄招飲命賦

節時交首夏，甫與凱風親。烏巷夜嫌短，翠娥衣换頻。蚊蠅争逐血，詩酒漫傷春。不見鵑啼處，良苗亦已新。

壬辰孟夏偕鷹鳴觀瀾二學兄游湖亭坐得橋字

暇動吟游興，良朋坐見招。烟沉湖縣郭，柳漾石欄橋。南渚波潛沸，西山魂暗銷〔一〕。感時多惻怛，君子道迢遥。

〔一〕西山有經歸祠附書院，明弘治十四年南康府奉立，祀宋末先儒陳澔，今爲城建夷平填港。

汝南謁天中山周公測晷臺

不關形或勢，丘壑在人心。禹貢位中正，堯圖迭古今。石碑循址舊，晷度没蒿深。

代與周公隔，誰教惜寸陰。

奉仰老元韻再勉在之

聖代多紈絝，天應惜鳳毛。或于斯變豹，特爲汝硎刀。社櫟大何用，旻雲寒更高。文心宜卓闊，寫盡萬民號。

癸巳清明

恐懼清明節[一]，山山蜀鳥啼。車淹三里遠，雲壓一天低。宿雨皺裳濕，新烟丘樹迷。捫心親在日，問省可無暌。

〔一〕《易·震》：「象曰：洊雷震，君子以恐懼修省。」

南山眺日落即占

立玆高巘上，瞻彼夕雲阿。窮野粲紅照，巨鱗跳白波。懷馳鷗夢遠，衣惹蠓烟多。萬物自生息，不煩揮魯戈。

勸穡

麻鞭水響節時催，陌暖慶雲團作堆。岸柳垂腰先好雨，池蛙鼓舌自春雷。新頒農政稱咸善，舊鑿山渠起積隤。勸穡原該專吏責，田家笑訝子胡來。

李合肥

空負才名管樂儔，濟川事業一浮漚。丹青易把忠奸斷，貧弱難將社稷周。辱國當時胡不死，和戎而後更誰謀。設渠逢此復興世，肯挾勁兵偏忍羞。

迎春應世界漢詩同好會第三十四次徵詩限四支時在

壬辰歲末西曆已改元矣

一縷陽回軟凍旗，新紅散點最南枝。化泥雪影妨人步，曝日墻根解我頤。市上烟花紛沃若，陌頭風草隱憂悲。樂郊尚有寒棲者，青帝拊循知未知。

次韻黄仲則雜感答蘇痕兼示諸生

中歲襟懷笑老成，晨昏稽古伴狐鳴。注眸漫辨蠅頭字，充耳恐耽蝸角名。暖到梅枝春自發，寒侵蕉葉夢多生。不須苦作焦桐嘆，萬吹諧和各有聲。

月夕法會歸後寄謝頓佛禪師再依十五删

郭外叢林近可攀，勝騎白鹿訪名山。七重塔影玲瓏裏，萬叠波光滉漾間。石壁舍幽莎徑冷，松蘿月净茗烟閑。來消塊壘何須酒，小坐菩提一叩關。

陽儲山歸後仍縈夢焉因叠壺字韻寄諸同游

登游莫怕路崎嶇，最好風光在僻隅。撲朔烟雲分又合，參差丘壑似還殊。乾坤旋轉胸中氣，日月升沉掌上珠。大夢驚回人境裏，清明萬象一瓠壺。

甲午閏重陽後霽日偕登北山約次先賢吴傘先生元韻

爲放秋懷一霎鬆，差肩去趁菊花風。寒郊雨後烟凝白，野徑霜初葉墜紅。肯惜袷衣披亂棘，休將蒿目到哀鴻。或疑三十三天近，迢遞鳳鳴喧耳中。

畢業三十年聚後奉寄傅廣榮師

夫子恩懷久更新，呵噓誨導兩諄諄。當時忝立程門雪，此日温尋泮水春。白髮高歌仍激朗，青衿列坐返清真。傳燈樂見能才廣，我且從師學做人。

朱少璋

一九六五年四月生，香港人，祖籍廣東開平。香港浸會大學中文系哲學博士，香港大學中文系哲學碩士，新亞研究所文學碩士。浸會大學語文中心高級講師。國際南社學會會員，廣東南社學會會員，香港作家協會會員。著有小説《告别下雨天》、傳記《燕子山僧傳》、散文《灰闌記》、古典詩《琴影樓詩》、戲曲評論《燈前説劍》、寫作理論《規矩與方圓》、傳意研究《聆聽學》及編譯專著《曼殊外集》等二十多種。散文集《灰闌記》及《隱指》分别獲第十届、第十一届香港中文文學雙年獎散文首獎及推薦獎。

三春酬唱五首

花遍江南岸，尋春愧乏津。卉榮無可采，蕭艾不堪親。紙若平蕪闊，詩猶諫果辛。

緘封蒙惜取，聊寄隴頭人。

太白能高咏，靈均涉水濱。世途不得意，詩國暫稱臣。隱介潛淵藪，興雲現本真。
奮鱗雖有喻，伸屈未由人。

千古文章事，寸心非易陳。調同求互濟，曲异覺相親。花落真無主，春歸信有因。
秋風漫四海，得句未爲貧。

一去天涯路，臨風萬里人。鏡花徒有托，妾恨豈無因，越女顔如玉，吴宮暖若春。
誰思傾國貌，甘食浣紗貧。

慣見司空妓，沉香作朽薪。江南刺史恨，座上斷腸人。舊調情詞厚，明妝舞袖新。
翩翩爲謝答，青眼辨風塵。

望夫石

仰睹石嶙峋，平觀似婦人。望夫忘歲月，負子立昏晨。舊愛難如昨，鶉衣不若新。
蘼蕪將采盡，豈獨爾孤身。

品茶

七碗欲登仙，甘芳入夢纏。水清能得月，茶壽不知年。溟海龍翻浪，藍田玉作烟。
泥壺點滴處，一室静如禪。

釣臺魚

羿矢弓方滿，窮兵孽尚餘。瘴昏藏鬼蜮，風怒捲靈胥。領海氛烟起，征帆旆影舒。匹夫酬一願，祇食釣臺魚。

送鄧小軍教授北旋

踏歌如此送詩人，句被催成墨尚新。海角雪泥留爪印，天涯雲樹隔音塵。萬家樽酒難爲別，十里桃花不是春。莫向皖南潭上過，怕量深淺喻汪倫。

有懷

蒼狗彤雲正色浮，星槎暫替木蘭舟。偶耽佳景隨緣至，非慕長生入海求。晚節襟懷涇水月，中年心事沈園秋。名山早預茱萸會，倘許重逢未白頭。

中年

謝爾酬詩説晚晴，難言心事祇傳卿。歌殘紅燭薰羅帳，雁斷西風播石城。絲竹如烟唯蝶夢，海山忘誓托鷗盟。年來怯向層樓上，芳草斜陽最動情。

説詩

蘭亭雅會對餘暉，百載文壇事業微。調舊縱隨平水韻，詩新未革去年非。藍田日暖經秋照，陶舍菊黄與世違。寫罷清愁三萬斛，南園花盡欲安歸。

端午

喧天鼓樂換春寒，角黍香傳老少歡。舟化龍騰摇百棹，情隨日麗上三竿。孤臣去國臨流賦，一棹横河袖手觀。奇服已衰吾亦好，陸離長鋏未彈冠。

孫書玉

字其如，號綺夢樓，網名江南雨，一九六五年四月生，北京房山人。居庸詩社社員。著有《江南講記》及詩詞若干卷。

社課題春雪桃花圖

小萼枝頭冷，著香深淺紅。端須憐弱骨，未得趁東風。造化非常道，人心思不同。應知芳意迫，天地待冲融。

謁通城張謇别業賦贈子佩

斯道誠非夢，人間尚可尋。古藤猶綻碧，新木漸成陰。春水濠南路，清懷塵外心。百年堪仰止，徙倚一沉吟。

琴川查先生韻法能詩善畫辟幽室于曾園之側傳雅韻于虞山之畔其室内懸一聯云有惠及人春映日其清在抱

水當風感其懷抱遂取其下聯約諸同門分韻先拈清字

據守芳園側，薪傳道可名。窗含山傲岸，門對水淙琤。積案白雲滿，盈懷壯氣横。晚荷猶釀碧，骨自向人清。

謁江陰季子陵

稽首墳前拜，心源一炷香。寒烟籠古篆，衰柳舞斜陽。信義悄然失，斯文久矣亡。臨風懷聖德，天地入蒼茫。

懷柔新地村長劉君志清秉承傳統爲官清正感其德行作嵌名聯以贈後敷衍成篇

志迥天尤闊，源深水自清。漫將山傲岸，融入玉晶瑩。蝸角蠅頭事，千秋萬世名。寸心但能守，踽踽且徐行。

除日客北海酬文煜兼作春正寄語

南國春宜早，珠城物候新。淺嘗原味酒，如對故鄉人。紅艷花成陣，風清鳥囀頻。客中逢歲夕，還憶舊交親。

臨屏讀雨如兄生辰自述因步其韻

道也誠非道，行行自可知。臨文思駿骨，感遇惜清辭。世事何曾永，塵緣本易癡。

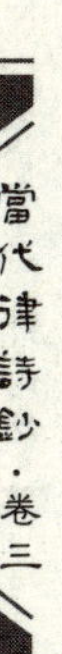

屏前欣妙悟，一笑會斯時。

咏李鴻章

都門回望感幽單，帝祚傾危裱褙難。鼎定文章空汗漫，中興事業總蹣跚。八方風雨天如漏，獨木支離夢亦殘。報國何曾能萬死，功名到底誤儒冠。

卜居珠城有作

雲横八桂氣宜秋，十萬山中月滿樓。飽卧不知香入枕，醒餘無賴酒扶頭。條風絲雨重簾隔，碧樹銀帆一望收。掃榻烹茶延客座，四時常備夏清侯。

夜宿後安嶺二律

暇日尋芳遠市都，不辭鐵馬取長途。依山茅舍新籬落，迓客田翁老酒爐。盞内甘辛分虎口，盤中青碧愛龍鬚〔一〕。怡人最是溪邊道，螢火燈微次第呼。

壤僻無緣識宋纖，覃思麋鹿友飛潛。虚窗過雨雲飄瓦，老樹啼鷄月下簾。一鏡幽藏青欲出，千峰壁立静宜瞻。山深未到桑麻季，滿地新藜試掐尖。

〔一〕龍鬚，菜名。

子佩一體微行付梓因步其韻

篤志徐行不計年，拼將心力著遥篇。孤燈夜夜何堪守，長路漫漫敢息肩。欲盡塵灰消劫後，但看梅萼破春前。明朝桃李滿芳陌，無際雲山自浩然。

自組織真人CS歸後作

鼙鼓聲中劍氣寒，慨然一笑出長安。前軍急報函關失，諸將驚呼蜀道難。皓首廉頗終敗北，皂袍敬德屢彈冠。從容我亦漢丞相，奈是歸來腰腿酸。

三江來京招飲因故未至戲賦拒宴詩

謀食公門心力微，略無餘暇逐鴻暉。名山事業粱兼稻，至樂生涯是與非。酒盞何添肝膽熱，膏腴惟助腦腸肥。從今謹畏君休笑，須信戲言成禍機。

乙未杏月晦日誌感

珍重韶華麗日天，漫從急景感流年。吟邊風月三千界，劫隙悲歡五十弦。萬象但隨雲鬢改，微情猶似楚金堅。固知簾外芳菲促，獨立危樓意淡然。

社課送春兼及居庸十年

葉底痕殘惜舊香，漫看飛絮舞斜陽。紅隨逝水愁無迹，緑到蒼苔意轉凉。準擬夢華供浪語，須憐素約損柔腸。吟邊但許悲時序，獨倚危樓怯酒觴。

王連生

網名昭餘雁，一九六五年八月生，山西祁縣人，現居廣州。清華大學畢業，從事金融業。從熊東遨先生學詩，中鎮詩社社員。作品入選《海岳天風集》《中鎮十年集》《廣東中青年詩詞選》等。

甲午中秋望月感懷

千古家山月，今宵三處看。蟾光浮大海，桂影下長安。立久欣雲散，思歸覺露寒。天涯生百感，衹合説清歡。

客裏登高逢清明

危崖憑眺望，大野半陰晴。出岫雲相逐，栖林鳥自鳴。歸途空念遠，餘事一抛輕。獨羡鄉居者，朝山闔族行。

賀中秋小聚分韻得人字

海月江花夜，天涯世外人。約開紅綺宴，來對玉冰輪。瀉地憐光滿，流年逐夢新。還分一叢菊，持酒贈鄉鄰。

辛亥革命百年祭

一夜南風起，千秋帝業空。殘枝花不發，冷雨勢無窮。愧説中原夢，終輸北極熊。當年明月在，閑照大江東。

賀山西詩詞學會成立三十周年寄時新會長

鴻雁傳佳訊，依稀識晋音。遂教滄海客，又起故園心。詩繼千秋業，風清萬柏林。何當重把酒，曲賦入雲深。

重陽登高有懷步老杜九日藍田韻

每登高處拓胸寬，更值鄉情盡日歡。已有清風來助興，何須綺宴笑彈冠。黄花不負金秋約，白髮先知玉露寒。寄語天涯詩酒客，好雲明歲倚松看。

聽雨

寒星點點亂敲窗，斗室蒼燈影照墻。坐久孤懷同酒烈，夢闌幽緒爲誰傷？風從海外歸秦嶺，雁在雲中過晋陽。子夜驚雷天宇動，枯心隱隱覺春光。

秋日歸鄉途中聞雁感懷

背倚長空萬頃藍，人方北去雁飛南。雲邊雁逐湘風暖，嶺外人思汾水甘。千里征途星復月，十年客旅再而三。相逢道路憐同命，行色匆匆兩不堪。

重回鄉下老宅

殘壁圍成隔世天，空庭戴鎖自相憐。蒿藏枯井秋風裏，網結閑愁老樹邊。擊壤事遥還入夢，呼名人在不知年。垂垂紅棗枝頭熟，留得兒時一味鮮。

登山

古剎聽鐘百慮休，林泉携鶴復清游。山如勝友邀同座，風助微瀾好泛舟。飛瀑脱天真磊落，閑雲無語自沉浮。幾叢荆棘斜陽裏，何事牽衣更挽留。

登雁門關

長城極目渺無邊，叠嶂奔趨古塞前。雁去似諳秦漢路，風來曾渡朔雲天。寒松傍石同溪語，衰草逢秋衹月憐。安得雄關鎮東海，金戈鐵甲靖倭烟。

春日夢歸祭右丞衣冠塚

南山高卧始何年？草野猶疑舊輞川。老樹情懷同月近，早鶯消息報春先。河汾百轉終歸海，詩畫空靈信入禪。昨夜東風恤羈客，傳觴許我夢重圓。

鸛雀樓同諸子

高閣名篇各競雄，千秋聳峙大河東。中流浪激西涼雪，拱角雲牽北魏風。萬里清吟江海闊，一時嘉會古今同。當年鸛雀栖何處？滿目春山夕照紅。

中秋前清溪招飲

雲山好雨賜新涼，四海高朋共舉觴。佳釀莫辭今日醉，菊花猶勝去年香。人消百慮親鷗鷺，夢越千秋到漢唐。更喜多情一輪月，殷勤侍宴照清光。

吴錦昌

一九六六年一月生，廣東中山人。畢業于廣東醫學院，本科學歷，碩士學位，外科主任醫師。中華詩詞學會會員，廣東省中華詩詞學會會員，中山詩社副社長。

木棉花開八首選四

浪漫花朝節，情牽二月中。開懷邀蝶舞，舉盞醉顔紅。點綴猶嫌晚，推敲尚未工。佳期雖愜意，無乃太匆匆。

一夜狂風至，殘紅滿月臺。時花自榮悴，歲律定輪回。爛漫當珍惜，飄零且莫哀。收來入湯藥，更可做詩材。

幾度憑欄望，眉愁終可排。重重沾雨露，點點落臺階。浪漫難長駐，輝煌且暫埋。曾經悦人眼，無愧此生涯。

經月紛紛落，行人倍感嗟。春心隨夢去，癯骨向天斜。浥露迎朝日，餐風送晚霞。又涵天地氣，默默吐新芽。

月夜星港灣

熠熠明珠耀北環，迷離良夜出塵寰。風隨弱柳拂芳溆，星共輕波入港灣。碧落雲來多隱約，清江影照盡斕斑。聲聲欸乃摇清韻，摇碎瑩瑩月一彎。

秋分有懷

白駒不慎入秋分，黄落飄飄萬緒紛。清響疏桐滴夜露，好陰垂柳拂朝雲。誰家紫燕相將去，幾處寒蛩續斷聞。莫爲蕭疏暗憔悴，橙黄橘緑亦歡欣。

甲午歲末抒懷

人生大道夢中尋，回味時光感悟深。彎月常操除痼疾[一]，微言偶得滌煩襟。搜來吉語將情送，捧起醇醪把笑斟。縱是風霜摧緑鬢，放懷不改少年心。

〔一〕彎月指手術刀。

紀念抗戰勝利七十周年

怒目于今尚未瞑，又聞魑魅發邪聲。狼烟曾暗盧溝月，罪證長留建業城。何止妖鯨狂浪起，從來鬼廟怪風生。何當再仗戚公劍，蕩盡胡塵享太平。

看神九發射

平野微風淡暮烟，月星隱隱欲争先。五洲矚目霞邊遠，萬衆同心箭上懸。廣袖已舒飄玉宇，雄姿待發傲雲巔。轟然破霧凌空去，擁吻嫦娥在九天。

斥倭寇

百廿年來犯漢疆，三光殘暴喪天良。釣魚島外暗流涌，靖國祠中戰犯藏。養晦韜光非是弱，窮兵黷武豈爲强？泱泱華夏雄東亞，巨艦銀鷹正遠航！

張　峋

號筠居，網名筠居堂，一九六六年二月生，浙江仙居人。現任職于台州市博物館。中華詩詞學會會員，台州市詩詞學會副秘書長，仙居縣詩詞學會名譽會長。編著有《仙居歷史文化論叢》《台州文物考論》《翁森集校注》等。

辛卯中秋前兩日待月有作

中天無月色，溪畔久盤桓。招飲高朋少，吟詩愁緒寒。松峰横翠黛，蟲語漾幽灘。落寞深宵裏，蒼茫一釣竿。

庚寅年寫懷

此身非我意難舒，粟碌公場歲又除。繾綣長親三徑草，蹉跎愧對滿床書。豪情半是消杯酒，清味每思作蠹魚。裘馬輕肥嗤淺俗，縹緗檢點喜村居。

庚寅年秋思

徙倚芸窗對野皋，秋聲入耳半松濤。漫看霜月懷偏暖，遥隔囂塵夢自牢。綺願任隨青鬢減，清樽聊發少年豪。江山俯仰思量久，一卷床頭讀楚騷。

次海棠女士大寒日諸詩友來訪韻

清茶待客偏多味，語到樽邊更快心。已訝東鄰居大隱，復聞佳句勝瑶琴。庖厨生計添經歷，騷雅襟懷見唱吟。寒日行將春氣動，蒼山連袂不能禁。

後備幹部行將作廢感賦

蓬山有路未曾諳，後備行將作笑談。勞績暗傳彈鋏意，春心漸老釣魚庵。逢迎尚欠拏雲手，課讀偏如食葉蠶。竹掩晴窗三徑冷，閑來對月自清酣。

雪霽又逢圓月有感

雪窗長倚意如何？世事經眸費琢磨。萬里河山沉醉早，千年道統寂寥多。紛紛社鼠成新貴，落落書生笑濁波。却喜蟾光開別境，漫將清咏對寒柯。

感懷

散淡情懷不可收，平生早決去耶留。邱園長涉知清味，網絡時翻識隱憂。幸有高朋聯韻脚，慚無春夢到床頭。岫雲舒捲西窗畔，檢點山前一角秋。

庚寅年初雪

一白蒼茫久已違，今宵却喜滿窗扉。掩來三徑市聲遠，散入千峰筍石肥。但感天恩重浩蕩，漫將心事轉幽微。玲瓏世界誰陶咏？獨立階前任點衣。

秋興

秋深村落一絲風，緩步溪堤圖畫中。曲水猶涵巒影翠，霜林却帶竹籬紅。芋絲薯面連場曬，蝦片饅頭共竈烘。欲買平莎供小築，此番興趣幾人同？

仙居新區二首

悠悠幾度訪名區，塔影溪光景物殊。華屋嵯峨連廣宇，層巒紫翠入平蕪。板橋楊柳鶯歌亂，石徑烟霞莎草酥。水意山情憑策劃，東隅初自見宏圖。

水繞山依翠作圍，莎堤十里盡芳菲。綠波輕漾迷燈彩，遠岫長流落釣磯。亭榭綴連人影動，松楓蔭蔽鳥聲肥。一川風物催詩筆，小築溪濱不用歸。

早春漫興

十里盂溪雨乍收，高低新翠喜迎眸。春風催草芽初茁，乳燕穿堤柳尚柔。苔徑青葱連遠浦，沙鷗綿密集前洲。一天晴色盼來久，不覺清游到隴頭。

劉永香

筆名紫嫣郡主，網名雨後新荷，號雲卧子、雲齋主人，女，一九六六年二月生于焦作，河南南樂人，現居鄭州市。從事房地產業。喜丹青，酷愛詩詞文學，于二〇〇九年創建中華國風文學網及論壇。

步韻并贈飄渺鴻影友

洛河逢益友，揮灑見鷗心。纖筆生珠玉，清風鳴素琴。還期諧水韻，且待步詩林。天際雲飄渺，何時聽鳳吟。

暮雨

急雨驅炎暑，風清柳色新。初荷伸碧緑，遠水隱龍鱗。子雁歸秋塞，雲帆望五津。誰憐原上草，車馬共朱茵。

聊齋

滄海沉浮夢未知，冷風香裏雨如絲。寂寥才唱憂心處，惆悵偏吟失意時。誰與殘燈尋幻影？我擎朗月照狐癡。寒窗素卷秋霜晚，竊喜齋聊伴慰之。

國風建壇一周年紀念

一秋風雨夢魂牽，扶雅長欣賴衆肩。且向書山尋逸趣，宜來網海理瓊弦。芳懷可付嚶鳴曲，素手猶收翰墨緣。咫尺天涯心不遠，國風餘韻在香箋。

丁香花

晚風蕭瑟亦堪傷，獨步花前欲斷腸。幾度塵封空怨恨，一秋箋遠寄心殤。今宵解語憑誰訴，昨夜輕歌爲爾狂。借問凋零何所去，蒲間也綻半抔香。

琴

自始庭深人静處，秋歌常弄七條川。曾于寺院朝聞鼓，又向閑亭夜聽泉。莫道絲弦無絶韻，休言竹簡少佳篇。寒窗瘦影誰相伴，千古知音任我彈。

生日遣懷

星光明滅意悠凉，銀燭花雕獨夜長。此刻恩牽母難日，何時親見女回鄉。紫簫吹韻縈離緒，紅豆凝思寄遠航。廿四番風誠可惜，百花落盡有殘香。

青花瓷

釉下花勻淺淡青，精工素雅各成形。天生一物休争羡，名鎮三朝可共聽。絶似幽蘭空谷得，温如朗玉小齋銘。深藏獨與誰分享，夜話西窗爲膽瓶。

步湘弦韻

天水一望空雁魚，何時青鳥解傳書？愁沽薄酒神猶淡，懶做回文意未如。初曉情多甘自苦，但知搔短不經梳。可嗟相識難相見，誰剔寒燈燼有餘。

夢隨江舟

紫霧清風萬里舟，臨江日日望南愁。湘汀雨色無心看，北嶺梅香有意留。自飲新醅傷故景，重來舊院嘆朱樓。寒燈一夢驚回首，傾泪相思逐水流。

遣懷

往事如烟淡淡秋，世間何處可銷愁？曾題嫩柿斜拈筆，尚撫焦桐獨上樓。漓水抱山船泊遠，桂林藏寺路通幽。晨鐘暮鼓無人管，衹剩心潮不斷流。

塞上秋深

空蒙暮色憑窗冷，大漠殘陽携雁歸。霜瀝花魂成醉意，雲依月魄掩瓊輝。重横玉笛吟紅葉，閑却疏鐘憶翠微。漫道秋深情自老，愁腸思遠伴鴻飛。

賀東坡赤壁詩社女子分社成立并寄漱玉創刊

莫道銅琶歌好詞，紅牙能拍亦多姿。薛濤箋擘憐花暗，蔡琰笳吟嗟雁遲。别有易安曾漱玉，何妨道藴自傳詩。掬來春色欣相祝，赤壁磯頭又寄思！

依知非樓主韻并賀天河詩社成立

天河注水溯因由，熠熠文光射斗牛。麥積孤擎凌碧漢，羲臺宣朗肅高秋。但欣河岳陳清賞，宜化歌詩囀玉喉。大雅扶輪今勝昔，吟旌直插隴南頭。

咏祁連玉

相攻如琢又如磨，比德于人驗幾何。禦水生精山種久，蒙塵待價器成多。釵留漢匣傳佳話，璜釣磻溪憶舊歌。長羡祁連天賜處，一拳靈秀賺吟哦。

感寄三首

落拓生涯事事違，牽蘿補屋莫言非。茶烟淡處描瓷版，燭影移時刻玉徽。送目東墻歌反顧，披襟北渚釣當歸。心閑獨做春如夢，半坐花間雨碧微。

弦分第二屬商音，別路誰聽緑綺琴？風斷蓼紅秋浦冷，雨殘蕉葉夜樓深。憑欄夢久因留佩，向壁詩工爲惜金。往事無端皆入譜，歌頭水調最傷心。

拒把胭脂兑酒池，嫣紅一勺飲無詩。題裙竟要花來補，畫壁偏由月釋疑。夢續將延還斷處，情生欲就却推時。憑欄自問人何在，若個芳心未許知。

彭雪

小名雪兒，網名學無限、吾悠心、閑心無限，女，一九六六年四月十二日生，四川達縣人。一九八三年在達州市二中高中畢業。曾爲製衣工、電焊工，現已退休。

過好正在進行時

流光度眼前，分秒瞬時遷。萬物隨塵老，群星聚友旋。自然循定律，人類樂天緣。奮起防心散，舒懷好夢連。

日出

款步破雲烟，輕輕調韻弦。出關生七彩，落玉蕩群巔。復解連環夢，頻施文字禪。流光掀碧浪，萬古仰高賢。

郊外曬太陽有感

冬陽携韻至，暖意蕩心扉。湖面流光絢，叢間銀鷺飛。翠蓮浮水緑，薄霧罩山微。

閉目歡情涌，寧神感日暉。

春信

童稚嬌音園内傳，雪人執手化雲箋。隨春追夢風牽意，步影傾歌韻入泉。一路歡聲觀麗景，千舟競發破冰川。沿途驚見鵝黄柳，桃蕾含苞也待燃。

春雨和詩友韻

玉瓶施露布芬芳，枯木逢春待鳳翔。飄灑娉婷心鼓舞，温馨繾綣韻飛揚。柔懷故土尋根底，慈母深情化乳香。百草千花描瑞景，知時感遇絢韶光。

新居

近水樓臺對草坪，遠山雲下勢東横。知時鳥語歡晨曲，感遇君懷重晚晴。成畫于胸窮目極，思潮如翼勝風輕。春秋奂景庭前駐，天籟頻傳海闊聲。

訪師友博客感懷

禪音悦耳啓心門，蝶化含馨韻入盆。淡雅幽姿蓮上影，菩提仙子蕊中魂。拈花一笑情生遠，聆玉回眸誼永存。蘭語時聞常繾綣，簫聲千里共晨昏。

盼雪

玉色冰綃展素紗，霓裳舞曲漫無涯。芳心衹覓芳塵迹，雲肆凝成雲蕊花。環宇飛歌旋麗影，千川戀蝶孕風華。祥呈大地將春喚，三友同期會故家。

邵鶴庭

網名春水如藍，一九六六年八月生，江蘇揚州人。大專學歷，供職于工程行業。

容亭

田舍隱花樹，念茲復到春。時來堪賞景，沽罷未歸人。有負鰣魚美，得憐梅子新。明年蛙鼓合，載酒擾芳鄰。

呈李茂年先生

里下風光美，江淮雅士多。松烟融淡月，湖筆寫清荷。閑抱野雲趣，無憂霜雪皤。營營非我輩，安足話蹉跎。

讀船山文集有記

中古如長夜，晚明傳大鏞。六經須責我，七尺或埋蹤。斧鉞伸成論，知行導塞壅。一壺方脱手，教取雪芙蓉。

午後即興

一年源正朔，大雪覆冰河。近樹暉凝色，遠山風隔坡。時晴臨快帖，室暖掛青蘿。

午後明窗下，陽光灑自多。

甲午正月過娘子關

曠野高原氣象雄，深溝大壑似盤弓。兵家據此成天險，將士横戈阻敵攻。多少硝烟彌故壘，幾曾浩氣貫長虹。歷朝戰事如糜縠，盡碎前村石磨中。

癸巳臘月太原傅山碑林公園步顧亭林又酬傅處士次韻

榆關一綫起悲笳，明季終成末路車。運勢從來天有數，男兒到死國爲家。鴻詞緤白耻濡墨，霜色黿紅忍著花。環顧當時湖海裏，幾人相與共浮槎？

甲午正月孟津西霞院水庫

一水彎彎岸綫盤，群峰如簇氣清寒。望中雲落西霞院，畫裏天青白鶴灘。高速鐵橋連二廣，中州風景證奇觀。不言晋陜多深谷，到此黄河始伏瀾。

游黄河三峽

王屋中條無數山，因形造景各千般。西天奔涌黄泥浪，大壩攔成碧玉灣。島列青螺舟點點，風扶古木水潺潺。信言鯀禹皆神力，滄海終歸去不還。

白馬寺

天竺高僧到洛陽，故都時節正秋凉。遣行使者三千劫，换得經書四二章。宫寢君王旋入夢，旃檀中國遍聞香。金人幾度遭烽燹，白馬高懸尚在墻。

岳陽樓

青草赤沙連夢澤，瀟湘雲水滿江潭。千秋過客留書史，一鎮雄樓冠道南。但說文章賢哲遠，難能憂樂士心耽。夜來月照洞庭上，吾與誰歸相對談。

胡方元

網名元元、元元大師，一九六六年九月十三日生，河北柏鄉人，現居邢臺市。本科學歷，設備高級工程師。

謁天水伏羲廟

千山迢遞秦關上，廟宇莊嚴古柏香。廿載無緣登紫閣，一朝有幸拜羲皇。首圖太極天綱立，又授畋漁地脉張。肇啓文明自兹始，黄河浩蕩水流長。

游蘇南竹海

宜興秋晚向烟林，茶壟螺青竹海深。好鳥伴人游野徑，幽篁依勢到山岑。風生丘壑涌層緑，溪匯鏡潭澄客心。步步登高遠塵俗，喜臨峰頂敞胸襟。

咏荆軻

托名隱者亦堪傷，放浪形骸市井藏。慷慨悲歌臨易水，殘烟落照下咸陽。秦庭匕見祖龍怒，燕國人悲壯士殤。多少世間文墨客，吟哦喟嘆費平章。

咏諸葛亮

一對隆中開帝蒙，三家鼎立庶能通。東聯江左抗曹魏，西取成都輔主公。孟獲七擒饒有意，祁山六出惜無功。將星紛墜柱梁折，阿斗難扶漢祚空。

春日有感

陽和遍布氣初清，緑柳依依囀早鶯。油菜金黄梅蕊落，夭桃燦爛李花明。東君掌握芳時序，日月轉圜天晦晴。作息何需勞帝力，垂衣而治宇寰平。

吊方孝孺

道義當前獨任身，孤忠正學甚求真。自持氣節輕千死，族坐親朋累衆人。黄土難湮高士骨，紅羊又見劫灰塵。内宫權鬥干卿事，掩卷今猶説暴秦。

秋日有感

北地風來百草黄，逝川空對嘆流光。憂時飛雪侵雙鬢，感世生機凋四方。京國少年驕犬馬，買臣老大事農桑。寒蛩泣處品孤味，杯酒澆愁更斷腸。

眭　謙　字卬落，號由枅齋主人，網名伯昏子，一九六六年十月生，江蘇鎮江人。著有《由枅齋吟稿》《莪默絶句集譯箋》等。

青城山上清宫與鄭明旭道長茗叙

重城碧縹緲，絳闕問瑶田。憩飲尋思寂，清談未及玄。結茅方寸地，承乳兩千年。
麾塵塵空際，三星耀洞天。

題丁觀加畫蟠龍橋上雨花亭

盈盈一水臨，漠漠磬鐘音。花雨生禪寂，月流動朗吟。結茅堪處默，聞籟不關心。
天目峰難見，豈緣身在林。

題丁觀加畫茅山初雪

縹緲天梯絶，岧嶢望紫壇。閬風傾玉樹，玄圃灑銀丹。青鳥迷泉迹，白雲鎖洞寒。
仙師演真罷，起向早梅看。

賞老風書法并寄

拈筆思穹蓋，茫茫響玉珂。松烟翻异氣，素練起洪波。劍舞催霜勢，雲崩振鶻窠。
騰挪超八法，蒼頡醉應訶。

夜館

無月臨孤館，剪燈何寂寥。聽蛩聲續斷，望岳雨飄摇。偶憶眠虎石，又迷藏鹿蕉。
因思海上沫，生滅任狂潮。

咏蘭題姑蘇雲鶴蘭花譜

滋畹聽江鶴，臨流枕石函。何須惹蜂蝶，自去隱巉岩。質本閑雲定，香宜素手摻。抱琴一長嘯，清韻振塵衫。

點易洞

伊川别雨入江風，寄窟巴山討易蒙。理出神工心致一，務成天下道歸同。俯看白鳥殘亭外，紛繞烟舟未濟中。世事滔滔復還剥，山林晴翠總憐空。

壬辰大水

柱傾維裂墜瓊樓，禍起共工争未休。曷喪群靈隨桀日，宜從密雨遣方舟。弦歌早慣鳴金殿，洚水應教警赤虬。海晏難知鰲足動，瀛臺昨夜尚風流。

登壽縣古城墻望八公山下淝水之戰舊址

玉桂青莎杳可攀，更招雲駕入岡巒。雜旌埋土下新堞，叢薄盈川藏古瀾。舊國風烟不同代，名山草木豈殊觀。萋萋欲説王孫事，淘盡丹砂井已寒。

覽三星堆博物館

瑞器牙璋宣室昏，玻璃柙外問遺燔。衡凫建木殊難據，縱目金人渺可言。制度今知尚夷域，文明未信獨中原。春心已逐芳菲歇，何處子規泣古軒。

望雨

漠漠瑤臺鼓角笳，怪烏蒼狗亂紛拏。雲和笙息閶風闕，錦彩帆停帝子家。六十餘年滌猶穢，百千億衆幻爲沙。霽明終眺西山遠，零落誰憐泥底花。

無題

池塘秋水漲寒寥，多事漸從心上消。人向叢花吊骸骨，鷺來烟水覓津橋。仍憐故國三千里，空奏佳人十八簫。擬入蓬瀛采仙藥，龍軀恐已病難調。

美東友人寄咏新州紫玉蘭唱和諸什適予廬側亦有紫玉蘭數本因步其韻

皋漢遺珠憶永期，空聞湘瑟舞馮夷。椒房引露風吹泪，絳帳生蘭病有姿。萬里繁華差可夢，一番零落不成詩。群芳休恨奪朱意，塵世誰能久寄枝。

無題

無言何事又登樓，九點齊烟碎可求。雁唳乍階風覺厲，花飛臺閣徑通幽。百年滄海終成夢，萬里寒山早對秋。零雨偶看斜照外，營營役日竟無休。

甲午正月初八京師大雪

捶破廣寒揚寶瑰，謫塵清魄尚裴回。幻成急絮狂催柳，行遍空林獨恨梅。風色望馳星宿泊，雨花聽墜妙高臺。莫嫌慵晚無春意，應有冰心護凍荄。

于文清

字映碧，號香南，一九六七年三月生，江蘇鎮江人。現供職于鎮江市文聯。民革中央畫院理事，鎮江市中山書畫院院長，鎮江市書法家協會副主席兼秘書長，多景詩社社長。少從鄉前輩李宗海、許圖南諸老學詩，及長從嶺南陳永正、津門曹長河諸先生游，書簡往還，獲益良多。弄詩三十載，年少時追求雅逸，中歲後向往古淡。著有《江干小唱》《真水無香》《詩書滋味·于文清詩書小輯》等。

訪鄭板橋故居

來尋高士宅，三徑菊初肥。掃葉堆天井，彈琴度竹扉。行將藤蔓老，不許硯波微。標格清如此，心香與俗違。

飄然

久作金焦客，飄然閱歲華。春深千嶂雨，秋老一城花。燈照南徐夢，烟籠北固槎。明朝風更便，江闊布帆斜。

富春江秋望

十里風烟静，千峰向曉横。山中初日麗，江上數帆輕。曲水迷花徑，高天失雁程。

芭蕉經夜雨，猶自作秋聲。

移家

移家城郭外，江岸見炊烟。枕上三更雨，人間四月天。好風盈户牖，新柳拂鞦韆。飽聽鶯聲滑，還思上釣船。

伊闕

伊闕開天境，晴雲下碧空。行過千曲水，來訪六朝翁。石窟依山古，龍門造佛雄。陳摶書可寶，到此揖宗風。

峽江旅夜

小築摩崖頂，今宵暫作家。江聲來枕上，詩夢客天涯。既醉青稞酒，還浮碧水槎。明朝行更遠，背影萬山霞。

甲午閏九月九日游開封古城

今歲雙重九，秋帆掛汴梁。花經微雨艶，詩到古城狂。欲飲嫌杯淺，將歸嘆路長。天邊一行雁，應是下衡陽。

四十初度

文章如飯詩如酒，此即禪家不二門。綴彩爲衣應有相，釀花成蜜了無痕。安排檻外蓮千朵，供養心中佛一尊。小字鈔書人靜夜，翠堤春曉夢初溫。

夢揚州

富貴神仙兩不知，尋常巷陌雨如絲。吴箋蜀素香于蜜，翠袖青衫瘦似詩。萬樹瓊花初放日，一簾幽夢未歸時，人生合在揚州老，豆架瓜棚讀古碑。

戊子長夏金水兄寄贈游北固山詩書扇面憶端午京華歡會步韻作答

鷺約鷗盟訂海門，數峰無語挹吟痕。樓頭晚照來鴻影，江上清風瘞鶴魂。天末懷人梅子雨，春時載酒菊花豚。京華高會長相憶，大白將浮月滿樽。

新柳四首

詩久不作。辛卯春二月，見繞郭柳色青青，忽憶漁洋明湖秋柳詩，心有感焉，爰作四律，以報春風，非與山人角詩也。

尺餘新柳已婆娑，占得江南地氣多。燕子來時人獨立，杏花開處鳥相和。春初雨細觀紅鯉，水曲風微烹碧螺。繞郭依依青不斷，遥岑極目隔烟波。

清齋瀹茗柳絲風，向曉湖山曲徑通。春草池塘初雨後，梨花院落小橋東。金焦自古雙螺在，人物而今四海空。欲與長堤思漸遠，此懷無日不青葱。

草色遥看綠漸深，誰家又弄枕邊琴。過墻春笋添生意，繞屋幽蘭愜素心。有柳千絲都不折，無端半老那堪矜。却憐詩思當春發，怎敵雲窗翠色侵。

欲呼桃李共登樓，花氣熏人竟不收。底事明湖唱秋柳，這回清夢繞春洲。有時朗咏開懷抱，或者頻斟擲酒籌。卜宅江鄉非爲隱，推窗好見綠雲浮。

瞻園雅集四首

壬辰歲闌，多景、艤舟、春華三詩社同人相約秦淮河畔，共倡瞻園雅集。崔題在上，未敢言詩，勉成四律，以報金陵諸友之雅意高情。

瞻園朗咏歲時新，玉想瓊思合報春。掃葉烹茶歸事略，投壺賭酒算經綸。奇花到眼吾方惜，古木扛天世所珍。暫借太平樓一角，縹緗文翰接芳辰。

還從叠石看雲停，隔水樓臺列畫屏。作字聊因詩稱意，看花都爲酒忘形。請將高會延千日，愛此良朋集一庭。更與芳園留後約，白頭來對蔣山青。

秦淮勝日且淹留，記取瞻園曲徑幽。怪石嶙峋人獨立，寒雲縹緲客重游。題襟事了猶存想，分韻篇成足見謀。待向湖山尋一葉，好詩多在水邊樓。

六朝山色過墻來，烟水濃情化不開。茶漬酒痕相繾綣，槳聲燈影共徘徊。非仙非佛人中鳳，無古無今雪裏胎。欲折還憐春尚淺，暗香和墨記追陪。

方　韋

一九六七年九月生，浙江淳安人。一九九零年畢業于杭州大學歷史系，先後供職于建德市檔案局、建德市政協。著有《映水堂詩詞稿》《李頻詩集編年箋注》等。

白雲源尋方干故里

幽源隱吾祖，趨步復長吟。晚韻遺丘壑，高風對岸襟。溪輕浮墜絮，石兀立鳴禽。回首千山隔，百年同此心。

過太湖憶舍弟

絶勝渺滄溟，烟波浮緑萍。連空雲氣合，照水鶺鴒停。徙倚愁難盡，行藏醉未醒。飄飄一飛鳥，湖上幾零丁。

入弋陽界懷陳謝二先生

晴野疏喬木，禾田水半灣。龜峰凝氣静，鷺羽綴川閑。耿耿陳康伯，昭昭謝疊山。無邊風景裏，忠義耀人寰。

尋千峰榭遺址

寄意山城覓舊踪，亭臺故地已蒿蓬。身分塞漠呼文正，夢碎關河惜放翁。俱往賢流長掛劍，由來盛世早藏弓。星星漁火江波静，多少清輝此夜中。

京都漫興 八首選三

昆明湖畔柳毿毿，碧水粼粼看未諳。軟踏輕游身入畫，愁飄愴落葉依潭。葬魂可有重哀語，追思應無復笑談。大道危傾人世惘，千秋悵望恨何堪。

長駕無言忘此身，圓明園外已悲辛。斷碑涣漫翻新恨，衰草蕭疏戀舊春。金鼎蘭池秋雨厲，銅駝荊棘夜霜頻。新蒲細柳何時見，獨立殘叢倍愴神。

玉砌雕欄白日陰，丹青臺闕晝沉沉。餘香墜粉千回醉，剩水殘山幾度吟。三殿無非藏腐鼠，九閽何處納冤禽。游人如織消嵩祝，漫道滄桑直到今。

邙山秋懷

邙山秋氣合銷魂，身怯輕寒對古墩。螻蟻朝班效文武，穸窀列闕作城閽。岡頭澤底徒遺册，王舍謝家誰享飧。彈指蒼茫皆已廢，伊河無語伴龍門。

平山堂

長吟山色有無中，今到平山仰醉翁。壁上龍蛇猶駘宕，堂前楊柳盡蘢葱。蜀岡佳氣推遺老，淮左名都尋舊驄。此地經過似相識，也應酌酒伴芳叢。

梅城懷古

逐鹿紛争合斷魂，朱王陳寇復誰論。貶書蒙耻愁難掃，依水生涯泪暗吞。幾世腥膻猶化俗，百年風雨可留痕？夜來江上桅燈盡，但望漁家尚有村。

春柳四首

曩漁洋多感，寄秋柳以望湘皋，同人群和，傳美談而光詩苑。然四什之咏，愁悁充溢，此自古賦柳者之常歟？今非故舊，自無大悲而盈懷；人本性者，實生閑愁于儨事。姑咏春柳，試體心之所之，情之所往云耳。

春日栖遲哪更尋，赤欄橋外已成陰。穿絲摇宕初青發，籠縷連綿暮靄臨。絆惹東風情切切，催生離思意沉沉。人間最是良辰短，綰住流光付寸心。

曉夢鶯眠朝露晞，江皋烟冪拂晴絲。操琴離散無窮意，交陌縈回别樣姿。人自哪般生惱亂，樹猶如此嘆傷悲。枯榮本是尋常事，飄盡楊花莫漫癡。

無數輕棉亂上空，顛狂無盡恨無窮。當軒忍顧飛簾影，墜地應欺隔夜風。翻覆孤情吹不盡，飄颻萬里問何終。幾聲清笛傳高閣，隨伴相思到夢中。

勾引春風獨擅名，群芳有艷却無情。緣枝初展人輕折，眉葉還凝愁暗生。楚國宫腰思欲絶，永豐園角意難平。年來莫向東風泣，不見長條不繫縈。

韓桂雲

字香安，號彩雲軒主，網名彩雲逢月，齋號丹楓齋，女，一九六七年九月二十五日生，山東青州人。高中學歷，石油工人。世界漢詩協會會員，香港詩詞學會會員，河南省詩詞學會會員，濮陽市龍都文學藝術交流中心主席、作家協會副主席、詩詞學會理事，華龍區詩詞學會副秘書長。著有《彩雲逢月》《墨海飛詩》。

珍珠梅花

一束馨香撒玉珠，嬌容淡雅入詩圖。風翻密葉騰銀浪，夕照瓊花戲緑襦。粉蝶身狂尋古鎮，游蜂眼亂鬧新都。如梅似雪多靈秀，别有情懷獨向隅。

罌粟花

野陌身居遍地芳，仙姿綽約百嬌娘。朱顔誘惑温柔夢，彩蝶癡迷嫵媚香。海洛因中悲寂寞，芙蓉膏裏嘆滄桑。都言此物牽心智，祛病延年一藥方。

寶蓮燈花

堆雲砌玉競相開，别墅門廳聖地栽。麗質芬芳非俗子，嬌姿優雅却凡胎。貌容慈愛高三丈，心境純真艷一臺。俠骨柔情花富貴，南洋异域故鄉來。

桃金娘

四季長青蕾滿枝，暖香籠野正當時。風中繾綣迎紅日，葉底相思過碧池。對景幽懷常有韻，鋪箋真愛盡無詩。纏綿悱惻精魂聚，拙筆新描夢易癡。

刺桐花

异樹仙葩傲緑叢，争奇鬥艷俏玲瓏。山城赤色撑丹傘，園圃祥光漫碧空。繾綣千枝環驛道，繽紛萬朵沐東風。頂天立地昂雄首，化作金雞唱日紅。

金魚草花

一縷幽香遍地飄，滿園秀色競妖嬈。廊橋西面雄獅舞，亭榭東方聖草摇。彩雀飛虹翔碧海，游龍吐霧耀瓊霄。大紅大紫風光美，鴻運當頭蕾弄潮。

美人櫻

一抹雲霞綴翠苔，清新馥鬱自徘徊。隨風裊娜芳容露，照日妖嬈秀色開。庭院墻邊招蝶至，門前屋後帶香來。多情不捨家園地，移植中原苑裏栽。

天竺葵

花開競秀院墻伸，已吐芳菲探近鄰。葉捲緋球一枕夢，風吹彩錦滿懷春。豐肌遺韻横天地，弱骨流香傲世塵。千古傳奇何浪漫？瑶臺仙子渡伊人。

梔子花

蓓蕾微開帶雨時，結緣日久在晨曦。天然風韻詩人識，優雅仙姿墨客知。無意紛争常入夢，有心獨享盡成癡。冰肌玉骨香鄰里，脉脉温情三兩枝。

蜀葵

五色花開笑舞風，披雲帶露韻無窮。公園湖畔千株翠，小院門前一丈紅。香瓣飄飄迷墨客，芳魂縷縷醉詩翁。平添雅趣依明月，放縱情懷夢境中。

郎玉宏

筆名寒梅立雪，女，一九六七年十二月生，黑龍江虎林人。虎林市第一中學地理教師。

游裴德將軍峰有感

結伴登攀裴德峰，將軍屹立小湖東。一條石棧連天際，百客雲臺沐蕙風。槐陣聽濤思已遠，詩眸入畫夢相通。忽生老杜超然趣，劍指輕揮向碧空。

仲春感懷

破土春芽近看疏，東風剪剪雨晴初。柳生青眼問誰主，雁列銀箏過我廬。冰解江河平野岸，鵑啼壟畝待犁鋤。雲容百態淡嵐起，抱志常期筆自如。

春雪

晨起初聞檐滴聲，開簾六出灑邊城。長空捲羽争飄逸，玉樹摇風最動情。入户梨花誰共惜，驚春柳岸自先行。因依縷縷清馨氣，雪濯紅塵待雁鳴。

神頂抒懷

雲放東方神頂峰，層層叠叠豁心胸。一條紅綫跳銀海，萬道金光鑲玉容。鵬鳥扶風飛百里，松朋邀宴飲千鐘。吟懷暢遠隨游目，無翼仍能上九重。

游江村感懷

龍船無槳下清江，載客横排十二雙。動葦摇波驚鶴影，侵荷起浪入舷窗。漁村張網爲鄉趣，口岸吟詩憶友邦。誠感劉郎殷款待，怡情山水兩三樁。

水寨

野徑香風水一痕，依橋撥翠醉芳魂。白衣仙子雲中坐，紅柱龍船浪裏喧。釣叟抛竿斜柳影，飛鷗銜月宿江村。今時趕赴劉郎約，澤國歸來夢裏温。

江村踏雪

雪野尋踪禽絶迹，蒲花曼舞借西風。漁人塘上椎冰眼，筆友林間扮稚童。擺動身姿抬醉步，縈回笑語蕩晴空。今朝更戀桃園嶼，踏遍江村月色融。

荷花灣

十里江頭碧一痕，蓮香縹緲惹吟魂。游蜂數蕊葉尖舞，躍鯉翻花浪裏喧。如約山風調楚瑟，相看烟霧起漁村。板橋通處逢松友，今夜誰敲月下門。

千島林極目遠眺

高臺坐落水之濱，俯瞰烟波緑島新。白鸛雙飛追鶴影，紅船獨宿卧沙津。清風習習人如織，迷岸濛濛語亦真。方曉江村君子意，吾生幸得此芳鄰。

神頂峰觀日出

欲問晨曦踏險峰，天衣玉色五更鐘。寒星萬丈凡心遠，迷霧千層曉魄重。塔上西風侵弱骨，筆端北斗隱虬松。乾坤一抹紅金綫，便得明霞躍海彤。

睡蓮

拾徑風香不見人，青衫獨坐若思春。花開碧浪帆踪遠，露濕紅顔柳夢真。錦鯉藏鱗知雨意，鴛鴦梳羽忘芳鄰。幽幽底事誰能解，自守清流浄俗身。

咏荷

蝶舞蜂環撲玉團，荷珠萬點半凋殘。青蛙練跳尋雲葉，錦鯉凌波取露餐。點水蜻蜓依朵立，摇風釣客坐亭觀。喧囂遠遁詩腸醒，唱晚漁舟泛碧瀾。

趙亞娟

字一如，曾用網名紉霞、隔水伊人，女，一九六八年一月生，江蘇無錫人。無錫市碧山吟社社員。合著有《紅蓼集》（新浪女子十二詞坊合著）。

東林書院

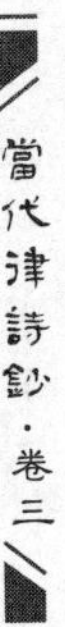

院幽藏一角，舊迹客來臨。菊抱前朝夢，弦操上古音。遺風渾未化，百劫莫能侵。
聆坐書聲裏，秋光供淺吟。

重過碧山吟社舊址

晚黛雲間没，耽詩復我來。碑痕銘舊迹，吟履净纖埃。韻古因風起，菊清臨苑開。
一山秋色裏，坐擁此樓臺。

應茶兄相邀偕碧山諸友大港茶場雅聚

喧囂于此隔，暇日傍山行。世外應能夢，竹邊渾忘名。問茶耽野色，煮酒逸詩情。
坐愛藤陰下，吟風句亦清。

賦得所思雲水隔

所思雲水隔，獨立渺蒼烟。別渚無鷗到，涵空有月懸。楓紅循舊迹，竹碧認當年。
幾度行經處，秋聲没遠天。

愛閑

愛閑猶向五湖行，小立蒼葭欲忘名。豈必吟邊書塊壘，何如沙外度陰晴。飛來鷗鷺
誰堪隱，洗却塵襟夢亦清。信是烟波能與伴，一天秋影棹空明。

端午感作步許渾咸陽城東樓韻

一水沅湘喚古愁，幾曾詩夢繞汀洲。懷沙空解千年恨，縱目猶登百尺樓。劫裏江天風更雨，吟邊蕙草夏經秋。何堪酒酹前朝事，依舊滄波日夜流。

拂曉

睡醒槐柯思未央，西風破曉感微凉。樹凋南苑三分緑，菊綻東籬一抹黄。雁字書空鳴斷續，雲痕在水掠蒼茫。擁窗獨坐秋聲裏，恐有閑愁到鬢霜。

歲末見墻角梅開撫箏聊遣

幽香誰遣落霞襟，袖帶清風可漱琴。樓角藏春招遠鶴，生涯無計托初心。十年烟雨參差影，三叠梅花斷續音。漫撫芸窗遥對月，更深但許夢光臨。

回鄉偶見

酒旆長亭日漸斜，歸舟莫怨誤年華。幾回夢斷吴中月，半盞香分故里茶。仄徑欲迷新歲草，濃情已認老枝椏。霞飛一縷何須引，曾記兒時捉柳花。

山行和湘弦韻

烟凝草樹鳥啼清，幽澗雲從石上生。秀色可耽來往客，斜陽猶照古今情。每隨鴻雁尋消息，暫向青山忘姓名。坐看東風來去處，落花寂寂送春行。

雨天約海樓兄小聚

江風如約上樓臺，臨水棹歌迎客來。酒兑詩情酬俊友，窗涵塔影落深杯。分題唯遣靈犀動，論典頓教茅塞開。漫煮青梅閑聽雨，流光未許晚相催。

正月閑題

欲梳殘緒忽新年，風過樓臺譜作弦。雲雁已馱三尺信，雪泥待化五湖烟。晴開紫陌春何遠，月瀉清輝影自娟。迷蝶偶來窺夢枕，東君分付海棠前。

早春

隔簾猶覺薄寒侵，紫燕歸時春可尋。梅喚芸窗浮素氣，枕聽夜雨沐長林。曉來野岸波初皺，舟渡沙邊鷗共親。二月東風吹漸暖，臨流欲剪萬絲金。

三山遠眺

憑欄且望且徐行，雨後林嵐鳥喚晴。一棹霞分横野渡，三螺雲叠隱浮名。閑聽鐘鼓塵囂遠，漫逐沙灘鷗鷺輕。曾記湖山當日約，烟深萬浪轉蓬瀛。

秋懷步杜少陵秋興八首之三

久坐斜欄傍夕暉，千山雲影望中微。青鸞有意何從寄，紅葉無題莫讓飛。此際孤帆隨夢遠，經年素願與身違。秋風但遣詩心動，吟向疏籬看菊肥。

求燦霓

網名方圓、白跑堂，一九六八年四月生，湖南益陽人。自由職業者。

回黄泥湖

欲覓兒時路，惟餘草木侵。滿塘荷叠翠，十里稻鋪金。避席邀鄰坐，分茶待客臨。蒼苔老水井，一掬少年心。

與建春兄回龍山港憶舊

相邀尋故地，一憶一茫然。草徑斜陽裏，桐陰老屋前。陶盆争蟋蟀，竿網罩蜩蟬。與子微醺後，攀談入舊年。

競標失利自遣

湖海經營冠未彈，飛函忽報落孫山。勢成犄角身難退，舌舐瘢痕味覺艱。割席已然分陌路，回車何必走陽關。樽前暫洗風塵色，再擠生涯下一班。

謁何鳳山博士墓[一]

柏葉松針夾道青，廊牌肅客向新塋。秋深露重沾衣盡，市遠聲稀落步輕。劫後方舟承痛史，人間大愛鑒勛名。遺魂或憫蒼生泪，警世猶睜黑眼睛。

〔一〕何鳳山博士，湖南益陽人。二戰時任中國駐維也納總領事，曾向數千猶太人發放前往上海的簽證，被稱爲『中國的辛德勒』。墓建于二〇〇七年。

謁蕭山令將軍墓地

竹影迷離嶺外村，客沿蒿徑祭英魂。半生兵旅衣冠在，四野蟲鳴草木昏。黨有虛文遮泪眼，國無片石立墳墩。遠山漸没玄黄裏，一抹餘暉拖血痕。

會龍山謁遇緣和尚墓

磴道蜿蜒陵柏青，春寒微露少人行。寺圍幽壁鐘無影，風蝕靈龕歲有聲。落髮爲逃天國孽，傳燈偏重俗家名[一]。閑來客坐流光裏，新草斜陽説太平。

〔一〕遇緣和尚系太平天國英王陳玉成之子，俗名陳三元。天京城破後，母子逃難至益陽，于栖霞寺出家爲僧。

中秋漸近詩寄黄溪橋主

時序因循感去留，金陵旅泊不宜秋。春繁早謝烏衣巷，物候多違墨客謀。雁阻重關難叙酒，月明千里待登樓。一年又是西風漸，或可歸帆息遠游。

讀史

泥塗久浸不知腥，蟻夢沉酣忽一驚。屢以兵鋒驅鼎沸，却因虎穴息雷鳴。蕭規破後曹規補，帝運危時國運撑。海市斜陽秋欲晚，平波萬里待潮生。

賀今虞詩社成立詩寄柳五兄

又將襟腑入絲弦，管取風騷四百年。白社秋成宜小醉，虞山夢盡待重燃。庭栽蘭桂相期柳，腹有車書獨續錢。若得馨香飄遠地，自能春信到門前。

游周莊兼寄羽風兄

廊檐曲閣兩邊分，柳影依墻似畫痕。一水縱横穿數巷，幾橋錯落接重門。車停湖岸人何往？步轉明清迹尚存。坐飲堂前兩無語，百年風物酒中温。

陪昨夜兄訪胡林翼故居遺址

路似龍蛇曲入盆，稻粱秋色老墻根。風流紙上名猶在，葉落山前瓦不存。負此輿圖傷舊主，憑誰履齒覆新痕？可憐兩代繁華迹，散作樵蘇酒後論。

蘇公祠觀貶謫圖

遠謫蠻夷嶺萬重，中原消息久難通。躬身廣播農耕術，荒島初開教化風。民有天心能鑒史，世無椽筆再如公。晚來南國蕭疏氣，又唤吟魂入酒盅。

詩邀瘖堂昨夜南瓜三兄赴茶馬古道

夙慕蠻荊古道奇，尚餘蜕迹貫東西。懸岩瀑濺寒潭急，過嶺雲翻野谷迷。時蹇偏居宜遠足，秋高正合試新蹄。舟車已備勞君顧，晝沐山嵐夜枕溪。

赴西安未果友人寄兵馬俑像片數張

滄海湮淪六國兵，黃沙拭去剩秦坑。撫圖已褪興亡迹，列陣猶穿歲月行。一瞬烽烟齊入塚，三千鐵甲盡無聲。春秋筆蘸蒼黎血，衹合王侯染姓名。

賀小魚自在女史芳辰

屏前吹燭動吟思，鵲報佳音共一枝。試鏡當知卿不老，分糕莫笑我來遲。硯臺此夜敲新賦，金屋何人捧壽巵？但喜年年花放處，添籌總在踏青時。

七月深南與船兒火酒前酒後每來電挑釁憤而作

坐如列陣盞如兵，況復長街燈火明。島上人歸詩佐酒，座中客醉氣吞鯨。許誰海量稱雙殺？恨我蝸居作獨傾。待到秋高鱸蟹熟，藍衫匹馬下鵬城。

感論壇近事詩寄昨夜兄

重圍既破萬燈明，審勢移營早退兵。已慣臨朝無聖主，何須斷臂守孤城。道非道矣憑誰道？鳴不鳴兮各自鳴。若視宫袍如紙屑，垂綸沽酒一身輕。

回大熊山重宿紅楓山莊

七月江天暑氣深，星微月朗客重臨。圍樓嶂影隨燈幻，摇榻溪聲入夢吟。海雨勞卿千里路，風塵老我一年心。坪前快意攀談後，各有羈懷感不禁。

孔祥建

網名金陵易水寒，一九六八年十月生，江蘇南京人。

望釣島有懷

秋來月似弓，無緒對殘蛊。上國無良策，匹夫思鄭公。孤懸天際遠，不見九州同。寂寞高樓處，悲歌唱大風。

早入青山

早入青山去，葳蕤濕袖襟。蒼冥懸淡月，重樹過飛禽。階滑葉輕落，溪寬泉漫吟。徐徐風入耳，爽籟遞清音。

清明

梨後清明裏，野村遥俗紛。寒山生墨緑，曲水載流雲。一院桃花笑，雙飛紫燕勤。依稀門户上，似有舊時文。

除夕夜值班有感

孤燈除夕夜，爆竹又迎春。迢遞紅塵路，徘徊寂寞人。清心酒做伴，寄意菊爲鄰。辭歲無新句，陳詞帚自珍。

斷橋

柳浪春湖岸，雷峰夕照蒼。橋頭恩已絶，靈草味還香。佛法道行淺，蛇妖情義長。此間多笑我，不肯飲雄黄。

歸客

山深通世外，歸客自清心。醉飲千杯酒，閑彈一曲琴。户寬含遠翠，院小接荒林。既種東籬菊，何須粱父吟。

秋至見落木有懷

落木零星又見秋，無言獨自上西樓。一輪夕日雲霞晚，滿目金波河水流。世道迂回知冷暖，身心清净乜王侯。憑欄不是悠閑者，放棹重來白鷺洲。

登古雨花臺

方春無緒夕陽頹，此地重登古舊臺。山水微茫天外静，風雲激蕩四邊開。滄桑歲月如輪轉，成敗英雄歿草萊。老酒相逢終一笑，任他世事總相催。

過承祁

一九六八年生，浙江建德人。一九九〇年畢業于浙江師範大學藝術系。二級作家。現供職于建德市文聯。浙江省作家協會會員，杭州市作家協會委員會委員，杭州市美術家協會會員，建德市文聯秘書長，建德市作家協會主席，新安詩社第五届副會長。

春游新葉葉建良置酒

杜鵑紅峭壁，箐竹遍崔嵬。欲駕白雲去，偏逢老漢回。松間難久坐，山下已頻催。
春色迷人眼，何如酒一杯。

更樓沙懷遠府上分韻得無字

簡居不覺陋，談笑有鴻儒。書畫茶三沏，詩文酒一沽。竹陰隨自在，風爽入虚無。
一曲艾溪水，憑欄聽鷓鴣。

木瀆

橋影暗魚淵，吴歌蕩艤舷。軒窗涵玉葉，亭榭繞松烟。竹引春秋夢，花懷風月眠。
山房本寂寂，春雨晚來偏。

題杭州清溪餘韻茶樓

湖静茅花白，鷗飛夕照中。春塘明柳緑，紫竹暗桃紅。壺煮清溪韻，香飄龍井風。
我來林鵲唱，我去月朦朧。

游白嶺坑水庫白石岩寺并題

蕭蕭修竹影，鬱鬱叠峰屏。垂釣魚游樂，放歌誰與聽。亭依茅絮白，石卧草叢馨。
寺寂僧行遠，山鶯唤不停。

李立中

字居庸，網名蓼溪居士，一九六九年一月生，浙江仙居人，現居無錫。業商。學詩于野雲盧陳忠平先生，學詞于半夢盧王蟄堪先生。著有《蓼溪吟稿》。

靈山大佛

欲參大乘法，先上小靈山。一佛空中見，千人趾上閑。磬聲聞遠近，梵語啓愚頑。得意心花發，楓紅十八灣。

懷魯牟前輩〔一〕

昔有龍城將，揮鞭作牧童。明時歸嶺下，秋雨滿寰中。鏡裏千絲白，床頭一劍雄。夢聞邊角起，猶想靖胡風。

〔一〕魯牟，名吴子仁，國民革命軍旅長。曾參加淞滬會戰。

早寒有懷

一夜風吹壁，五更霜滿天。人居吴市下，思到越山邊。泣杖親何老，倚門眸欲穿。無從奉菽水，惟勸厚加綿。

敬步晦窗先生癸巳除夜感懷原韻

梁溪曾一晤，出處慕行藏。笑我長爲客，非材合在囊。今貽除夕句，似帶早梅香。想象匡廬裏，琴書得坐忘。

甲午清明祭掃也僧先生墓敬步海棠女史韻

遺稿終成梓，恰逢寒食時。謁靈三叩首，致祭一焚詩。露重花多淚，春深鵑益癡。此生長感德，夜夢或相期。

月餅寄故里老親

葱油烘作餅，玉質透金黄。形共冰蟾滿，味兼丹桂香。片心勞遠雁，此意敬高堂。想得中秋夕，清輝濕布裳。

過破山寺步盛唐常少府韻

爲迎吴子駕，此日過叢林。静室客來少，遥峰雨隔深。拈花知佛性，掬水洗凡心。更坐長廊曲，虚空聆妙音。

賦得閑愁也似月明多

咽露殘蟬嘶遠柯，近來世事竟如何。礦中蟻命菅人命，隴上洪波造劫波。丹抱未隨秋暑減，閑愁也似月明多。傷時欲滴寒宵淚，又聽傳媒奏凱歌。

和少陵秋興之七

每思絶域建奇功，醉把吴鈎入夢中。客路崎嶇嘆蜀道，年光容易又秋風。紛繁俗務何時了，寂寞寒燈一點紅。盛世即今無闕事，漫隨野老作詩翁。

九日登惠山用小杜韻

佇望遥天南燕飛，澄湖朗月感風微。欲尋酩酊熙熙樂，也插茱萸緩緩歸。千載二泉流雅韻，滿山叢菊靄餘暉。登臨莫作非非想，九月寒家待授衣。

新荷

爲尋幽夢到鄉邦，水國清凉坐小窗。幾點青尖方入目，無邊翠蓋忽盈江。風過微浪香千頃，月照游禽影一雙。我有蓮歌新脱手，管他村笛不成腔。

奉和永明先生

商海奔忙荒硯田，蹉跎負盡祖生鞭。詩無奇句姓慚李，籍近三台地屬仙。紫綬金章非我有，青氈白屋是家傳。欲携吟侣南泉去，野蓼湖鷗共結緣。

校人間廬吟稿步欽飛兄韻

一自先生授瓣香，十年絳帳不尋常。遺詩暑後將成梓，諸弟靈前待酹觴。信有詞章光白屋，從無心事到黄粱。大千劫罷灰仍在，留與時人説海桑。

碧山吟社觸網五周年志賀

五年網上啓吟窗，大雅遥傳至德邦。叠嶂嵌湖風繾綣，二泉流響韻錚鏦。微哦已見珠盈篋，爛醉何妨酒滿缸。百尺竿頭期再進，詩旌端賴衆人扛。

毛谷風先生過梁溪一晤而别詩以寄之

踏得霞雲下錫城，湖峰七二喜相迎。春風座上舊醅啓，澍雨階前嫩葉生。九域掄才持玉尺，片時草賦發金聲。耆年猶抱澄清志，仗劍明朝海上行。

陽溪生態園

唼喋魚游蓮葉西，芒鞋今日到陽溪。翠枝過雨氤氲濕，嬌鳥迎人婉轉啼。波静愈知天遠大，橋浮不礙水高低。藕花深處流連久，擷得餘芳任品題。

黄祥壽

一九六九年二月二十四日生，湖北孝感人。中國辭賦家協會會員，廣東中華詩詞學會會員，江門市蓬江詩社社長。

穀雨山村即景

微雨濕南陌，田禾緑酒家。新秧攀豆架，稚子弄桑麻。村犬吠晨霧，炊烟接落霞。歸農看稻葉，俏嫩勝春花。

乙未生日感懷

吾本順星子，司晨唱早春。有心居海岳，無意列參辰。流水堂前竹，清風月下人。憑欄誰共影，幸得與梅鄰。

憶巡三沙

曾仗倚天劍，孤師退戾兵。三沙憑策馬，四海任馳鯨。枕畔雕弓寂，腰間寶劍鳴。旌旗遥指處，群小盡銷聲。

夏至與詩友小聚

因詩舉燕觴，談笑論辭章。莫嘆炎天至，當吟麗日長。胸中無暑氣，筆下自清涼。雨過花依舊，騁懷興未央。

登圭峰山

圭峰極目志何酬，百里蒼茫一望收。名郡高風流古韻，前賢逸事語同儔。白沙論道程朱肅〔一〕，天馬書驚家國憂〔二〕。試向天公邀夢筆，後生有日獻鴻猷。

〔一〕明代陳獻章稱白沙先生，其心学思想打破程朱理學格局，使明代學術進入新階段。

〔二〕梁啓超出生于廣東新會天馬河畔茶坑村。

題海軍戰友八一相聚

立馬南疆意氣雄，蒼山碧海入懷中。宜將素志酬家國，豈爲浮名鐫懋功。仗劍横刀驅寇虜，持飴執錦戲孺童。相逢漫憶戍邊事，舞墨飛觴唱大風。

咏太原柳兼懷故人

少年已慕葉如眉，初識居然不惑時。休向薄晴臨瘦水，那堪遥夜賦長詩。曾期滄海邀明月，坐憾華年羈纛麾。舊木多情依故道，新枝盈緑自參差。

夜吟有感

獨飲深宵露暗侵，新詩寫就對誰吟。落花不解池中墨，玉璞猶爲石下琛。仰見疏星邀曉月，俯臨麗水憶知音。從來寂寞英雄事，莫向閑人説壯心。

叱石觀音寺賞禾雀花

霧隱重巒石徑深，臨風着意覓鳴禽。昂藏老樹居幽處，勁節青藤寄野林。沉醉禪鐘敲古寺，欣然細雨洗塵心。山僧對客説禾雀，盡作春花聽梵音。

乙未端午懷三閭大夫

西望殘陽血正殷，楚人愁緒自紛紜。雄文祇合寄天問，大節何堪遺帝聞。不恨風騷多誤我，應憐汨水竟埋君。千章一哭三閭廟，莫使孤忠向野墳。

楊瓊英

筆名緑楊絲雨，號映竹軒主人，女，土家族，一九六九年四月生，重慶酉陽人。師從京都吴金水先生。中華詩詞學會會員，重慶市詩詞學會常務理事，酉陽縣詩詞學會會長。

題二連浩特中蒙邊界國門

蒼茫升白日，四野裊荒烟。碑立中華界，車通蒙古川。草間難共牧，塞外不同天。
客莫尋青史，翻愁已隔年。

石泉苗寨

山寨居幽境，客來生隱心。村中多石姓，屋後遍松林。檐角挑春夏，炊烟漫夕陰。
霜翁樓閣上，閑坐喚家禽。

秋題鹿角坪元天寺

石壘前朝寺，寒階遠岫開。殘碑橫亂草，黃葉履蒼苔。禪院猶能憶，僧人不復回。
秋風從未歇，一路净塵埃。

甲午五月山黛溝懷栗坡居士

舊迹在林陰，沿溪亦可尋。步隨蘭徑曲，風漾竹雲深。白瀑飛春夏，銀鈎辨古今。
依稀山黛裏，猶有昔人音。

乙未年五一節聽雨有題

夜深風雨至，樓下捲溪流。電母撕天際，雷公劈嶺頭。臨窗驚好夢，側卧起憂愁。
難得休閑日，瀟湘正可游。

贊土司夫人白再香

策馬替夫征，揮鞭向北行。彎弓辭西水，破陣取遼城。血染渾河烈，刀橫膽氣生。功成披鳳冠，彰顯女兒名。

步文鳳韻題阿蓬江白水泉雲開寺

波分峽谷壽棺懸，客棹遥穿一綫天。掠水鴛鴦迷世外，封山野竹接雲邊。僧人久住清江岸，寺塔長偎白水泉。莫道谷深無劫數，苔痕四處盡狼烟。

小歇梵净山蘑菇石有題

梵天净土潤奇根，靈物滋生石有魂。形似蘑菇擎法雨，神如戰馬逐昆侖。數千歲月霜風蝕，半世滄桑曉霧吞。知我遠來驚不語，崖前相倚到黄昏。

感懷

凉竹青燈映閣樓，依稀月影上簾鈎。軒中卷帙隨風讀，箋底滄桑逐夜流。買醉輕敲如夢令，放歌閑作曲江秋。可憐半世身飄泊，閲盡浮華漸白頭。

癸巳年九月田家蓋尋馮壺川手迹得句

幽徑寒鴉晝已昏，籬邊幸有犬迎門。林深小院居孀嫗，歲久殘垣迷樹根。碑石依然平一處，銘文恰似蝕千痕。馮公手迹無人識，百載堪憐卧野村。

辛卯年中秋贈樂至諸兄

一路風塵樂至來，秋花早向故人開。蒼松且隱將軍府〔一〕，道觀堪稱仙鶴臺。樹有靈根抱古佛，天成福地澤英才。青園豪飲酒千斛，行令翻花醉裏猜。

〔一〕將軍府指陳毅元帥故居。

紅井村訪秋月有作

主人家住竹園灣，麻柳垂枝疊翠環。迎客小樓茶半盞，飄香美味屋三間。溪頭花木臨風笑，窗下翰箋晝日閑。自有文章成妙境，銀蟾相伴共秋山。

沈雙建

網名塵色依舊，一九六九年七月生，江蘇南通人。曾獲中華詩詞研究院(BVI)二〇一〇年屈原獎(詞組)。有作品收入《二十世紀中華詞選》《海岳天風集》等。

夜來

雨打軒窗夜，思懷偏自多。詩從閑處得，酒到醉時歌。吾意長流滯，斯文付劫波。苦吟消歲月，除此奈其何。

世鏡

世鏡如空幻，孤鴻過萬山。不應悲白髮，早是送韶顏。雪落風先起，峰高雲未還。寒冬憑四顧，此亦一人間。

尋梅

凍徹江天晚，寒生塞管催。孤雲隨雁去，細雪逐身來。鳥絶山清瘦，林疏風剪裁。
梅花何處是，不肯向人開。

壬辰春日久雨初晴次韻古沙緑柳公二首

風光三月裏，畢竟有暄明。負手階前立，尋春隴上行。白雲從聚散，碧樹自斜横。
潦倒中年意，鶯啼聽幾聲。

落落吾真可，風微緑樹明。世間常自好，陌上且徐行。天霽浮雲遠，時衰野岸横。
茫然佇望處，孰謂有春聲。

夏日村居次韻何氏山林十首

細雨鄉間路，垂楊第幾橋。青牛浴泥水，白鳥戲雲霄。去去人無識，依依誰爲招。
杏園新結子，好共汝逍遥。

蝶落肩休動，草幽心自清。野田新割麥，高樹不聞鶯。熠爍雲如火，芳鮮菜作羹。
閑來炎夏裏，意在敞胸行。

懶坐猫爲伴，和宜剥荔支。莓苔連緑壁，菡萏在青池。歲月催歸去，心情憑識知。
此時忘百感，人事任紛披。

細柳河邊樹，鐵籬何處花。本來居草莽，不復辨龍蛇。星暖閑身在，天清朧月賒。
垢衣三日換，莫笑野人家。

日暮畬烟起，泥途雛菊開。曉風尋白絮，細雨入黃梅。不見蜻蜓久，常歡蝴蝶來。
身慵心更懶，看看長霉苔。

循循身外事，澹澹以心泉。夏日頻添烈，薰風不解綿。誰嗤阮生涕，且拾沈郎錢。
蓮動聞歸棹，清歌到緑川。

步出衡門外，喜聞梔子香。此時忘掛礙，何處不清凉。眼細憑親近，腰寬懶自藏。
一枝長折取，四顧有浮蒼。

細微能識世，方寸亦成池。所以不沾酒，胡爲倒接瞝。可憐嘲豎子，到底是癡兒。
獨步尋花去，梅風一任隨。

白日多風雨，懶看天際雲。沉思花又鬧，愛惜水成文。冷暖都應可，陰晴誰爲分。
静言無不好，閑處笑喧紛。

思欲和書卧，其如亂雜何。故將清夢滅，未許寤懷多。一笑陳蕃榻，來觀寧戚歌。
大言今古事，良夜静中過。

覽鏡

世事中年莫問艱，桃陰竹影各斑斕。天爲被蓋春爲枕，雲是空虛水是閑。眼裏早無新景色，鏡中猶有好容顔。逢人一笑如花落，香氣紛紛游戲間。

落花

春去春來思淡然，萬方静謐柳如眠。欲飛靈鵲來檐下，似散浮雲向日邊。微感豈因前事在，無聲偏有此情牽。强睁倦眼出門去，飽看落花不費錢。

滿月

滿月厭厭復淡黄，浮雲天際更堪傷。始知煢獨今朝事，來對凄凉舊日光。百尺樓臺扶暗影，一庭芳草送殘香。春來春去年年是，誰道人間有海桑。

沈喜陽

原名沈羲揚，字若華，號寄廬，一九六九年八月生，安徽池州人。華東師範大學中文系比較文學與世界文學專業碩士，安徽文藝出版社文學部編輯，副編審。

自供狀

多愁少孔方，冷眼熱肝腸。總爲皮囊臭，可憐文字香。無才摘星月，盛世怯風霜。未肯芳心老，何妨好夢長。

壽王元鹿教授七十

小叩偏能發大鳴，門墻之外有餘聲。爲文所化謙君子，因字而傳篤學名。桃李已然遍天下，芝蘭不必植階楹。麗娃河畔秋光好，松柏蒼蒼丹桂榮。

壬辰年八月十八日與徐曹劉唐游平天湖次杜少陵秋興八首其二韻

雲自悠悠風自斜，望華樓上望中華。可憎紅葉披山面，無計碧波通海槎。夕照蒼茫銷夏令，琴聲繚繞倚胡笳。一湖誰謂平天下，謝了桂花開菊花。

卌五初度

枯謝朱顏榮白髮，一簫一劍半平生。那堪鼓腹吹吳市，安得雕蟲入鳳城。時揭逆鱗揚片片，閑敲瘦骨響錚錚。此心匪石何曾轉，不懼秋風秋雨聲。

咏若木

昆侖雲霧莽蒼蒼，一樹沉潛自發光。已羡春風聽杏雨，更欽秋菊傲冰霜。高寒鳥獸何孤寂，冥晦星辰亦渺茫。但得西山留晚照，此心耿耿共天長。

一夕風雨寒凉驟至天時無序有感

誰將酷暑换凉秋，一葉凋零萬木愁。昨夜風號兼雨哭，中原地震更泥流。高天昏暴無時序，滄海沸騰起衆漚。哀莫大于心不死，年來袖手怕登樓。

羅以

號德軒，網名風雲在抱、蒸水釣徒，一九六九年九月生，湖南衡南人。中華詩詞學會會員，中國楹聯學會會員，湖南詩詞協會會員，衡陽市詩詞學會副會長，《衡州詩詞》副主編。著有《德軒吟稿》，編有《當代衡陽中青年詩詞選》、《衡岳當代詩人作品選》（合編）、《清泉古今詩詞楹聯集錦》（合編）。

帝嚳祠

聖迹昭天地，蒼山證古今。懲魔功不朽，布德意何深。利劍思難得，時妖恨未擒。重來謁祠宇，憑吊獨沉吟。

咏牛

爲顧雙肩重，休嘲不辨琴。冲天由氣壯，舐犢見情深。未作函關夢，長懷壟畝心。拓荒原有勁，誰惜汗淋淋。

咏松

氣節干霄漢，襟懷閱古今。月來邀鶴舞，風動化龍吟。濟世充良木，凌寒具壯心。雲泉培本性，挺拔自森森。

宿五龍山大杰寺

有朋同嘯傲，邀我入幽深。地迥囂塵絶，山空梵唄沉。佛燈燃夜雨，鳥語近禪心。

起看法雲涌，朱輪現遠岑。

謁湘西草堂

霸圖移漢鼎，天意造文豪。豹隱千關動，雷鳴九宇高。道心悲越石，血泪續離騷。堂在長傳脉，今猶泛碧濤。

謁永州柳子廟

堪嘆難留事玉階，寒江獨釣命何乖。時艱莫道材無用，志困猶欣韻未埋。能耐天磨真見骨，肯因人忌便傷懷！我來恨不呼公起，蛇患如今勝虎豺。

過瀏陽懷譚嗣同

群峰如劍立參差，恍見壯飛豪邁姿。夢繞自由民主路，身當國弱世危時。驚天道義開先覺，擲地頭顱醒睡獅。萬古雲霄雄魄在，我來憑吊仰襟期。

南社百年祭

南音不改作風雷，百戰儀型壯咏臺。促掘穴將封建葬，争迎門向共和開。坫壇自此饒生氣，龍種如今少霸才。安得柳陳高再起[一]，唤醒後浪拍天來。

[一] 柳陳高，指南社發起人柳亞子、陳去病、高旭。

悼董月華老夫子

前身端合是詩癡，抱樸常懷故國悲。時不利兮天莫問，道何艱也志難移。能成大著堪酬世，足慰平生未展眉。遥想西溪千載後，有人把卷嘆靈奇。

訪彭德懷故居

批鱗人去杳難尋，故宅烟籠暮色沉。烏石峰高獨翹首，黄鶯語細自傷心。翻雲覆雨誰能料，立馬横刀句莫吟。一死將軍衰國脉，可憐當日滿朝喑。

過武昌起義舊址

茫茫九派嘆瓜分，首義雷霆覆帝閽。難得新軍能赴死，那堪舊制竟還魂。共和雖見乾坤轉，道路猶多荆棘存。一百年來江漢水，至今時見怒潮奔。

贈文峰詩社諸師友

意氣常思振羽翰，攀登莫作等閑觀。人游商海財源富，我上文峰眼界寬。不信神州詩斷代，喜看湘水浪騰歡。塘新自有金鱗躍，待寫瑶章入芷蘭。

雜感

紛紜世事幻還迷，鴉噪殘陽色正凄。花果山中無大聖，仙源路上盡淮鷄。秋風空惹杜陵怨，夜月何堪蜀鳥啼。安得龍泉能賜我，踏波滄海掣鯨鯢。

咏鴻

心中原自有鴻文，意氣飛揚志出群。舊夢難忘泥印爪，新征喜振翮凌雲。但期處處能梳羽，怕聽丁丁濫舞斤。已把長天當紙寫，任它燕雀妒紛紛。

咏鷹

躍起蒼崖破寂沉，風雲搏擊任晴陰。冲霄翅展空冥窄，帶電眸穿絕壑深。小鳥聞聲皆喪膽，大洋過影不驚心。巡天萬里歸來後，冷看斜陽没遠岑。

天安門廣場瞻仰孔子銅像

銅像巍峨對古樓，滄桑猶憶那年頭。焚書鬼惡遍諸夏，振鐸人淪第九流。白卷交心心易死，紅歌塞道道難求。如今改轍開新宇，至聖光芒照五洲。

黄英華

網名司馬長風，一九六九年十月生，江西湖口人。大專學歷，經濟師。現居湖口縣城。

龍門石窟

天斧開伊闕，良工鑿石屏。千龕分脉絡，萬佛肖神形。鷲嶺慈雲繞，沙門法雨馨。波羅安可渡？鹿血尚聞腥。

洛陽行贈紫嫣郡主

盛會意如何？從游雅趣多。共爲雲水客，同唱洞仙歌。紫殿君持柄，黄堂我執戈。洛陽花事了，拭目待新荷。

洛陽詩會贈别雁影荷風大姐

鵝鄉初識面，洛邑又欣逢。不必通名姓，何需問影踪。晴光浮極浦，翠色掩賁墉。北雁明朝去，愁雲萬里封。

懇請熊東遨先生執掌國風論壇

碩彦栖南國，遥聞大雅音。詞章何炳蔚，氣格自雄深。易置延枚酒，難求定海針。高臺頻祝禱，翹首盼甘霖。

拜讀清簫吟贈沙河周吉潭先生

南山當户牖，高卧敞胸襟。靖節傳清氣，濂溪證本心。懷仁簫作劍，綴錦筆如針。盥讀聞天籟，森森有鳳吟。

賦得迢迢牽牛星用星字韻

迢遞會雙星，銀河叠浪横。携雛三武越，罷杼七襄迎。月瘦鈎扃户，橋成鵲噤聲。人間偏弄巧，重利每輕情。

青天河攬勝

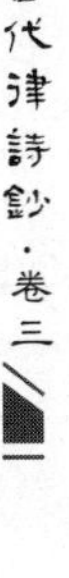

新雨邀凡客，天河作勝游。形同三峽小，景似五湖幽。水碧寒欺玉，峰奇勢壓舟。
群魚如不捨，相送忘回頭。

題江橋蘭亭后宮

蘭亭彭蠡岸，神殿隱修篁。鶴弄烟霞影，窗邀日月光。緣何離海甸，或恐慕樵郎。
檻外風波靖，威靈聖佑長。

游凰村龍山寺

龍山藏古寺，鐘鼓染晨昏。竹葉遮幽徑，松風叩素門。移雲窺井露，分棘覓鹽痕。
雜草迷心境，吾何種慧根。

觀上海世博會

結伴跟風世博游，出行不顧阮囊羞。千間場館誇淫巧，萬國衣冠卷濁流。恍惚上河
來古畫，儼然盛世在神州。逢人但説城居好，説到樓盤又縮頭。

仲冬雪日鑫聖樓雅集次香凋韻

仙闕紛紛散鶴毛，筵前共賞興尤高。三巡酒過千峰隱，一句詩成萬籟號。室似春臨
騰葛火，愁如冰解仗吴刀。諸公笑我顛狂甚，醉意濃時欲效陶。

次韻恭和六旬遺興二首爲容膝齋主壽

身逢妙手喜回春，花甲重開又誕辰。鶴送星輝桃獻壽，詩傳雁字酒延賓。華堂彩結齊眉案，玉樹風臨點額親。掃却塵霾紅日燦，丹楓醉眼賞秋新。

政事勤修到鬢秋，揚帆韻海領潮頭。身無長物壺冰潔，篋有名詩業績優。不逐時風難奪志，易安斗室可消愁。十年壽酒提前討，樂伴先生杖國游。

原韻賀岳陽方鴻先生古稀壽誕

卸軛黄牛暫整休，扶輪大雅又從頭。吟旌舉處群英簇，心血熬時兩鬢秋。葉下洞庭賡舊韻，風來幕阜掃新愁。稀齡衍慶餘欣悦，亦獻蕪詞祝鶴籌。

原韻奉和劉文政先生

愧我佯忙訊問稀，詩翁可喜健安之。江河不廢風前浪，松柏常存雪後枝。舉案挑燈詩令闖，騰芳戲彩濟良騅。深居别業勤飛翰，搔首時時念故著。

步韻賀詩酒當歌兄添孫之喜

令旦懸弧景象妍，試啼聲到畫堂前。香繃裹玉禎祥繞，露掌擎珠胤胄延。公望公才真卓犖，秋蘭秋桂自眠芊。他時想見孫騎項，尿布圍簾作坎肩。

閆震

字子春，齋號昆吾山館，網名昆吾子，一九六九年十一月生，河南濮陽人。本科學歷。供職河南濮陽市直某單位，爲河南詩詞學會副會長，《中州詩詞》副主編。著有《昆吾集》。

癸巳中秋客居湖上待月

小塢青芝酒，望如故國明。風隨幽恨轉，霜共暗香生。長渺佳期夢，相違不夜城。絶憐林杪月，托雁兩三聲。

復過山居

微風江上碧，烏鵲繞山回。雨掩青籬巷。寒生白石苔。絲羅三徑老，簾幕一燈陪。坐對深霏處，題枝尚煮梅。

甲午秋過鄧州習營村

沉沉百年事，雪雨問塗多。雁陣聞秦水，衣襟帶楚蘿。雕甍新畫境，曲堰復揚波。大道論重築，伏牛青未磨。

登鸛雀樓

漫道登臨爲此河，濁流千載尚揚波。神龍斗折分星野，燕雀交鳴隱棹歌。留得長原山作綴，飛來廣漢鏡如磨。青襟他日歸帆老，但許芳洲荻草多。

感時

瀛臺亘古屬龍池，徙鳳南溟空一枝。忍看山鷹窺碧海，忽傳邊島振王師。多情欲泯華夷辨，宿恨難書詔侑詞。且試青鋒倚天出，緣他妖霧復參差。

春日三章 選一

蘇合銀灰老玉盤，梅枝不改舊容顔。春濤有夢通瑶浦，油壁何期引佩環。夕照深窗紅落寞，鸞花小鏡緑斑斕。長風依是東南好，衹恐茫茫古道艱。

歲杪遥送東杰之英倫探内

王郎笑貌復縈回，萬里長庚鐵翼飛。緗白曾題滄海闊，硯朱始信碧雲肥。錦城絲管牽牛怨，故國亭臺玉兔輝。霰雪紛紛西敏寺〔一〕，松醪异代莫相違。

〔一〕西敏寺爲倫敦著名教堂，其詩人之角有喬叟、斯賓塞、莎士比亞、狄更斯、達爾文等塋墓。

留别鄴下諸子

漳河横落鄉原北，銅雀曾銜斷瓦來。白草難埋秦郡月，黄沙空剩魏王臺。欲如嘉約三年阻，忽破春陽一綫開。竹外啼鴉市聲渺，圍爐且盡手中杯。

壬辰歲暮訪艤舟亭次東坡除夜野宿常州城外韻同静鳳

歲華落盡已難悲，且就霜風過翠微。蓮藕根芽曾未斷，松筠顔色許同歸。青雲作路龍圖衆，白水投荒羽客稀。爲有猗蘭生别浦，滄波一葦尚能依。

自别黄州復北徂，才人天縱與征途。一瓨新粟堪分酒，八斗餘情可畫符。董道還憑清直氣，流光忍换白毛鬚。音塵异代藤花冷，渌水亭邊謁大蘇。

中秋次霜林

蟾光何處道人幽，老桂香浮百尺樓。瑶瑟清風回渌水，碧雲黄葉憶優游。憑欄飛雨寒催雁，促織添聲夜咏秋。移向尺屏燈下寫，他年霽色許同酬。

謁淮陽伏羲陵

德承盤古明明道，萬載春歸春復春。運入紅羊天可諒，孽生碧海地當淪。舶來主義原無主，誰信神州尚有神。蓍草青青陵上發，飛雲低處禱龍麟。

乙未驚蟄

邊書來處嶺雲深，諸葛荒亭弃此林。塞上狼烟風滿壑，滇南父老血盈襟。京華勝日聞鐘奏，壯士孤衷破釜沉。剩有鵑花憐寂寞，田横島上夜森森。

登臨海巾山[一]

仙巾飛處兀青青，長納潮音傍古城。寶塔四方涵北斗，天香一炷啓東溟。華燈危廈開新邑，深巷小樓遺舊聲。欲寫相思羞异代，江花江草未分明。

[一] 臨海本台州府城，巾山古寺爲天台宗二主刹之一。山下城畔靈江古渡直通東海，乃天台扶桑一脉朝聖必經。

繆海平

筆名（網名）海不平，一九六九年十一月生，浙江舟山人。大專學歷。從事財務工作。中華詩詞學會會員。

低吟

低吟二十春，歷歷在情真。筆下詩千首，懷中月一輪。温敦時有意，狂傲豈無因。唯見燈常亮，依然照我身。

理髮

椅上且稍坐，鏡前千感并。低頭絲易落，看臉貌常更。青减人猶嘆，白增心益驚。剪刀揮不盡，愁髮剃還生。

咏嵇康

幽篁有賢士，放浪寄形身。伴竹可心净，揮弦唯意真。常將青白眼，傲對濁清人。一曲廣陵散，高情誰與倫？

秋日晚眺

寒蟬知冷意，歸鳥入高林。懸島無人至，邊陲有雪侵。可堪雄健筆，盡付愴然吟。千古書生事，窮經直到今。

有感于當代詩詞

一從五四道崩危，多少騷人枉自疑。雅律猶存憑毅力，吟心不死是堅持。超唐越宋遥非夢，承古揚今近在期。莫道當朝無好句，民間處處有佳詩。

咏龔自珍

百年昏睡盛難回，誰共沉淪作一哀？更有雄心除弊事，却無鴻翼入雲臺。身閑不肯忘憂國，志困敢于奔怒雷。瞋目何堪世奢靡，再呼時代出英才！

苦吟

回頭往事幾番春，二十年來寫復呻。願把書燈伴一世，誓將詩賦許終身。呼風戲月行何狷，歷雨經霜意亦真。佇立窗前還繞室，有情甘作苦吟人。

寒春

三月東風寒襲身，嗚呼久不遇陽春。輕雷一陣可驚蟄，淫雨幾番時擾人。手裏微薪數越冷，眼中物價漲還頻。高樓起處如抽笋，歲歲蝸居甘守貧。

咏祖逖

擊楫中流誰不驚？一番豪語共江聲。聞鷄舞出書生膽，拔劍歌懷壯士情。北伐應教功有立，南歸却恨志無成。當年意氣付終老，空對河山悲自鳴。

梅花夢

有夢悠然可是真?隨風好去訪香鄰。千枝白雪層層潔,一路紅雲處處新。影入潭中化疏影,人吟樹下作癡人。何妨置酒花前坐,相約梅卿共飲春。

黄小梅

字茹寒,號煮雪簃,女,一九六九年十二月生,江西都昌人。大學學歷。高中語文教師。

荒園

罔顧庭園久,尋閑荷小鋤。芳蘭曾沃若,惡草忽森如。荆刺非難析,琴心可遂初。俟時還種菊,清氣簇吾廬。

山望鄱水

春染一湖藍,白烟帆影涵。渚沙黄隐隐,天日映酣酣。近水可呼鶴,遠山如卧蠶。生機隨處發,奥妙不須參。

夏至日尋凉應中日韓三國聯吟同好會(中國篇)第三十五次徵詩限五微

赤日炎氛聚,尋幽入翠微。樹高蟬自語,林静鳥因依。湖浪忽崩石,山雲亂捲衣。

頃間雷雨過，凉坐不思歸。

偕師友觀荷依齒分得妖字

野水藏幽致，冰姿拔俗標。劍華初出匣，霞影漫披綃。殢雨翠如泫，凌波紅不妖。盈盈相向語，鄰壁任蛙囂。

雨後濱湖廣場觀湖

雨足緑陰肥，草藤侵石圻。瀾翻動烟檻，水闊拓天圍。欲溯空明去，遂成雲鳥飛。南風拂山翠，點點上人衣。

過黄金咀太子廟

信知造化善藏緘，一色天光至此銜。斷岸疏摇青水竹，平流款送白烟帆。爲酣日脚友霜鷺，因築雲根向紫岩。曠載佛燈孤夜寂，伊誰林下守松杉。

游頤和園

雲天水木倍清華，上苑離宮靡不嗟。畫舫翩翩輕似葉，瑶臺列列密如麻。恩榮久恃何由儉，寶物窮搜一任奢。萬壽山光終去也，昆明湖浪正淘沙。

謁北京成賢街孔廟和國子監博物館

高槐夾道落花深，四峙牌樓覆地陰。千載流風温舊迹，一門幽思想遺音。雕梁畫棟美連昔，霜柏寒松緑至今。林立丰碑細摩撫，斑斑刻字攝人心。

登居庸關長城

谷風扇暑感微醺，叠翠愔愔絶垢氛。險道弦絲栖倦鳥，雄關鎖鑰遏行雲。繕修垛口真如鐵，得使狼烟每罷焚。攀陟猶從階級緩，能無對此思紛紜。

大神廟齋後觀鐘鼓法事約押銘字

一炷天香滿殿馨，黄昏雨濕叩禪扃。轉雷法鼓止千念，垂露蓮臺通百靈。龍竹叢林殊秘奥，柴烟净饌遠膻腥。比鄰絶羡俗家子，旦夕霑濡道可銘。

奉賀袁公新第落成

卜宅歸居面翠微，晚蟬晨鳥語窗扉。蘭堂翰墨時邀侣，綺席壺觴暫息機。閑煮溪泉成歲月，自烹羹鱠飫甘肥。憑欄坐愛清風暢，有竹猗猗欲拂衣。

閑游長官舍

一鑒回塘粉堵中，熒熒清照遠雲空。庭前柿樹初圓果，籬畔家鷄漫啄蟲。老嫗應門呼稚子，髯翁縛帚取茅叢。風廊燕坐聞泉響，阻雨時光轉覺匆。

黄去非

綱名今是昨非齋、楚天風雨，一九六九年十二月生，湖南岳陽人。大學畢業，現爲湖南理工學院中文學院副教授。江右詩社社員。著有《適意齋詩文集》，合著有《杜甫湖湘詩研究》、《全宋詞評注》（第十卷）等。

七夕

乞巧人間節，流傳自古今。星河貪夜冷，銀燭畫屏深。牛女空傳恨，絲羅豈綰心。
神仙不可接，遥望一沉吟。

左宗棠誕生兩百周年書感

湘上農家子，飄然出柳莊。艱難逢亂世，挺立掃欃槍。勢做東南柱，力安西北疆。
陌年一回首，人事幾滄桑。

甲午人日與諸師友湖畔雨中尋梅不得

喜共尋芳友，聯翩向水湄。人間歡似舊，天際雨如絲。不耐雲羅重，生憎花事遲。
葭灰知已動，早晚發新枝。

過袁州李衛公讀書臺

曠代稱良相，煢然剩此臺。眼前袁水碧，心上逐臣哀。爛漫花如火，流連我不才。
讀書成底用，今古費疑猜。

乙未穀雨前一日與詩友同游明月山

山到袁州好，奇峰逼眼青。嘉名擬明月，野卉播幽馨。鳥道雲中掛，人聲空際聽。前賢遺事杳，誰記我曾經。

與詩友同訪袁州明月書院并蒙招待素餐

鬧市尋幽勝，聯翩過院門。新春花事好，舊雨古風存。弘道尊前輩，傳薪賴後昆。他年重想像，一飯記深恩。

敬挽陶俊新吟丈

驚傳噩耗值嘉節，哭向遥天奠一觥。侍坐麓山如昨日，追陪杖履衹他生。知公不盡三湘夢，愧我難酬萬里情。佛唄濤聲成絶響，幾回低唱總心傾。

江右詩社壬辰岳陽年會迎客詩

總是東君最有情，陌頭重見柳藏鶯。沅湘浩渺浮春漲，蘭芷葱蘢趁曉晴。禊事年年文酒會，詩人處處鷺鷗盟。巍峨樓閣原無恙，應許登臨百感生。

壬辰上巳與江右諸君及社外詩友同登岳陽樓

危樓登眺及新晴，眼底湖光分外明。破浪輕舟飛玉鏡，臨風弱柳證春榮。乾坤詩句余能記，憂樂情懷孰與賡？羨煞游人開口笑，君山遠對岳陽城。

暮春與詩友拜石霜寺

奔競何如養性真，此間稍喜净囂塵。紺園廣闊波瀾遠，緑樹紛披雨露匀。鐘磬自來堪警世，利名誰信總羈身。霜華山下頻回首，霧繞雲封更覺親。

雨中謁賈誼故居用劉隨州韻

故居尋訪我來遲，秋雨秋風莫漫悲。一瓣心香低首處，數株庭桂晚芳時。雄文千古人無匹，偉抱當年帝不知。遺像清高幾瞻拜，明朝前路又天涯。

奉和仰齋夫子癸巳虔州年會迎客詩

勝會虔州指日開，幸蒙青眼到微才。清芬默默能醫俗，高論煌煌似聽雷。詩思豈因湘水隔，夢魂真伴稼軒來。鬱孤臺下當年路，客裏偷閑許共陪。

以事不赴贛州年會復次仰翁迎客詩元韻寫懷

上巳繁花爛熳開，花間吟嘯羡群才。虔州秀色明如畫，大地春潮響似雷。腹笥至今憐我儉，江山終古待人來。心期且約明年會，醉倒尊前許共陪。

盥讀向閑道兄次晦窗先生之作因步元韻奉和時余方客長沙

中年况味我何堪，蔗境空期异日甘。諸子聲蜚寰海内，一人形滯大湖南。湘流浩浩浮清影，岳麓依依映翠嵐。稍喜此間春未歇，江亭楊柳尚毵毵。

敬和胡寧蓀先生馬年抒懷詩

又驚草色上階除，歲序重賡入壯圖。圓夢昇時勞想像，奔波此日慨征途。長空尚待陰霾散，坦道争看駿馬驅。老虎蒼蠅收拾起，問君能飲一杯無？

夏游王家河風光帶

仿佛蜿蜒玉帶圍，王家河畔焕生機。紅花爛熳芳猶馥，緑樹披離葉正肥。鳥作清歌時嚦嚦，人親碧水漫依依。巴陵是處澄明景，放眼從教逸興飛。

當代律詩鈔卷四

徐　平

網名雲生海樓，一九七〇年一月生，江蘇江陰人。中專學歷，從事廣告行業。

岳君辭歸別宴後有作

落木吴天静，街衢望欲迷。行車燈影下，歸路暨陽西。海内衆星散，江干一雁栖。懸知松菊在，三徑任萋萋。

吴老先生格律講座

合座垂髫子，登壇九秩翁。焉知塵境裏，復見古人風。待臘梅初蕚，回春夢已通。冰消泮池水，應照李桃紅。

爲客

爲客今何處，雲溪亦可家。三圍横翠黛，一徑入幽遐。硯洗錢塘水，茶分上苑花。嚴冬時未近，已自夢韶華。

細楷

細楷宜幽獨，芸窗自宴如。還將松雪體，試録右丞書。落景山方寂，簪林月上初。

稍嫌清晝短，不覺世情疏。

寄高秋

初聞漳浦卧，夤夜起沉吟。霾瘴無時斷。風波不可禁。君猶疴在體，吾亦患于心。共待雪霜後，松筠翠更深。

陶兄卓凡來杭盤桓兩日別後有寄

難挽芳菲盡，東君力漸微。鵜鴂聲已遠，楊柳絮輕飛。把臂林泉在，驚心桑海非。計程豫章客，應踏晚風歸。

懷柔雜咏 六首選五

聞道二三子，邀人作遠游。雲開千嶂碧，風散一襟愁。草樹塞垣古，田疇村舍幽。塵氛殊不到，徂夏似凉秋。應邀至懷柔山區

千岩横古戍，萬壑響流泉。路出青雲外，人行暮景邊。分途詢野叟，待酒笑坡仙。谷口聞雞犬，應知别有天。山間晚行

臨水孤亭矗，分崖飛瀑懸。奔雷響萬壑，瀉玉照諸天。檻倚神方逸，風生骨欲仙。由來息影地，莫畏郢人傳。天河瀑布

谷口開新地，弦歌風自淳。門楹皆古意，村舍少京塵。贍養耆頤共，提携閭里親。

懷柔好山水，絶勝武陵春。新地村何幸烟塵外，時當李郭偕。山川行有味，歌咏興無涯。青嶂任晴雨，碧天無瘴霾。歸來應記取，聊得慰幽懷。出山

聞天涯兄歸鄉奉母

聞道陽關曲，悠然出帝鄉。白雲依鄭谷，彩服奉萱堂。無夢烟塵淡，有心風月長。何妨詩與酒，終歲卧南陽。

甲午端陽後兩日

輕舟誰許吊高踪，舊俗于斯風尚濃。屈子祠前八方客，汨羅江畔幾聲鐘。堪傷國祚繫慶父，却笑朝冠歌祖龍。二十五年悲往事，青山依舊亂雲封。

題初心琴茶里

半掩芸窗蕉葉深，晴光摇曳碧沉沉。席間雲氣中泠水，座上空明焦尾琴。恍惚春風來太古，迷離往事憶初心。佳人信有玉川術，堪與盧翁仔細吟。

聞琴

幽緒無端情甚真，輕飆揚處海生塵。誰知世界紛繁影，偏是莊周幻夢身。心事已翻風絮亂，流光暗度歲華新。頹然坐對中天月，銀漢何堪更問津。

行將西南遠游留別友人

九曲江流十萬山，奇峰誰共我躋攀。爲追世外烟霞客，更結天心鸞鶴班。洱海蒼茫憑鳥渡，玉龍飄渺任雲閑。歸來畫本同吟賞，絕勝秦中百二關。

應烟霞邀于工作室座談

石臼梅簪斗室春，篆烟古案净無塵。茶分南北香堪品，語到平和見始真。風雅遥思梁苑雪，琴書静對郢中人。興來争耐良宵短，惜此中天月色新。

題敔山灣新城

巒嶂蒼茫氣象開，天留大塊待英才。烟生翠樾翔千鷺，柳拂明湖無片埃。指點藍圖同海市，回看廣厦起蒿萊。即今鳳翥龍蟠地，信有鴻儒向此來。

劉　燕

筆名幽蘭静雅，女，一九七〇年一月七日生，祖籍吉林，現居内蒙古通遼市。大學學歷，公務員。中國詩詞協會研究員，中國散文家協會會員，中國西部散文學會會員，中國作家記者協會會員，散文綫上簽約作家。

草原情

日照曠原清，雲澄天色明。輕風梳細草，朝露潤初英。多感遠來意，難酬不了情。

敖包魂夢繞，大愛正無聲。

盡把相思綰

秀骨秉蘭氣，温文冰雪姿。春風吹舊句，秋月照新詞。逝水無還日，孤芳自賞時。瑩瑩霜露底，眷眷海天思。

秋語

尺幅能容幾許愁，黃花夢裏問清秋。鉛華落盡傷春遠，塞雁飛來去路悠。忍見楓紅霜露冷，難忘香墨賦詩留。而今杯酒共誰醉，明月一天陪我游。

五月槐香

孤琴曲曲寄何方，幾許清愁幾許傷。風送茗香香裊裊，月摇竹影影凉凉。蓬山俊秀千重霧，天路迢遥萬里霜。五月芳菲誰共我，情思一縷夢縈長。

灕江

霧雨灕江看异姿，凌波拾翠意神馳。青峰倒影凝重彩，九馬呈圖别樣奇。山水縈回十里韻，雲烟縹緲半城詩。輕舟蕩得我心動，幾許濃情誰共癡。

韓　香

又名紫簫，字筠若，號竹庵，齋號夢梅庵，網名烟雲了了，女，一九七〇年一月生，祖籍山東，現居遼寧省錦州市。習中醫，業IT，喜詩詞，耽内典。師從嶺南小梅窗。

癸巳小年前夜有懷應師門社課

涼月忽如缺，年時未滿輪。停雲憐稚子，避席念雙親。泪漾杯中緑，紅沾袖底塵。明朝誰信馬，先踏洛陽春。

次和郁兄癸巳除夜感懷

應識靈光迥，蚌珠波底藏。可邀清夜月，來照舊詩囊。身外風雲淡，箋中翰墨香。憶時皆雅趣，何必説相忘。

春日偶感

未覺垂絲緑，先青一陌烟。拂衣風尚冷，循徑雨初偏。天意何如也，吾心自悄然。臨波魚喋喋，斯樂與誰詮。

敬和仰翁賜玉

天涯鴻信至，高義忍相違？一夜車塵落，千重夢影稀。古樟青照眼，明月冷侵衣。留待仰山約，他年馭象歸。

乙未佛誕日有題

法體何須浣，如如我自空。臨波迷月影，摘葉動天風。別見心緣外，無非芥子中。一花一世界，生滅古今同。

仰山栖隱寺留贈大正法師

烟靄重遮翠嶂深，悠然風馬吐潮音。自觀無證無修地，何异多情多事心。法席長開誰是佛，清光漫轉露成霖。一窗幽竹摇燈影，半落蓮臺半入琴。

宜春詩會敬贈劉世南先生

高名久慕拜修齡，春日南來草益青。菊酒斟時衣拂露，詩風探處語含馨。心應無念空桑海，花若將飛夢杳冥。此去多蒙長者誨，歸吟兀自憶丁寧。

無題

弱柳空生漠漠烟，橋頭人去有誰看。波摇樹影驚魚夢，龍躍咸池吐紫丹。萬劫喧喧皆吊詭，一星耿耿自憑欄。無言悄立中宵月，襟露猶沾雨後寒。

乙未二月十五釋迦如來涅槃日有感

永劫修真道未全，娑羅樹影伴無眠。沉沉往事心難悔，歲歲今宵月自圓。坐對清光狂慧歇，遥看竇宇一燈懸。此生重踏曹溪路，解悟新緣是舊緣。

读书偶感

一别曹溪夢不成，深宵誰與話青燈。烟霾鎖盡三千界，歌舞升平十二層。自欲齋心住般若，難從蜃海避崚嶒。衹嘆末世紅塵客，多少方舟可暫憑？

王善峰

字克之，號雨廬，別署半雅齋主，網名閬風，一九七〇年三月生，山東文登人。某工廠工人。中華詩詞學會會員，中國詩詞研究會理事，威海詩詞楹聯學會理事，文登作家協會理事。著有《青山聽雨》。

兩會後賦得喜鵲

素衣玄氅占風流，立足高枝最上頭。乍露晴光先踴躍，未來風雨早綢繆。歷經冬夏知寒暖，不逐炎凉定去留。居近人烟偏有意，頻傳喜訊解民憂。

自嘲答于仁伯先生

錢少偏憂物價高，静觀欲海幻新潮。自甘赤脚沾黄土，敢羡青雲上碧霄？千里求財三碰首，半生爲米屢彎腰。每因杯酒肝腸熱，醉咏狂歌破寂寥。

步韻謝于仁伯先生見贈

厚意殷殷辱賜書，冬陽煦煦照山居。新詩欲和搜芸帙，雅韻難追愧石渠。但願春風蘇衆庶，不妨秋雨卧田廬。懸車他日歸林下，海畔悠游看打漁。

殘荷

西風荏苒送芳時，騷客悲秋枉有詩。冷月寒塘花謝後，暮雲瘦水我來時。苦心爲底憑誰問，斷藕牽絲衹自知。雨打枯蓬聽不得，此生端合爲君癡！

九日用黛玉咏菊韻

東籬未怯夜霜侵，相伴寒蛩斷續音。節至重陽誰共飲，花開九日獨沉吟。人情不抱炎涼意，世事常懷冷淡心。溺酒耽詩緣性癖，樂天守拙到如今。

十月十九日偕曉雨逆風的鷹島子瑜芝老同游文登西郊之青龍山莊歸飲聚寶德酒樓島子即日成詩余自愧才鈍追和此章即用其韻

携客登高覽素秋，青龍景物亦深幽。赤松翠壁胥含態，紅葉黄花不染愁。欲倩高才翻陸海，各援彩筆繪登州。此來東魯弦歌地，共上仙樓一醉休。

步于仁伯榮瑜芝二老韻即呈二老

執經常願立程門，白雪青泥印爪痕。問學能無難解字？吟詩容有未招魂。西河拜將先擒虎，東海逢時不牧豚。捧袂欣于陪末座，賡歌齊魯倒清樽。

讀張世奇先生回憶録風雨流年有贈

錐心往事豈能忘？十載書成寄意長。暮雨朝雲憑簸弄，白衣蒼狗費猜詳。身經九死輕榮辱，劫歷千番剩脊梁。信史更深和泪讀，瀾翻百感沸中腸。

誡猫詩

近來鼠輩太猖狂，敕爾狸奴慎守藏。捕治何需分黑白，論功殊不异蒼黄。膻腥勿盗魚常有，腐敗如貪命必亡。倉廪無憂家舍静，墻根任汝卧斜陽。

時玉維

女，一九七〇年三月生，黑龍江大慶人。任職于大慶市龍唐供熱有限公司。大慶詩詞學會會員。

中秋

浮雲千里客，幾度夢歸舟。久别憐黄葉，長憂惜白頭。玉輪猶普照，金菊似同游。未語家山事，清波注眼眸。

秋思

金風蟬息噪，日暮復何悲。迢遞音書斷，輕寒草木衰。雁聲應去遠，水韻若游移。久久憑欄處，斜暉半玉池。

游園感懷

風自天邊起，波從脚下流。林蔭懷古塔，玉笛引輕舟。好友相携坐，歡聲各舉籌。明朝隨聚散，逝水共悠悠。

游杜蒙草原

碧野橫無際，綿延向泰康。鷹飛蒼宇外，帳落玉溪旁。曠邈人烟少，登臨花草芳。怡情未盡興，日影已偏長。

題夏夜三永湖

水闊洪波涌，瓊樓兩岸明。摩天紅結炫，銜月棧橋瑩。燈影青魚慢，鱗光白鷺輕。往來咸入畫，携眷覽風清。

雪景佳人

且看瓊枝擎碧空，山川影罩玉紗中。雙飛喜鵲鳴新日，一抹紅雲落畫工。衣袂輕舒留倩影，花容巧笑入青瞳。傾城令我頻回顧，何意飄然與夢同？

蔣　娓

網名清心竹，女，一九七〇年五月生，四川達州人。大學文化，公務員。喜古詩詞，兼習古箏、小篆。

春柳

依依南浦柳，淡淡吐鵝黄。萬態因風舞，雙鴛貼水翔。細看今日蘖，未若去年長。寄語休攀折，柔枝安可傷。

草

萋萋柔碧草，渺渺接青雲。祇要風和露，不須耕且耘。解饑傳美譽，治病創奇勛。

人不以爲寶，皆因不識君。

冬梅

風定小園静，寒梅抖弱枝。層層鋪白素，隱隱透紅姿。萬物皆應季，百花開有時。爾曹凌雪發，一任笑愚癡。

贈陳先生

胸懷鴻鵠志，羈宦老通州。七尺男兒氣，雙肩天下憂。營營財税事，草草稻粱謀。不覺流年换，霜添兩鬢秋。

戴永兵

網名手缺一指，一九七〇年七月生，江蘇句容人。中國辭賦家協會副秘書長，中華詩詞學會會員，鎮江多景詩社成員。

寶華道中

漫步山林道，心清世暫忘。泉寒侵指滑，鳥囀覺花香。石掩蘭芽短，風牽葛蔓長。苔痕自在緑，何必問斜陽。

咏蘭

巉岩倚瘦影，蘼芷沁秋陰。紉扈堪爲佩，孤高足可吟。緣溪滋九畹，空谷茂千尋。

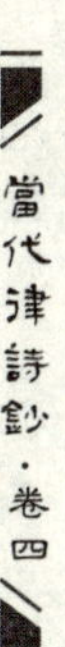

不入明皇殿，悠然隱者心。

寶華山憶游

寶華春去晚，四月杏方紅。亂石迷幽徑，閑雲覓舊宫。登樓覽勝迹，穿竹沐清風。最喜淮源處，憑欄意氣雄。

隆昌寺禮佛

野徑抱雲開，温風潤老苔。山花紅勝火，御道去如來。方嗅玉蘭蕊，還登銀杏臺。秦淮源可鑒，净欲滌塵埃。

重陽節前登高

重陽未至率登高，俯覽群巒意氣豪。雲外樓臺飄墨點，岩前楓櫟舉朱旄。路行絶境不師阮，賢隱清明堪笑陶。五岳尚留題迹處，忍知我輩久蓬蒿。

新茶步月兒明韻

春風化雨潤山家，才及清明争試茶。松葉燃甌騰蟹眼，玉泉烹雪舞槍芽。催詩更勝壺中酒，待客憑添錦上花。未飲盧仝瀹七碗，個中滋味莫先誇。

重陽北固雅集

金風挾韻到江南，匹練環城紫氣涵。霞逐輕舟歸暮靄，夢回鐵馬逝晴嵐。身臨北固心方闊，露浥重陽味覺甘。後浪還推前浪去，長天碧水漸如藍。

李利忠

又名李莊，李重之，一九七〇年八月生，浙江建德人。浙江省政協《聯誼報》資深編輯，杭州出版社副總編輯。中華詩詞學會會員，中國楹聯學會會員，浙江省作家協會會員，浙江省詩詞與楹聯學會會員，浙江省政協詩書畫之友社理事，浙江省辭賦學會副會長，浙江省楹聯研究會副會長，杭州市詩詞楹聯學會副會長。著有《深夜的奇迹》《是什麽讓我們嚎啕大哭》《經典唐詩》《新編對聯大全》等十數種，并有作品入選《二〇〇四年中國雜文精選》《二〇〇五年中國雜文精選》《二十世紀詩詞文獻匯編：詩部》《海岳天風集》等百餘種詩文集。

癸未冬月登西天目

歲寒游子心，衹是愛山林。一徑雪霜在，千峰木葉深。拏雲持苦節，極目少知音。
無限登臨意，歸來暮色侵。

壬辰正月初二大雪晋輝兄招飲有賦

招飲近黄昏，驅車新葉村。憑欄勞想念，把盞喜温存。門外豐年瑞，燈前臘酒渾。
屈醒陶已醉，恬淡更無言。

游江郎山值雨

三峰卓立奇，早入稼軒詩。拔地冲牛斗，揚帆振鼓旗。危階花馥鬱，絕壁雨淋漓。
眼底烟嵐好，凌雲志不疲。

建德江抒懷

長謝孟夫子，微吟天下知。鳥飛花落處，霧起月明時。岸秀開眉巧，江清送目奇。
羔裘灘尚在，滌熱最相宜。

癸巳二月十九游新葉村

勝日喜晴暄，來游新葉村。何多古屋宇，別有小乾坤。塔似摶雲起，花如笑語温。
家家春瓮滿，我欲一傾樽。

癸巳三月廿一游普陀山先雨後晴

佛國望氤氳，波生菡萏紋。前塵憐暴雨，彼岸仰慈雲。苦厄皆能度，光明向已聞。
行行天海暮，歸路映斜曛。

回鄉游十里荷花飲蓮子酒爲賦一律

此酒何甘洌，父兄親造來。賞花沿紫陌，對月席蒼苔。佳釀邀同醉，好詩崇別裁。
家山酣艷處，茅塞一時開。

觀徐岩兄繪蓮有咏

滿壁齊開放，風光入眼新。亭亭皆出水，款款不沾塵。露浥栖鷗鷺，霞封認主賓。
蘭舟添一葉，來作騁懷人。

與朱汝略先生游臨海羊岩茶場

淡泊家山味，清和游子珍。倦談天下事，陶醉嶺頭春。地得氤氲氣，茶如藴藉人。
擬將書劍擲，來共石泉親。

甲午初冬與諸詩友會于長興大唐貢茶院

高咏懷皮陸，詩風幾度新。長年稱酒鬼，此會奉茶神。世味甌間淡，閑情掌上親。
吟囊欣漸滿，不必慕唐人。

讀史遺懷

江山信美宜高咏，風物多嬌競折腰。敢謂成名皆豎子，但能竊國便天驕。月明橫槊
憂難已，雨歇憑欄恨未消。底事梅花多瘦骨，滿城風雪正瀟瀟。

梅塢春早

一帶溪山絶俗氛，天然野趣質兼文。長憐暖樹鶯聲軟，最喜新雷雀舌紛。壺内冰心
真淡泊，甌中春意自氤氲。東風早識此間樂，來往晴窗携白雲。

甲午處暑游臨海羊岩茶場

有客登臨酒半酣，羊岩景致漸全諳。雨餘天似青銅鏡，牖外峰同碧玉龕。行處人文歸史筆，望中形勝到詩函。閑情自許茶知道，世上風雲倦與談。

甲午重陽後五日西湖醉白樓雅集

不負天香不負秋，騷人載酒聚瀛洲。無拘風月吟兼嘯，有好湖山剛濟柔。柳色欣逢青眼客，荻花漫説白雲儔。心旌我自同摇曳，刺史當年醉此樓。

周冠鈞

又名周冠軍，字逸安，號耿介生、清溪生，網名零落秋聲、零落一身秋，一九七〇年八月生，安徽含山人。本科學歷，公務員，從事文史檔案工作。喜詩詞，也善書法、圍棋。詩詞各體兼備，師古人，師自然，尚清淡得味，而務求渾成之境。揚州詩詞協會理事，緑楊詩社秘書長，平山清韻網站管理員。《平山清韻》《緑楊吟草》等詩詞年刊主編。曾擔任二〇一二年中國『百詩百聯』大賽評委等。獲二〇一四年『中國夢·愛國心』詩詞楹聯大賽詩詞一等獎。入選《當代青年網路詩詞選》《江蘇詩詞二十年》《二十世紀詩詞文獻匯編》等。

晨雨後信步

曉晴春氣鬱，珠露動微凉。風曳柳邊影，花餘雨後香。輕萍浮緑水，怪石簇疏篁。漫説園林外，何堪作楚狂。

春晚古運河邊

春波過畫舫，石岸没痕深。弱柳裊烟碧，涼亭漫夕陰。人情多聚集，歌吹到而今。
無限東風裏，繁華若可尋。

歲末

悄然年欲近，臘味大寒中。雲氣浮天白，山茶門雪紅。情疏難畫鶴，性執獨雕蟲。
聞説調薪事，萬家祈福同。

賦懷古運河

一水貫南北，千年毁譽中。斯人紛已去，大業獨誰雄？舟過浪犁雪，雲行柳帶風。
樓臺相望處，不是舊隋宫。

過鳳凰島渡口

翠擁長堤外，浮烟氣象新。風媒翻白浪，鷗翼掠青蘋。不渡往來客，能知今古塵？
鳳凰飛去後，此處獨留春。

辛卯十一月既望觀月全食

漸漸一輪淡，大心如未磨。殷紅生表裏，寂寞到關河。自古高寒外，從來望眼多。
可憐星不語，圓缺共誰何。

癸巳正月既望與彭城諸子有聚分韻得清字

燈火新年味，相逢酒欲清。雲龍真磊落，湖海愈縱横。月自圓時缺，春將别後盈。大風千古調，况復爲誰驚。

秋雨

慣于木葉發鏗鏘，已傍秋來婉轉長。一陣玉珠敲到冷，十分緑影浣成蒼。癡人窗下聽消息，老雀檐邊啄晚凉。載我平生金石志，飄瀟飛上菊花黄。

車過張家港永慶寺不入

高塔銜雲遠樹間，悠悠鐘磬鳳凰山。風中花影吹將落，寺外禪心聽不閑。寂寞南朝餘舊夢，氤氲春氣駐新顔。憑窗問佛悄然過，千載流光去若還。

桂初開

一半人生緩緩過，秋星散作夢婆娑。清燈已合凉偏好，貞桂漸開香自多。慕月情懷敲入韻，趁風蛩語匯成河。我今抱璧坐深夜，愛向屏前聽老歌。

賦容亭并寄一滴水兄四十歲生日

容亭清坐思無涯，水漾春風到汝家。始待精微能辨物，不辭高潔欲餐霞。兩三竿竹通人性，一二寸魚知歲華。驀地雲垂江海動，蚊雷草語證龍蛇。

元旦寫意

冬陽染上一年心，不覺風號入耳沉。掃葉寒波猶漸凛，看花情緒已微深。水根粉白清浮石，梅朵新黄秀出林。裊裊香痕春尚遠，狸奴曬日過墻陰。

自感

秋半凄迷轉眼輕，風烟雲樹任縱横。桂華鬱鬱留香影，蛩語紛紛學雁聲。事到無期終可愧，詩非應制不能成。近來白眼翻難得，已向人前戒酒名。

舟過高郵湖蘆蕩

疾舟分影亂雲行，蕩滌心塵物漸清。鋪水野菱如結網，簇烟遠樹欲侵城。白鷗上下隨風曳，緑葦高低夾壟生。信有人間真善境，紅蓮無語自多情。

吴紅建

網名雪卿、山紅澗碧，一九七〇年九月生，河南汝南人。河南大學畢業，從事交通運輸工作。著有論文多篇，亦好書法與篆刻。

包公湖畔夜話

傍湖中夜坐，酒薄恰來風。落影并樓黑，漂燈煎水紅。香仍生冷臂，時總過深瞳。散語隨波起，斗斜望已窮。

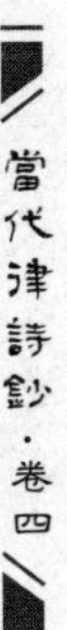

和扁擔山人用其韻

不曉中元至，祇知蟲縱聲。原非過幽舍，直爲上層城。焉忌金樽酒，難辭地主情。平明山氣净，心亦近深清。

驚見庭桂雨後盛開

推門何馥鬱，霪雨盡收時。丹桂猛然醒，青衿斷不知。未蒙春氣久，亦令寸心癡。静夜人長坐，天香落滿枝。

大雪

静好臨窗坐，片花時近人。飄飄無所寄，徙倚似相倫。清況映眉宇，渾然化粉塵。離離此中會，雲黯復凝神。

季夏過盧溝橋

朝望如堞暮如戈，三百雕欄故態多。烈氣横生撼城動，寒芒忽閃走刀過。鴟張弱肉安能食，鳥集良弓久未挪。從此男兒匡國難，拳拳心底涌悲歌。

南陽武侯祠

遁卧松岡未立身，恃才豈肯作常人。南陽對策三分國，西蜀麾旄六入秦。霸業消磨北征久，老臣涕泗上言真。武侯祠内出師表，讀罷碑文泪濕巾。

初見

有擬當時坐幾春，今朝客裏始望頻。眼穿春袖輕揚暖，犀辟秋塵別出新。語淺應嘆長駐景，意幽終覺偶凝神。招邀雲路高唐夢，十二峰中遇此人。

入冬又雪有寄

分明祇許徑庭空，積素窗前漸入胸。一片深沉清可見，幾多蕭散静難容。漫斟淺酒無形醉，隨掌寒燈着意濃。如此安身君記取，他年總憶那時逢。

次張船山梅花八章其六

樹盡玲瓏憶舊踪，故枝渾與影千重。去年花氣正堪會，今夜鉛華偏易逢。既望明知身後事，餘香暗合眼前松。抬頭祇管從容看，淡處反而如酒濃。

陳飛

字建民，筆名漫步長江，一九七〇年九月生，江西都昌人。畢業于江西財經大學，高級工程師。中國詞賦家協會會員，中華湖北詩詞學會會員，香港詩詞學會會員，中國韻律詩歌學會會員，春華秋實詩社首席顧問。

鄉居一瞥

漫步田間路，滿陂禾稻黄。農夫踏晨露，學子沐初陽。鳥囀千家静，風傳萬里香。

塘邊翁獨釣，柳下嫗乘凉。

月夜與好友游湖

夏夜凉風爽，朋來酒更香。雲遮半邊月，船破一湖光。亭閣觀燈火，荷花宿鷺鴦。相邀同酌韻，把盞論詩章。

六一節憶童年

迢迢千里叩鄉遥，思緒悠悠過小橋。窗户漏風椽瓦少，厨房斷火菜羹寥。池塘潛水魚蝦躍，村巷盤街竹馬飆。最喜群娃猫捉鼠，依稀夢囈數童謡。

拜謁胡耀邦陵園

鄱湖碧浪鶴聲哀，拜謁先賢錦幛開。仙嶺情深隊員憶，富華卧隱慧雲來。青松鬱鬱含悲泪，翠柏葱葱護玉臺。遺像軒昂民敬仰，鮮花一束祭雄才。

咏家犬

殘羹剩飯不嫌貧，赤膽忠肝護院門。天賜金毛禦寒暑，時磨利爪慕鵬鯤。聲聲吠叫驚奸盗，凛凛威儀效虎蹲。月夕霜晨春復夏，桑邦遠近美名存。

鄉居

久居鬧市厭喧嘩，回轉家鄉伴老鴉。閑去香林賞仙草，忙來菜地弄甜瓜。清晨西嶺采雲霧，傍晚東溪釣米蝦。不羨江城枝葉美，彭蠡湖畔賞汀葭。

劉紅霞

字靈耀，網名落紅無意、爐香熏衣，女，一九七一年一月十二日生，湖南婁底人。任職于南昌大學後勤集團。

餞別仰老

別離詩句新，忍泪怕沾塵。家外家中酒，花間花上春。鹿鳴思野草，風軟慰嘉賓。去住無須問，相從盡白雲。

別路

別路雲三叠，風高夢欲飛。暮催楓葉老，霜壓荻花稀。筆瘦思猶切，天空影更微。水烟寒不盡，人月幾相違。

祭陶淵明墓所感

五柳高風隔夢吹，落紅處處影相隨。焚香但覺三分亂，酹酒猶生幾許悲。寧爲稻粱甘弃印，不因名利浪低眉。春泥更護黄花好，秋滿南山志可追。

蔡起興先生仙逝二十三年後祭奠

已去詩魂何處尋？廿三踪迹馬蹄新。蒼天欲雨終無雨，大地回春不似春。霾霧遮碑徒喚酒，寒烟漫草更愁人。子規啼處花飛盡，返影空林作隱淪。

中年

爲問中年何所求，久酣茶味釋春秋。紫壺烹日紅霞晚，玉鏡磨雲錦字柔。縱使居微顏盡褪，依然抱樸夢難休。但看泉涌無名處，自是山中第一流。

去去

一約成嗟倦倚欄，琴音已澀不堪彈。曾因雁影生閑夢，擬棹輕舟下險灘。風急不聞江上笛，月偏難共盞中歡。千般念念隨流水，無事屏前動畫看。

相伴親

誰道流鶯獨占春，春光眷顧有情人。時經花下香沾影，幾上橋頭翠拂巾。長笛吹波舟去遠，暮烟扶月柳垂綸。隨風撣落楊花句，折贈何如相伴親。

南磯水墨圖

水墨丹青蘆筆劃，迎風一點雁千行。波平烟淡天鵝静，日朗雲開白鷺翔。樹影摇生滿山靄，歡聲驚動半坡羊。閑身恍在蓬萊境，懶問他鄉與故鄉。

胡紅林

網名月兒明，女，一九七一年四月生，江蘇句容人。多景詩社成員。

新居

新修竹里館，對客説陶家。壁畫爬山虎，琴彈戲水鴉。人來磨雪硯，酒罷煮紅茶。廳小宜閑步，依窗懶繡花。

咏蘭

空山尋瘦影，箭葉掩香深。拾步風回雪，清姿月插簪。青弦調露酒，蒼石印詩箴。亦學靈均意，紉卿佩紫襟。

新茶

風傳春信至吾家，竹外村姑忙采茶。老葉虬枝懷玉笋，新爐素手碾靈芽。烟浮甌面篩松雨，槍跌泉中泛碗花。自覺韻高香味遠，舉杯凝睇盼君詩。

游茅山

信步茅峰訪道仙，浮雲無事懶垂肩，松風掃石紅塵净，竹笛穿林白雪旋。喜客泉邊忘帝力，華陽洞口拜君賢。悠然不覺斜陽小，且卧藤蘿枕月眠。

花月吟效連珠體

月潛西院赴花盟，花露嬌顔挽月行。風叩月門花失措，月牽風袖影無驚。花依月魄香千疊，月托花魂韻幾箏。多少花前月下事，總因花月落輕名。

清明

烟柳重重隱酒旗，沿途默數碧桃枝。漁翁對棹梳新網，巧婦臨門整舊籬。微雨纖纖迎遠客，落花簌簌漾春池。頑童不畏清明冷，冲入絲簾逗雀追。

石榴花

碎焰成團次第開，聞香金鳥踏枝來。千重緑綺籠烟幕，幾朵紅裙舞磬臺。似醉佳人持燭笑，如癡行客看花回。暗思歲老歸田後，也學農家滿院栽。

秋游米芾公園

十里長山送稻香，南宫墨寶炫回廊。籠雲入畫千張濕，拜石爲兄一世狂。蜀素妙文驚緑野，靈根瘦骨透滄桑。茱萸欲插芾園裹，禿筆無章誤晋郎。

中秋賞月

又是一年三五夜，雲持玉鏡理秋妝。湖邊細荻浮輕絮，岸上垂楊繫墨裳。飄渺笛聲風試合，芬芳桂酒月先嘗。嬪娥不曉傷心事，萬丈飛身灑瑞光。

陳慶慶

網名凝月無語，一九七一年四月生，安徽合肥人。現供職于安徽省雅集文化傳媒有限公司。《廬州詩苑》副總編。

雅集分韻得南字

徽風行八皖，集雅碧晴嵐。君乃松林秀，緣生夢筆耽。淺邀一回宴，深醉各詩函。小字成今日，遺書馳北南。

與外子雲中縹緲携女兒至蕪湖參加淬劍池文友會致謝雪域飛鴻老卡和中年人用張安國江行韻

莫勸于湖醉復醒，何辭長卧楚江亭。半城山水纖塵洗，一榻春秋醉眼青。鳩鳥低鳴磨古劍，玄金每煉淬寒星。于中欲覓鴻飛處，雲卡重重濕錦屏。

寄晦窗先生兼賀四川詩學會成立

橫峰看盡獨行難，更有排雲與霧蟠。侵骨霜寒天欲病，懷琴夜渺恨相看。三分明月持春色，一徑孤烟抱雪竿。或料惠風能破靄，飛流正適指邊彈。

乙未年端午有感用陳子龍五日韻

天外猶憐此地悠，前時酸雨已全收。曉看艾草門前立，晚道吟魂楚尾游。佩縷何曾春一晼，懷沙豈獨醒千舟。我今不欲悲异代，留得素心沉夢頭。

和阮亭秋柳詩韻 四首選二

争如簾下賞冰魂，雲不知時玉浸門。白露盈盈天益暖，素娥寂寂夢多痕。常耽風月因懷惘，小縱笙簫易忘村。行坐烟川終有逝，一番圓缺可堪論。玩月

客路彷徨絮似霜，紅塵邂逅是横塘。風輕烟雨湮春陌，影裊花箋葬竹箱。窗外憐它小孤月，此中悲我大明王。年時曾覓秦淮境，依舊燈紅昨日坊。有寄

佟春茂

號省微齋主，網名雨如，一九七一年七月生，河北唐山人。中華詩詞學會會員，中國音樂著作權協會會員，居庸詩社社員，河北書畫詩詞藝術研究院院士。

聽九嶷李天桓先生撫高山流水

小坐書城裏，聆聽上古音。空香分素茗，流水滌塵襟。響入孤峰絶，思歸萬壑深。誰知同感遇，無語一沉吟。

南湖

聞道春深好，閑來爛漫游。花明山自媚，風淡水猶愁。望路思沽酒，懷人欲上樓。

誰知寥落意，先是到眉頭。

居庸關懷古

撫障凌絶頂，何處望京華。萬古征鴻杳，千山落日斜。風塵銷觱篥，林壑散蟲沙。但看邦途闊，迢遥入漢家。

九月初一日虞山謁錢牧齋柳如是墓

人來憑吊處，林下幾丘荒。野鳥音多古，雜花氣异香。兩朝知士子，一幟慨紅妝。隔路遥相望，千秋夢許長。

九月十九日遥潭柘寺

秋山晴日好，風色共澄鮮。嶺叠千重翠，林徊萬篆烟。心誠皆禮佛，松古自參天。獨向清泉照，誰承一法傳。

素濤閣聽和軒兄吹簫平沙落雁時虞山王振鐸抱琴客高凉素濤閣主在座

老普香初發，簫聲意轉悠。階前無月到，杯底有雲流。雁叫三湘色，風懸一閣秋。衡陽思欲斷，曲歇正凝眸。

晚晴

殘照無窮意，園林自有情。雨餘花露重，風泛蝶衣輕。遲燕聯翩下，幽蟬斷續鳴。何從知世趣，聊看一湖平。

與明月法師

因緣記取定三春，幸喜秋光亦可親。湖上清風皈舊衲，樓頭明月認前身。無言漸覺茶烟淡，一笑原知法性真。更看霜林紅葉舞，漫天花雨送歸人。

壬辰歲末立春日寄一得先生

年來何事展駑筋，老酒新詞野叟文。偶聽巴山秋後雨，閑觀蘇海案頭雲。無求俸米加三斗，唯恐詩心減半分。寄語江湖寥落地，一身萬里祇同君。

秋原

淡淡秋原淡淡天，榮枯小劫看經年。非惟碧草偏多恨，未必黄花不可憐。顧影寒香猶有蝶，吞聲宿露已無蟬。也知終古殘鴉夢，猶在垂楊落照邊。

立春再次除夕韻

聞説春開大有年，聊攤筆墨學張筵。裁詩漸作充腸米，點蕊攢成買夢錢。恩命每如時霽日，世情還似老霾天。邇來愛讀香山句，不復求多也泰然〔一〕。

〔一〕清趙翼《甌北詩話·白香山詩》言：『所志有限，實由于食貧居賤之有素；汔可小康，即處之泰然，不復求多也。』

霾

東君卅載復思愆，髒盡春光孰可憐。信是九重應有日，奈何三尺已無天。湖山不洗皆塵色，楊柳猶愁作瘴烟。且待新雷驚蟄起，好分時雨到桑田。

上元

經窗槁坐夜深涼，露下風檐轉未央。一魄冰輪承宿願，滿城烟火盡餘狂。空憐觸手輕春短，何奈彌天大夢長。終是思量無可計，漫將閑筆抹流光。

湖畔書館茗坐

烟嶼雲橋暮靄沉，平湖柳黯舊園林。非臨寒食花情懶，爲近清明雨意深。如許風光皆在眼，饒多春事幾經心。悠悠半日同僧話，時揀閑詩共偈吟。

送春

未及相迎送又遲，園林草草夢回時。塵隨伏雨消千障，花謝東風瘦一枝。事事無非何必酒，年年如是不須詩。長臺日暮憑欄望，雲樹江湖萬里知。

乙未八月十六日見月昨夜落雨今晚霽月尤清

高樓一夕感幽涼，亹亹玄思入大荒。萬里穹蒼雲淡畫，幾重風雨海深藏。憑臨下界塵無色，更祭天心魄有光。太息此身終作客，不知何處是歸鄉。

韓穎

字紫雲，女，一九七一年八月六日生，遼寧人。畢業于沈陽魯迅美術學院，後輾轉寓居于大連、上海多年，現定居洛陽。任職于洛陽理工學院藝術學院。師從鄧世廣先生研習古典詩詞。天山吟嘯版主。詩詞録入《天山吟嘯》《當代西域詩詞選》和《當代詩人詞家作品匯編》等。

生辰寄友

本是遼東客，中原暫寄身。常因思舊雨，每欲避芳辰。桑梓邀青鬢，關山阻故人。音書頻遞北，字字藴情真。

回鄉偶記

一別家山久，歸來人事更。應憐春燕語，似解故園情。桃李年年發，悲歡日日生。孜孜求半世，今始淡浮名。

相思故里

榆關過處即吾鄉，無限相思繞老房。晚徑每聞童伴語，晨街常浸菜花香。紅雲欲醉青山上，紫燕翻飛緑水旁。二十年來難一顧，幾番夢影落池塘。

秋菊

凌霜不怯獨斯花，嫩蕊嬌英每入茶。傲骨長存騷客賦，芳姿愛駐野人家。籬前自守秋光老，月下誰憐玉影斜。欲倩毫端留寫照，寒香夜夜透窗紗。

甲午重陽步老杜韻

愁腸百轉倩誰寬，對酒佳辰且盡歡。野陌猶親陶令菊，草堂無覓杜公冠。霜欺紅葉周山老，霧失蘭舟洛水寒。此日年年遥望處，家園萬里夢中看。

鄰水歸來寄同門師姐妹

俱是纖纖粉黛身，相逢執手道前因。胸藏錦繡三千卷，心遠浮華百丈塵。一樣柔腸思繾綣，數行小字見天真。此生何幸君同我，共做天山立雪人。

鄰水歸來寄同門師兄弟

休問廟堂湖海身，鷗盟鷺約豈無因。毫端時遣胸中氣，詩裏頻懷雪上塵。對酒已知肝膽熱，聞言益解性情真。鄰州初見渾如故，果是天山吟嘯人。

鄰水歸來寄陳仁德師叔伉儷

堪羡風流儒雅身，三生石上種前因。小弦切切通衷曲，清唱悠悠遠俗塵。筆下多情詩藴藉，心中無忌性天真。黄梅調裏深深祝，福報齊眉舉案人。

鄰水歸來寄蔡淑萍師伯

今生合是苦吟身，輾轉東西自有因。詩固激揚批濁世，詞猶悱惻戀紅塵。稀齡未改童心盛，鶴髮殊知天性真。若問吾儕何所願，流光莫損至情人。

趙敏

字雲秋，網名秋風引、絳珠仙子、吟風閣主，女，一九七一年九月生，貴州六盤水人。從事財務工作。貴州遵義播州古琴研究學會會員，槐聚詩社發起人之一，詩刊子曰詩社社員，吴門詩社社員，北社社員。作品入選《當代詩詞庫·現代卷》。

水白花

出水浮雲碧，臨風旋自開。葉圓生玉沫，花白染瓷胎。淺澤紛繁聚，芳華静逸裁。俗塵無着處，光影照卿徊。

聽踏古有感

沉夢千年雪，狼烟繞畫檣。枯枝栖瘦鳥，冷月染清霜。馬踏輕塵遠，歌吟曠野凉。悠悠今古事，一曲頓成傷。

梅

一任晴川雪，滿園染暗香。枝斜生緑蕚，筆點暈鵝黄。冷玉纖塵淡，清風素骨藏。精魂泥裏鎖，月下醉浮觴。

題雷峰夕照圖

瀲光圍翠渚，巍塔印湖中。水闊雲烟裊，橈輕玉鏡空。棹歌聲漸遠，秋浦色微朦。古柳寒生瘦，千年夕照同。

中秋月

神工遺玉鏡，流轉碧雲天。古院蟾光滿，疏枝白露懸。捲簾花影暗，凝目月華娟。沐此清秋節，塵心浄似禪。

同題重讀老杜有感兼寄人

斯人舊夢尚螻居，白草連横掩玉珠。擲筆悲風書意氣，期身濁世變窮圖。憐卿一抹殘陽碧，許以今生瘦影孤。宿命浮雲吟傲骨，遥將記憶向誰呼。

甲午年閏九月十九記晋城李君來電

惜别瀟湘二十春，紛飛蝶夢染微塵。流雲不繫蘭舟客，筱緑還憂病鶴身。檢點浮生詩漸老，聽從世事變猶新。弦音宛轉留青鳥，月影娟娟是故人。

乙未年穀雨寄北

草色輕揚穀子天，東風漸暖送流年。携來雪茗香縈齒，滴碎青山岫出烟。爛漫花朝期北望，玲瓏小字感卿憐。緣君遠在長江外，擬種相思予杜鵑。

一抹輕風生辰有寄用輕風舊韻

荏苒流光幾載人，夜郎播郡兩成鄰。隔屏遥看思如水，對酒重逢歲若輪。堯上層林烟色舊，南齋柳岸碧茶新。前塵驛路金蘭意，一筆深情難報春。

春寒

入骨清寒懶去知，春風裁柳浥新旗。沈園香徑千堆錦，湘水廊橋幾句詩。唯念嬌癡生幻像，何來故影繞晴枝。回弦乍轉由君意，莫負芳華在謝池。

高麗濤

號伴梅齋，網名心上秋，女，一九七一年九月十日生，山東人。大學本科，广州某科研機構從事管理工作。師從周燕婷先生學詞。廣東中華詩詞學會理事，中國楹聯學會會員，廣州詩社、荔苑詩社、未名社社員，《荔苑新風》雜誌編輯。

小年雅聚

白駒徒過隙，嶺樹益年輪。賴有詩書伴，得從梅雪親。掬沙曾作塔，拂袖散爲塵。未若群鷗集，紅爐一室春。

題董其昌隔水雲山圖

雲山腕底生，依水小橋横。不見往來客，如聽鷄犬聲。烟波堪隱逸，村落想歸耕。此即桃源境，何勞遠處行。

感歲

聚散由天數，幾回如是聞。有時花爛漫，頃刻雪繽紛。夢境殊難復，詩田自可耘。此間春駐久，不必待東君。

秋夜

清宵一輪月，斜掛嶺南枝。曾照還鄉路，相從覓酒旗。隔塵光隱約，凝睇影參差。願與二三子，重吟采菊詩。

問月

客久身如寄，早知情暖涼。暫憑癡問月，肯借夢還鄉。醉裏同誰近，塵中爲底忙。姮娥終不語，獨對滿天霜。

孤鶴

隻影愁無伴，休言膽氣豪。清心唯自許，雲夢向天高。既困沾泥足，空知惜羽毛。一從君去後，默默隱荆蒿。

無題

梅蕚初生那一年，雪窗夜夜寄詩箋。焦琴風送白雲上，斜照書耽緑酒前。縱有春心堪化蝶，原知好夢盡成烟。何如守得朦朧久，花未全開月未圓。

年末雜感

鬧市無妨聽遠鐘，卜鄰偕隱願成空。風刀霜劍何時了，冷月閑花到處同。夢已難追心未釋，詞雖失韻句由衷。今當歲末人猶在，守望梅窗數點紅。

感懷

春歸淫雨裏塵埃，隱却寒星障未開。盡日飛花猶鎖夢，何人携酒獨登臺。青林病後凋還發，紫燕雲中去復來。欲激風雷天不語，臨淵休羡賈生才。

無題

如何廿載尚難平，風露憑欄到五更。雨濕苔痕添宿泪，心隨燕迹過都城。當時春伴紅棉落，今夜詩催劍氣横。任是彤雲遮海日，怒潮拍岸豈無聲。

師紅儒

網名燭焰，一九七一年九月生，山西朔州人。任職于朔城區委宣傳部。中華詩詞學會會員，山西省作家協會會員，山西詩詞學會會員，山西散文學會會員，《當代散曲》副主編，《太山詞刊》副主編，《馬邑詩詞曲》主編。著有《燭影搖紅》《紫陌吟香》《葵窗集》。

傍暮

暮色籠郊野，雲西復水東。時花妝綉牖，騷客坐凉風。撫古堪嗟訝，觀書偶貫通。天高翔鳥遠，飛入淡烟中。

過廣武古城

偶作孤城客，征車也暫停。墻頭露紅杏，屋頂過風翎。戰事憑人説，村翁帶笑聽。老榆渾有意，先發一枝青。

游朔州古八景之恢河伏流

此心合向白雲攀，四面蒹葭水一灣。豪氣經年生北塞，將軍歇馬望西山。埃飛塵落明珠出，木植花開青鳥還。最喜騁懷風物裏，晴光盈掬好消閑。

晨登吉縣掛甲山

飛瀑驚魂夢未真，推門山月笑吾身。拾階錯落坡連户，抬眼參差院閉春。樂作尋詩長路客，不疑掛甲故鄉人。小城日照西南角，清水河前久問詢。

黄河乾坤灣

天水湯湯劈地來，風雷萬壑近山隈。一灣青靄陰陽割，萬里黄沙清濁開。寂寞神牛望烟渚，參差緑霧繞烽臺。我歌悠遠傳三省，可惜狂流喚不回。

梅　崗

字之真，網名水擊三千，一九七一年九月二十七日生，江西萍鄉人。大專學歷，自由職業者。

過長沙賈太傅宅

繁華太平路，寂寞舊亭臺。獨有江東客，偏驚鵬鳥哀。雲隨湘水逝，秋自麓山來。欲逐清波去，舟沉蕩不開。

過静心園

禪園長寂寂，一徑轉幽深。古木疏花影，空山餘鳥音。亭閑石浮翠，風漫葉沾襟。静坐秋陽裏，青烟指上沉。

與江右諸君游八大山人紀念館

携雨青雲外，遺園瞻古風。林幽鳥鳴翠，花落水漂紅。有恨山河在，懷悲遠近同。湎然石上坐，相與論飄蓬。

閑居

閑居可寄世，人事少關心。客罕經書亂，階斜落葉深。山光舒眼底，飛鳥邈雲岑。漫坐夕陽裏，茶烟浮与沉。

雨中登金山寺步盧兄韻

松烟生袖底，清氣滿金山。一自來塵外，春風是處閑。止聲聽課晚，駐足洗心頑。相顧衣俱濕，誰携甘露還？

偶向

偶向街邊過，春風正落花。飄飄無定住，故故逐衣斜。我亦伶仃客，身從天地賒。
相逢不堪寄，回望白雲遮。

清明過桐木

輕車逾百里，山水漸空濛。衣濕清明雨，村餘上古風。春陰壓酒綠，醉靨灼燈紅。
萬籟沉荒夜，流光肯叩桐？

小石源探春分韻自領風字

好是輕陰日，春山半醒中。碧初裁柳綫，鵑細續桃風。至味催杯滿，熙顔向晚紅。
流雲倏忽起，燈火墜空濛。

鵝湖

碎雨紛飛處，烟斜草色寬。春風吹杳渺，晴影落雲端。照柳流波碧，振衣塵味酸。
湖前相駐久，林鳥數聲寒。

過瑶里

一水縈山市，新嵐疊四圍。雲邊古巷仄，雨後菜花稀。石瘦垂蘿蔓，檐殘接渺微。
徜徉苔徑久，薜帶欲牽衣。

登楚王臺

恰逢勝日謁昭王，栗水初平草木芳。石上青蘿遮斷壁，林間幽鳥泣殘陽。千年劍氣今猶在，一帶戍臺時已荒。惟有雲深遺舊祀，輕烟裊裊入蒼茫。

夜宿小石源次汝啓詩兄韻

風扶竹影度衣青，長夜何如枕石亭。漫看流螢相過往，閑拈落葉說曾經。幾分秋氣凝爲露，些許茶烟散作屏。殘燭漸隨蟲籟寂，清宵獨剩滿天星。

謁屈子祠

春風寂寞漫吹衣，車過汨羅近翠微。缺岸苔深荒閣古，新流浪濁野烟霏。時逢國難身唯死，辭祖騷人志已違。一自當年懷抱石，芷蘭歲歲減清輝。

黄全平

網名殊熠在天，一九七一年十月生，江西南昌人。詩詞創作私淑毗陵吕小薇先生。

萬坊村小飲

俗慮如能拂，柳風微有凉。滿浮池藻緑，疏點野花黄。來日容孤醉，前生已盡忘。堪憐一塵内，無處不迷航。

鏡中人

照容俱若幻，醉看眼迷離。骨相誰能説？悲歡伊不知。孤身行世倦，滿月在山宜。
欲喚鏡中我，松間與弈棋。

寄龍溪上人

遥知結廬處，落葉積空林。龍舞出椽筆，溪鳴亦法音。鳥猿多攝受，錫杖偶登臨。
心似孤峰月，照憐塵海深。

隨筠姊野兄漁歌雨如雪蓮諸吟友登天中嵖岈山分韻

得霞字二首

連袂升千仞，不求乘紫霞。孤峰看雄起，四海待威加。悲辱自能掃，風流誰可誇？
知人臨眺意，群樹若鳴笳。

奇巍世難用，乃有此嵖岈。山恨乾坤窄，嵐浮石樹嘉。爲掀青昊蓋，不泛白雲槎。
愁我毛錐淡，危巔試染霞。

蘄州李山品茶亭小憩

何處宜凉憩？孤亭恰翼然。村藏松巘上，目送水天邊。醉客衹須茗，聆禽猶勝弦。
素衣歸莫浣，應染碧山烟。

自題舊照

堪笑當年抱負殊，峰頭驕立氣長嘘。欲傾碧海盈天水，遍濟紅塵涸轍魚。斜日已沉雲壑暗，衰楊猶護格窗虚。浮生詩酒蹉跎易，縱有豪情不似初。

秋感步放翁獵罷夜飲示獨孤生韻三首

未煩車馬訪相知，四海何曾隔距離。窺網行踪如鼠輩，與人印象似僖皮。腹淵自信多藏策，筆鋭誰能更刺時？午夜萬家燈滅處，天中佛月獨垂悲。

塵污未洗雨雲收，黄菊霜殘鬢覺秋。空自生身在天壤，與誰飛轡縱驊騮？廟堂此際俱槐夢，蒿野何心獨杞憂。試唤一杯來就飲，閉關朝暮謝交游。

蒼天斜睨氣空横，行處飄零亂葉輕。浪卷長河舟怯渡，風搜枯葦鶴悲鳴。劍簫此外無餘物，呼吸之間忽半生。欲上大雄峰頂坐〔一〕，月華如水向人傾。

〔一〕有客問百丈：如何是奇特事。答：獨坐大雄峰。

與江右諸友偕游幽蘭鄉峴山東禪寺青嵐湖分韻得八齊

一望登臨天自低，嵐湖闊不隱鯨鯢。暫忘四海縱横念，來踏初春酥軟泥。風外遥能送鐘磬，松間勝似看桃梨。枕聽詩友俱高論，誰放羲和車向西？

步韻仰翁登紫清山

遥望先憐山色微，城中騷客此來稀。萬花争獻不勞覓，一徑引登何用飛。足踩衆峰誰敢怒？雲開滿壑樹俱肥。天風陡起吹衣袂，知是殷勤送我歸。

余洪琛

又名余澍，網名瑞里人、詩山樵客，一九七一年十月十七日生，江西寧都人。曾任固村鎮里村村主任。喜詩聯，工書法。

葉落知秋

赭瓦列行行，風霜積歲長。兩叢蕉已熟，幾瓣杏初黄。庭静緣人杳，秋深凝露香。獨裁檐下葉，藉墨畫滄桑。

打工吟

六尺蝸居亦是家，冬寒夏曝度生涯。經年伏案周身澀，繼夜加班兩眼花。夢裏高堂添白髮，天邊大雁趕紅霞。翻新日曆催年近，千里歸鄉熱酒茶！

游崇武兼懷鄉

工餘幸得此身輕，崇武沙灘聚友兄。萬縷長風吹面頰，三圍美女顫心旌。親人豈止重陽念，生計何堪蜀道行。仰首憑欄舒嘯處，一聲秋雁幾多情！

賴春蘭

網名蘭心若雪、醉雲山，女，一九七一年十一月二十四日生，新疆伊犁人，祖籍湖北新洲。下崗職工。曾任聯都論壇詩詞學堂高級版主，現任香港詩詞論壇冀雨堯天副首版。

懷遠

遥望樓頭月，心思奈若何？閑來斟老酒，醉後弄清歌。世事常難料，人情怨別多。唯期馨夢裏，秉燭共吟哦。

紅豆

南國相思子，擷來心上舒。春歸懷一念，秋老寄雙魚。彼此經年和，參商兩地居。深盟期後約，來世共何如？

梅

凌寒欣抱雪，舒蕊早迎春。骨隱三分傲，心懷一片真。横窗收皎月，守案伴佳人。清絕傳于世，長教筆墨新。

回望

對鏡鬢霜添，流年滑指尖。理弦聽玉漏，對盞問金蟾。歲滿情千縷，閨深夢一簾。芳春期遠客，細數意何堪？

冬日感懷

絨花枝上登，寒氣客窗騰。旅夜頻思酒，閑時漫約朋。鄉愁千萬縷，詩意兩三層。未覺春來信，柔情望裏增。

霍爾果斯桃花節隨筆

塞外江南是我家，天山脚下綻奇葩。一橋通處亞歐暢，萬畝妍時邊境華。喜建特區興偉業，重觀互市嘆無涯。百年國策化春雨，大夢同圓炫彩霞！

踏青

欲拋俗累淡浮名，策杖烟村自在行。十里桃花微雨落，一溪春色暗香生。翩躚野鶴添詩韻，舒捲閑雲伴客程。但願山青人不老，敢教歲月共嶸崢。

葉

欣隨時雨繡川灣，潤蕊抽芽春滿山。依木參差妝碧緑，呵花次第托嬌顔。甘爲使者芳菲護，不畏風狂嶺岳攀。待到寒霜摇曳落，枝頭一笑報塵寰。

秋日隨筆

雲樓望斷雁歸難，同樣秋風别樣觀。籬下黄花摇瘦影，廊前紫袖獨憑欄。千尋綺夢冰眸濕，一念羈懷衣帶寬。枉負華年早霜鬢，何時笑靨寂心歡？

記唐布拉草原

天山脚下嵌明珠，百里風光展畫圖。漱石清泉彈錦瑟，迎賓翠柏占雲途。綿延曲折吟風醉，跌宕巡回賞景孤。願得茅廬三兩地，栖身隱世伴琴壺。

盤品磊

號映泉居主人，一九七二年二月生，廣東臺山人。

垂釣感事奉家嚴

人生難得是心閑，冷眼浮沉繫一竿。蝦蟹隨波移淺岸，鱔鰍出水泛微瀾。江深豈少魚龍隱，世俗何多兔狗嘆。毁譽無縈醉有酒，不辭頭白釣嚴灘。

夏夜思念家鄉親人有感

輾轉不曾酣好夢，家書催泪復沉吟。飄萍憐我難由己，冷月窺窗欲濕襟。每想前途終美景，那知世事總寒心。星螢散入芊芊草，時隱時明未可尋。

端午節擬返鄉與親人團聚未果

情牽兩地不無因，落泊他鄉恨此身。我亦平凡名利客，誰爲高潔草茅人。汨羅江水長流遠，屈子心懷倍覺親。佳節未成團聚日，憶曾惆悵餞殘春。

秋夜有懷

如此深交豈偶然，校園一別兩心牽。鵬程展翅終成幻，夜月撩人獨不眠。繾綣情懷期後會，往還魚雁續前緣。今宵同是他鄉客，書劍飄零又一年。

春日送中珠四叔回鄉省親

豁達胸懷不染塵，年來却是遠游身。半生事業憑誰問，一卷詩文可自珍。濁酒無妨邀夜月，清貧長伴讀書人。莫言菽水承歡少，久別團圓倍覺親。

歲暮旅情

風風雨雨又今朝，寒盡春來應不遥。百丈豪情慚舊日，幾回竭力趕新潮。歸心每畏千山阻，放眼還欣萬物饒。肯羨華堂桃蕊艷，村梅雪裏自多嬌。

讀洗布山詩存書後二首[一]

休休居士骨如鋼，入世鋒芒露不藏。落魄青衫憐范叔，銷魂翠袖憶何娘。廿年囚役輕生死，一肚牢騷論短長。自命清高應有份，性情真處更疏狂。

一代詩才筆染塵，景仁心事寄懷真。浮沉未易方歸隱，故舊應難久濟貧。家運衰微悲侄死，門庭冷落老妻親。自寬言語堪凄絶，身後孩兒恨托人。

〔一〕《洗布山詩存》：爲程堅甫、譚伯韶二先生合集。休休居士即譚伯韶先生。

董國軍

自號昆陽子，别署峴堂，一九七二年二月生，河南葉縣人。江蘇大學出版社副總編。鎮江多景詩社副社長兼秘書長，詩昆論壇壇主。著有《蒴葉集》等。

步韻賀一得兄五十壽

胸存湖海氣，道古愈能卑。扶植遍新翠，交游多故知。散原韜晦後〔一〕，彭澤忘憂時〔二〕。
坐看回天手，翻成日日詩。

〔一〕陳散原離贛入江寧，時將五十初度，絶意仕進，自編詩集亦自此時起。
〔二〕陶淵明五十歲《游斜川》詩有『中觴縱遥情，忘彼千載憂』句。

乙未元日

東風趁韶歲，一夜布芳華。黄柳先睜眼，紅桃已孕花。催耕傳鳥使，釀蜜遣蜂衙。
漫步池魚畔，遥思野老家。

乙未重三登鎮江九華山游高崇寺

爲訪高崇寺，重三上九華。林幽鶯入夢，山碧草餘花。古殿香烟冷，遥岑雲徑斜。
有僧今不在，莫戀藏王家〔一〕。

〔一〕藏王家：即高崇寺。藏王，指地藏王菩薩，寺爲地藏王菩薩道場，故云。

濟南晤劉新海同窗

廿載青春別，重逢四鬢蒼。圍爐杯酒滿，添菜話頭長。識見泉之夜，勾留客裏鄉。人生不如意，明復各奔忙。

颱風後一日震宇兄來游與京江畫界同聚有記

南徐形勝地，多景大江横。水護金山寺，雲埋鐵瓮城。風停雨自住，鷗聚鷺同盟。劇飲非爲别，何當復暢情。

北固樓寄懷方益洪兄

騁懷來北固，連屐上高樓。山水仍青眼，蒹葭已白頭。遞迢聞旅雁，浩蕩没閑鷗。木葉蕭蕭下，風吹滿地愁。

賀龍社成立寄呈秦公子李勇

龍江本大澤，非獨作遷流。結社有同氣，懸旌無别求。切磋詩法活，砥礪素懷幽。塞上秦公子，排雲九月秋。

鄉前輩婁老季初携游貴陽東山栖霞嶺敬和岱山趙德昌同治夏五月重游東山韻

石棧似天梯，登高望不迷。樓争山遠近，雲别樹高低。梵磬聞三界，詩心過五溪。扶携有大老，歸去日微西。

燕居

歲梢閑見鬢含皤，三十成烟四十梭。熊夢苦無槐發寤，燕居欣有鯉趨過。詩能適意才求好，酒到投緣已慎多。回首平生山海立，諸天漸雨曼陀羅。

庚寅正月初六日偕楚成泉名二道兄登黄鶴樓

嘗愛仙人跨鶴游，春風偕友也登樓。龜蛇山小九天落，江漢水横三鎮流。楚本有材悲去國，詩真無用幸盟鷗。白雲踪迹年來苦，直北中原望故丘。

向閑兄五十初度步韻有寄

爲天所命半經過，負手青天奈爾何。十載神交萍聚少，幾回指點麈言多。燕裁詩料風能馭，山種墨田黛可磨。虎脊更兼才力健，敢期碧海掣鯨波。

鎮江文宗閣

江浮畫閣仰文宗，曾是清皇御筆封。中秘書分南國士，饕兵火及梵王鐘。新正雛鴨劃春水，遠岫流雲護小松。細葉何當擎似蓋，金山已若碧芙蓉。

二月二日和玉谿生

東君海外踏春行，翠輦今回聞玉笙。柳眼乍開花得信，蜂腰初舞燕生情。人間冷暖難分界，天上神仙似合營。白草黄沙江渚遠，九州風雨待雷聲。

詩昆成立十周年感懷

舊時城郭昔人非，華表不來丁令威。結客少年心已老，引愁春夢夜仍歸。讀書臺冷花生樹，招隱山空寺挹暉。好去聽鸝邀社侣，東風吹亂鵰鴣飛。

壬辰二月二十三日風雨大作

才得青陽幾日驕，忽聞疾雨又回飆。九龍治水悲還喜，一樹争春仙復妖。天外鵬風思駘蕩，人間黎首苦飄摇。擲書誰立如斯夜，江國愁雲墨似潮。

春辭步詩昆兄韻

弱柳嬌花燕不裁，東君何處少傳媒。山頭布雨雲成陣，帝裏妝春雪作堆。風惹緇襟將暮合，天生氛翳待誰揩。茫然四顧空無語，獨倚高寒上嘯臺。

陪吴金水魏新河諸吟家游焦山用顧貞觀韻

浪逐流雲到海邊，青螺秀出獨蒼然。六朝猶識崖間字，三詔無辭洞裏天。瘞鶴人空留别署，題襟客莫辨其年。昏昏燈火摩挲久，江上秋聲催渡船。

甲午元旦用孔東塘原韻

銀花灼灼照樓顛，不夜神州少睡眠。政舉上開强國夢，時新民待養家錢。馬蹄半是催人老，曦駕終無避地偏。解凍東風齊着力，或能兩鬢轉丁年。

張　涵　網名湘西草寇，一九七二年三月生。湖南湘西鳳凰人。高中畢業，詩詞業餘所好。現經營鳳凰古城張公館賓館，聊爲生計。

菊邊奉和緑烟韻

一階落葉起秋聲，燈火闌珊又幾更。案上風吹新墨宿，堂前雨沁老苔生。胸存意氣懷鉛重，詩落塵埃化羽輕。安得南山清静地，菊邊長卧忘浮名。

喬遷

一聲爆竹慶喬遷，小女人前舞雀然。户内明燈光熠熠，座中嘉客醉翩翩。穿堂風帶流雲宿，對面山成壁畫懸。或問何時能致富？平安知足莫論錢。

漸疏

漸疏禪道漸疏詩，漸冷雙眸漸半癡。畫上花招蝴蝶舞，風中愁舉酒杯遲。但聽夜雨敲窗瓦，休看秋潮漲野池。獨羡陶公歸去後，幾多惆悵菊邊知。

歸來

鷗分柳影又黄昏，山外斜陽著夢痕。久佇延聽風過耳，長吟莫忘酒盈樽。文章字字那堪道，事業樁樁不足論。檢點而今惟一喜：歸來有女笑迎門。

靳輝

筆名象皮，又名莫談詩，一九七二年五月生，河南焦作人，生于鄭州。供職于鄭州某媒體。著有《希聲集》十卷。

老歌

新韻吟成理舊狂，老歌重放寄時光。五更剩得三杯酒，十載還如一匹狼。明月留存知我意，流星湮滅落何方？秋風忽起庭前樹，晃動心情刹那凉。

静夜

假如昨日復能臨，或許還傾一片心。東去青山常恨水，西游大話已鎦金。雲邊風月雲中隱，詩裏功夫詩外尋。静夜忽聞梁祝曲，秋聲協奏小提琴。

自嘲

劫後莫談湖海身，元龍豪氣魏家臣。天威不敢嘲鷹犬，心静方知畏鬼神。國學有成熬白首，民生無用費青春。還將柴米當前事，明起折腰求大人。

大明

于夜歸來唤彩雲，携壺邀月醉清芬。不期海内存孤憤，但坐樓頭置五葷。燈下大明嘲豎子，掌中錯亂數横紋。留仙衹是前朝事，累我今生候紫裙。

網路時代的綺懷次黄仲則韻十六首選四

晞髮青青似海苔，楝花遥想信風來。高陽嗜啜方明昧，短信收存已暗回。疏夢枕書聽杏雨，耽吟徹夜積烟灰。相思不覺淺深醉，試問月兒誰共偎？

某曆某年某月初，扶歸醉罷鎖秋居。迷留詩讖雙絲網，祈懺灰焚兩地書。雨斷清芬肥緑桂，影憐綽約瘦紅蕖。無題孰解斕斑泪，盡是潘江獺祭魚。

關雎吟罷幾凝望，無語哀哀猶不傷。計左摘尋潘左句，網前記掛佛前香。癡心乞索催青黛，倩照傳來病粉郎。一點多情梅額痘，認成的的壽陽妝。

當初自比似文簫，網海蓬山雲樹遥。才子無非留點墨，美人自是戀春宵。乞驅蠅狗重披甲，覺醒鷄蟲幾夢蕉。不作傳奇騎虎客，金元猶得買仙消。

步韻王夫之落花詩十首

肥緑葱蘢候景風，芳塵桃李步城東。三春蹭蹬成滋味，半世容光樹末功。剩有餘香留掃祭，偏無消息瘞悲叢。歸來夜雨層檐泣，頭白時吟半死桐〔一〕。

寶馬奔馳今碧幢，紅旗黯淡少撑摐。陳吴祠裏狐鳴寡，王謝堂前燕影雙。岐路雖分天意昧，伊人既媾我心降。刈删野草時風至，喬木或能生异邦。

晋王宫裏醉南威，仰賴天恩飫饜肥。適彼樂郊無肯顧，嫉余謡諑以淫非。謝家輕絮方微墜，禹域韶春已大歸。應運冥符能永續，幽明蔬果可依稀？

相如消渴乞飛甘，風葉驚時不自堪。原夢進音傳海内，長門賜問望城南。退思茉莉遲香白，別賦江郎久黑甜。殘念金廳曾好日，芙蓉國裏盡饕貪。

東風無力悼春輕，五月榴花正奉迎。滿目燒除燃赤縣，寸心攻許固愁城。老鶯調舌矜强漢，小我緘唇哀晚清。望子初成秋意至，殘紅或可報才卿。

傾城消息説窺簾，痕粉殘香印玉尖。雲譎雷奔行色促，梅疏雪密觸情添。國中緑壩封春物，渝北薄霾輸素蟾。一笑百男何所益，趙娥今又避時嫌。

騰蹋烟雲服紫緋，卧鋪繡褥翠珠圍。甬温春雨豈同泪，京晋燕雛還識機。攀折百花曾有夢，疾行一蟹自無譏。獨憐愛女毋從仕，此去秦城悵式微。

不恥二毛猶弄騷，尚從戎旅嘯歌翺。豪鷹怖鴿參禪樂，猛馬驕兒騎走勞。稚子長安争蛺蝶，王孫鐵幕隱尊高。落花時節逢君笑，認得龜年是宿豪。

吞聲鴿老燕雛狂，葛屨糾糾豈履霜？帝網三圍承澤渥，春波十字寵椒房。落紅無避齊臀白，炫彩猶嫌妝額黄。如假金枝真契父，汾陽富貴勝蘇杭。

驟暖春還猶鶴寒，風聲傳唳醒槐安。十年温慎知勤順，半芋强煨問懶殘。夸父追烏神未死，鄧林遺萼味全酸。飲冰無忌心頭熱，牛鼎何須識馬肝？

〔一〕半死桐，宋賀鑄爲悼亡妻作《鷓鴣天》，有句：『梧桐半死清霜後，頭白鴛鴦失伴飛。』此半死桐者，非記悼亡，實悼青春。

聶麗芹

網名清水暗香，女，一九七二年八月生，江西九江人。大學學歷，從事行政工作。愛好攝影。江西省作家協會會員，南昌市作家協會副秘書長。

小石源探春

紫陌萬千條，古村花事嬌。霞紅喧大野，香暖繞芭蕉。折柳敲詩韻，簪花當步摇。夜聞聲破土，新笋欲干霄。

詠蠶

春來嚙桑葉，夏至吐銀絲，作繭疑無息，藏身總不辭。夢中飛彩蝶，枝上蜕新皮。織罷三千錦，終成百萬詩。

品茶

碧色空靈境，清香古雅君。甘甜舌解味，醇厚韻成文。得道修心性，行茶減俗氛。誦經思陸羽，香霧正氤氲。

揣奇

網名我本無心，一九七二年十月十二日生于前郭爾羅斯蒙古族自治縣，現居吉林省松原市。

老樹

生在蓬門外，幽居年復年。凉飈談故事，微雨濕新烟。密葉能遮日，高枝欲頂天。風霜經百載，依舊倚山前。

送别隱者

别後説來由，樽前論去留。當年刀筆吏，今日賣瓜侯。心逐烟雲老，身隨草木秋。管他秦漢晋，一任水東流。

晚眺塔虎城

荒凉八百年，寂寞論群賢。雁唳干戈後，人言斷壁前。草長遮廢壟，禾短接荒烟。暮色望西北，月光殊可憐。

游山西村

墟裏值蒼翠，迷津似有形。流雲雙鶴白，過雨數松青。野水曉連月，扁舟夜枕星。桃源不可憶，風物晝冥冥。

黄鶴樓重建三十年有寄

重生三十載，名動兩千年。黄鶴自來去，白雲空掛牽。曾經風雨後，一任楚山巔。除却斯樓憶，還思樓上篇。

吊賈島

苦瘦尋幽僻，推敲不足奇。進山非悟道，出世衹論詩。死後慚孤句，生前愧一枝。縱然奏長劍，公道與誰期？

左公柳

儒將威名秦并隴，征西更向玉關深。黄沙際海軍容動，白草連天國步侵。一百年來雲蔽日，三千里外柳成陰。戍邊初始勞車馬，未想春風吹到今。

自嘲

青春買斷不回頭，歲月空餘兩鬢秋。隱市無須悲寂寞，蝸居未必少清幽。一身白袷三杯酒，幾首歪詩半桶油。自在生涯多愜意，閑雲野鶴也封侯。

閑讀諸才子書有感

沉迷翰墨閑披卷，拜識前賢燈火中。辭賦能移妃子運，檄文可愈魏王風。經無佚本聽何异，書有遺篇看不同。移鼎拂烟空過眼，由來稽古賴諸公。

癸巳塔虎城登高感賦

獨上斯城空對月，玉杯未盡夜先闌。征鴻嘹唳烟塵冷，戰馬長嘶鼓角寒。豪杰千年疑有塚，哀民萬里確無棺。繁花不識興亡地，猶共青山到處看。

陳雄

字道成，網名大雄，一九七二年十二月生，福建福州人。大專學歷，自由職業者。

詠曇花

月露狂歡後，曉扉釵鬢横。能開遺世色，不染春風名。行客同塵老，佼人入夢清。爲余一夕現，余爲一生傾。

與佳人午後茶即事

長衢俯堵色，并倚享蹉跎。有叟掃黄葉，無言烹碧螺。詩毫衹描黛，戲墨不籠鵝。落日是唇印，拭來霞綺多。

重過甲秀樓

候接紅顔老，舊橋涵碧幽。十年滄海事，一霎客依樓。祖迹空心在[一]，波光若夢浮。層楹燈漢裏，獨夜聽車流。

[一]祖迹：先嗣祖陳挺歐公所書之二樓柱聯。《文心雕龍》云：『影徂心在。』

重訪花溪

廿載海山心未磨，緇塵合染鬢中皤。幾回故地停過客？三世花溪是愛河。如髪雨絲吹夢細，似金桐葉買秋多。噙沙痛久蚌珠見，情痛一生能若何。

百年心

更上層樓望轉迷，同空一隔已雲泥。諾虛休指團圓月，天亮非關報曙鷄。恩怨如漚隨逝水，浮沉异路絶靈犀。百年心在從何續，一岸潮音問海西。

向喜英次樂天放言之三詩見示奉和

一燈破暗始于疑〔一〕！説法沐猴充蔡蓍。懸月偏撈人在作，藏舟不渡夢來期。衆生淪此畫皮地，獨醒惹多飆泪時。看取颱風漸于陸，蕩除丹魅示人知。

〔一〕一燈破暗：《華嚴經》載《譬如一燈入于暗室，百千年暗，悉能破之》。

夏暑雨夜吟

千秋之溺道何尋，廣厦霾荒矗劍林。禮義到頭行僞烈，江山如此動悲深。雷邊雨色貞魂泪，雲後蟾光永夜心。吟罷擲毫擁婦子，催眠雨作最强音。

雨夜寄黔友人

夢蒸霾界笑衣冠，莫話凡間又倒瀾。天角新雷舒壘塊，樓頭夜雨惜平安。年深但念三餐足，節至重驚一聚難。中歲諸惟少烟酒，入春飛雪慎奇寒。

霧霾日偕友登鼓山吃茶

如復鴻蒙亘裂紋，閩江一道鎖霾氛。三才人豈污天地？九牧土皆敲髓筋。幸有今臺增正信，早從往史見新聞。多閑愁處請共我，鼓嶺煮茶歸日曛。

寄貴州大學張新民先生

長懸吾道月明幽，尚有知音异代求。雲霧山川家國夢，龍蛇草澤古今愁。世心忍看埋霾界，赤足寧將濯濁流。課罷道人何處往，河灘十里飼閑鷗。

朱寶純

號汀鴻，一九七三年三月生，河北高碑店人。供職于當地民企。河北省詩詞協會理事，保定詩詞楹聯學會副會長。獲首屆『詩詞中國』傳統詩詞創作大賽一等獎。著有《汀鴻詩詞存稿》。

解釣

解釣難臨水，開愁爲有春。數花先卧簟，漉酒且憑巾。舊事休尋性，新詩恐費神。從來杜陵客，無故老風塵。

秋風

秋風開睡眼，鷹隼動高岑。誰謂飄零客，吾非遲暮心。由來見肝膽，何必謝知音。莫下靈均泪，空悲澤畔吟。

將飛杭得友人詩柬抵杭戲呈

目與雲天闊，心同去住如。何知遠行客，又得故人書。西子妝初見，中懷德不孤。還賒湖上月，歸醉待君沽。

辛卯九一八又作

銘此當年恥，良宵載舞時。撫膺猶有淚，覓句豈無詩。淚盡繼以血，詩成投與誰？尚餘天畔月，照我一横眉。

雨

湛然塵不起，寄迹水雲鄉。鬱鬱千山静，悠悠一夢凉。誰家飄戀曲，終古費詞章。驗取蠻箋淚，比來絲短長？

壬辰重九

久有登臨興，長懷掩抑心。秋高憑送爽，天遠自開襟。落帽憐風雨，持螯笑古今。可堪容數子，醉後發狂吟。

自三亞返京機上作

世路何須問，吾生豈有涯。一泓銀漢水，萬朵白雲花。變幻心如止，浮沉日欲斜。炎凉方作態，回首又京華。

春夜

瀟灑笛三弄，迢遥路幾千。亦知春有夢，應道夜堪憐。橋下微波碎，樓頭大月圓。相思無寄處，檢入舊詩篇。

辛卯上元後九日大雪中夜書懷

雲天黯黯雪沉沉，百感中宵萬籟愔。閲世漸多懷古意，銜杯剩有賞花心。阪間誰哭牽鹽駿，爨下空傳焦尾音。到底不如春夢好，羡他風月主當今。

游園傷春感作時外公辭世半載矣

踏青還憶去年期，侍老將雛樂不支。一水融融風淡淡，百花艷艷柳絲絲。分明小徑回車處，仿佛長橋拄杖時。欲語無憑空有泪，却憐春色向人悲。

秋懷

廿年一别豈能忘，愁寫秋天雁字長。笛裏情懷空幻滅，眼中世界已滄桑。披襟岸幘非關醉，把臂連床定是狂。夢到終宵風雨後，遥憐野菊共雲黄。

歲暮寄懷步詩友韻

笙琶沸市競豪奢，寂寂城隅天一涯。眼底山河猶有夢，筆頭文字枉生花。蕭騷短髮耽冬夜，坎壈高懷近月華。哀樂中年渾漫與，襟期未負到君家。

高樓

高樓愛上未嫌遲，欲捉朝曦信手時。一榻風回春舞袖，半城林語鳥銜詩。行難居易原無類，懷古傷今或可辭。天意悠悠終得問，從來人境總相宜。

冬日偶成

百幻曾知海變桑，猶憐阮醉共嵇狂。寒從湖外烟光碧，夢與天邊樹色蒼。中歲心情偏止酒，少年意氣漫評章。登樓不賦傷時恨，且喜弦歌處處張。

林志達

自署日照軒主人，一九七三年十月生，祖籍廣東揭陽，現居汕頭。在潮汕歷史文化研究中心《潮汕文庫》大型叢書編輯部工作。中華詩詞學會會員，廣東中華詩詞學會理事，汕頭嶺海詩社副社長，《嶺海詩詞》副主編，潮汕歷史文化研究中心青年委員會委員。著有《日照軒吟草》。

紀念定持上人圓寂十周年

入寂無生滅，追思十載深。墨痕還屨展，詩偈更長吟。月上屏山寺，鐘回澳島林。塔前中供養，銜果有靈禽。

哭定持上人

通電聆聲耳尚温，驚傳訃訊涕垂痕。利生力荷如來擔，弘法常開方便門。美譽杏林推妙術，勝緣鷗社寄詩魂。于今捨報安詳去，九品蓮花證善根。

挽蔡缶庵夫子

遽傳訃訊若驚霆，一夜凄風帶泪聽。樸學潮州尊魯殿，騷壇嶺海耀文星。絳帷問字春盈座，皓首窮經月滿庭。宛在音容哀往矣，長垂師表播芬馨。

悼黃翼老先生

江夏先生齒德尊，幽蘭霜菊比清芬。論詩獨許王司寇，擅藝還追鄭廣文。方以茶香娱晚境，何堪星黯墜寒雲。九原應是開吟社，馳柬來邀運斧斤。

嶺海詩社十九周年社慶

一從嶺海漲詩潮，明月年年共此宵。擁座有情邀少長，披襟無間琢瓊瑤。宫商韻裊歌傾席，翰墨光生酒滿瓢。十九歲華彈指過，已教吟苑壯根苗。

游潮陽石泉岩

岩洞天開藴善機，遂依形勝築招提。石融妙趣參禪定，泉涌清流洗幻迷。幽鳥一聲深樹外，疏鐘幾杵夕陽西。我來暫此抛塵念，觀想蓮花不染泥。

潮汕三市青年詩人澄海筆會以蓮花山温泉分韻得山字

温泉澄碧鳥關關，雅會欣開遠市闤。俊侶偕游圖畫裏，吟鞭遥指水雲間。放懷每欲踏歌起，得句真如獲寶還。莫笑烟霞成痼癖，騷人性本愛丘山。

潮陽靈山寺

賢踪道迹兩相輝，古刹靈山倚翠微。三札舊傳邀振錫，幾人真蘊識留衣。金鐘玉磬朝還暮，澗草岩花瘦復肥。勝日瓣香來一謁，清風先我入禪扉。

海門蓮花峰吊文信國

極目山河破碎時，艱危宋祚問誰支？帝舟杳也孤臣恨，胡騎驕兮萬姓悲。正氣應羞降北虜，丹心猶賦指南詩。千秋浪拍蓮峰下，恍聽勤王戰馬馳。

戊子重陽懷習文兄羊石却寄

重九鵬城憶共游，題糕倏爾十經秋。菊開未染風霜色，酒盡寧捐今古愁。鴻翼喜君高的的，樗材笑我散悠悠。遥思羊石登臨處，定有新詩貫斗牛。

寄旅美譚克平老先生〔一〕

當年抗日上雲端，飛將曾教敵膽寒。勛績不磨雙鬢白，鄉邦長繫寸心丹。嶺南設獎揚風雅，域外分春築坫壇。遥祝天涯老詩伯，壽添無量更加餐。

〔一〕譚克平老先生昔年爲美國空軍援華『飛虎隊』隊員，曾回祖國參加抗日戰爭。

己丑端陽石齋約同賦因次其韻

澤畔孤踪不可尋，楚騷千載寄情深。搴蘭攬莽誰希古，插艾驅邪自趁今。席有蒲觴宜暢飲，詩因塊壘欲高吟。此心更逐龍舟去，劈浪江天勢莫禁。

游東莞可園

冒暑名園試一游，果然景致自清幽。軒廊花映三竿日，水榭凉生六月秋。池點紅蕖還綴石，琴藏緑綺衹餘樓。嶺南畫派尋源處，韻事當年説勝流。

壬辰大暑翌日午間沿新津河漫步至出海口

天將豪雨逐炎蒸，午霽來游興偶乘。樹色澄鮮風爽暢，雲光隱映水崩騰。浩茫誰證桑成海，幻化從知谷變陵。臨岸披襟還一笑，看他潮涌萬千層。

癸巳五月初九立庵兄邀與杏社吟侶同游程洋岡

積雨才收霽色新，山梔香氣已迎人。虎丘即此非吴地，鳳嶺當初重粤津。寺古碑稽玄帝閣，風淳民祀晏侯神。榕陰見説千年樹，還指湖蓮慕結鄰。

過方照軒軍門故第德安里

衆鳥朝凰蔚大觀，當初卜築總圖安。固邊治亂清鄉匪，興學屯田墾海灘。畢竟完人求豈易，亦知能吏作來難。百年陵谷誰豪貴？譽毁還當撥霧看。

漫成

二度重陽倏爾過，黄花爽約奈愁何。散材未見搜林斧，倦鶴猶思返日戈。補讀書憐歲月少，學營生愧戇愚多。亦知冬後春還至，坐待東風鼓太和。

揭陽中夏村林氏家廟重光暨修纂譜牒東籬香女史囑題

七星伴月鬱葱蘢，中夏村居形勝中。聚族枝蕃明以降，溯源閩徙粤之東。門稱十德世無偶，派衍三仁我亦同。且喜譜修祠焕彩，紹隆詩禮舊家風。

戴　德

網名熱嘲，一九七四年二月二十八日生，湖南雙峰人。中專畢業，函授大學學歷。

雙峰山水十咏 選三

日午禪房寂，憑欄懶曬袍。青疇飛白鷺，翠柳間紅桃。風送鐘聲遠，水流塔勢高。悠然生古意，惆悵對芳醪。洛陽灣

尋春莫畏險，險處有奇花。天上雲衣薄，林間石徑斜。隨僧參佛法，引領望農家。雙舄依稀在，永期萼緑華。紫雲峰

一望横無際，洋洋成大觀。半天飛羽帔，衆嶼叠銀盤。立馬覺山動，回舟帶水寒。何須濮上去，即此可持竿。溪口

日月潭

山影橫陳水色清，游船載我入空冥。殊途逐鹿同歸此，一體分潭各有靈。今日聽人談故事，當時對酒嘆新亭。邵家兒女依前健，總把神芝頌美齡。

回鄉有感

雲在青天鶴在皋，門前流水細波濤。此時心淡得三昧，彼岸花開見一毛。雪夜何人曾訪戴？秋風社酒每思陶。後墻認取嬉游處，歲月無聲是刻刀。

四十書懷

高朋滿座氣如山，酒入歡腸半汗顔。從此人生真不惑？奈他世事總相關。天邊雲朵隨時滅，海上沙鷗盡日閑。老眼尋常看露電，也知味在有無間。

坐曹

已慣清晨便響鐘，霏霏冷雨又初冬。垂頭許是真如犬，賴尾然而未化龍。枕上易醒槐國夢，人間難覓謫仙踪。傷心莫去高樓望，野樹蒼烟一萬重。

對雪

遠路霜風舊袷衣，歸來正是雪霏霏。却憐梅竹成清瘦，一望江山已白肥。春夢于今都不做，世情與我久相違。嗣宗醉後更何事？枰上兵車任指揮。

登衡岳

九面衡山果鬱峨，祝融直是上天河。一叢佛寺殘碑闕，萬頃喬松好薜蘿。誰謂文公詩易讀，都知馬祖鏡難磨。懶殘煨芋無從覓，石畔轎夫初放歌。

無題

一帶江山欲散愁，樹陰村舍水長流。當時白馬聲如在，往日青春夢不留。鄭氏三公圖霸業，趙家兩帝死沙丘。世間多少好兒女，猶自生涯望督郵。

葉兆輝

又名朝輝，網名扁舟、南陽郡人、清溪逸鶴，一九七四年三月生，四川棠城（現屬重慶市榮昌區）人。高中學歷，超市經理。善書法。著有《烟靄閣詩稿》。

葉公

復楚還戡亂，晝龍聞得真。詢君胡不胄，夾道有斯民。列國傳忠壯，春秋記勇仁。攘羊能异孔，千載廟堂新。

謁涂家橋祖迹

辭根離古粵，散葉蜀巴間。老屋横方鎖，孤塋對遠山。泥墻侵雨水，土瓦染苔斑。

草徑蒼蒼竹，臨風似泪潸。

銅鼓山懷古

一碑高聳起，孤傲俯千山。戰血肥荒草，彈痕印故關。金陵知氣滅，棠國度時艱。野鳥鳴空谷，題聯惜半删。

謁方孝孺先生墓

鬚眉正氣凛山河，大節千秋終不磨。燕啄皇孫疑似夢，蛇傳怨語恐非訛。兩朝朱紫擁新帝，十族孤寒付劫波。取義成仁驚慘烈，衣冠塚畔感憐多。

賦得此生此夜不長好明月明年何處看

偃蹇浮生綺夢微，今何曾是昨皆非。枝頭明月難雙照，雪裏孤鴻已遠飛。别後波光流艷影，年來酒漬滿單衣。望中無限滄桑感，帶減蕭郎又一圍。

壽從山兄次韻

萌社群中偶共聊，相逢網路近深宵。甘醇酒可忘惆悵，奇崛詩能破寂寥。但覺光芒射牛斗，略知志趣樂漁樵。邕城正慶南山壽，一笑樽前應未遥。

寄人

一燈枯坐對熒屏，遥記那年笑指星。曲唱驪歌思奮翼，泥留鴻爪感飄萍。對明鏡拔鬢初白，逢故人知眼尚青。二十年來今小聚，昨宵翻惹睡難寧。

年後賤辰將至書懷

臘近寒梅風骨親，似增却減舊年新。浮舟故作薄情客，墮地終餘不惑身。冷淡生涯懷浩氣，飛騰暮景感流塵。論詩廢讀鶺鴒句，閑日擁書知未貧。

乙未賤辰

夙志漁樵尚未忘，卅年幸見海生桑。消殘塊壘全憑酒，點染鬢眉或有霜。甘作書生應落拓，偶爲墨客亦疏狂。遥知季重親朋減，歧路回車愧阮囊。

題泰順廊橋

世外仙鄉不可求，偷閑竟得畫中游。風前飛鳥來廊上，劫後孤村立塔頭。野水波翻臨絶壁，亂山花艷鎖荒丘。華年若踐漁樵志，勝地相期携子游。

謁黄山谷先生墓

九百年來感雪鴻，偶開書卷識涪翁。詩崇工部歸神品，派衍江西紀聖功。秋色分平金骨換，墨痕拍得碧紗籠。塋前我亦惟深揖，异代遥知悵望同。

家兄誕辰

臨風涕隕雁行孤，六載人天隔一隅。黍稻難謀携筆硯，姓名衹合混屠沽。比鄰翁媪猶多逝，去日兒童豈可拘。若有來生還作弟，空勞夢裏惜清癯。

棠城感舊

風蕭瀨水透窗櫺，宿醉依稀尚未醒。袖底雲香揮不散，眼中光影故能青。歌重踏後題鴻雪，首再回時感梗萍。已慣尋芳遲十載，梢頭豆蔻是曾經。

乙卯端午

午日風微學弄毫，楚辭重讀感蕭騷。五湖少伯終偕隱，千載子胥曾化濤。計拙未宜謀稻粟，身閑衹許困蓬蒿。惟將清眼作沉醉，忍把詩書换緑醪。

吕洪與治霖一兄過訪

乘興山陰氣不磨，蓬門却有故人過。清談偶爾驚鄰里，小飲還堪正錯訛。大勇彌天心浩渺，微塵墮地雨滂沱。浮生雖拙稻粱計，未染污泥尚若荷。

謁鄭燮先生故居

清風勁節未曾消，廉吏政聲仰板橋。于八怪中推聖手，以三絶匯樹高標。人如翠竹瘦偏健，品似幽蘭馥自遥。淮海舊區桑海换，名城今已列丹飈。

過天主教堂感舊

驅車來訪古昌州，溽暑閑參聖地幽。罪已滔天原未洗，詩曾刻燭更何求。萍踪遥隔三千里，鸞舞虛生二十秋。獨立蒼茫風正勁，飄飄絶似一沙鷗。

曹喆

字君若，網名燕河、李波、曹虎、卡利俄佩等，女，一九七四年六月生于北京，祖籍廣東大埔。畢業于北京師範大學歷史系。現居北京。中華詩詞學會會員，留社社員。著有《拋鏡集》。

夏午

夏午庭初静，新槐雨後香。有窗皆是緑，無處不生凉。自在由心會，悲歡隨物忘。好風微適意，閑坐讀華章。

六月望日月蝕寄山樵兄

千里同今月，于君共一嘆。天行多代謝，世事有悲歡。莫道泰而否，終能虧復完。玉顔應不改，猶待故人看。

竹

人骨不如竹，經霜還可青。蕭蕭勁節響，个个介横生。知慕令名烈，休嫌枝葉輕。昨宵聽冷雨，猶自有餘鏗。

元日感懷

囂聚辜良夜，無端又一春。物隨松柏老，人怕歲華新。塊壘知難理，詩書且自珍。法秦爲盛世，回也正應貧。

中秋贈人

秋氣侵人骨，飄零士所悲。與君同燕坐，慰我一心癡。天地應無惑，盈虧亦有時。今宵對此月，默誦召南詩。

自題

對月翻書遍，分觴意轉遲。未聞金谷酒，遥愛滿床癡。暢慰惟詩味，披襟共壯辭。行文好古道，于世不相知。

七月廿七夜不寐

浮生枕上證孤眠，好夢尤從醉裏慳。過野涼風蛩碎碎，隔簾心事月彎彎。伊人已墮文章業，斯世同懷百歲患。重剔殘燈占宿命，搴舟何處是鄉關。

聞畸人嘘堂諸兄唱和亦和之

病裏無心作雅游，空勞春意滿皇州。愁隨階草絲絲發，斗引星河脉脉流。隻影參差悲老大，青衫憔悴上層樓。多情此夜惟餘我，一唱爲君一白頭。

壯歲抛書未倦游，一襟風露過幽州。金臺夕照籠燕市，太液晴波接碧流。朝隱相如真國士，雲遮神武最高樓。應知道德良心事，自有青天在上頭。

假日多從長者游，春風踏遍帝王州。單車留意河山古，玉管分題曲水流。且去佯狂邀月地，歸來聽雨讀書樓。儒冠到底須珍重，莫把閑花插滿頭。

歲暮寄遠

別意依稀醉後温，久寒天氣近新元。逍遥月色人千里，辜負梅花酒一樽。往事清香如老菊，此心衰朽附殘萱。相思日累皆成恙，每接音書欲斷魂。

廿七自壽

相隨燕子卜新居，過隙光陰二載餘。三徑松風三徑露，半床春夢半床書。一畦香韭得鄰惠，兩鬢堆雲還自梳。莫把芳華輕擲去，此心安樂在樵漁。

題秋初同游昌平豌豆爲飄茵所攝小照

秋山着意映紅裙，宛轉低眉笑若顰。隱約靈犀生彩翼，温柔玉樹看豐神。幾番親切因青眼，一片琴心付美人。莫説春風難惜得，落花何必是今身。

逢五四紀念日讀書遣之

大道重聞立舊箴，鼓呼德賽最强音。書生孤陋瞠新例，上國潮流競拜金。避世每多歧路泪，憤時已遠少年心。歸來看柳春山下，且把陶詩細細吟。

李秋霞

網名十年漢晋十年唐，女，一九七四年八月生，遼寧葫蘆島人，祖籍河北樂亭，現居北京。獲南京師範大學文學博士學位，從事翻譯工作。

易順鼎

東去大江難用劍，士當末世古今哀。敢輕才子荒唐老，猶有奇聯兀傲來。紅粉不憐儒弟子，青山獨認晋人材。蓋棺豈易輕論定，萬首遺詩染泪灰。

秋瑾

一舸寒濤萬里風，幾人書劍似君雄？泪抛家國鵑聲裏，氣振江山暮色中。詩句忍看秋雨卷，兵魂已續女郎弓。百年英氣萇弘血，烈烈長燃史册紅。

隨園秋日散步

庭竹清揚經雨斜，畫檐猶掛晚槐花。紅黄染就秋千瓣，黑白飛來鵲一家。樹影重重歸路没，江聲隱隱衆樓遮。側身人海减豪氣，初慣書山苦作槎。

遠人返金陵

金陵忽踏故街塵，點雨池塘照影新。謝盡紫荆猶萬里，開殘白楝到良辰。三年淮水空過雁，一帶吴山乍映人。何意江南久别地，同行却似夢中身。

贈向鴻

江南短夢共青春，帝裏逢迎意更殷。書劍不成應笑我，荼蘼未嫁却憐君。隔年酒爲心情變，久客愁隨江海分。莫問何鄉收倦羽，依然未忘是凌雲。

北方早春兼寄金陵同學

輕寒初退鳥喧嘩，北國春遲未可嗟。一樹玉蘭冲早霧，幾株淡柳屬農家。幃開陋室日留脚，茶試閑杯水戴花。漸老也無賢聖志，差堪詩卷送年華。

無題

茫茫心事總難休，何處簫聲過遠樓。敲牖花飛三月雪，侵天草長五更愁。燕臨舊巷和烟老，春到清淮帶雨流。萬事飄蕭如轉燭，聚分無限祇山留。

有寄選七

京華徒滯舊征塵，家住白雲碧海濱。柳絮情懷隨我老，杏花天氣與君鄰。三春錦瑟終流水，一眼蕭郎是路人。隨分此情追憶裏，惘然明月證前身。

半城烟雨半城燈，何處長街意不明。近得袖香何漠漠，贏來秋水漫盈盈。幾行短札難勘破，一眼深望未笑成。我自無聊閑覓恨，也緣花月問蓬瀛。

人生得幾共良宵，莫憶纏綿逐夢遥。近水樓臺幸一望，雙魚尺素隔重潮。春衣沾雨憐卿冷，書雁穿雲過我寥。忍使香魂竟歸去，翻窗影影對芭蕉。

聚縱無端南北雲，散同飛絮亦凄神。燈深何處尋章句，水遠他鄉是故人。踏雪寒城憐舊歲，折花春陌失良辰。人問莫信相逢好，徒把閑愁換暗鬢。

脉脉當時意已陳，流年未換夢中身。錢塘塔下潮追客，古北街頭柳并人。遠水經冬逢路斷，新詩着恨錦箋塵。猶期一面東風下，寄語桃花鎖住春。

爲誰眉語尚參差，固悔書香染袖遲。風雪路長曾待月，綠楊春淺舊題詩。匆匆聚散天何意？落落生涯君不知。自是詞人多妄念，枉抛心力枉相思。

咫尺青山萬里人，雲天無恙夢無痕。知君去路惟飛絮，解我相逢是斷魂。忍泪當時空一望，强歡來日復何言。閑窗若問相思意，已入殘宵酒一尊。

榕樹四首

濤翻深碧掩重軒，鎮日風聲似共言。一幹疑撑天在下，萬枝危捲日爲温。塵寰合作將軍樹，面目猶留上古痕。細草閑花零落盡，雷霆曾不撼霜根。

何年將去剩孤軍，劫火能經數代焚。行草飛天枝運筆，彩鸞作駕葉凌雲。青衫遠客當涼影，歸夢閑窗染曙氛。莫與家鄉較原樹，美人才士本同熏。

傍日蕭蕭繫月圓，天生雄雋倩誰憐。身同遠客三千里，夢似南朝二百年。人去閑愁憑葉托，春來好雨借枝傳。蕭條塵事空惆悵，錦瑟芳陰暫醉眠。

未信人間有路窮，凉招滄海入葱蘢。潤枝細細清秋雨，振葉蕭蕭大國風。一曲廣陵當落月，千年英魄起寒蟲。紅塵在在傷流落，何若擎天立宇中。

陳偉强

號靈澂，網名琴島靈澂，一九七四年九月生，福建廈門人。畢業于福州大學工藝美術學院。福建省詩詞學會會員，廈門市詩詞學會常務理事、副秘書長。作品入選《海岳天風集》等。

游白鹿洞

白鹿今何在？仙人去不還。輕烟生古洞，寒日入空山。寺隱鐘聲杳，徑幽苔色斑。野僧知客意，敷座説禪關。

游虎丘

古阜生秋草，空階夕照酡。霞光繞斜塔，劍氣起横波。頑石聽經久，香泥埋玉多。明朝抱瑶瑟，直入白雲窩。

夜起

中宵不能寐，卷幔起彷徨。鈴定風無語，菊摇霜有香。撲螢星在手，望月雪沾裳。坐愛清秋夜，還衾句滿囊。

游皤灘古鎮

烟柳蒼茫處，盈盈起畫樓。華燈懸舊夢，酒旆引孤愁。匾古金猶爍，甍飛碧欲流。題詩人去後，花落釣魚舟。

觀岩井俊二四月物語有懷

瑶夢悠悠墮，繁櫻泠碧溪。垂綸應有待，得句總無題。望久香逾重，語多眉漸低。瀛洲春欲暮，烟雨正凄迷。

新居葺成寄雲深君

抱琴携鶴子，築室海之涯。錦浪庭前樂，彩霞欄外花。如何新竹徑，不迓故人車？十二水晶箔，玲瓏貯月華。

梅花二首

縞衣素履足風流，斂緒懷芳倚玉樓。香冷應知蝶難近，韻清唯有竹堪儔。空山流水悠悠夢，明月飛霜淡淡愁。試問百花零落後，一分春色爲誰留？

雪中霜下養靈根，清氣移來韻最真。一朵能藏香世界，數枝已見玉精神。淡烟百里和千里，明月前身與後身。野鶴未回詞客老，不知天地爲誰春！

柳絮

韶華本是無形物，何事紛紛入茜紗？未委地時全似雪，到隨風處始成花。天涯自古多香塚，故樹于今祇暮鴉。思重身輕儂與汝，鳳飄鸞泊總堪嗟。

感舊

微吟短嘆總無端，聽雨聽風便黯然。清淚愔愔紅枕匣，春愁漸漸綠詩箋。未言先怯真成癖，欲笑還顰可是癲？我自多情尋好夢，那堪夢裏一聲鵑！

愛閑

雲帆飄入海門來，曉浪如花向日開。紫貝殼中清韻蕩，紅珊瑚下錦鱗徊。枕流漱石詩千首，把酒持螯夢一杯。鷗鷺愛閑人愛静，翩翩同上白沙堆。

旗亭偶遇同窗林君

當時年少愛傷春，每向芳叢覓綺文。身似雛鷹欲離穴，心如孤雁未歸群。賞音幸有林和靖，問字恨無楊子雲。湖海重逢驚白髮，舉杯同祭萬花墳。

無題三首

蘭因絮果盡茫茫，夢有飛花枕有香。五夜風霜空輾轉，一春烟月冷相望。曉嵐漸透絳紗幔，麝氣還凝紫袷囊。縱使深情成永憶，不辭和淚對流光！

重倚篆烟尋紫夢，丁香深院繡簾垂。獨吟飛絮春無力，共寫寒梅玉有思。夜夜臨歧更回首，朝朝相看衹低眉。分明一種纏綿意，十載飄蓬始自知。
自送靈槎秋水涯，醉魂飄蕩誦蒹葭。鏡中顏色芙蓉露，夢裏韶光翡翠霞。紅袖添香
思錦瑟，青衫挹泪感銅琶。蓬山縱許雙魚到，閶闔重開鬢已華！

吴維義

號攸齋、雪溪，一九七五年四月生，四川廣漢人。一九九六年畢業于四川美術學院中國畫系，一九九八年結業于四川大學哲學藝術學院高研班。現供職于三星堆博物館學術研究部。詩古文辭受業于四川大學何崝教授。中國先秦史學會會員，中國書法家協會會員，四川省書法家協會學術委員會委員，四川省美術家協會會員，四川省青聯委員，四川師範大學巴蜀文化研究中心研究員。著有《爐邊夜譚》《靈岩卮言》等，另合著有《走進三星堆》《三星堆：古蜀王國的神秘面具》等。

次韻啃軒先生青城沛園即景

卧隱青城碧，玄香入夢多。松風拂雲牖，山月籠烟蘿。頗懌琴書滿，渾忘歲月過。
長懷步虛韻，飲瀣養恬和。

壽無爲先生六十晋一

菲枕詞章久，囂塵抱素心。懸壺傾玉液，授業度金針。貞介醇儒氣，清通處士音。
南窗堪寄傲，丹桂朗冲襟。

元玉奉和晦窗先生夢中偈子

俯仰悲人我，寂寥親潔蓮。收狂一禪士，散慮半神仙。滄海虚舟立，碧空孤月懸。棹波歌古調，幽意寄長天。

奉和啃軒先生終南山隱者

高踪托太乙，鶴夢得依歸。秋水煮白石，寒山餐野薇。參玄結荷屋，抱樸坐漁磯。月照岩阿寂，素心忘百非。

丙戌桃月自滇返蜀道中偶得

高揖緑宗滇海畔，北循古道望鄉關。一江雲影移舟去，萬壑松風伴我還。放眼神舒山迴迴，洗心意適水潺潺。灑然携月驅前路，空却崎嶔語笑間。

庚寅感懷

天華著袂忽收狂，閲世深時重感傷。猶抱琴心對明月，合舒仙骨倚風檣。解愁庾嶺千堆雪，勞夢曹溪一瓣香。拂却茫茫滄海事，獨披清露坐虚堂。

甲午新正青城沛園雅集

文踪陶徑春風暖，蘿薜清姿入畫圖。促膝梅亭讀新翰，推心芝室品屠蘇。古今侃侃傾珠玉，情意融融對碧梧。醉别青城御雲轍，詩懷靈氣照江湖。

齊　剛

網名楚狂人，一九七五年四月生，河南周口人。現供職于某媒體。著有《流年觴咏》。

眼鏡

二十五年春，與君同苦辛。已多知濩落，猶未長精神。祇見煢煢守，何堪日日貧？萬般皆看透，未透是人心。

魚

去去海門東，騰鱗一望中。寄書非所願，藏劍豈爲功。鵬翼悲難化，龍津恨未通。子牙終不至，嚴瀨伴蓑翁。

古槐

我本山中客，雲深不記年。物華身外覺，興替望中還。枝落翩躚鶴，花拈自在天。南柯誰有夢，一醒一凄然。

楝花風

已報陽和訊，春深第四橋。拈花迎蝶舞，牽柳殢人嬌。吹夢關山遠，思君客路迢。多情鶯與燕，軟語各相招。

和梁公

江夏梁竹閣，生平不近聲色犬馬，素食布衣，唯愛書成癖。偶有所感，輒閉關索居，專以讀書養性爲事。嘗于銘社矖其藏書，多古籍，凡萬卷之數。前日偶寄一詩，乃步其韻爲答。

慣閉桐齋注六經，世無人與説黄庭。忍携壺誦登樓賦，愁對窗臨瘞鶴銘。日暮故山風惻惻，傷時野老鬢星星。壁中萬卷成何事，恨不咸陽付丙丁。

雜感

不惑依然惑此身，萍踪寄影等微塵。三遷無處慚爲父，五斗堪依敢避秦。漸信文章難立命，争知肝膽未由人。餘生老眼何從豁，煮鶴提壺過舊鄰。

林逋

靈臺生怕誤前因，幸得林泉寄此身。萬籟聲中偏見性，孤山静處迥無塵。已多清興閑調鶴，爲有疏狂絶獲麟。我本迷途司命者，梅花開後便知春。

乙未新正走筆

到此愁懷未許多，一年悲喜亦經過。幸無早發更年病，尚有相依黄臉婆。醉裏偶曾尋險韻，坊前還欲試霜戈。長安路遠春風近，勿復隨人唱鳳歌。

有贈

别阜花晨忍獨看，幸從高會辯儒冠。十年良識風雲筆，一斗猶期日夕歡。山水琴音原有待，疏狂襟抱恰應寬。別觴暫向吟邊設，共許旗亭折劍彈。

夜游

一城霜月半城燈，衣上星河照碧澄。覺夜此時堪解意，知誰雲外漫彈冰。閑身静謐諸天遠，太古空茫萬感興。我亦風中追夢者，不辭明日越崚嶒。

鴻彦

字雲翹，號晏寧居，網名穆若，女，一九七五年八月二十九日生，遼寧撫順人，祖籍山東。高中學歷。

游千山 四首選二

憑高舒遠眺，葱翠接蒼旻。絶壑回風勁，巉崖偃蓋伸。幽深潛虎豹，僻净策龍麟。稟畏坤輿厚，凡情難具陳。

所歷隨烟策，飄飄思滿襟。人歸岩路静，月上寺門深。逝水悲淪落，浮雲送古今。千山終不改，聊自一沉吟。

遣懷

幽思集遥夜，烟窗獨不明。微光移曉箭，殘雨遞寒聲。物役塵中泛，襟期雲外行。何當此心迹，爲作一舟輕。

柟樹

柟樹生窮谷，相傳鶴比齡。巨圍因厚地，華蓋接蒼冥。偃蹇風雲勢，韜藏鳥獸形。時人慎傷伐，物物有通靈。

丁香

丁香縈屋舍，物小暗芳菲。細葉披衿展，素華含露稀。雜期雜蘭麝，偏得及清微。直解幽人意，盈盈屢拂衣。

流光

歲華殊不倦，風物暗中遷。形質非如昨，榮衰忽若烟。江流今自古，月照缺還圓。漫漫行塵裏，誰能復永年。

郊行偶得

新霽山隅好，褰裳適一游。枝柯初結子，花葉欲乘流。映帶岩扉静，芊綿野色幽。清風雲外至，凉意忽驚秋。

綏中村遇獨居老嫗別後有思

村居何簡樸，瓦石砌垣圍。歲暮庭幃冷，年侵足力微。倚門應有待，游子可知歸。一别三春後，能無泪濕衣。

山海關

曩昔多烽燧，時來已靜便。從風雲入塞，落景樹凝烟。寶馬分流過，巨龍當處眠。關山一長望，懷古意空然。

抗戰勝利七十周年

饕虐妖氛遍九垓，昔人遭戮後人哀。每從遺堞耻淪喪，偏惡東夷交往來。殘曆碑前秋洌洌，平山館内骨皚皚。風號禹域悲長在，漫向高天酹酒杯。

對雪

飄霙此際正紛綸，高下搏摇殊有神。平野接天方一色，長街披素已無塵。拂襟眷惜團團意，匝地韜涵鬱鬱春。所向清虚生境裏，衝寒盡是白雲身。

水檻遣興

玄冥此際尚微和，欲浣緇塵且獨過。盈抱清風勞思減，安行殊域慰懷多。悠悠荒浦栖寒鷺，漠漠空林對白波。歲暮亦堪驅使在，一涯天地自消磨。

林慶華

字元雋，一字翰臣，號春山居士，網名畫溪壺隱，一九七五年十二月生，廣東揭東人。文學學士。汕頭市嶺海詩社副主編。合著有《嶺海詩社志》。

訪友江邊獨步成句

向晚賞芳芷，行塵韓水東。層雲藏軟日，疏雨帶柔風。蒼渚回蒼鷺，客懷生客中。
江山隨處好，寂寞幾人同？

暮秋感興

秋闌氣漸涼，木杪忽沾霜。山色隨時异，紅塵底事忙？[illegible]窗半夜雨，檀案一箋香。
三萬六千日，偏多醉夢鄉。

秋居遣興三首

園苑當形勝，層樓傍曲江。旃檀香杳杳，烟篆起幢幢。書法鍾王體，歌吟唐宋腔。
閑情何處寄？秋雨滿秋窗。

快意對山水，還嘗書味真。熏爐香有迹，玉宇净無塵。天地千秋氣，胸中一段春。
晚風吹習習，萬物覺相親。

吾亦愛吾廬，蕭閑通體舒。紅魚翻緑藻，野鷺落園樗。夜聽一檐雨，晨臨千字書。
渾然無巧拙，安命樂何如！

壬辰二月有感寄陳傳席先生

蘭馥令心曠，梧高引鳳栖。有緣圓舊夢，何故想京師？春日芳姿美，筠窗翠影移。

江南風月好，今乃最佳時。

許習文大兄以憶韓祠見寄敬步其韻

京北天南作壯游，一年容易又經秋。千芽春茗嘗新味，半勺香泉滌舊愁。曠代文宗存道統，無雙詩史出樊樓。勸君莫話當時事，縱是英雄亦白頭。

讀書感作

溪回魚躍起微瀾，源潔流清涵泳歡。小閣馨香來興味，南窗細雨展書翰。新知有得舊知熟，眼界無窮世界寬。莫謂路遥知馬力，名山勝景自盤桓。

癸巳春夜宴後步回有作

五湖四海巧相逢，歡聚一堂情滿盅。持以祝兮方宴罷，行而樂矣未歌終。經天有隙溶溶月，着地無聲軟軟風。遥想西園舊神韻，還依東壁閲文叢。

癸巳秋日感作

飄飄一葉送秋來，獨倚江樓思遠哉。東客西遷設文館，南禽北翥越蒿萊。天寒始識傲霜菊，時亂方求濟世才。耽玩辭章溺經史，十年塵眼爲誰開？

乙未寄慨

一笑無言往事收，閲經覽史廿餘秋。文章高處凌五岳，意氣横時睨九州。龍旆斜揮

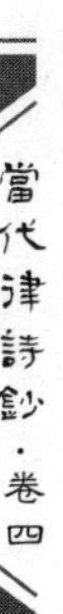

灰霧去，天風直起紫雲浮。全功須把吴王縛，湖海飄然越客舟。

周錦飛

字驤羽，筆名柳五、柳東湖，一九七五年十二月生，江蘇張家港人。師從遼海于文政先生。江蘇省詩詞協會會員，蘇州市詩詞協會理事，張家港市詩詞學會會長，今虞詩社社長，中華詩詞文化學院函授導師。

菊齋書院

養菊新籬下，清芬縹緲間。秋霜覆亭舍，春樹失關山。琴瑟小龍渚，雲濤明月灣。流光盈一握，白首付紅顔。

左宗棠

青衫袖鐵筆，白髮起元戎。一拂江南緑，重勾漠北同。幕間師制策，天下攘安功。日暮鄉關柳，時摇海塞風。

賀崔佳勛高中張家港理科狀元

唐相世家子，天資一脉中。樓頭退李白，人面映桃紅。格物雕龍技，論文檄鱷功。東南雙報録，高榜夏闈風。

甲午歲末感懷

國運潛消長，民風未毁傷。坐山憂北鄙，帶甲指西疆。大吏金珠窟，名伶錦繡襠。朝廷自有度，時借熱肝腸。

乙未新春試筆四首選二

盤雲驛路漫揚塵，大野鷄鳴辨幻真。蛛網風摇攀户牖，龍門波定踞關津。當年張緒今何在，此際陳平已不貧。爲治釣竿兼斗笠，擬栽翠竹滿河濱。

同窗星散各支天，故事紛紜二十年。輔主丹心仍七竅，擇鄰白髮已三遷。見猶未見嗔癡淡，争或不争談笑偏。俱有佳兒成玉樹，鐘聲偶夢客船邊。

端午

日至天中顧所安，人間不作等閑看。鷁龍風口騰騰逐，艾虎釵頭細細攢。幾度深宫頒彩縷，誰家小院浴香蘭。奈何馗像高張夜，猶有胥濤入夢殘。

斯里蘭卡凱拉尼亞大佛寺

佛陀親降化嚴城，白象金言示不争。光焰九重千手動，菩提一念萬荷生。真經仰壁參無字，善信當階誦折聲。誠是西方清妙境，非關仕學與財名。

今虞詩社成立一周年四首

春雨姍姍入夜輕，小樓燈火對新城。李花未艾桃花盛，雛鳳時兼老鳳鳴。上國衣冠同仰止，長江波浪欲澄清。詩宗久有虞山立，繼絕應毋愧令名。

春色重光着眼新，臨風忽憶百年身。渡江梅柳天然發，入夢錢吴分外親。劫後長嘆五人墓，望中已復陸機蒓。可憐樽酒時時滿，談笑鴻儒盡比鄰。

嫩寒不敵老東風，吹徹春山一萬重。此際峥嶸揚子鱷，當年夭矯鼎湖龍。高吟江上來琴舫，痛飲人間現俠踪。餘興未闌星復聚，小城同照醉扶筇。

百花深處聽春雷，報道江東正築臺。燈下施施清俊士，座中濟濟廟堂才。同根枝葉分三脉，异日聲名動九垓。傳語今虞數君子，今宵懷抱可全開。

次韻回贈斯人兄兼同賀生日

葉楊苗裔自高才，六載馳邊書錦回。江左策瑜兵合處，命中戡錫酒盈杯[一]。勞形無奈趨臺閣，忍性何辭立白灰。同掬清清東澗水，雲烟深處劍門開。

〔一〕戡錫：北宋程戡、柴禹錫生日相同，官階亦近。

張涵宇

網名鈍筆無鋒，一九七五年十二月生，江蘇鎮江人。大學本科，公務員。多景詩社成員，詩昆論壇總版主。著有《閑囈集》。

沉江

湍激長江水，銷沉百户悲。良游匆與别，何故永相離。司舵怠無怠，搏風期未期。濤聲猶哽咽，石首夜遲遲。

雜詩步杜少陵韻

季夏東門月，團圞未忍看。流光窺又轉，幽夢省難安。風滿危樓畔，衣承數載寒。渾忘星逐鬢，倚遍舊闌干。

即事

春似嬌人面，雲窗覽鏡時。清風匀澗草，翠羽囀瓊枝。欲念逢雖遠，多攀忘閣危。客來驚沈瘦，昨夜夢參差。

咏蘭

卜居何渺杳，山隱避囂音。馥鬱香還遠，孤高蠹不侵。淡妝歸客夢，絶勝麗人簪。明月堪爲友，誰諳赤子心。

重陽記游兼賀多景詩社知命之年

重九飛雲淡，秋山迓客臨。幽亭温古韻，唳鶴滌塵心。一暢登高志，常尋濟世音。松風諳雅事，興逸發清吟。

秋初

淅瀝秋初雨，孤城一夕寒。梧桐霜後死，菡萏露中殘。未解連環結，常呼白玉盤。蛩聲何苦咽，百囀泪猶彈。

小聚有答次韻昆陽兄

江城寒意重，細草盼融和。駐馬休聽鼓，行觴且踏歌。從來歡會少，自古别愁多。擱筆遥相望，春風緑曲阿。

五四有感

燕地奔雷動，昂揚舉國驚。匹夫懷壯志，醒獸發威聲。錐破千年寂，馨餘百世清。撫今唯浩嘆，誰識德先生。

游招隱而不得兼呈野人金水昆陽諸公依飛羽韻

山幽芳未謝，悉客遠方來。欲仰苕溪意，同尋戴隱杯。文心縈竹院，妙義暢書臺。携手靈泉畔，雲嵐照影回。

游浦東海洋水族館

嶙峋礁石飛前路，疑似凌波下九洋。七色錦鱗分碧水，五洲奇景集華堂。白沙難掩珠璣燦，玉樹深涵琥珀光。不墮烟塵明貴賤，海中日月自綿長。

漫興

細雨綿綿入碧苔，蓬門深杜朽難開。隆中修遠虧三顧，陳北煢孤嘆七哀。久沐淫風多滯憤，常懷真質少紆徊。空山當合歸園計，手挼青藤酒一杯。

驚蟄日雜咏

何來妙諦慰平生，百計蹉跎待晚晴。多見群梟争腐食，罕聞志士鬥奔鯨。東風又拂蒼茫道，冷月空懸寂寞城。無覓清源真所在，聊憑濁酒得微酲。

雜憶

狼烟四起山河破，豪杰揚眉拔赤霄。應訝祖龍平沃野，猶慚元敬蕩群梟。理通勒石蒸黎憶，夢鬱尋源鬢髮凋。域外秋寒家萬里，憑欄獨望雨瀟瀟。

無題次韻義山二首

塵暗青箋悵晚風，雲簾戚戚小樓東。平江暗涌千般阻，鄰舍難成一陌通。着意珍存羅帕舊，無情笑看杏花紅。橋邊烟柳波心月，身世何如問梗蓬。

雲散高唐失影踪，蕭蕭野竹伴晨鐘。瑶臺蓮盛人情淡，鳳閣寒侵暗麝濃。便有求凰鳴緑綺，從無雪劍惜芙蓉。難分曉露春衫泪，漸濕鮫綃又幾重。

楊新躍

網名昨夜，號坐夜廬主人，一九七五年十二月二十六日生，湖南湘鄉人。初中教師。曾任中國詩詞論壇詩苑首席版主、菊齋客版等。

至益陽訪會龍山栖霞寺傳云建文帝靖難之變後曾長期掛單此處

靈山終古得霞栖，岳色南臨北勢低。僧杖聞傳資水外，帝鄉已在楚雲西。滌塵梵唱飛花雨，向晚江聲動鼓鼙。唯有秋風如識字，過欄來認舊詩題。

車過荆紫峰梅龍山至荷葉塘謁富厚堂

好趁高風閱楚山，殘陽如血盡斑斕。青來獸脊龍蛇動，秋到人心草木閑。聞道洪楊多死戰，相看子弟幾生還。倚天照海花何在，值晚枯荷向雨潸。

杜甫江閣

天風潮涌逼高臺，幾捲沉浮雪作堆。破寺鐘聲敲日仄，過江嵐氣撲人來。應知清夢長安遠，誰許唐詩獨棹徊？又是招魂明月夜，白沙依舊岸莓苔。

廬山會議舊址前

雄師百萬指揮輕，帝子提携恨不生。一嶺烟雲誰做主，滿朝文武我憐卿。浮風始起青蘋末，王氣終歸紫水晶。若許將軍游舊地，莫談權術衹談兵。

花明樓感懷

秋高望裏嶺如瀾，白草悲同白髮看。兩故居鄰三十里，床單布對水晶棺。難求此地營田舍，可悔當年樹聖壇？已識真龍能覆雨，西風過盡莫憑欄。

二〇一三年元月三日大雪

年少逢君酒一杯，中年相對玉崔嵬。前身滄海曾爲水，再度紅塵誤識梅。如我江山添白鬢，襲人風雨近蒼槐。堯天澤被元春日，恰擁高寒又一回。

大人

百歲元勛憶圍城，而今瓜代又紅旌。八胡久已難安枕，少主堪憂不識兵。最是卅年多裱補，翻言四海盡澄清。斜陽衰草何人作，欲挽傾頽復近平。

癸巳生日自題

三十餘年老逝波，事如野馬去如梭。酒雖助氣終需減，詩亦傷神不可多。大抵浮生同旅雁，或能末世指銅駝。芸芸似草猶珍重，栖息衡門掩薜蘿。

癸巳歲末偶題

霜凌紅葉豈三番，又向斯時感冷温。海涌横流波不見，陸沉上國迹猶存。狐狼大野誰呵壁，劍戟深圍待破門。暫卸鋃鐺當此夜，詩書可讀即天恩。

登潮州韓文公祠侍郎閣

椽木高祠亘古鄰，環城一攬勢嶙峋。孤臣北望遮秦嶺，吾道南來濟海濱。佛骨遥迎儒骨貶，潮州還向柳州循。草萊滿地凝生氣，薪火蠻荒已入春。

訪曾國藩紀念館

頂戴官袍有舊温，斷碑朱字剩微痕。風過草樹龍蛇影，館奠湖湘子弟魂。一縣安排清社稷，獨公隱約半乾坤。我來誰唱大風曲，付與東山夕照昏。

望衡亭下有陶侃何騰蛟墓同游心魔兄評何爲草包

碣石瀟湘舊釣臺，千年异代共江隗。飄摇風雨非明土，分寸光陰已劫灰。浪大難驚魂寂寞，園偏無礙鳥徘徊。我欽偉節嗤成敗，縱使先生少霸才。

望衡亭後約一里臨近雨湖有湘潭秋瑾故居惜門已鎖不能入

行行曲巷到幽深，來聽當年寶劍吟。亭下流聲猶繾綣，街前暮色已蕭沉。鑒湖水較雨湖冷，濁世人同亂世喑。莫向塵間求俠迹，樓臺高鎖不能尋。

立夏前日獨坐山中至中夜

迴臨孤寺半山亭，坐到深時酒未醒。偶落閑雲僧飯白，夜分松氣佛燈青。摩崖有字憑苔古，野瀑無人衹衲聽。隱約飄花親鬢髮，殘春消息在前汀。

題坐夜廬

經年詩事未曾刊，散在吾廬衹自觀。黄葉秋驚安凜冽，綠蕉手種待汍瀾。縱然風雨無情甚，横此頭顱坐夜殘。盛世容身難寤寐，真無一夢到清寒。

友云我詩題材窄以口號答

非是偏持一意行，自憑孤語慰孤程。此身已少烟霞氣，舊句全删兒女聲。守拙餘年詩任狹，留吾七尺土埋平。人間萬事無情好，不使風花賺寸名。

登岳麓山長沙大會戰指揮部舊址而望湘江

雁影重重近夜寒，誰憐杖履怯憑欄？屏藩到此勢將盡，白露横江涉已難。獨與山河支砥柱，且留血肉壓狂瀾。萬家燈火今安謐，彈孔潮痕一處看。

謁王闓運墓地

卌年生長帝王州，此日墳前始吊游。萬嶺青來松氣壯，一碑紅到夕陽稠。江湖衹許成名士，曾左居然無异謀。老作伏生唯述禮，家山半畝可埋憂。

鄭力

齋號抱岳洗月樓，一九七六年三月五日生，河北邢臺人。河北省作家協會會員，承社秘書長，邢雅詩社社長。曾獲『龍裔杯黃帝頌詩文大賽』一等獎、『首届國詩大賽』詩詞雙進士等獎項。編著有《國詩》二輯。

揚州

二十四橋簫更倚，少年心事不如梅。春風老盡梅花塚，遠客孤垂槲葉杯。枉恨迷樓家國破，空憐金井黛蛾摧。買舟何日江湖上，吊取蕪城一寸灰。

徐州

韓信已亡彭越族，胡塵誰禦白登來。歌風空住雲龍阜，霸業還荒戲馬臺。祇借離亭增逆旅，猶教醒世引深哀。蟲沙累劫都虚滅，素野花憑淮海開。

商州

商于舊恨餘商水，忍向商山問采薇。抱石投蘆猶楚客，漂萍逐梗以鷗非。滅秦畢竟從茲去，扶漢如何不放歸。騎鹿將尋赤松隱，留侯待我學忘機。

新桐

鳳兮鳳兮世何世，桐矣桐矣悲莫悲。黄竹其年天并雪，蒼梧之野復歸誰。幽幽露白柯將鬱，惻惻仁淪子獨爲。何取嶧山三萬丈，不教爨下泪空垂。

黄山軒轅峰

帶此泬寥之白日，去他浩蕩以蒼冥。祭他颯沓之千世，告此崚嶒以萬靈。長舉軒轅雲作壁，一麾弱水海爲瓶。哪教區夏同憂患，須把龍文風雨銘。

張月宇

網名深南，一九七六年四月生，湖南桃江人。香港詩詞學會副會長，香港論壇執行站長，香港網刊精萃執行主編。

沐足

崎嶇莫道路行難，踵底胼胝漸已頑。適履不堪傷以後，凌波猶在夢之間。一行霜雪歸鴻迹，千里風塵度雁關。且濯滄浪清濁水，勞生消得片時閑。

補牙

非疴之痛豈曾呻，編貝來鑲一角銀。蒙獄冤時休咬舌，感温寒處可依唇。世間齟齬言難合，夢裏研磨事漸頻。細嚼中年甘或苦，天涯長記故鄉蒓。

髠髮

重圍身被褐衣單，刀影翻飛鏡裏看。黑木崖邊風愈烈，光明頂上月猶寒。休驚獄犯逃罔圄，應笑詩僧坐法壇。刈此塵絲三百萬，從今不復怒冲冠。

排石

痛止三分醉乍醒，幾番卧對白雲屏。身焚舍利終難化，腹毓珍珠尚未停。精衛不知填碧海，媧皇應待補蒼冥。泥沙借得巫山雨，一夜濤聲下洞庭。

薄暮登岳陽樓

雁序驚寒度閏秋，茫茫湘楚望中收。樓臺聳峙名千載，日月浮沉感一漚。天曠自逢仙客醉，時艱誰記范公憂。洞庭湖上濤聲起，且待君山砥逆流。

謁小喬墓

湖山秋籟水雲斜，憑吊孤塋有暮鴉。不必冰弦夫婿顧，空勞銅雀阿瞞嗟。江東何短君臣壽，天下堪憐姊妹花。檣櫓灰飛談笑夜，英雄衹合屬喬家。

過君山懷遠

誰磨玉鏡黛初妝，回首烟波近漢唐。信有傳書承夙諾，豈無啼竹斷離腸。歸飛雁字人千里，隱約亭臺水一方。七十二峰微雨後，不堪惆悵對斜陽。

游南縣天星洲蘆葦蕩

湖平浪闊沐秋光，一棹乘風入杳茫。錯落汀洲淞澧合，迂回港汊鷺鷗翔。漁舟泊處花飛雪，游子歸時月滿霜。極目洞庭西畔路，何當重卧水雲鄉。

返桃花江

蜚聲一曲美人風，路向江村東復東。山外竹看隨處碧，門前花記去年紅。凋零逝矣空流水，輾轉歸兮類斷蓬。桑梓暮秋長倚望，鄉心此日許誰同。

郁金堂

丁字簾櫳宿雨收，呢喃巢燕語勾留。海棠粉面開還落，楊柳青絲剪未修。自許詩情鎸瘦石，誰持棋藝賭名樓。一湖春水風吹暖，來向亭西訪莫愁。

謁中山陵

鼎革先驅安在哉，勢依碧嶂自崔嵬。烟雲江北連華表，風雨天南近石臺。三道紀綱何以踐，百年人事正堪哀。喑喑忽起松濤壯，欲遣奔騰萬馬來。

金陵懷青鳳女史

詩壇蕙質久知名，終古繁華屬此城。凝黛山遥湖煉鏡，褪紅簃静絮飛瓊。一枝臨水驚鴻落，三叠停雲翥鳳鳴。綺密篇章沿六代，于今不獨説蘭英。

記飲爲船兒火兄壽

未减談鋒夜已央，縹緗緣自腹中藏。詩城險壁愁能破，酒海驚濤斗莫量。流水流觴過上巳，懸弧懸艾近端陽。幽懷綺語何須説，快讀屏山十六章。

立秋懷夢烟霏兄

千山戟列路漫漫，傾蓋分襟語未安。努力各爲門户計，勞神同作蠹魚餐。漸聞遼海秋風起，可記瀟湘夜雨寒。忽恐支離南北日，重逢一叙更何難。

秋興

雌雄誰辯大王風，伐内安邊各不同。得失冷看礁海月，死生諱説鼎湖弓。疆分北土情何慨，圖獻西川事未終。上苑經年宵旰慮，秋山星火正燃楓。

嶗山記

裙花拂露鬥春妍，磴近亭臺斷復連。三面浮峰濤捲雪，一泓飛瀑雨生烟。空餘丹鼎分明迹，來辨摩崖漫漶篇。假此天風吹海嶠，斜陽紅到曲欄邊。

與獨孤食肉獸兄

名樓想望白雲踪，江上烟波隔幾重。漢渚三年鄰未識，京華兩度赴難逢。鏗鏘城市車同軌，玓瓅黌宫月滿松。流響自君開别派，熙熙壇坫待誰從。

甲午七夕

天風歸去海橋西，一片輕帆落彩霓。花氣已從扃牖放，月光漸向繡幃低。謹三載語因誰諾，志百篇詩爲汝題。夜色沉沉消萬籟，濤聲依舊拍長堤。

鄧日紅

網名韓茹彬，一九七六年七月生，湖南株洲人。大學文化，公務員。

觀魚化石感懷兼贈石不能言

歡愉一夢泯，龍骨落金鱗。曾是風波客，今爲山麓賓。穹蒼亘浩渺，生死祇逡巡。斑駁形猶在，知誰拭我塵？

七月十一日偕友游空靈寺用張叔卿韻

抱牘甚于病，靈岩待我歸。江汀翔白鷺，棧道失禪衣。壁立人文久，舟過名士稀。從兹雲水逝，蝶夢任翩飛。

雜感

公權長在握，竇馬出侯門。貴賤從來有，死生何必論。邑中百萬户，座上幾千言。誰見窮廬下，銜愁聲自吞。

小石源探夏酬主人

石源不在小，一徑雨痕新。溪谷亂摇影，雲階净掃塵。茶香書自讀，日下鳥相親。

不醉不歸去，明年更探春。

中秋前三日與同事聚于淥江之濱昱鋮葡萄莊園有作

暮雲低四合，淥水向天長。聊共秋風好，啖知蔬果香。蟲鳴音古樸，月上味清涼。遥看華燈外，歸程忽已忘。

中秋歸故里午後旋返淥口是夜有作

天高晴日好，蕭颯起秋風。車向青山外，人回白屋中。歡娱分長幼，痛飲説窮通。别後對明月，遥憐一老翁。

深秋初晨偕友登鳳凰山

重檐時隱約，聯袂上高岡。寒氣沁衣冷，回闌指路長。雲涵烟曙色，風送竹林香。俯瞰群龍在，無人識鳳凰。

周末步行至獅子山下有記

斑斕真野色，偕友向山行。霜橘垂能摘，畦蔬鮮欲烹。聽風雲樹老，顧影水天清。何必巔崖去，尋仙路不平。

空靈雅集次韻寄江湖小李并與會諸君[一]

記得酡顔酒半巡，便忘形役遠囂塵。當時曲徑韶光好，此後空靈濁浪頻。網路遭逢元寂寞，詩書與贈各清貧。明朝誰駐天涯外，一夢瀟湘即比鄰。

［一］空靈寺在株洲境内湘江西岸。

自題兼寄諸友

十年淥口慣沉淪，例是清狂誤此身。筆下文書皆舊事，目中才俊遍新人。塗鴉漸覺閑情足，倚醉翻疑好夢真。縱有孤愁删未盡，東山風月久相詢。

耿震

網名風中飛羽，一九七六年八月生，江蘇揚中人。中學教師。鎮江市詩詞楹聯協會理事，多景詩社成員，詩昆論壇版主。

野望

野望登高閣，青山帶落暉。潮平千舸静，天闊一身微。貧賤無榮辱，江湖有是非。歸巢林鳥急，結伴好同歸。

讀陳簡齋詩

陌上草離離，華年誰許期。多情唯鳥語，獨坐少人知。春色杯中酒，幽懷筆底詩。江南微雨後，又是杏花時。

把酒

把酒將愁夕，江津路杳茫。北風揚積雪，枯樹沐微陽。爐篆寒難結，溪梅冷不香。一枝誰折取，幽思或能忘。

夏日早行

宿雨才收處，微陽初照時。藕花開爛漫，蒲穗立參差。魚唼紅香瓣，蜓飛碧玉枝。行行如有得，一笑自心知。

乙未重三過高崇寺

游雲寥邈處，山寺亦幽深。檐外時花落，階前野草侵。悠然廊下客，倏爾樹間禽。僧隱爐灰冷，蕭然意不禁。

登樓

雁自南飛水自東，登樓四望與誰同。心隨遥舸滄波外，人在清秋夕照中。有憶漸教衣帶緩，無花莫使酒杯空。西風白髮相偕至，能看幾回天際紅。

閑行

謝盡林花山水清，西風過處任閑行。幾聲村犬逢人吠，一片蘆花入眼明。依約檣帆思故客，幽然懷抱悵新晴。秋來每食無滋味，却憶當時杯共擎。

壬辰三月三日南徐樹招飲步昆陽子韻

舟車豈敢惜青蚨，昨夜眠無也夢無。日出微聞輕浪動，山深爲有大賢呼。侵泉碧蕊香升座，煎雪紅爐春在壺。偶得浮生賒一刻，歸來又苦作詩奴。

登蒜山

雲臺峨嶪勢連空，俯瞰南徐此最雄。竦峙三山熊虎氣，横陳一水鼉鼉風。深懷楚國沉碑永，長望吴宫晚日紅。把酒臨流須痛飲，興來高唱大江東。

乙未三月壬申又過廣陵訪琴師張明

春水波平村樹斜，負桐尋路到君家。去年門巷還依舊，此際薔薇又見花。聆有清音聲曼婉，坐無塵想意幽遐。浮生應惜偷閑事，歸後猶思更一賒。

楊瓊芳

字玉擇，號洗夢樓主人，網名緑楊烟外，女，一九七六年十月生，重慶酉陽人。師從江右殊熠在天、一得愚生二位先生。重慶市詩詞學會會員，酉陽縣詩詞楹聯協會理事及書法協會理事。

游桃源美池

塵囂何所避，桃下一潭幽。照影亭扶樹，憐魚雲築樓。無波隨雨漲，有客坐風愁。清鑒恒如此，量心沉與浮。

題舍外龍洞

洞吐龍涎白，井幽蘿徑通。摩崖三刻石，入地兩重宫。涸補山中雨，鳴添樹杪風。蓬窗每相望，清賞幾人同。

登鹿角坪

雨後逢晴好，車登鹿角坪。濕雲高樹卧，崎路遠山横。原野奔無極，秋懷落有聲。此時安可掃，風不進愁城。

催耕

夜雨芹泥潤，幽花密間疏。長烟隨岫合，初日照林虚。田舍兩三畝，夭桃千百株。山山鳴布穀，相促動春鋤。

秋夕見日色如月有懷

落日鑲青壁，迷離淡可尋。隨烟追遠岫，催鳥下層林。明晦原無意，浮沉自有心。問人何所悟，微冷漸相侵。

秋過常德詩墻夜眺沅江

初過春申閣，勝名誠久聞。堤高還着墨，江闊正流雲。文氣清如洗，星燈炫莫分。蕭蕭秋葉下，亦自絶塵氛。

步韻黄景仁感舊詩作感懷一首

渝地經年車往頻，客途未覺物華新。山唯一季能邀雪，愁竟無時不擾人。墟遠松烟猶剪剪，岸平雲水自粼粼。佛前莫問安心處，先世修成百劫身。

步韻黄仲則雜感一首

悟道悟詩皆未成，愚懷悵聽野蟲鳴。自憐書讀疲牛態，肯笑人争蝸角名。筆拙莫驚嬴白眼，身閑應愧負平生。杜鵑花事何來盛，有雨時敲葉上聲。

愛閑

有慮争如蝸角蠻，貧廬相對認秋山。幽溪得雨隨心漲，黄葉經風信手删。枕夢未知蘭燼落，觀書且放寸毫閑。厭將塊壘投新句，近半生涯去不還。

秋風

雁背高寒安可栖，平林送月比簾低。過山吹葉俱成蝶，入竹調弦半似溪。彌久生涯誰得識，渺漫行迹我思齊。溯源莫問家何處，衹在鴻蒙西復西。

有感于鳳凰不與烏鴉争嘴

窮巷深居百不驚，閑從蝴蝶認前生。高桐鳳隱渾無色，斷堞鴉堆亂有聲。殊少靈根能悟道，縱存拙句耻求名。山溪九月菊初好，取次清游踐舊盟。

出行所見

思隨暮色竟茫茫，惘計車程短與長。横嶺如舟歸日角，快風似水動雲檣。霜聲何止千重淚，道路無非百轉腸。景物于人題不得，眼中萬象是荒凉。

林雪兒

筆名絶塵香韻，女，一九七六年十一月生，廣東汕尾人，現居深圳。中級茶藝師，高級中醫理療師。書香世家，幼受庭訓，酷愛詩詞。

游桃花源雲臺寺新厝林古村寨有感

竹影知何處，桃源隱此間。疏鐘來翠黛，蝴蝶鬧釵環。義渡餘輝薄，烟村古月閑。長思廬可結，幽素近靈山。

秋日偕老師與臨江江浙立峰諸兄游蓮花山雲蓮寺

碧水若爲渡，蓮雲空自流。同行師在側，一喝棒當頭。絶境多生趣，真源豈妄求。此來沾法雨，慧業且隨修。

抒懷

秋圃繁華盡，應憐繾綣心。高天題雁字，薄茗對弦琴。露冷魚沉水，風深鶴在林。豈言多耿介，月下有知音。

頌六祖

如如不動懷，一謁妙云哉。三界邪魔破，六根慧性開。菩提無蘊相，般若篤蓮臺。悟得同圓境，壇經入世來。

偕寶蘭姐等八萬深山中三尋白水寨瀑布不值

數里崎嶇路，玉龍未得尋。鸝啼知午静，草長似春深。絶頂仍環顧，臨淵悟一吟。想因魚寄意，引我返幽林。

山寺有寄

萬緣終有盡，一雨浥殘秋。夕靄隱真見，菩提作古儔。山深人迹少，道遠鳥聲幽。若問心何向，此間般若留。

春日與寶蘭姐同游東來岩有感

青松静立鳥悠閑，嶺外春光早破慳。問道飛岩臨古廟，尋泉靈壁上東山。清虚似在清虚裏，萬境猶如萬境間。秃筆難描拈指意，倚藤同看逸僧還。

九日偕諸師友登蓮花山暨游金竹古寺生活藝術村

次杜工部韻

一縷山風世外寬，白雲數朵寄清歡。高天偶爾過青鳥，薄霧依然繞樹冠。莊上烹茶紅日下，詩心酩酒碧泉寒。多情最是蒲稗草，幾度徐行爲細看。

釣臺懷古

雲隱清凉月嵌巒，晝閑更覺夜漫漫。未明霧起因風意，莫問霜侵片葉寒。貞玉若存陶令志，幽泉不遜子陵灘。富春江上留佳話，自有來人解寸丹！

李旭東

網名夢烟霏，一九七六年十二月生，祖籍山東萊蕪，現居遼寧凌海。供職于凌海市液化石油氣公司。喜讀經史，詩學李義山及晚清諸家。

姑蘇忠王府

龍興虎戰各縱橫，一曲驪歌别樣聲。古木叢臺容獨憩，夕陽寒色掩高城。焰經劫火灰難燼，風到春來海欲平。淘盡黄沙千點泪，祇無人與祭蒼生。

讀方孝孺

破國磔身何此災，當時猶認出群才。賈生有命虚垂涕，袁盎無情至可哀。夜雨依然蘇武墓，春風隱約李陵臺。天家各守升沉計，祇把蒼黎付劫灰。

讀蒹葭樓

白露蒹葭澹未收，蒼蒼心事付中流。風前初覺三千甲，劍外虚看十四州。破國山容粱稻恨，落花紅似去年秋。人間草木無情甚，衹向春華唱不休。

讀明遺民詩

縹帙青箱道可憑，河山兩戒惜崩騰。已無舊制堪容士，或有新朝不避僧。碧瓦紅墻清館閣，黄楊白草漢諸陵。英雄失勢長相似，衹是當時記未曾。

東林書院

異代蕭條感不禁，千秋福禍此愔愔。論才爲有前行轍，問學何來後世心。隔岸風催新燕語，閑階草没舊行吟。甲辰丙午尋常事，從古書生力未任。

蒲團三首

隱隱高樓盡欲遮，一從榮辱送年華。松陰差可閑中立，柳影還當静處斜。雨雨風風何夕月，行行止止幾時槎。偶然會得天心意，澹坐蒲團數落花。

缺月條風花自繁，幾家鶯語倍相喧。人情頓悟頻呵手，世事商量已不言。醉後笙歌鳴北里，雨餘燈火掛東軒。此心無似曲江曲，贏得西昆作一番。

坎止經行此一般，恰知心事本相閑。鈞天夢好春何處，霽夜風平月半彎。話到秦灰翻畏火，幸存斯世飽看山。有時爲笑謀生計，詩格禪情兩不關。

秋雁

休憩煩依衹樹林，遥天山色愈蕭森。一川雲映沙洲月，兩晋風埋烈士心。瀚海逡巡宜暫駐，楚臺纖繳且沉喑。羡君亦是南行客，但避凉飆屢見侵。

秋柳三首

立盡長亭復短亭，曉風吹處一痕青。故園摇落今休折，羌笛哀時曲未聽。烏尚能栖依舊月，樹猶如此奈何萍。但因草木常祈得，朱雀欄邊第幾星。

故人何事望天涯，望及天涯已漸遮。被雨仍催灞橋岸，因風曾綰玉鈎斜。過千行雁無從記，帶幾分雲衹易嗟。好向西關歌不得，如今依舊捲胡沙。

已慣斜陽静欲安，連江疏翠鬱千盤。誰將文字磨成骨，早有狂歌植做欄。玉笛聲催鴻影瘦，金城烟漲帶圍寬。煩君莫問升沉想，隔歲春風與自看。

戲作三首

塵封昨事，新見難知。古人常謂人生如戲，觀日間各處，誠如是哉。偶有所思，亦如戲作耳。

才過中秋月未凉，坐看樓影漸成霜。青州從事何唐突，白水真人太渺茫。易醉已同村後子，半緘誰似路邊楊。明朝或夢江郎筆，爲畫高天雁一行。

街角愔愔舊日歌，廿年踪迹已消磨。看花心事尋常眼，逐日功名水上波。一樣經行空虎嘯，幾回踞坐半維摩。讀書合到關情處，原是龍門卷外多。

敗壁塵封障海無，堯年禹迹兩難殊。當窗影似前朝月，合卷書多此日奴。鑾觸俄驚天老大，陰晴易覺總模糊。不知誰識搬山力，露掌銅盤入狗屠。

咏史三首

辛苦津梁夢不成，剪燈論罷倍傷情。都無哀樂歌黄竹，正有堯年誦太平。世盛并教沉劫起，黨鈎猶略漢家營。我祈一月中天上，獨照人寰到五更。

温室言移草木腥，更深慣課浄名經。仰天唾面尋常見，沸地吹唇不可聽。大月盈霄須撫掌，一星宿火待揚舲。鷄人唱罷内宫傳，流水年年御史亭。

法雨諸天不自生，唯教四食戒何成。横胸劍欲翻龍種，入眼人多起墨兵。夢似春杯長易滿，事如新月總難盈。回頭十萬八千偈，所欠無非喝一聲。

吴化勇

字遠鋭，網名武陵樵夫，一九七七年二月十五日生，湖南慈利人。大學畢業後，從教于粤北翁源縣龍仙中學。幼誦蒙學經籍，少習魯班術，長而勤工儉學。詩法老杜，書崇大歐，以研習儒家經典爲樂。

返粤火車中八律選二

山蒼影如鐵，秃樹月新殘。悄拭眼中泪，强承膝下歡。茫茫前路窄，浩浩北風寒。靈藥偷何地，親心一枕安？

負手車窗下，輕哦游子吟。寒霜圍大夜，汽笛破歸心。百策終無用，三生被七擒。家山何處是，回首白雲深。

書堂石懷古五首選三

書堂石上築高台，孤峙波心斬浪開。學子不知何處去，漁歌依舊渡林來。卞和獻璞刖雙足，屈子行吟剩一哀。休向青山空灑泪，古來報國幾人回。

野火如星暗又明，鷓鴣夜夜唤愁生。讀書空有五車富，截髻永垂千載名。米貴長安居不易，日高秦嶺路難行。天涯此去何年返，一宿風聲亂雨聲！

瀹江九折出青峰，百尺書堂在眼中。新竹迎人知勁節，夕光泛浪映飛蓬。髻懸衙閣君何在，心薄王侯時未同。風雅銷沉今不振，大音孰和感途窮！

夜宿南岳烟霞茶院

鐵佛寺西臨主家，松聲對坐煮烟霞。雨光紛沓千峰碧，竹影分披一徑斜。濕翠春衫通夢寐，冷香玉臂憶芳華。更憐午後二三子，消受佳人數餅茶。

江亭思慈姑親舊

細雨山城濕翠微，榆枋燕雀疾追飛。經年幽境初交賞，舉目新亭故面稀。柳色欲裁思寄遠，江風空仁自牽衣。幾回憑檻望黄鵠，何日烟蓑釣暮暉。

山齋待人品茗不至

細沏洞庭雲霧茶，待君不至碧窗紗。清波澹澹摇斑竹，林杪垂垂齊落霞。日影漸低山澗石，深宵獨對海棠花。蓬壺舊約終難副，一宿秋心噪鵲鴉。

游河源市連平縣陂頭鎮某村

傍柳隨花不問津，南天一角避心塵。時消時漲陂塘水，不履不衫天地身。詩酒寂寥三二子，雲山蕭瑟十年春。更憐新月瘦如骨，猶撒清光照比鄰。

赴長沙途中得歐黨强道兄賜茗并送于車站感之并寄

七載新知成舊雨，悠悠世事老風塵。翁山缺月同煎茗，湞水深樓獨避秦。自擬雄鷹中意氣，坐看燕雀吐經綸。如今淪没斯文日，陋巷蕭條知我貧。

胡　劍

字宗泰，又字伯平，號厚庵，網名抱月、鮑樾，一九七七年三月生，江西九江人。大學法律本科學歷，江西康潤律師事務所合伙人，專職律師。江右詩社社員。辑著《十年集》《三紀集》《無爲集》與網路武俠小説《兵書俠影》。

過秦嶺

爲愛秦川麗，驅車此嘯過。峰高連白日，脉遠接黄河。氣候分南北，人家雜柹騾。

少陵原樹近，漸覺客愁多。

應金九兄邀同閑師登西龍山大王峰

卧虎藏龍處，登高竟一呼。湖光争瀲灎，嶺色入虚無。松動如招客，雕盤喜訓雛。秋風知我醉，歸路暗相扶。

永修附壩林場乘船游柘林湖

水勢横無際，人聲共一船。便從江海去，隨日下虞淵。島上風光好，山中夜露圓。羡魚非我意，鷗鳥莫低旋。

游姑塘海關

繁華如夢散，往事不堪描。關鎖興亡恨，堤回寂寞潮。草痕沙際暗，舟影雨中遥。殷鑒誰言遠，低吟過石橋。

辛卯參觀吉安文天祥紀念館

不見英雄出，蒼生可奈何。飄萍支季世，含泪唱高歌。月照金陵驛，風吹吉水波。應知千載後，正氣自巍峨。

游九江鎖江樓

又共佳賓上小樓，江天九派望中幽。蘆花近白千年渚，楓葉遥紅一段秋。廬阜猶能藏虎迹，浮屠空自鎖江流。何堪塞雁南回夜，寂寞潮聲打客愁。

冬日

霧雨淋鈴冷意濃，落楓影裏近隆冬。久無莊蝶相迷夢，尚有膺門可卧龍？北國風光銜雁脚，東君消息入梅踪。何當一夜梨花遍，峻嶺崇山看勁松。

雜感

落拓花前常病酒，消魂月下暗吟詩。時如蛇伏待雷動，身似烏飛何所之？萬里關山鷹眼望，千般幻象佛心持。待登絶頂小齊魯，却掃浮生未展眉。

過大余梅嶺關

古道綿延猶過嶺，關門早共白雲閑。風穿梅樹摇青子，草没碉樓雊黑鷴。階外千山仍似劍，人間百越已非蠻。此行堪盡清游趣，莫學前賢怨去還。

訪修水黄龍古禪寺

一天烟雨鎖黄龍，四野蒼茫失佛蹤。劫後人來尋祖迹，堂前誰與辯禪鋒。有田還滿當時水，無語空聞遠壑鐘。榛莽林中雙塔在，靈源山谷舊相從。

游廬山康王谷桃花源景區近瞻谷簾泉而返

秋嵐釀雨漫遮山，入谷尋源路百彎。兩岸村墟如畫静，一川桃樹似僧閑。泉憐甘洌垂簾落，風愛清新帶氧還。陸子陶翁曾到此，遥思帽影翠岩間。

唐海波

字百川，號直齋，别署竹海茶農，一九七七年六月生，祖籍江蘇句容，現居宜興。以種茶爲業，暇時喜吟咏，著有《孫家塢吟稿》三卷。

重游古街

舊日經行處，衹今還有誰。柳風猶可握，綺夢不堪追。别後頻傷酒，年來懶畫眉。幽階空佇立，暮色漫相隨。

七夕後一日作

玉人安可覓，幸有夢牽縈。婉轉雙蛾翠，翩躚一傘輕。比肩觀映畫，隔座話生平。此日當珍惜，歸途悵獨行。

賀無錫碧山吟社詩詞群建群兩周年

錫城三月天，結社續詩緣。賴有生花筆，吟成經世篇。計程路雖遠，携手夢能圓。十老應無憾，一燈今尚傳。

癸巳夏碧山吟友陽羨雅集分韻得消字

山深暑氣消，迓客趁今朝。宿雨泉聲急，清風竹影摇。聞香識嘉木，把酒驗詩瓢。

漫道歡娱短，鷗盟信可招。

酷暑

未入槐安國，久居蟬噪中。但揮庶人汗，敢沐大王風。渴飲茶三碗，閑鈔經一筒。猶難消暑氣，對日漫思弓。

山居

安能嫌路窄，出入不須車。倚竹渾忘肉，疏泉爲煮茶。巢多添鳥雀，露凈濕烟霞。幸可此間住，誰曾夢斬蛇。

次李太白登金陵鳳凰臺韻詠宋史

荒臺誰見鳳凰游，落木無聲江自流。聚散浮雲還蔽日，盛衰王氣早成丘。盡忠須搗黄龍府，解甲宜歸白鷺洲。長恨世途多坎坷，和戎詔下使人愁。

次韻杜工部秋興八首 其五

幾回胡馬度陰山，漢祚存亡轉瞬間。臨陣無人堪拜將，議和有詔可開關。忍教華族事蠻族，還使紅顔辭聖顔。痛史于今猶泣血，燈前檢點迹斑斑。

次韻楓葉春游詩

鶯歌燕舞共流連，勝似城中聽管弦。况有山梅紅綻蕊，更兼溪柳翠含烟。農家待客茶三盞，驢友容身室一椽。惜別休言天欲暮，夕陽猶可照心田。

偶成

一諾隨風豈可尋，綿綿春雨濕芳心。低眉且誦佛前卷，憶別偶彈燈下琴。有夢何堪緣太淺，無緣底事夢偏深。醒時欲共誰人訴，猶見雲陰蔽遠岑。

讀桃花扇之哀江南

臺城亂柳集昏鴉，舊院無人白日斜。何處尚存商女恨，幾時錯種後庭花。國亡家破悲撕扇，地解天崩誡覆車。須共遺民一灑泪，此身終究屬中華。

敬贈皇明後裔寧古塔朱兄

安有遺民哭甲申，不期昨夜遇王孫。運移明祚髮曾剃，身入胡天姓尚存。易代尋常見史册，攘夷終究是危言。熒屏慣播清宮戲，莫訝僵屍可返魂。

感事

邊聲陣陣未添愁，賴有東南保釣舟。固漢金甌當奮武，取倭首級好封侯。韜光養晦陳年策，修德崇文异日謀。甲午耻憑諸將雪，英雄豈必姓曹劉。

嘉木

嘉木千株手自栽，一朝采得嫩芽回。腰間簍小猶沾露，城外山深未染埃。閑共新朋制佳茗，樂邀舊雨試春杯。何期品罷悄然醉，茶力原來勝玉醅。

居庸諸子不日枉駕

敢卜浮生何日逢，每于博客覓吟踪。愛君首首枕邊讀，笑我回回夢裏從。幸也有緣陪末座，快哉當面叩洪鐘。不嫌供給惟鷄黍，來路莫辭山幾重。

將赴濱湖分會紅沙灣雅集

蟄居陽羡嘆離群，諸子風流不可聞。肯使蒹葭依玉樹，又教鄙吝感斯文。高談料有酒相佐，野步豈無香暗熏。道是深秋花未落，憑誰裁句咏清芬。

江陰黄山湖公園茗坐

借得湖山一角栖，履鞋未着雪和泥。净含朝露花才摘，晴喜空庭鳥競啼。縱意何須行酒令，論茶自是有靈犀。分香勞駕紅酥手，細注青瓷供品題。

甲午閏九月敬題宜興東坡書院

幽院門開一徑深，桔黄竹翠對沉吟。滄桑已改買田處，天地尚憐歸老心。情寄獨山因似蜀，波揚宦海每沾襟。飄飄剩有孤鴻影，指爪須教後學尋。

施　靈

網名夢語，女，一九七七年七月生，江蘇南通人，現居南京。南京大學碩士研究生學歷，從事交通行業管理工作。留社社員。著有《夢雨集》。

甲午歲杪題畫

獨遷蓑影裏，水巷起寒烟。舉目年將盡，飄燈夢久懸。棹回霏雪後，思發落梅前。欲向天涯去，滄波一邈然。

吊南京保衛戰次顧亭林海上四首韻

夷島濤來沴氣侵，六朝劫難倏重臨。縞穿弩末摧風烈，旗换城頭遺恨深。堠火連空尸蔽野，江壖拒日血鎔金。今將折戟更磨洗，來認鵑啼鶴唳心。

花雨蒼黄動地哀，絶懸虎旅殁高臺。吞聲餘燼招魂去，畢事孤鴻銜影來。詔令如波心未散，江山憑險夢空回。從知出狩艱難事，帷幄猶虚樂毅才。

炮墩終古鎖塵沙，辭闕銅仙何處家。二暑天空布先兆，三軍蟲鶴了生涯。銜仇盡殉枰中子，失計痛沉江上槎。秋草如新因血沃，亂山合沓泪横斜。

椒漿長謁石頭城，雨潑階苔處處生。兵甲已消狂孽氣，關河深涌愴悲情。碑空名姓真千古，史鑒興亡及兩京。釣島寇雰今又起，撫民猶自效秦嬴。

謁杜甫草堂

浣花溪碧圍孤夢，一揖茅檐百感侵。人避干戈成蹇卧，天將風雨助高吟。傷麟筆注黔黎泪，斷雁秋沉楚客心。异代江山同北望，横流盡付亂烟深。

孤山放鶴亭

風塵無意且逃名，寒碧空圍枕夢清。明月幾時成過客，梅花終古屬先生。維舟浸冷湖山色，放鶴知留杖履聲。我欲亭前賒一角，春光坐老看潮平。

讀方孝孺先生傳

紅羊離亂變天容，寧海魂歸百丈峰。獨有霞章追左馬，惜無廟策效夔龍。君臣异遇恩何限，瑣闥孤鳴血一封。敢試秦坑儒所大，劫灰不盡恨重重。

讀陳寅恪先生集

清華舊夢感成塵，尚有精魂着此身。袖手風雲臨板蕩，折躬經史役形神。鳥啼寒柳聲猶在，豹隱荒丘性豈馴。莫向九原空悵惘，自由應慰屬斯人。

向晚訪錢鍾書先生故居

浮生何處不圍城，趨避同歸局一枰。閱世慣横青白眼，移文終引是非聲。海桑留命幾寥落，錐管窺才倍解明。吟玩枯槐悲蟻夢，微茫夕影上櫩楹。

甲午歲杪金陵雪霽有寄

倏忽江春入舊年，聊將殘雪寄吟箋。憑闌水染三山色，摩眼梅含一笛烟。摇落行藏天有任，呻呼文字世如還。知君亦是鷗波客，莫向湖垠立悯然。

甲午歲杪雪霽隨洗硯齋晚成芋水堂兄登臺城有賦

從子何辭涉履長，登臨頓覺墮蒼茫。背城雪色連天迥，策馬烽烟斷夢凉。故柳垂堤傷濩落，中懷捫壁認滄桑。可憐一派風雲氣，更付荒苔吊夕陽。

甲午除夜回鄉途中口占

跳丸日月未塵侵，歌哭勞勞事可尋。幸有寒香泅故紙，好憑幽夢解初心。湖山照眼憐殘剩，詩酒分懷憶淺深。莫倚樓頭聽唳雁，停雲八表正愔愔。

乙未春日登掃葉樓

僻地尋春陟翠微，山光物態競乖違。樓頭吟影傷離黍，葉底流風解息機。晚磬聽殘雲寂邈，幽禽啼徹夢依稀。六朝殊景誰憐取，照眼青苔已上衣。

乙未清明逢雨莫愁湖海棠初謝有記

垂絲摇落散青烟，重訪湖亭倍惘然。斷徑殘英人孑立，飄檐微雨燕空旋。芳魂迢遞隨春水，世事推遷感宿緣。忽憶東坡寒食句，且憑泥雪證詩禪。

江南三律之憶江南

梅子黄時醉不禁，漫隨杯酒憶幽尋。亭臺曾抱千波碧，烟雨長徊萬里心。曉破堤痕鶯正好，棹分荷影夢猶深。最憐短笛横吹處，芳草依依露滿襟。

憶初雪有懷用海藏韻

重城迢遞阻儕朋，訪戴溪舟久未登。殘月掛窗猶寫影，幽懷藉枕待銷冰。梅花一笛吹愁徹，桑海幾回過眼曾。悵惘舊游疑隔世，聊將永夜讀詩僧。

荷花

慈航欲渡月空明，顧影紅衣韻太清。袖底奇香元未散，波中靈骨總難名。祇緣偶遇貽雙蔕，可待重來托一生。惆悵橫塘舊題句，秋風斷梗不勝情。

徐自飛

筆名詩心懷夢，一九七八年九月十九日生，山東臨沂人。自由職業者。

登高

隻身尋綺夢，萬里繪藍圖。心比楚天闊，人如漢月孤。登高同涉世，望遠抵歸途。山托凌雲志，開懷酒一壺。

宿寒山寺

碧瓦白雲浮，千年古迹留。游人喧净土，香客擾清修。山寺鐘聲夜，禪房月色秋。六根無一物，佛法解心愁。

山行

野營晨起後，曲徑獨行幽。天白雞聲曉，楓紅山色秋。層林浮薄霧，深澗蕩輕舟。向晚客歸去，炊烟雲際流。

酒

純糧精釀製，工藝史悠長。逢節千家醉，開壇十里香。成名憑聖水，奪冠賴奇方。百感其中味，一生爲爾狂。

月夜歌贈西北邊防官兵故友

絶地育精兵，巡邏月下行。北風嘯邊塞，燈火照孤城。壯士重成敗，英雄輕死生。仰君身報國，萬里望軍營。

醉酒吟

一生落魄恨無由，世態悲凉心上秋。墻草趨炎逐風倒，山溪附勢順坡流。春褰帷幕百花盡，人到中年萬事休。把酒青山應最樂，功名富貴衹生愁。

苦吟

執卷寒冬夜已深，渾然不覺月西沉。俯身燈下潛心學，踱步窗前負手吟。筆落思追少陵句，曲成待識伯牙琴。曉來睡意猶難捨，又裹詩情入夢衾。

董就雄

一九七八年十一月生，祖籍廣東南海。香港中文大學中文系榮譽文學士，香港浸會大學中文系哲學碩士，香港大學中文學院哲學博士。現任香港珠海學院中文系助理教授。香港詩詞學會副會長，香港璞社成員，新松詩社創立人之一。曾獲全國『光孝寺題咏』比賽一等獎。著有《聽車廬詩草》二集，《聽車廬評點璞社詩》；編有《城心集》《城大校園題咏集》《荆山玉屑·三編》；論著有《葉燮與嶺南三家詩論比較研究》《屈大均詩學研究》等。

霍爾果斯口岸碑亭

孤亭翻遠思，碑冷興難消。一夕蚊蠅患，百年悲怒潮。車今邊道貫，袂亦夏風招。口岸江山麗，騷人豈寂寥。

中華白海豚

珠江紅粉客，疑似北溟鯤。直立探頭顧，前衝競浪奔。躍身彎半月，潛水去無痕。海闊青天邈，逍遥任意翻。

下武當山

金頂烟嵐遠，綿延下武當。瑶階沉翠緑，矯步入蒼茫。寂寞黄龍道，娉婷玉女妝。漫漫低復上，困頓亦高昂。

閑居有作

不覺屯門遠，優游寄簡居。山高臨牖翠，水綠映樓疏。執手言無盡，開篇樂有餘。頗憐人境近，日夕聽喧車。

四川地震書懷步中山兄元玉

六萬生靈逝，加增尚有時。頻頻聞不測，歷歷痛垂危。啓播徒添恨，回天未可期。何如斷媒體，或助減愁悲。

慕田峪長城

雄關上都拱，危嶺鳥難翻。回首人成點，登雲勢似奔。衣冠殊域至，垛堞敵樓存。城口將軍立，依然護國門。

憶父

温文懷我父，寡語素襟真。待友常優己，反躬無問人。味甘魚菜淡，能忍藥針辛。嚴範今難省，中宵落泪頻。

情人節

海岸黄昏雨漸晴，喧囂早逐浪濤輕。猗泉吧畔珠漣合，洋燭光中暖飲擎。未是鵝肝饒絶味，幾曾戀曲動深情。此時相望渾無語，窗外椰林耳欲傾。

天壇大佛

佛陀吉照映山巒，眼底風雲過萬端。寰宇驚雷垂耳聽，海隅暗涌坐蓮看。升陽鳳嶺青如舊，拾級游人興未闌。兩印縱横擎碧落，飆塵厲雨總能安。

香港大學文學院主樓

百載堪觀廢與興，崇樓歐陸雨風迎。庭中園樹垂陰麗，宇外雲天到眼明。舊匾恢弘好留照，回廊曲折似多情。講堂先哲雄談處，若有瑶音接耳清。

讀納蘭容若飲水詞有賦

沾濡别俗有根芽，不作人間富貴花。冷暖誰知魚自飲，哀頑痛悼句堪嗟。英年愁作伯牛疾，絶唱今傳井水家。對集擎杯唇未潤，一襟悽惋已無涯。

大英博物館憶昔用杜公咏懷古迹五首其二韻

到此尤興清季悲，聯軍英法掠京師。圓明失物藏斯地，侵奪蠻風自昔時。女史圖中捧心苦，梓鄉閣舊至今思。獨憑他國誇珍异，博館名邦實可疑。

拜讀健行師論杜詩聲律文章有賦兼用杜公江上值水如海勢聊短述韻

晚節漸于詩律細，前人向壁議無休。校從遞用如堪法，地起少陵當亦愁。微義祇尋夔府句，淺夫難入李膺舟。一篇遺悶疑非杜，新論賢師占上游。

丹霞山錦石岩寺有賦

巍峨蘭若倚岩丹，砌踏千年夢覺間。雲送月來如有悟，江摇峰動自開顔。角亭岳岳禪枝寂，雄殿深深意樹閑。物色恒觀無俗念，玉泉况復聽潺潺。

南通濠河有賦敬呈王維研究會第七届年會暨國際學術研討會諸前輩君子

啓秀橋邊夜色尋，柔風相送過園林。雲中誰摘繁星麗？河上船摇細浪金。無復漁歌能引興，但知妙理在鈎沉。右丞詩意窮難盡，且續雄談入浦深。

馮　如

女，一九七九年一月生，四川瀘州人。

黔山行

深壑出清流，轟然注石州。依形銀練舞，夾道碧雲游。鳶息千山翠，魚潛萬象幽。向來回望處，戟嶺鎖青虬。

詠懷

春樹没高樓，飛蓬匝地浮。天台辭曉夢，彭澤愛歸舟。俯仰皆漂泊，去留應自由。

故人千嶂外，白霧繞青丘。

猫

僫僫高榻卧，性懶扮癡聾。不屑厨倉患，暗思王族風。隨心攀别院，回首戀魚蟲。人笑猫兒佞，猫窺人亦同。

游茅山三清觀

低徊雲燕疾，雨過觀前階。玉柱青藤繞，紅墻土蘚埋。登高憑目縱，念遠與誰偕。企羡忘機客，山風徐拂懷。

再記鹿鳴谷四詩友聚宴

晴斂雲紛至，風揚雨潤晨。我延南北客，君備饌饈珍。鴻落情猶怯，酒熏人更淳。緣來須快意，相與看花新。

咏桂

風急雨濃紛亂葉，翩然芳馥入離襟。香隨一路有魂斷，花落千枝無影尋。莫向春朝争媚眼，但求凉夜暖愁心。此君可與松梅友，不戀凡塵自在吟。

游東錢湖小普陀

繞堤緑柳疑春駐，霧起橋頭早燕輕。入水半身山隱約，浮光一綫影分明。且行深處揖蓮座，還借仙居避雜聲。道是登臨心易老，寒烟不礙四空晴。

游南山竹海

踏步南山竹有風，天階叠秀畫屏中。泉鳴緩急樂心磬，林立清幽凝翠宫。人借彩鳶登絶頂，我乘詩興出樊籠。晚來山外炊烟起，詢價橋邊賣笋翁。

游天目湖

樹緑一山波更碧，如綢如玉影雲天。千層珠沫吐船尾，一岸柳花迎島前。清肺元知踏春好，離群快步賞花先。人工彩蝶亭檐落，啼脆林間始自然。

卜居種植有感

卜居都市無佳客，延此姣花結友鄰。潤眼青枝添煦暖，迎晨粉面顯精神。浮游半世難稱意，移植幽窗莫慮貧。願與君心長自在，一簾蛩月伴人親。

徐玉向

筆名林炎閣主人、漁隱堂主人，一九七九年八月生，安徽蚌埠長淮衛人，現居浙江紹興。進修于中國書畫函授大學草書專業。詩詞得時新、夫復何言、徐天舟指點。中華詩詞學會會員，中國散文協會會員，中國民俗攝影家協會會員，中國易經協會理事，安徽省書協會員。

登梵净山金頂

雲梯斜霧嶂，彌勒幻巍峨。風束千峰翼，霞分萬壑蓑。今身緣此處，來世復如何？金頂祥光照，臨溪慕踏歌。

庚寅七月返深圳復游惠州羅浮有得

粵岳勝蓬萊，遥天泛海回。松分雲霧頂，泉隱煉丹臺。日月鞭龍馬，乾坤動迅雷。玄丘安久駐？一笑一徘徊。

登鬱孤臺

獨踞高臺上，晨鐘分外幽。層雲生故壘，薄霧覆芳洲。江水一朝雨，青山幾度秋。少年何處去，大地走奔牛。

翠崗寓居雜詠八章

四尺陽臺半幅天，西鄰岡翠又經年。香菇素面涼風起，白果清湯驟雨眠。常對星空謀畫餅，不惟明月入詩箋。偶聽隔壁悄聲語，再竊爺娘賣血錢。

日日臨餐怕晚風，鄰家菜料喜添葱。且蒸一碗雙仁果，來祭三更五臟蟲。米粉無滋唇已木，湯包有味齒難融。願陪嘉客觀滄海，蝦蟹輕浮座上蟲。

佳節三天事更催，黔東魯北一巡回。蒼惶鵬翼雲中客，邂逅輕舟水上雷。自别南山思紫竹，空知東海吐青梅。何須碌碌尋真諦，坐佛聊升五丈臺。

直視三樓半掩窗，方知夏夜倍清涼。蕾絲已煞臺燈黯，碎髮猶含浴室香。斜舉話機支藕臂，頻翻相册訴衷腸。一聲霹靂天邊起，抬眼輕呼大色狼。

網上聊天遇美眉，雲烟萬里似相知。自言一夢分秋水，不信經年罷絶棋。會話先聞山鬼泣，臨屏驚詫杜鵑姿。欲將抹黑何人語，半隱消沉半入癡。

閑看武俠樂其中，也爲豪情縱晚風。金劍寒烟長路北，銀簫碧血大江東，自謀一面奇緣鏡，來助三生九轉蓬。酷暑能知溪澗飲，高秋復賞萬年楓。

席間酒醉似狂人，一劍霜横未轉身。塞北雲從千里雪，江南花吝九分神。何妨隻手擎霄漢，或可雙眸遠驛塵。夜静更深逢舊雨，朦朧燈影惻情真。

相册翻來記憶新，一絲一點泪沾巾。十年飄渺雲中雁，幾度伶仃座上塵。總謂禪宗能逸己，何當法雨滌勞神。小樓今日檀香盡，收拾行囊好轉身。

當代律詩鈔卷五

張偉超

又名張照，號倚劍樓、軒湖居士，網名水墨。一九八〇年一月生，山東平度人，現居北京。

雁門關

吾本從戎者，登臨也顧勛。秋風寒落雁，烽燧氣拏雲。勾注列長戟，釣臺看海氛。
請令天子劍，再祭李將軍。

代縣有別立平兄

西北訪軍鎮，蜿蜒拱帝京。池連殺子水，車輔晋陽城。擾攘分胡漢，承平有弟兄。
長思絶尊武，到此不言兵。

孟夏壺公礬山小住有記

湖上清風到我廬，先生小飲意何如。相思唯有槐花餅，歡喜莫過金鯉魚。洛下依稀
邊日遠，高天寥落衆星疏。明朝挂劍同招隱，夜夜樽前説子虛。

贈别志强

少年胸次海天寬，勃勃浩姿眉宇間。灞上菊香逢九月，渭城柳折共三班。水寒礪劍

阿拉善，風疾射雕遼海灣。北出長安且休嘆，尤當一箭定天山。

居庸關見壁壘塗鴉歷歷值夕陽西下陡生感慨

燕雲十六鎮鈎環，漫説存亡咫尺間。戰守依然失文字，山河有幸恃天關。花開寂寞花常在，客勒微名客自閑。我亦登臨無限意，夕陽萬里滿蒼山。

花朝

客近百花休與論，東風涴盡舊征痕。待觀緑水藍初透，坐愛青山酒自温。白髮年年憂遠戍，鄉愁夜夜役羈魂。等閑過了春時節，好把相思漫鎖門。

除夕夜詩酬楚兄昨日招飲并賀乙未年

文章未可許人豪，同學當年各錦袍。芥末辛嗆黑魚鱠，玻璃晶沁紫葡萄。等閑歲月荒青鬢，索價聲名仗濁醪。舊日飄零新日到，此間風誼屬吾曹。

正月晦日同居庸諸君子明城墻遺址觀梅約以成詩不得用典并謝募沉女史拆字成探春慢一闋

始見瓊葩在帝鄉，紅塵暫寄又何妨。清寒已足冰格調，幽潔更飛霓羽裳。達士看花花解語，美人拆字字生香。夜深更有來時約，再與春風醉一觴。

花朝前一日與慢雲芳華等西府詩友雨中游園

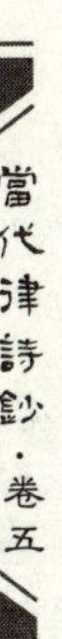

相約詩嵌花字詞嵌雨字

春游偏愛水之涯，詞客詩承各一家。款款流雲遮眼慢，霏霏細雨駐芳華。山連太白分清氣，湖接渭川沉玉沙。最是風光可人處，赤闌橋與碧桃花。

杏月末與幻公壺公老鐵驅車長游古燕雲地有作

瀲灧春波去不回，尋芳心事雨相催。衣冠人物花千葉，山水生涯酒一杯。習戰當年羨頗牧，交游今日傍鄒枚。同行有客深知我，故策長車到崔嵬。

赤城道上登滴水崖

百里長行樂未央，同游我是探花郎。偶依碧落窮奇塞，回看丹峰立太陽。紅杏傍崖去人遠，清談終日引杯長。新州袍澤莫相問，已駕白雲歸帝鄉。

鷄鳴山

塞外孤峰入望迷，碧霞殿與碧霞齊。雄鷄猶據遺祠上，駿馬曾馳瀚海西。上谷郡城風烈烈，下花園囿草萋萋。行人但問庚子事，未省此間曾刺笄。

梅月中旬與幻公壺公紅郎小徐小聚生雲閣約同句嵌青花瓷三字

邀歡已是夏初時，先向主人浮一卮。楚客來翻紅豆曲，丹青曾繪雪花瓷。進鮮急火烹沙蛤，解酒冰盤薦荔枝。飲罷未知天欲晚，珍珠梅下寫新辭。

乙未芒種前一日逯齋携蟹來京小聚席間置女兒紅約記其事

風情畢竟夏時中，海客東來膽氣雄。聊且霸持梭子蟹，快哉痛飲女兒紅。瓮邊畢卓休惆悵，巷里陳遵要整盅。明日約同江浙去，泛舟不羡錦袍公。

戴永平

網名七星海棠，一九八〇年四月生，江蘇常熟人。大學本科學歷，從事社會保險行業。喜歡詩詞、看書、旅游。

聽蛙賦閑

信步石堤旁，清風拂面香。村前燈影密，岸上柳絲長。波漾琉璃片，雲浮琥珀光。斯人心獨醉，蛙鼓滿荷塘。

揚中春江岸

揚中三月天，江岸緑楊烟。蘆笋芽尖短，桃花堤外妍。風平萬波静，水漲一舟懸。莫羡鱸魚美，河豚時上鮮。

大江秋覽

秋浦蘆花白，江潮叠浪寬。山沉浮翠塔，桅動壓青巒。晚日鋪雲美，曉禽拍翅寒。高低皆是畫，俯仰鏡中看。

重陽

雁去鶯花墜，霜藤細且長。菊從荒徑瘦，桂是故園香。一地疏桐掃，半窗明月凉。東畦瓜已熟，載酒醉重陽。

秋興

西風吹岸草，秋水自迢迢。閑釣垂楊好，欣觀落日嬌。沙鷗啄瑪瑙，漁火碎瓊瑶。人醉江楓月，輕舟一夜潮。

秋日登洞庭君山島感賦

洞庭秋色雪飛銀，烟澤雲蒸潮汛頻。波撼岳陽兵十萬，氣吞山島力千鈞。湘妃泪竹原非夢，柳毅傳情總是春。或許征鴻能遂願，年年到此仰先人。

春日木蘭花下與妻斟茶

曉鶯啼破紫雲紗，江日風微捧玉華。麗質頻招蝴蝶夢，芳心不到富人家。携妻小立宜留影，舉案輕斟細品茶。分得春光花蔭下，此花過後更憐花。

黃康榮

網名江南秀士，一九八〇年九月生，廣東吳川人，現居深圳。工學學士，公務員。

早春

未了遥山白，生機入早春。露凝花欲發，霜盡草先勻。細雨雲天嫩，微寒柳色新。因風彌巷陌，泥味醉行人。

秋夜懷人

午夜蒼茫路，空車緩緩行。海風如怨笛，潮水夾秋聲。遠市繁華落，深心寂寞生。不知千里外，月也這般明？

中秋感懷

千杯劇飲意如何？忽地悲來忽地歌。彈指廿年江海老，傾城一夜寂寥多。英雄自古憑誰説，名利于今算甚麼？放目茫茫天地小，月明依舊照山阿。

劉大政

一九八〇年十月生，廣東汕尾人。詩工七律。

網上和沁兒姐賀歲詩

獨慚磊落畏時稱，人事終非上帝能。覆載多看孤旅過，奔波徒説二毛增。豈因半夜聞天語，來哭窮途待日升。左計頻年吾草草，殷勤從此感誰應。

海上

往來海上數屯兵，王命猶期一矢争。漢將昔時能討虜，番書昨夜已尋盟。欲談日下仁鄰策，却起天南鼓角聲。出没滄波重有恨，茫茫枉見亞夫營。

和江興錐吟長癸巳人日見寄韻

胸中憂憤瀉如流，詎以居安聽廟謀。花近高樓人已怯，郊多戎馬國何遒。尊王争奏鈞天曲，喻世休言深鑿舟。公意飲冰吾意醉，百年心事痛沉浮。

京華用立庵兄韻

京華消息頗驚魂，莫對秋風灑泪痕。文字清談堪一笑，酒杯狂狷正重温。乾坤悵望蕭條在，海岳今傳羽騎屯。我唱烏烏常竟日，個中醉醒向誰論。

立庵翻癸未年所書扇有放棹江湖志未窮句嗟嘆時光爲賦一首

中年疏酒謝妻孥，鬢脚未知霜上無。但話登樓多抱負，已忘放棹向江湖。閑情誰解消磨甚，畫扇君嗟歲月徂。視昔而今能不换，依然人海是真吾。

市燈

市燈浮夜若星繁，樓上人歌樓下喧。遣悶每思書再讀，耽吟早忘酒曾温。形容驚鬢初霜雪，車馬勞身餘倦煩。歧路相看生百慮，蟠胸抑塞却無言。

環山

環山鬱鬱不時看，剩有東風料峭寒。大夢欲尋吾道左，淺斟竟到客心闌。尊前春色醉醒際，眼底愁雲檐屋端。莫説狂歌多破夜，此間胸次轉辛酸。

人間

人間痛飲覆杯遲，恨醉還持筆一枝。騷客四方來宴會，熙朝大纛許驅馳。别裁僞體已堆案，自荷洪恩宜獻詩。便合我曹皆此意，漫言哀樂頗關時。

艨艟

艨艟横海銹斑斕，邊釁經年怨恨間。城下尋盟兵已老，沙前築壘例難删。邇聞虜勢如風火，獨奏笙歌供笋班。夜想漁船何處宿，不時閱報厭多艱。

盟國圖

殺倭殺虜凄凉地，深谷高陵秋草枯。青史闕如期直筆，英雄老矣夢前驅。醉中且看承平日，天下争傳盟國圖。赤幟王師早歌舞，載陳俎豆獨公無。

盧龍華

字心齋，號白衣居士，網名楚兒，女，一九八〇年十二月生，江西高安人，現居南昌。本科學歷，公務員。著有《烟雨集》《心齋夜話》《白衣花語》《藍紗窗上跳舞的蝴蝶》《寒意襲來》《彼岸花》等。

夜宿廬山栖賢寺

烟雨空蒙寺，蒼藤引路深。燃香聞梵語，坐夜問塵心。蛙鼓傳清氣，溪鳴帶佛音。白蓮浮似出，五嶺正嶔崟。

與奉新百丈寺僧人早課

寒天晨鼓擂，鐘磬寂蛩鳴。山野星垂闊，寺檐月掛清。一聲佛號起，萬念有無生。梵罷曦循嶺，馭雲看世行。

大湖秋夜

岸柳荷風曳，清輝一水盈。湖烟迷囈語，蛩唱息紛争。影隻闌干暗，心空萬象明。身如飛羽去，不必拂衣行。

奉和并謝梅林老師戴館見示

囚世緣何久，白駒一隙移。霧縈游冶處，梅解語花時。携夢穿元化，裁雲至館墀。來酬山水意，月下舞君卮。

與豐城諸君聚姚君府邸有好酒

昨日雨如膏，諸君且學陶。偷閑無屣履，躲懶去喧囂。門入欣棠面，席歡推醴醪。癡年説劍邑，庭柳笑吾曹。

秋夜有所思

白晝喧嘩去，夜深黄卷陪。時聞幽桂落，偶覺雪曇開。小院披襟坐，疏懷避月猜。清風移竹影，疑是故人來。

生日感懷

物换星移又一年，漸無故事可成篇。營營路上風情減，攘攘世間名利穿。偶有詩文來筆底，枉多花月過窗前。今宵許我青絲綰，醉裏梅花落錦弦。

王　雷

女，一九八一年三月生，吉林九臺人。首都師範大學歷史系碩士。巴蜀書社副編審。輯有《白話聊齋志异精選》等。

晴日

林鳥催紅日，晴光上翠樓。釵從明鏡理，裙向柳腰收。照水宜新舞，臨花好舊游。春風如有意，吹綻碧梢頭。

西湖訪故

西湖一片水，十載夢曾經。柳浪鶯初絶，蘭舟雨未聽。相留知晝短，恨别正衫青。
從此斷橋路，無人問白蘋。

題惠遠寺

白塔隔凡世，僧衣護法身。聞經滌濁慮，論道證前因。犬卧松雲静，鴉喧殿閣春。
此中凝佇久，不必踏紅塵。

詣包公祠

一里三公墓，唯君尚得存。廉泉驚蠹腐，鐵面肅頑昏。功業七分戲，身名萬古尊。
始知千載下，應有不平魂。

還鄉有感

人生難到百，一歲一奔忙。昨夜顔如玉，今朝鬢已霜。世情多阻滯，時運不相將。
苦樂由他去，無心論短長。

大聖歸來

昔日凌霄客，消沉若許年。雲霞燃欲燼，星漢寂如烟。豈恨銅流飲，唯嗟歲月煎。
一朝塵劫盡，撼海復摇川。

題中路鄉呷仁依村

朱頂泥墻緑繞門，一泓春水逐雲根。碉樓起處蒼崖冷，石徑逢時笑語温。且借流光憐麥陌，愛添閑趣戲牛豚。梨花似雪山中死，不向人間落半痕。

武侯祠游後

故國已隨江水去，風流猶重錦官城。當時蜀伎誰家舞，轉世黄鸝何處聽？羡爾才名皆有就，愧吾書劍兩無成。此身行作飄蓬客，一任吴聲换洛聲。

末日書懷

蛇影杯弓誤幾重，年來不必問通窮。嘆他末日烏龍解，笑我前程鼠雀同。濮上伊人歌仲子，世間阿堵困英雄。從今莫恨紗窗冷，裙色何如酒色紅。

春閨怨用南宋張紹文韻

血色榴裙兩不分，桃花和泪入離樽。長門夜悄筝彈怨，金谷歌闌玉斷魂。未許青衫催客老，徒留白髮共燈昏。東風也擬尋歸路，誰與蕭郎覓舊痕。

曾俊甫

網名寤堂，一九八一年五月生，湖南新化人。有《卧雪詩詞選》。

中秋與家人賞月

一筵仍近菊花隈，掌故閑談興未頹。争餅笑看兒輩事，傾懷待勸老人杯。琉璃世界情能愜，稼穡生涯意豈違？珍重團圞今夜月，照檐清影漸徘徊。

聽曲四首

一鍵琴塵宛轉聽，深宵鶯語費叮嚀。團圞月挽江瀾闊，往復風吹蜃闕腥。世墮寧教詩繾綣，情深已付夢温馨。從君咫尺何須問，更踐幽蹊憶舊經。〔一〕

温婉猶能記裊婷，與君携手共傾聽。經年夢到鬢俱白，此夕情回竹復青。緩緩坐憐雲意漲，茫茫翻恐雨聲停。何妨相對無言久，看起松濤寫韻亭。〔二〕

合榻仍期避世深，一琴一酌解清吟。縈回雨向歌邊聚，漫漶溪從醉後尋。不到囂塵能小隱，漸饒松竹釋微心。平生恐説舟藏壑，待倚苔扉聽翠禽。〔三〕

繞梁合向夜闌時，一葉幽溪暗處移。坐久便疑塵世隔，聽多徒剩夢魂癡。曲翻舊事何妨酒，情爲新知豈待詩。畹晚倚君風笛下，卅年心事竟能支。〔四〕

〔一〕貝多芬《For Elise》。
〔二〕李閏珸《Kiss The Rain》。
〔三〕丹·吉布森《Scarlet Eanager》。

〔四〕乔妮・梅登《Down By The Salley Gardens》。

壬辰中元

中年詩境慣冥搜，此夕烟花又近秋。坐久情懷真隔世，歸遲城廓待盟鷗。茫茫已摒風塵起，惓惓何堪魅魎儔。小室微哦復誰瞰，牖風重動一樽愁。

七夕一首

疏櫺黯淡晚雲開，天外風傳事莫猜。一幅畫看溷鶼合，半宵肩待鬟釵偎。飛來鵲影俱成圯，坐久荷香易近杯。且向五湖歸去望，雙星熠爚爲誰回？

雨夜兩首用東坡尖叉韻

拊髀年來愧懦纖，擁寒坐守夜深嚴。詞章誤我耽丘壑，世事看人味鹵鹽。怒捲飛蓬憐雨勢，微驚鼯鼠近風檐。如吾感慨能誰對，到牖雲嵐没翠尖。

深寒吹捲集鳴鴉，宇宙蒼茫一檻車。近魘浮生供囈語，結愁詩句幻虚花。爲誰歌哭三生石，剩我彷徨萬里家。欲挽扁舟徑歸去，風裳水佩幾河叉？

十二月廿九日忽雪

凍雀饑烏豈忍尋，小樓一夕坐沉喑。蕭疏梅蕊温馨在，偃蹇蓬茅雜駁侵。寒不能驅期大庇，香猶欲待剩微吟。避無可避渾成劫，瑟縮同誰憶舊岑。

小妃囑拍雪景一覺醒來雪已消停愧寄

嶺南歸思已難禁，小坐屏前感慨深。風雪滿庭餘夢好，江山無恙待誰吟？憐君繾綣祈鄉趣，愧我瞢騰負寸心。待到梅花開遍後，眼中丘壑願同尋。

有寄

與子重逢亦頗難，何妨跂足許相看。紛紛事已肱三折，綣綣情猶鼠兩端。到眼烟嵐餘嫵媚，點眉花露記盤桓。何當倩聽臨邛曲，一夕翩躚舞鳳鸞。

聽陌上歸人有感二首

新曲何堪酒後聽，十年羈泊久叮嚀。醉中諸語疑難定，夢裏風情笑欲醒。執手待看三徑綠，捫心猶憶一鬟青。歸來緩緩君須記，陌上鶯花久未經。

暮鳥依吾已倦飛，酒杯深滯得徘徊。佩環風竹聽春雨，苔石花鈴憶故扉。繾綣饒誰歸夢穩，依稀著我泪痕微。十年漸惜光陰盡，一曲歌來胡不歸？

與友聽雨中的戀人們

一宵淅瀝起幽情，花傘來聽小巷聲。離合自看歌哭地，飄飛誰記鷺鷗盟。濕衫漸覺情難抑，壓枕同憐夢不成。欲約娉婷窗下語，清茶肯向座前烹？

與友夜中聽歌

一曲歡欣久未經，來摩屏鍵與君聽。漸耽繾綣鶯鸝語，頗記娉婷鬢髮青。暮合四圍心已近，花寒千樹意猶馨。臨邛忽惜琴挑日，鳳泊鸞飄可得停？

聖誕節後一日寄飛飛二首

六出何時看雪飛，勞心欲挽坐書幃。填胸世事肱三折，壓鬢風霜手一揮。謦語遺情佳節逝，稻粱縛命幾人歸。垂垂我亦江湖久，恐向樽前憶故扉。

天涯珍重遣誰知，天冷邀君酒一卮。興到無妨緣識久，詩猶有怨爲栖遲。孤梅開艷烟花夜，微禮遺馨聖誕時。莫向五湖歸處望，蒼茫風雪恐凄其。

黄曉丹

女，一九八一年十二月生，廣東南澳人。華南師範大學文學學士、南昌大學中國古代文學碩士，潛心明清文學研究，現爲《潮汕文庫》大型叢書編委會出版助理。潮汕歷史文化研究中心青年委員會委員，汕頭杏園詩社理事，汕頭嶺海詩社社員。輯有《詹安泰集外文輯録》，著有《明清落花詩研究》《愛楓樓詩草》《黄勖吾研究》等。

秋中重過廣州有懷兼呈柯師左師黄會長

自兹揮手去，迢遞走風塵。山月征鴻影，水雲飄絮身。歸來人事遠，別後市容新。再會有期日，明年桃李春。

雲翮逐秋至，歧途欲問津。失群已有日，舉目恐無親。何幸得憐顧，相存念苦辛。感斯深厚意，眷眷不勝陳。

登鬱孤臺

天涯無定所，章貢做浮游。時值三江淼，風來八境秋。登臺猶慷慨，撫壁轉沉憂。眼底當年事，吴鈎看不休。

臨歧呈兄

攘攘烟塵裏，交心有幾人？往來皆過客，聚散有緣因。論道兼師友，懷恩勝戚親。知吾獨行遠，嘘問記來頻。

讀佃介眉先生山水小品

終隱古瀛州，丹青寫自由。蕭疏風月樹，野逸水雲舟。浮世問誰主，平生如夢游。塵途回首處，萬里一沙鷗。

甲午孟冬有作

促織鳴東壁，玉衡指孟冬。寒生詩意澀，夢入病身慵。初月珠含腹，無名愁上容。日來渾少趣，世味轉虛冲。

讀宋史

釋勇銷兵甘下臣，太平歌舞百餘春。將軍胯下驊騮死[一]，宰相堂中蟋蟀珍。五嶺難遷孱國種，九龍終逸衮衣身[二]。嵬嵬樓艦巡洋日，又看南疆揚海塵！

〔一〕《宋史·岳飛傳》載岳飛舊有二良馬，受大而不苟取，力裕而不求逞，致遠之材也，不幸相繼以死。

〔二〕傳説宋少帝逃至崖山，遇雨衣濕，後晴，曝龍袍于橘樹，龍附樹上不歸。

再答穎廬師見寄

真境如能百轉尋，何辭千里靄沉沉。知無鴻鵠雲天翼，願執卷葹霜草心[一]。梅咏人稱林下士，歌傳誰識爨餘音。傳衣過嶺待他日，但得師承一往深。

〔一〕穎廬師别號卷葹。

甲午春湖北省圖書館訪書未得

楚天智海盛名揚，墳典尤稱富庋藏。輯録九州誇浩翰，歷經百載數琳琅。背依蛇麓增幽意，身傍鶴樓添古香。此日差池空仰止，牙籤萬軸鎖高堂。

秋心

容易秋心悵寂寥，何堪明月入深宵。一輪輾轉去來迹，萬籟消沉長短潮。河漢浮槎天路遠，江湖散髪櫓聲遥。簫愁劍怒皆收盡，剩有吟魂未肯招。

郭紀濤

字任之，號梅廬，又署西村主人，一九八二年三月生，山東聊城人。游學淄博，現居嶺南。

游荔枝公園會溪上人

二三知己約，漫步荔園家。時見輕啼鳥，秋深閑落花。拈香幽館近，入夜路燈斜。惟覺林風濕，溪人在煮茶。

西村降雪

瓊枝眠布被，歲盡讓花奴。天下村莊白，田間阡陌無。鷄鳴連犬吠，路盡遇誰呼。動静何須辨，清虚入畫圖。

戊子正月十八日偕宋老玉臣伉儷登梧桐山

零落空山葉，初春徑未尋。鳴啼知境淺，問答入雲深。幽澗千年雨，平林萬古琴。風聲下烟水，碧緑占苔心。

石芽嶺汲山泉水

幽獨意森森，居山木落深。雲間聞鳥語，雨後對花吟。空石疑長嘯，清泉似撫琴。聲聲歸遠岫，誰賦故人心。

夜讀兼寄舍弟柳青

雨後來清氣，堂中寂少聲。秋窗開夜晚，月色接燈明。一卷殘紅韻，十分兄弟情。南昌聽消息，花發到鵬城。

登塘朗山

夏日憐蟬噪，峰巒暑氣沈。天開雲壓境，風動樹鳴琴。紅雨青臺濕，翠烟林木深。游人到山半，共聽水龍吟。

登石芽嶺

旦日問窮通，登臨追謝公。水流聲似近，雲繞樹尤葱。白社存三徑，黃花種一叢。安身知物理，惠愛得新風。

閑居

半島幽居客，清閑作散仙。澄懷與君共，幽意倩誰憐。覓句籬花下，擁風明月前。將尋蘇子櫓，摇取一湖蓮。

夜讀社人瀟湘漁歌半路齋詩詞題贈

清風潛夜入秋時，來去梅廬發幾枝。半路齋人驚我夢，三分竹影愛君詞。江山不少歌初寫，明月許多花已癡。獨把一壺吟未得，此中神韻任由之。

抱病

小寒留病冷森森，背痛頭昏那稱心。慵卧塵間皆俗態，踟躕夢裹少清音。陶公渴酒應難奈，謝客羸身已不禁。想到此時輕壽命，梅花笑我直呻吟。

豐　穎

女，一九八二年三月生，江蘇句容人。中華詩詞學會會員，句容市詩歌協會會員。

無題

仗酒餘情少，無眠綺語多。雜音難入譜，碎句不成歌。況恨愁心溢，空嗟逝夢過。鬢鬢隨歲白，前路奈如何？

登赤山

攀山天正暑，身憊欲思凉。低眺丹湖闊，回看嶺路長。池鳧依水歇，野雀傍蔭藏。更覓流雲伴，悠閑待夕陽。

欽　飛

字子翀，又字伯翃、頡之，號翼堂，別號愧庵，網名莳蘭小築，一九八三年二月生，江蘇無錫人。南京財經大學金融學本科畢業，現于無錫某銀行供職。江蘇省詩詞協會會員，無錫碧山吟社社員。著有《如冰集》《孤圓詞》。

壬辰除夕家中春蘭初開

蘭草生幽谷，移栽處士家。窗寒知雪厚，室暖忘春賒。孤影隨芸帙，清芬透帳紗。
聞香休着意，絲縷靜無嘩。

癸巳正月初二與同事值班

一坐如禪定，神思化外邊。松風吹續斷，澗水響回旋。倒履迎樵友，移梅伴鶴仙。
孑然雙眼閉，萬壑入心田。

訪陽山農莊

偶入桃源境，穠華望正妍。草纖疑有色，雨細即成烟。黏屐香泥滿，迷人曲埂延。
幾楹茅屋設，也學六如仙？

甲午清祀游龍梅初發

幹枝能幾曲，宛若下游龍。玉靨燕脂抹，冷香冰雪封。群芳均委地，一樹獨凌冬。
窗角垂垂發，尋春信有踪。

癸巳八月十六日携妻子與若昊子豪于蠡湖畔觀烟火

緣湖行款款，桂魄素光流。山遠痕描淺，風輕浪起柔。長橋虹變化，野嶼墨延留。
岸石隨心卧，烟花晚未收。

碧山吟友于蘇酒會館爲毛谷風教授接風作此并呈

風華輯罷續天風，百卉千芳一苑紅。暫别鵬城雲嶺外，來尋鼋渚雨絲中。筵間洗耳聆高誨，夢底傾心仰社翁。不吝郢師揮斧鑕，徽音猶可出焦桐。

無題

長宵屈指困愁城，輾轉那堪夢未成。枕上蘭芝空馥鬱，心中猿馬又縱横。燈殘悄向深更滅，寒嫩却隨春草生。幽意綿綿何所似，西窗不盡雨來聲。

甲午中秋携父母妻兒梁鴻濕地公園散步

白鷺悠然貼水飛，竹廊坐久欲忘機。花開坡野紅彌眼，步入蒲蘆翠四圍。小坐閑觀雲幻雨，騁懷懶辯是成非。誰家欸乃輕舟過，一櫓秋風牽網歸。

邀吴金水先生

早慕先生嗜酒仙，巨觥鯨吸納長川。未躬吟席傾芳醁，忝向程門奉拙篇。燕地可經飛雪日，吴山業已負霜天。塞鴻過盡江東路，鵬翼南來望欲穿。

大學時登閲江樓有浮雲逝水句然語有不工後得金水先生指撥遂成此篇算來十載有餘矣

蕭涼木葉滿臺城，樓角酸風不住鳴。十里笙歌渾黯黯，六朝王氣已平平。浮雲變幻山原色，逝水邈綿今古情。多少興亡歸牧唱，總教天塹浪成名。

張友福

字隱雲，號二無居士，一九八四年四月生，貴州餘慶人。大學本科學歷，現供職于雲南省楊林監獄獄政科。中華詩詞學會會員，中國當代文學學會會員，雲南昆明市作家協會會員，紅河州作家協會會員。著有《鶴影雲集》《一愛齋詩詞鈔》。

寄愛妻

念汝難眠夜，登高望眼迷。天涼期雁至，月落怕烏啼。七載心弦共，一生形影栖。路途多坎坷，所幸有賢妻。

贈吾姐惠琴

娉婷花一朵，佳麗澤中開。此艷盈盈處，其華灼灼來。言談知本色，歌舞見清才。淡看人間景，琴心惠口裁。

寄遠

幾番清冷夜堪憐，點點相思又一年。千里風來君有信，半窗月伴我無眠。情深處喝些燒酒，魂斷時抽點紙烟。燈影微微天欲曉，小詩已吐愛如泉。

贈妻仿王家麟老師别妻詩意

廿八年華體漸豐，美顔依舊那時紅。有方教子心無怨，以儉持家腹不空。網店新開賺零用，講臺甚解對蒙童。寒來暑往手牽手，猶似當初學院東。

三十晋一感賦

卅載生涯晋一春，經風沐雨閲浮塵。本爲黔北村間客，竟做滇中警界人。覓畫詩書陳滿閣，栽松竹菊作三鄰。任他世事千般假，唯我還存那份真。

向老師六六遥賀

六六人生益壯時，立身無欲自情怡。吟邊健體勤扶雅，塵外春心可化澌。心傲故能留傲骨，才高不願占高枝。如刀筆下浮沉録，獨樹騷壇一面旗。

游昆明西山

世間何處可忘機，最美西山賞未遲。羅漢峰前欣放眼，太華道上醉吟詩。雲天在水清猶静，鳥雀迎人樂可頤。眼底滇池情脉脉，此中真意有誰知。

劉洪瑋

字道瓌，號芥齋，又號齊趙野人、敢學齋主人、懺穉堂主人、破琴室主人，别署蘄照閣主人，網名風蓬子，一九八四年八月生，山東武城人。大學學歷，文學學士，擅長古文。學宗張横渠、王船山。著有《劉氏宗譜》《冀言》《芥齋隨筆》《杜詩説》《王船山先生連珠注解》《敢學齋詩詞稿》《敢學齋曲鈔》《蘄照閣文集》《蘄照閣詩集》《晚晴詞》。

與杏花笛影

朝市無車馬，通衢有斷烟。百年修故事，千里憶桑田。鄒子談天大，莊生説劍玄。
星槎何處去，或醉酒壚邊。

與故侯

俗慮耽何日，尋仙住帝州。香山紅葉近，玉牒古人愁。容我開新釀，逢君續舊游。
有懷俱不遣，除是醉方休。

與電飯鍋

未辦桑榆墅，裁書寄帝鄉。無心耽雅韻，有意奏清商。一别愁何限，三生夢遽央。
他年同舊侶，尊酒上羲皇。

過圓明園懷古

白日名園夢，黄雲故國思。蕭條無漢邑，寂寞有秦碑。澹澹風荷静，悠悠水蘚滋。
驪山飛一炬，焦土甚昆夷。

清華園謁海寧王静安先生紀念碑

寂寂無歸鳥，煢煢已倦身。荒丘陽景散，石壁蘚痕新。信古終明道，吟詩若有神。
所思寧不見，椽筆勒貞珉。

自礪

上將堪帷幄，揮兵膽氣豪。尊王修典禮，禦侮建雲髦。函谷排山勢，瞿塘怒水濤。傳經鴻業遠，珍重不辭勞。

游頤和園

濠上曾聞有錦鱗，往來清興渺前因。泠風側柏欹斜地，霖雨神龍蟄伏身。宫殿排雲看衆鳥，湖光映塔吊詞人。娟娟便欲芙蕖静，一歲榮華等萬春。

廿七初度

丘壑年來認不真，無端風雨又兼旬。醉中歲月留千古，客裏生涯放一身。憑問何時鴻雁過，直看异代虎狼馴。茫茫愁思渾難囈，澤畔秋蘭誰與紉。

箕山

箕山潁水故鄉春，伏闕偏勞面上塵。興在烟霞猶有遺，勢成龍虎豈堪馴。鞭尸空解生前恨，吮痔難消死後貧。莫識嚴光歸去意，千秋獨許薦斯人。

魯仲連

刀兵劫火事重臨，花鳥年來涕不禁。誰似齊生輕一笑，人如商賈重千金。佞言已斂驕矜態，濁世都容妾婦心。儻得拂衣更歸去，莫從豎子語交侵。

近有客談時事予聞之慨然正月廿二爲賦

東風回首向空城，不信軒皇作甲兵。杜宇悲啼應慣見，莊周蒿目却難平。三年早證菩提樹，九死遲邀白鷺盟。解識相思無定地，暮雲川草一時生。

有寄次陳寅恪殘春詩韻

杜宇聲中故國春，殘花零落倍傷神。尋常世事邀名酒，三十華年托美人。鷲嶺已辭猶不悔，桃源難見更堪親。天涯咫尺何消説，月影虛窗一夢新。

曾子曰傳不習乎予取毛詩正義以讀之遂綴文于末

時辛卯暮冬

斯世誰人讀傳箋，空疏高卧自安眠。六韜昔已歸姜尚，三禮今猶準鄭玄。踐土禹功天杳邈，謳歌堯禪思綿延。白雲青簡知何事，經術從來問武宣。

除夜讀周禮注疏辨六祝之名所以祈福祥求永貞也

故訓曾聞命靡常，側身墓次怨歌長。歸田已自家南里，牧豕還須陟北芒。白首讀書誠足用，紅顏覽鏡果何傷。勞人且祝清樽滿，耿耿孤燈夜未央。

壬辰清明讀杜詩韓筆亦不廢弦歌也

三十飛光阻静便，尋常酒盞莫留連。杜陵句好逢新雨，韓愈文雄付鄭箋。王事稻粱謀已足，蛾眉謡諑訴難愆。蕊宮不絶雙珠履，似有春風講誦弦。

同學王金升自尼日利亞來歸予曰禮樂之不興也久矣時讀資治通鑒文獻通考諸書

國家文物猶難見，士子風流豈易賒。勘籍已煩詢舊吏，操觚未得近新衙。尋常世事閑書卷，三十華年静茗茶。解道扶摇誰與度，江山留待月西斜。

甲午臘日次韻芋水堂兼懷諸兄

今歲嘉平恰又來，江山幾處起塵埃。畫圖每憶袁安雪，吟咏翻思驛使梅。天上清言悲永絶，人間小酌骨生苔。明朝律琯葭灰動，桴鼓聲聲着意催。

景山

景山葱翠散霾塵，矯首虬龍故國春。自有干旄臻絶代，獨留芹藻薦中宸。紅墻銀漢金鑾下，絳樹蓬萊後海濱。解道兒童應不識，虞韶九奏夢天鈞。

劉斌

號藕窗、鐵崖，别署李霜樓，網名留取殘荷，八〇後出生，江西廣昌人。軍人。平生座右銘是：我要孟郊刳骨力，春妍不畫畫蒼生。編著有《留聽集》。另編選有《網人七絶四百首》《城市詩詞三百首》《網人五絶選》等。

及家

迢迢客子到，衣褶鬢絲長。燕語松[illegible]冷，春陰樓閣荒。書從蠹間讀，吟向酒邊涼。小醉登臨去，關河看夕陽。

九年

春信誰先得？歸心共早梅。青溪連雨飽，翠竹染衣來。老屋忙新燕，斜陽卧古槐。九年江海意，杯酒上危臺。

無題六首選三

風燈雨檻合浪浪，鳥道千山渺有光。折信不堪傳謝韞，訂詩何處問蕭娘。閑觀六羽三生影，坐受千花一夜涼。未便明朝倍惆悵，此生猶願共泥香。

漸習年來不憶君，詩無蘭芷念無紛。欲招甌北裁清話，終是樊南愛夕曛。迴夜六如曾我示，幽期千陌忽蓬分。香心曉沐紅棉雨，醉墨重題紫茝裙。

不易相逢白袷衣，西陵舊路信知違。紅顏猶記平生厚，滄海歸來萬緑非。曉看庭前鶯囀囀，暮淹林際燕飛飛。便教不醉江南夢，腰脚偕誰攬翠微？

步一騎天涯兄韻

春風題柱更何人，落帽風驚亦此身。關塞楓林惟自咏，文章事業本非鄰。滿頭白雪忙中得，九日茱萸醉裏親。此去升沉虚再問，君平衹恐亦迷津。

感南海事有作

蓬瀛誰意驟風波，萬里狂瀾攪巨鼉。蠶食河山憂并效，雍容譴責早嫌多。向聞絶域投班筆，不信無人制尉陀。國運關天宜早計，吴犀越甲日磨戈。

送人支教

浩然氣久蓄當中，人謂探湯解有公。却惑夜燈支絳帳，無痕潤物慣春風。停雲有望閑依月，苜蓿何妨小借蛊。他口飛凫一摻手，靈根信滿二千叢。

劉　偉

字連珠，網名廬中人，一九八六年八月生，陝西延安人，現居山西太原。二〇一一年畢業于長春理工大學電腦專業，研究生學歷。公務員，銘社社員。

歲暮酬寒學見寄

一道西山雪，書鴻遠即村。斯文憐共病，大道目希存。峻蜕西江骨，清馳庾嶺魂。將轅期更北，日暮且留樽。

六月十四報母書

去邑風塵隔，經春泥在途。作勞衰應減，身體近何如？憶遠能兼味，庸今寡拊書。

澄明空矯首，不日返輕車。

榆塞子

殘堆遺萬古，旌羽没征塵。石甲俱隨化，風沙獨未馴。多憐榆塞子，不識漢家春。執戟高臺上，融金落滿身。

除夜

一元周復始，宴笑屏紛拏。逆旅何遷次，臨觴罔嘆嗟。重天春泱莽，獨樹雪槎牙。二老真能健，芳菲意莫加。

步韻岑嘉州

道是林泉好，平生意未闌。空山名隱者，聖代仰微官。鳥逸青門樹，雲偎白玉欄。多情何所似，相望五湖竿。

友畢業將行有寄

蓬萊舟已邈，烟水暮空還。想像雲中翼，騰嬉海上山。揚花明繾綣，醴水碧淙潺。之子期來者，春風若等閑。

四月二十二夜風雨大作

點滴愁無那，迍邅氣始申。横流倏絶世，鼓枻倘容身。叱咤雲爲帝，飄摇木不臣。

陸沉誰更挽，歌哭損天民。

甲子

九鼎恢宏度，如聞上國音。梧宮盈紫氣，季子識黃金。北築功猶在，中州業已深。伏維堯舜杰，犬馬太平心。

碌碌

碌碌庸非福，饑驅亦有緣。脱繒鴻倦矣，臨賦樹蕭然。龍子漸馴性，美人方問天。鬚眉終一凛，閲世各深年。

剩欲

剩欲嬉春去，巡欄意轉哀。庸非天使獨，忽漫歲相催。役夢塵揚海，攖心錦易灰。據梧猶一世，青鳥儼霄回。

詠鏡

騫騰光忽起，古色鬱春深。洞照婆娑世，幽緘寂寞心。殘炱終共掩，好事付微吟。感遇兼傷目，星霜益見侵。

立秋後十日寄青翎

西風入夜又鬖鬖，馳突山門忽滿林。菊作叢殘行再見，宵來一雨契同心。直知豹變深南霧，端俟河清苦越吟。聞道古人稱獨往，後山而後倘重尋。

中秋玩月

蒼陂未冷且徘徊，微滓太空旋鏡開。踽踽行期芳躅接，蘧蘧覺有羽衣回。穿霄見在秋曾雨，轉竹分明海一隈。嘯傲惟君同抱古，侵尋蟆影已重來。

劉公島懷古

聖人無奈始淩威，癡想回天計已非。雨砌風廊循故故，花光石影與依依。連宵蟣蠓曾移照，累劫蒼茫有不歸。放棹夷猶魂氣冷，可堪孤島送斜暉。

楊孔鑫

網名淇奧之風，一九八六年十一月生，祖籍曾子故里嘉祥，生于孟子故里鄒城，求學于孔子故里曲阜。大學本科學歷。現居山東鄒城，監獄警察。自幼喜讀文史，愛好詩詞，性恬淡，閑時以詩書自娛。

感諸事作

執殳避亂寸心煎，駑馬安能揚祖鞭。五載埋輪慚自判，十分抱柱倩誰憐。書充笥腹難希世，狐遍槐堂羞賂權。顧盼不聞歌鳳者，且如鷦鳥入林泉。

夢回有所思

忽驚髮與氣俱蕭，寒浸方知一夢遥。閲世看平陵谷變，忘機學作爛柯樵。惟求至味餐常飽，愧覺人生趣漸寥。空憶騎鯨公子句，久無杯酒度長宵。

立春偶成

難求清夜月無塵，氣漸陽和恰立春。對鏡閑分新白髮，過庭偏憶舊青[illegible]。忽生鷗鷺百年感，且樂蜉蝣半寸身。陶令有知應不賞，桃源望斷正迷津。

夜游秦淮

古調重彈歷幾春，吟鞭緩縱向梁塵。銷金水榭賓如舊，易幟城臺事已新。舫内騷人嗟嘆久，橋頭行客笑聲頻。世間皆道秦淮好，商女遺歌有夙因。

近事

重重鬱霧鎖鸞臺，天意朦朧莫浪猜。難料赭衣更紫綬，易知白髮换青灰。門前蝦蟹隨波去，劫後風雲撲面來。王寇千年無所异，沉淪往事衹堪哀。

自遣一首時近端陽

獨坐慣看晴復陰，匆匆日落欲熔金。晚香强共佳辰近，孤抱長隨永夜深。鑄劍終成柔繞指，裁詩多被痛錐心。從今學煉松梅骨，哪管江湖自陸沉。

年中雜感用丘倉海韻

卅載白駒穿隙過，忍收書劍兩蹉跎。佳兒繞膝憐歡少，情債縈心恨負多。向日襟懷牛入海，今時况味卒臨河。飄茵墮溷任由去，來聽無憂鳥雀歌。

小樓

時聞窗外鳥啁啾，檢點新詩躲小樓。吟咏從來皆有寄，疏頑未必更無由。書山俯首獨尋樂，人海藏身細品幽。往事如烟渾忘却，幾多風雨幾多愁。

讀史有所思

長吁掩卷落暉明，兵氣沉沉卷裹横。天地玄黄龍戰血，雲山青白鶴歸城。萬般風物蓴鱸感，一頃烟波螯蟹情。欲覓靈槎浮海去，澄空朗月寄平生。

入職六載感懷

六載于今入貫城，茫茫百感走心兵。肥充華厩皆喑馬，嘩沸高枝盡浪鶯。如此中興須石爛，衹應小隱俟河清。填胸意氣無多用，换得半生書蠹名。

王紀波

一九八七年九月生，安徽鳳臺人。文學碩士，警察。中華詩詞學會會員，中國楹聯學會會員，全國公安文聯會員，安徽省詩詞學會常務理事。參編《貴大吟苑詩詞選》。

閑來

閑來阡陌上，南北自悠游。荷氣蒸餘暑，蟬吟入孟秋。無邊天自曠，有地緑争流。
安得今宵月，相期楊柳洲。

次韻汪守先先生湘江惜别

才乘朝霧至，復傍日西行。樓對雲山翠，心從竹徑清。一江千尺水，萬里幾多情。
揮手人無語，山程又水程。

游包公園

鐵骨錚錚天外横，檐牙斗拱勢峥嶸。眼前萬里風雲動，鏡裏千秋日月明。芳草生時
春有脚，寒芒射處夜無聲。可憐一脉滄浪水，流入人間依舊清。

初入公安局工作

二十年來苦讀書，于今真個出茅廬。雛鳶試翼心初怯，冬日臨窗風漸徐。串巷走村
聽冷暖，一身三省細乘除。芟夷樹蕙吾曹事，不負當年曾荷鋤。

讀李睿先生芸窗吟稿

指上絲弦細吐音，筆尖萬字説晴陰。拈花一瓣留香久，懷古千年入夢深。詩句緑霑
梅子雨，春風紅透海棠心。忘機歲月芸窗下，籬菊岩蘭自在吟。

秋山漫興

世事如山百萬重，欲登高處一從容。春花春鳥無情去，秋葉秋雲刻意濃。歌哭千家聲在耳，風烟數縷晚聞鐘。層城暮色蒼茫裏，狐鼠去來無影踪。

山中讀書

蛺蝶翩翩過紫藤，詩書漫捲葉層層。每從禽語知晴雨，偶指飛星論廢興。擊水三千超北海，仰天一笑出南陵。燈前半盞花開落，卧看洞庭雲氣蒸。

咏慶雲峰

千載塵封古石坑，一朝忽現大光明。曾經地火生靈璧，偶過天風聽梵聲。歸路迢迢山共水，慶雲冉冉鳥呼晴。心中千竅何須鑿，都是大鈞熔冶成。

麟山脚下謁戴安瀾將軍墓

從容投筆志安瀾，未蕩妖氛誓不還。勒馬昆侖戈掃日，提師緬甸劍横關。滿腔碧血拋异域，一片丹心托大山。猶見青松千萬里，白鷗振翼怒濤間。

幾度

幾度歡欣幾度愁，春光似水指間流。城中漠漠風兼雨，夢裏依依花滿頭。一盞燈懸滄海月，滿床書叠貴山秋。窮通不向鴻蒙問，仗劍吹簫且上樓。

曾拓

字逢源，常用網名顧青翎，一九八九年二月生，湖南漣源人。二〇一〇年本科畢業于西安電子科技大學。現謀食于深圳。

暮歸家

游子家仍在，欷歔更幾番。兒童皆不識，耆老漸無存。草滿鄰人徑，苔荒古屋垣。暮烟空徙倚，獨自閉寒門。

秋居

賃來小舟屋，門巷遠繁街。晚照餘垂柳，秋風落古槐。稀疏霜後鬢，迢遞夜深懷。幸有歲寒訊，故人天一涯。

海邊

山向城中出，秋從海上來。龍腥自風雨，蜃氣更樓臺。地僻宜居慣，詩疏仗酒裁。明堂多近事，慷慨轉深哀。

惠州西湖

鴻雪重留迹，鶯花偶趁閑。來當樓影没，坐到槳聲還。月與人雙璧，燈融水一環。湖山遺想在，無語倚低鬟。

都門春日漫興

漫説東風度帝居，春陰依舊峭寒初。幾回玉殿鷄香暖，十載金臺馬骨虚。座上簪纓空漢季，人間文字已秦餘。慣逢四海爲家日，例看丹墀下詔書。

與韓冰

掉首東萊路未荒，拍歌聊遣别離場。幽并氣洗千金骨，兒女情添一夜腸。兩字持君惟少飲，半生誤我是多狂。黌門此去應無恙，遮莫栖遲感稻粱。

枕上

人海謀身計又殫，沉沉百感夜將闌。夢中富貴千鈞易，紙上平安兩字難。負盡春暉恩更苦，嘗來世事味都酸。那堪問訊俱無恙，忍自丁寧各勸餐。

紀事

禁樹蒼茫起夕烟，紫微青瑣望相連。貔貅隊肅行人駐，龍虎儀高御旆懸。内禪無非歸舜代，大寒應不減堯年。丹墀雅頌群公在，明日新呈定有篇。

秋荷

可知明月近新霜，摇落西洲自耐凉。不復弱枝巢翡翠，更無殘蓋護鴛鴦。數番秋信波應淺，一寸春心意豈忘。肯待田田青碧後，鬧紅再與結風裳。

劉公島懷古

魯戈不挽夕陽頹，祇道前朝事可哀。大海玄黄龍幾戰，諸天蒼白雁孤來。紛拏世局原無异，韜晦兵機信已胎。誰念釣鰲驅鱷際，草痕青上舊時臺。

綺懷

小徑燈幽照影清，繞廊花竹不分明。低徊坐久渾無語，棖觸歸來別有情。夢後長疑香到枕，夜深曾見雨傾城。綺園風物何從記，忘却當時玉笛聲。

廬中兄有詩見寄賦此以答

相望天海結重陰，心迹冥冥略可尋。豈意江湖成久滯，剩將風雨托微吟。百盤南粵秋初到，一髮中原暮正深。文酒敢期論碩果〔一〕，來宵披卷各銷沉。

〔一〕指李拔可《碩果亭詩》。

家大人五十生日忽忽一歸明日復將返粵燈下絮談書此

一語燈前抵夜寒，可堪托病即云安。起居平日支持穩，哀樂中年祓禊難。知命强看秋過樹，信天終見水回瀾。寬懷此夕全無策，忍檢來朝客袂單。

十四夜微雲玩月

爲愛清輝倚海隈，天容解作片時開。樓頭風露光將滿，潮外魚龍睡不回。惟見高寒秋沆瀣，端宜微渺夜徘徊。幽憂更抱明朝疾，莫放詹諸蝕影來。

周年

妙句樊南手自裁，一年心事付低徊。池亭影記褰裳過，門巷聲傳響屧來。明日安排仍百拙，斯時慰藉衹微哀。洛川辭賦終何用，枉費陳王側艷才。

讀方正學先生傳

孤臣著述詎回天，史例君家事可憐。晁錯虛陳興漢策，魯連寧蹈帝秦年。儒林一慟曾誰省，書種千秋有不傳。正學精誠留或在，匹夫斯世敢論賢。

送別

遥向風波問起居，及論諸事各欷歔。圍城此際途方昧，借箸當時計或疏。前鑒不忘庸至是，後期縱遂豈如初。怨猜别有傷心泪，托與江魚一紙書。

雨中過豫園

一再淹徊去未能，名園偕過倍銷凝。觀荷曲沼言猶昔，聽雨虛廊夢亦曾。水石百年其可待，海桑三宿信誰憑。隔江看取層陰重，冪歷樓臺上晚燈。

凌天明

字勉之，號明恕，一九八九年十二月二十七日生，江西贛州人，生于四川長寧。祖父輩皆匠人。幼喜書畫，稍長學詩于仲賢公，及冠入上庠，首都師範大學在讀。

近事

百年湘楚起湯霓，此意仙靈恐降乩。道術終爲天下裂，夢魂不到武陵迷。捲愁滄海枯誰蹈，隔歲新詩例自題。世路更如虞坂蹇，驚心病驥一悲嘶。

步塵寒兄并寄

家懷國夢覓無由，已自蝶迷春復秋。困學可堪求古道，戒詩因怕觸騷愁。知交轉淡終孤賞，鬱氣未平宜四休。後約江湖君記否，追歡勝作孟公留。

秋日寄仲賢師

勸惜餘光志慕車，十年弾指足驚嗟。秋深杕杜祠堂外，夢穩桴槎江海涯。北闕畏聞蹲虎豹，中原忍憶走龍蛇。可能终古其修遠，不復陳詞就重華。

中秋遇雨次沈君并寄

何堪刻楮暗磨年，鱸膾蒓羹夢例捐。觸物老懷差我似，補天殘句復誰聯。五噫漫起殊邦恨，一夜都慳素魄緣。頗訝未名秋氣冷，滿湖風雨蟄龍眠。

示懷之二首

竹管暇莩記始飛，鴻都鬱氣莽成圍。向陽葵藿心難死，迷蝶莊周夢易非。一歲蹉跎歸計誤，萬山迢遞夕烟微。怕人驚問書何用，憐我身臞道未肥。

雲天疾鳥望卑飛，別袂孤城暮合圍。大夢可堪遺斧在，雄談誰復刺時非。頻年秋氣冷姜被，此夕辰光指少微。問舍求田真後想，卜知上九遯宜肥。

近感

雲垂大野氣濛濛，龍戰記曾殘纛紅。廟策仍從商氏法，市民争説漢家功。夢驚鵩鳥書窗下，醒坐秋花風雨中。我未生時麟未死，豈堪天意與人同。

畢業

坐對離筵默轉深，酒魔初駐漸頭沉。鷫鸘劍久掛寒壁，讔謎詩多寫舊襟，小劫已成三載夢，輕狂不復曩時心。恝然看此人間事，長夜更誰憂患侵。

簡陳殷

早聞陌上立躊躇，百事邅屯究可嘘。懷抱此宵因酒惡，朋交如子逐年疏。吹齏每憶懲羹後，焚廟知爲祝福初。我是沙椎舊時客，至今悔説誤秦車。

乙未暮春

春山鵜鴂轉哀鳴，夜坐共誰河朔酲。庸福自非摩羯命，東堂故負桂枝榮。夢燒襖廟餘灰在，看灑天花落地輕。六十年來銷怨讟，恐將捫虱度承平。

端陽前數日

弃卷寒宵復撥杯，東風靈雨擁輕雷。所疑大命求龜策，可笑幽悰托鴆媒。弦斷難防湘女怨，花飛故證蜀王哀。焉知澤畔魂招後，仍效彭咸蹈一回。

春懷

嘘天豈獨意難陳，蕙雨蘭風誤楚春。燭燼三條書夢冷，墻存數仞燹痕新。雕蟲浪説驚諸座，磨劍終慳致此身。早放仙槎江海上，此時摇兀更迷津。

黄昏

照眼黄金認日斜，收將殘夢更餘嗟。登樓舊客工癡句，托願東風惜病花。黌舍三年心事改，蟾光一片海雲遮。山僧此去勞相問，芋熟能分處士家。

惡夢初驚憮然作此

夢墮諸天醒坐嘘，蕉身况復老華胥。捫蘿衹我逢山鬼，回轡終誰挽日車。錯惜三星殘夜耀，怨吹孤曲賞音疏。春風欲替揩清泪，恍憶陳王睹麗初。

别懷

縹緲鴻都負氣曾，枉拋心力事鏤冰。論才非敢賈終許，交誼真堪管鮑稱。弱翰一枝撑傲骨，殷憂萬種集孤燈。此行惠逆君休較，早晚滄溟起怒鵬。

社課

清漏頻移催曉鷄，上峰青靄接雲霓。嶮巇何畏孤身往，黯黲差逃萬目睽。掛夢玉繩空指北，履霜明月自沉西。當時欲訪箕山客，却望箕山路轉迷。

元日書感

湔夢春霖帶殷雷，竟誰馭日默銜枚。鱸魚熟後噓旋別，花木歸時看未開。問道恐迷三尺雪，燒書豈止十年灰。剩憐詩骨矍于鶴，報答湖山寂寞梅。

回鄉偶書

忍掃書塵感擲梭，童心壯志兩消磨。春山釀霧藏孤豹，夜雨成溪聽怒鼉。已誤秦車難我卜，待尋楚壁更誰呵。見聞王質虛觀弈，例又人間拾爛柯。

胡江波

字漢濟，網名中州古月，一九九〇年六月十七日生，河南新鄭人。中國農業大學水利工程碩士在讀。喜書法。合著《漢家氣象詩詞選》。

初戀所購富貴竹乾枯感作

携手天街正妙齡，物華彩袖兩娉婷。當時不信情能冷，别後空看竹瘦形。斜日映來窗外翠，殘枝枯盡水中青。零丁何苦悲零落，緣薄從來夢易醒。

元夕

仙侶偕行笑不休，忽逢火樹對凝眸。也曾彩筆題詩寄，依舊花燈顧影游。大抵雙鴛非我命，無端十載爲伊愁。東風未覺有春意，惟見月華猶滿樓。

二十三歲生辰夜獨酌步夢得韻

今夜伶俜如去歲，何曾負此少年身。寒門月下攻書影，金榜名前折桂人。舉目皇都原是客，尋花紫陌已非春。賦詩提筆終無益，一醉明朝更有神。

甲午冬謁袁崇焕祠墓

青簡喧争尚有疑，今來祇爲拜公祠。雪霜帝里凋千樹，松柏碑前翠幾枝。對畫空看三尺劍，平遼早過五年期。興亡本是皇家事，鐵騎横行衆庶悲。

乙未夏與北社諸詩友同游圓明園分韻得天字

携行望處草含烟，往事驚心泣杜鵑。此地殘垣猶兀立，當時帝國正酣眠。一園劫火來方外，四海狂瀾侵日邊。奇石百年搜已盡，更尋何物補蒼天。

易高杰

自號不問，一九九〇年八月十九日生，湖北巴東人，現居深圳。大學本科學歷，辦公室文秘。留社社員。

再聽師師彈箏

聽君箏一段，如坐十年春。繞指通天界，聞聲思大秦。月中還濕兔，海内共爲麟〔一〕。使我長懷柱，和音數日鄰。

〔一〕《春秋感精録》：『麟一角，明海内共一主也。』戲借之云。

情人節于尚書吧遇伊偶成

對面看紅妝，逢伊意未忘。關心人鄭重，回首月昏黄。巧笑怡群目，微言沐四方。自憐幽獨裏，生不做劉郎。

七日感懷

烽燹年來劫事多，桑田容易化滄波。舉棋難定秦兼楚，執鉞空談戰與和。一鼓搴旗摧勁甲，三軍挾纊奏鐃歌。依稀漢簡功庸在，細數興亡志未磨。

昨夜六首 選五

鬱鬱予心思已窮，午橋幾度覓驚鴻。鷄鳴寒寺催花落，雨濕簾衣映燭紅。離袂從來淇水外，美人猶在邶風中。低迷未省春陰付，諦念雙文暗玉櫳。

貝多葉上二更鐘，兀立虚窗數碧峰。目照燈花心一寸，天分子夜雨千重。刹那未解來時路，牢落誰知去後踪。最是真迷無處住，詩遺紅泪兩條封。

黃昏微雨響叮咚，之字回流過幾重。空許佳人迷下蔡，早將新賦寄臨邛。是身如電常無住，一業初成信有踪。坐耗蒼茫珍重念，他生未必幸相逢。

離情猶怨隔花尨，已證寒盟未肯降。春水有心流粵雅，秋楓昨夜冷吴江。遥聞秦氏歸桑陌，從此檀郎在汨邦。仰睇虛空愁咄咄，幾回疏影過東窗。

封書欲寄恨無邦，解縛心君泪滿腔。雉在緱城仙迹合，蘭隨湘浦月紋雙。酒兵未過三旬陣，宿諾難期一面降。獨有不眠成永夜，想來殘照落春缸。

馮南鐘

網名天涯鶴，一九九一年七月生，廣東茂名人。中國詩詞協會會員。曾獲南邊文藝杯提名獎。

閑居二首

涼風生小院，葉底漸無蟬。螢火隔窗照，高人伏枕眠。池塘凋蕙草，夜雨亂花天。迢遞家山夢，何曾似月圓。

白露臨門重，閑居暮色幽。游鱗初受月，野鵲夜啼秋。石裂天難補，泉低水自流。如何得真意，蓑笠蕩漁舟。

中秋望月

河漢今宵月，天涯分外圓。瓊波秋杳杳，凉露夜娟娟。葉落疑驚鳥，風生欲化仙。幽懷不可逐，杯酒便蕭然。

咏高鐵

鐵道淩雲去，朝朝逐日飛。穿山疑虎嘯，渡海濕人衣。明月袖中轉，年華鬢裏違。風塵消壯志，千里共君歸。

咏杜十娘怒沉百寶箱

皎月流風接越鄉，桃紅唱罷苦窺墻。千金價重削雲翼，一夜盟疏擲寶箱。未必美人貪富貴，從來薄幸是情郎。瓜洲暮色蒼茫里，多少行人爲斷腸。

劉梓楠

字歸根，一字梅卿，號静齋，一九九一年八月生，廣東汕頭人。中山大學中文系中國古代文學專業在讀。

乙未新春書感三首

景風噓大野，初日暖江潮。桃李分春徑，燕鶯呼小寮。新茶如翡翠，舊酒似瓊瑤。即此良辰裏，傳詩上碧霄。

灼灼木棉樹，當春暖著天。茫茫人世事，掠眼渺如烟。哀樂豈常度，枯榮應暫然。

悄臨燈火夕，忽此溯流年。

日落韓江冷，雲移桑嶺陰。瘴隅春索漠，樗木晚蕭森。緑已妝新苑，紅應粲遠林。聊今提寸管，稍致片時心。

寄迹

寄迹吾來又幾春。玉樓高對暮雲顰。漸凋松柏孤擎翠，剩有江湖相忘身。萬事波瀾猶起伏，十年萌蘖半新陳。奮飛無力空留悵，聊向書叢覓故人。

甲午中秋夕有嘆逝之感

一枕無憀夢不成。茫茫四顧但秋聲。已凋霜葉風何往，未穩寒枝鳥自驚。來日空爲嗟逝賦，少年真枉作詩名。依然明月層雲外，應有降愁酒待傾。

春夜寄懷芳妹雷陽

填襟思憶訴無辭。却向春窗怨別枝。障我渺茫千里視，有人依約數年期。相看燈火今何夕，其奈沉吟各一涯。約否吴山兼楚水，小橋蠡舫暫栖遲。

王悦笛

一九九一年九月生，四川成都人。武漢大學古代文學專業研究生在讀。

移居二首

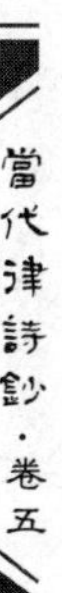

遷移費車馬，飄蕩足風塵。豈有比鄰送，剩惟書卷親。浮生滄海粟，逆旅暫時人。沿溯了無住，明朝出處新。

庭荒謝池草，門褪廣川帷。已幸容三宿，敢希專一枝？黃鸝久相識，白月慣曾窺。新宅從誰卜，蝸廬悵此時。

重陽前夜與諸生歡聚中酒狂歌

天下知音寡，年来取醉頻。长江豈解渴，酒肆合藏身。九日明朝是，一秋佳氣新。但令歌爛漫，不啻在青春。

冬至對月

例出真無恙，徑來非有期。孤懸最長夜，偏照不眠時。白益雪霜冷，圓彰離索悲。蟾光本愁物，容易莫多施。

偶題

競賽患成敗，交酬飽送迎。無功增腹笥，有利動心旌。漫負一生氣，空邀片刻名。沉吟殊自悔，浮蟻獨相傾。

交租

月錢徵索盡，斗室獨難求。暑届煮如鑊，雨來浮似舟。平居托租賃，踪迹慣淹留。

何所非流寓，飄零未足憂。

長笛

長笛故人贈，分携一片心。不吹身掛壁，每憶響穿林。夕日殷殷下，秋霜稍稍侵。
淒涼寒屋寂，久矣絶龍吟。

江濱送友人赴職

霜鐙小館餞清塵，酒薄風寒不可人。投刺已勞千里足，剪翎更屈數年身。侏儒飽後
嗤方朔，愚婦貧時輕買臣。坎壈由來例如此，那須狂醉在江濱。

即興

人道文卑庸福近，文今庸沓福寧來？夢中得鹿尋知妄，賦裏雕蟲豈是才。硯北徒
磨青簡絶，江南永憶翠樽開。秋毫未合剪刀澀，雲錦天衣不易裁。

彈琴

肯撥商聲合聾俗，自舒襟抱坐臨窗。初移兩腕塵先振，纔觸七弦心轉降。苦調依風
秋入浦，驚鱗銜恨夜翻江。知音未有鍾期在，紅泪徽前墮一雙。

雜感

宦情同輩已先諳，吮墨徒憂時易耽。燕市徵聲空望北，鵬天羽翮欲圖南。追陪青紫

雖多事，老死丹黄有不甘。蛇足强安拙休笑，謀身人海本無堪。

冬日席上懷人作歌

酒人去盡誰同飲？樂事于今剩飽餐。鱗甲相忘失江海，音書阻絶有風湍。雖云年少前期易，畢竟天長後會難。大嚼不憂添髀肉，膏脂留取禦冬寒。

寄北

及淮海岱古徐州，燕子于飛巢舊樓。綺户向東先得月，霜閨在北早迎秋。地形何事分吴楚，天漢無情限女牛。自有獻之桃葉楫，如皋御汝破牢愁。

雪夜懷人

何人月下結紅繩，分繫胡秦恨不勝。已放山川苦遮礙，况當雨雪緊相仍。素茵大覆東西路，銀闕高堆十二層。寄語蕭娘收玉箸，天寒彈泪恐成冰。

茜羅爲舞臺劇作

茜羅結束稱腰身，换羽移宫奏有神。螓首半偏開緑髮，鸞歌乍起破朱唇。雲軿别後思難已，玉貌逢初記未真。忍弃秦娥荒宅畔，坍粱敗户鎖青春。

東　昱

網名少年王勃，一九九一年十二月九日生，江蘇鎮江人。鎮江多景詩社成員。

游招隱寺

京口誰招隱？欣然欲自尋。流泉瀉幽谷，翔鳥噪空林。雨過來天地，雲開辨古今。昔人終去遠，躑躅一長吟。

旅途即事

長路天將暮，水流梅欲花。雲開千嶂壑，烟暗數人家。蘆野留鴻宿，寒山催日斜。勞人方負重，饑渴又聞鴉。

别徐州酬贈胡雪珂君

風塵何莽莽，天地共迢迢。鐵路隨雲盡，人聲向晚囂。勞君酬酩酊，慰我暫逍遥。昨醉今俱散，行途漫寂寥。

無題

剪斷情思久未縫，以爲難過却匆匆。曾經一夜陪花語，從此千紅過眼空。何處山河還暮雨，任他桃李又春風。不知今插何人鬢？相見紛紛在夢中。

史可法

揚州北望故園情，十里春風遍角聲。鐵馬蹄前唯鐵骨，孤臣身後衹孤城。無非一死抛荒野，但恨再難扶大明。青史素來皆可法，梅花開落又升平。

顏廷劍 一九九二年四月十七日生，江蘇淮安人，現居上海。英語教師。

乙未餞春

客路妨空闊，龍伸蠖屈先。吾生長汲汲，猛志固淵淵。捫北慚無術，圖南恐跕鳶。餘杯覆堂坳，所以得忘筌。

乙未歲末二首

轅輈車轡感宵征，契闊天涯第幾程。雲樹寒封霜月老，空江遠叠舳艫横。世情翻覆銷奇氣，逆旅栖遲慚聚萍。材不材間思抱瓮，漫嗟螻蟻制鱣鯨。

黄雲漠漠壓高臺，肯放登臨醉眼開。日月居諸真往矣，江湖行邁復來哉。瞉神猶秉丹砂説，廟祭惟餘樗櫟材。安得龍泉歐冶造，愁山先自决崔嵬。

感遇

雲軺飛錫待何年，舜代阿誰供一廛。風雨殿春成劫後，陰陽馭日感花前。范滂攬轡心偏壯，宋玉誅茅志已捐。勞費陳王嗟美女，千金换賦是囊錢。

落葉二首

斷蕪孤閣挽頹陽，飄水穿檐供鬢蒼。波捲真成東注勢，野燒空熱曲回腸。并秋棖觸誰羈旅，看月蕭寥各一方。待曝周王羽陵蠹，年涯分付近丹黄。

淒風最警木蘭身，心事嬋媛數衽陳。後夜離魂纏樹杪，他時永憶共秋人。墜根猶覺癡頑在，淪迹難同泉壑親。佇立空林消想像，湔裙證夢幻耶真。

酬沈純的并用其韻

噀雨噴烟雲色殷，仙班人世豈相聞。感時夷甫虛垂涕，射策蘭成妙著文。誰悔求魚緣木錯，竟成騎虎治絲棼。徒煩宣室談經濟，墨瀋先書白練裙。

近事

朱火周流照大荒，裂弦殊悔創烏陽。茫茫海徼歌蒿裏，衮衮諸公宴柏梁。輕命朅來征衛霍，制宜參贊待金張。椒蘭蕭艾同隳滅，例有新恩慚北堂。

甲午春暮

承明殿裏俟宗臣，天道何能黽筮親。戮黨憐多沉碧血，提刀怨少斬黄巾。滄桑盡換陶輪世，狐兔元爲鬼魅身。不獨靈均呵壁問，可能終古意難陳。

記事

清才特費畫葡萄，照室光寒煎用膏。轍往轅來慚固陋，龍拏虎攫恃雄豪。圖南謀略乖斯世，入洛衣冠囿此牢。誰信秦吴真絶國，波流立斷日滔滔。

歸鄉

誰復漢陰思灌畦，奔流濯湃失鯨鯢。及窗新夜昏成海，似此寒心温待犀。磨劍十年終倥偬，衣霜九壤益淒迷。我今旋別山陽縣，黃葉秋風吹大堤。

甲午歲末寄沈純昀

懷雪彈冰歲晏時，汲流舊獻負心期。家林思斷青燈在，文卷披餘黃月馳。澗壑有人皆袖手，帝京頒法又言絲。喜君同是盟鷗客，未管烟波節序移。

秋荷

羲和鞭日税征軺，野澤蒼茫號怪鴞。精鳥摶砂堆暗壘，潛龍懷寶溯虛潮。秋天樓宇靈旗動，薤露歌詩鬼雨飄。此夕江湖沉艷骨，離魂落落未能招。

別滬上

執別匆匆立市廛，飄零客袂落秋筵。新醅緑蟻斟罍斝，舊雨青衫分覦肩。風夜殊鄉非昨日，江關此地下寒烟。可堪窮陌澹蕪老，坐視天光沉大川。

記事

鳳兮遍諷接輿歌，謡詠畏讒珠泪多。被髮佯狂憐慘淡，庖厨微旨喻調和。殺辜北寺群泯哂，輕命紫宸天狗訶。此日皋繇新訟罷，風吹太液萬年波。

端午

靈風夢雨怪淒其，此日湘累有所思。漸起藩屏能固護，將殘黍稷詠支離。浮沉海陸終關我，隕越乾坤復待誰。帝室皇居長寂阻，衝塵是處響軿輜。

甲午除前二日歸鄉車中作

飈輪軌引響奔雷，靈府辟塵思種梅。世事蕭條惟蹭蹬，夕陽何限此歸來。牽誰髡柳生春蘖，懺我餘情成蠟灰。羈旅屯田慣牢落，無多感慨衹微哀。

甲午歲末贈夢語女史

步履蒼茫近水陂，晚天雲色暗垂垂。梅邊骨相寒仍立，憶裏鄉關歸便遲。鴻爪往來成舊迹，衣冠流落感新時。等閑殘歲看將盡，姑射征輤去未知。

肖雲

筆名劍路情風，一九九二年九月生。現居深圳。中國青年詩人協會會員，中華詩人協會會員，菏澤《青年作家》簽約作家。

蓮葉

碧玉未經雕，天然飾翠綃。披星邀月影，承露忍蛙囂。根有蘭心質，枝非瓜蔓嬈。亭亭衣緞薄，無懼赫曦澆。

蜻蜓

翼如綃帳薄，腰細眼晶晶。疏影荷尖立，矯身波面行。穿花蜂共舞，點水浪隨迎。不負流光日，除蚊夜色清。

小滿

小滿各家忙，平田爲插秧。揮刀枯梗短，刈麥鐵牛狂。壟裉黄金色，籬添翠蔓長。但求倉廩滿，世上少饑腸。

夏夜泛波

輕舟犁碧葉，銀月泛流光。心静風微暖，波平夜未央。撑篙聞露氣，鼓浪散蓮香。一曲長歌去，忽驚鷗鷺翔。

范雲飛

網名機智的番薯，一九九三年二月二十四日生，安徽蕭縣人。武漢大學國學院國學專業碩士研究生在讀。

湘黔道中寄老郭

客中悲鬢髮，無處説恩仇。吹劍惟一吷，撫膺常百憂。朝辭雲夢水，夕閲洞庭流。

我意來滇國，雲間訪白鷗。

寄西城

扶醉東來拍劍游，江湖蕭索一身秋。耽晨花氣頽兼病，冲眼滄波澹欲收。馬骨新寒半塘月，牛山已老十年愁。客居頗有思君處，雨枕霜衾卧驛樓。

康園酬唱二首

慣是雄城落拓游，此番匹馬下南州。幾回星墮陳奇夢，何限霜歸宋玉秋。肝膽無由冲劍氣，江湖遺恨到名樓。座中指點秦關課，誰有生平未報仇。

誰記江湖舊俠踪，經年詩酒又奇逢。筵燈夜隔梨花障，霜氣秋歸玉劍鋒。楚國雲峰初浩浩，蠻天水月却溶溶。心期必有明年約，芳徑重門認五松。

夜宿洛陽寄金陵吹簫

落拓年來事不經，洛陽簫管夢中聽。瀍河暗度葓花老，御苑潛通露氣腥。合眼風霜凉入肺，舉頭心事沸如星。北朝我且蒙騰卧，復向南朝問醉醒。

感懷六首

既隔雲涯渺渺思，一年秋水信難期。人生每覺如奇讖，大夢頻煩觸舊時。雞黍誰從訪元伯，詩箋無計達微之。猶憐五夜寒花下，笛雨簫風事最疑。

眼前人物悵猶憐，密句煎心未豁然。搖落不堪庾信柳，沾衣舊是牧之篇。秋風蘇夢疑明日，清氣判花減去年。蒓菜近來嘗有味，最初詩意到江船。

知己年來各向行，長安愁坐已空城。文章難入荆州眼，身價常勞許郭聲。花下最宜輕許諾，人間别有未成名。明朝將赴西陵外，漫著吟鞭不計程。

心病由來未易瘳，欲從孤雁隱蘆洲。新詩不脱江湖氣，密雨頻回篳篥秋。處士無從參國是，荻花猶自感時憂。偶然小劫通禪竅，萬葉千花聚畫樓。

近覺癡心轉益癡，將心説與故人知。客途莫測風波眼，談局如參國手棋。反復再三猶未解，除非抱一總須疑。徒憐桂子增人羡，一樹繁花最趁時。

一歲相思晚更頻，秋花秋草不相親。尋常熱肺須豪飲，容易推心與路人。掛劍相期惟季子，悲歌蹈節有齊臣。春風駘蕩猶相會，努力加餐惜此身。

贈老郭三首

故人常住大觀樓，歲杪思君擬壯游。一襲衣冠追魏晋，四時天氣祇春秋。詩緣湖海常增慨，賦到長安意便柔。此夕悲歡且忘盡，樽前輕易莫言愁。

故人萬里會相逢，巷陌尋常識舊踪。雙鬢含春青未改，一身如笛氣猶冲。草湖緑柳鋪三界，滇國繁華照兩峰。試到凌虛臺上看，澄波千頃月溶溶。

昆明宜主更宜賓，客裏相逢態度親。杜甫軀形何太瘦，虞卿骨相亦奇屯。感君湖海三年意，贈我西南一國春。他日飄摇雲嶺上，從來鷗性總難馴。

沈戈暉

字純昀，網名絶梁孤客，一九九三年五月生于洛陽，祖籍上海。北京大學理學學士，北京大學信息科學技術學院碩士研究生在讀。擅長圍棋。

登慕田峪長城

嶮巇分南北，逶迤控薊遼。遠天窮紫塞，極目失蒼雕。人世春秋换，江山風雨銷。谷花空自秀，不識霍驃姚。

登山海關老龍頭

城從海中出，海抱嶺爲關。塞草繚垣斷，天風戍角艱。戰餘誰白骨，界内漢青山。獨有千秋月，隨潮去復還。

霜降後一日與北社社友游香山

兹游隔年續，須喜共琳琅。野曠方馳目，山寒已挾霜。微紅楓未好，晚翠草猶光。小徑容深坐，歡言事可忘。

十月十日夜風大作不寐懷顔叔臞

西風撼夜聳心波，别去樽前泪已多。雁信懸思傳海岱，龍城真欲困山河。蒐來殘句賡絮咏，荐得奇編銷蟻磨。舊約尋春終有日，我留青眼待君歌。

十二月十三日與詩言志群諸兄小聚燕園席間分韻得時字次黄晦聞韻以記

勝流敢與并論詩，嶺外江城一再期。宵雅久淪存我輩，餘風豈愧對窮時。蹉跎殘臘憐春近，潦倒名園作酒悲。剩有安眠祓離緒，梁州夢好至今遺。

讀明史方孝孺傳感賦

兵氣臺城劫又闌，朝衣東市有忠端。名王一蹴偷天易，正學誰言效死難。寄命無如時濩落，批鱗剩作泪汍瀾。輪囷肝膽思懷甚，碧血人間想未寒。

讀東坡寒食雨詩

萬死投荒志未更，當時封奏感縱横。蒼顔被酒人堪笑，宿雨經春夢易驚。托命林皋方負手，落花身世總關情。江河不反澄清日，三黜何妨著令名。

訣别四首 選二

市樓竟是傷心地，萬里還須寂寞回。可恨啼鶯摧片夢，尚存結念願全灰。前宵露坐星猶暗，過午離筵咽又催。歇浦春深莫遲駐，楝花餘事豈經猜。

野曠無人夕照寬，眼枯魂眩泪難乾。一緘已是深恩絶，三載真成隔世看。始與閻浮共憔悴，稍憑文字止波瀾。年年祝酒生朝事，痴夢眉間付指彈。

讀陳寅恪的最後二十年

海桑留命欲何之，負手南陲寄所思。赤伏初歸唯物主，故林終似夕陽時。一廛息壤猶多謗，十世中興總未知。誰念滔天驅鬼日，默存心史待箋詩。

與軒湖逯齋游陶然亭公園分韻得亭字

一面能兼百十亭，水光明瑟岸圍青。寺經喪亂説崇替，地近滄浪思醉醒。竹下朋歡初計好，宣南古事盡消零。晚荷欲共蒹葭老，小立風前爲記聽。

觀句萌集有感并賦銘社八周年

一槧新成遠遞來，眼明檠下掃氛埃。逼人秋氣除逃夢，墜地斯文總費才。劍落刻舟非我惑，花闌隔歲傍誰開。追尋自有跫然喜，想望山陰傳禊杯。

與漢綜

澄明夕景正宜秋，文酒京塵事有由。半面心驚值高會，一談眼接迴時流。汗顔血指君真劇，夢雨愁雲孰共憂。漫説江湖須滿意，寒花開處定招游。

九日撥悶并呈軒湖明恕二兄

障日陰霾瘖寐狂，袷衣新換九秋霜。异鄉感不登臨費，同醉歡違形影忙。鍵户猶思藏霧豹，奔波實似觸藩羊。閑時稍蓄篇翰力，待與吾公較短長。

與小九

風懷千字歸蕭史，韻度何人擬洛神。縹緲鴻音端可嗣，擾膠蝸角未宜陳。已青眼共頭白日，難老心非年少身。相屬尊前憑想望，定知春水舊痕新。

趙過過壽辰有寄

仲冬北國霜威酷，經歲江關客味深。小立樓頭初夜雪，便思燈下舊青衿。容光恐向書山損，會合可憑花信尋。肝膽一編如再話，料應未改女兒心。

先　瑶

筆名未末，一九九三年七月二十五日生，貴州大方人。江西科技學院信息工程專業本科在讀。貴州省詩詞楹聯學會會員，大方縣詩詞楹聯學會會員，水西詩詞沙龍會員，翰墨詩社常務社長，《新詩維》詩刊主編，《青年文星》等雜志編輯。著有《夢軒吟稿》。

水城印象

露滚新荷漸放晴，半堤柳影碧波平。閑亭置酒敲唐韻，密葉堆雲隔遠鶯。拔笋高樓田壩起，揚帆經貿浪潮生。西南風物流連處，避暑凉都在水城。

無題

拍堤新緑泛成潮，瘦柳逢人玉手招。絮雪沾身浮蝶翅，春風入院攬花腰。芭蕉葉上千聲雨，明月樓頭一曲簫。萬斗長空消寂寞，飛星香露墜林梢。

登滕王閣

登高不見故人游，撒下茱萸逐遠舟。衰草連天黄菊泪，凄霜遍岸白蘆頭。蕭蕭落木秋聲緊，歷歷晴川歸雁稠。最是天涯羈旅客，夜深還自倚江樓。

夢軒吟趣

堂前客少草如茵，麻雀常來不怕人。梨樹今朝添白雪，雲烟往事出紅塵。斟茶煮酒書翻舊，種豆栽花圃换新。心遠地偏喧市外，溪流山月倍相親。

魏總

字漢綜，網名行有枝葉，一九九三年十月生，雲南鎮雄人。中國地質大學本科在讀。

離思

烟樹遠遮目，薊門多日迷。迎來花面笑，送去柳枝低。天鎖晨霾重，河翻近泪齊。自然芳意歇，不敢更憎鶗。

幽臺

簾疏寒暗度，引頸翠翹遥。小院篁紛響，幽臺槐亂飄。離鸞應耿耿，苦雨漸瀟瀟。沾灑高丘意，終朝冷葦苕。

賀弘文吟誦社成立

南服吟新鳳，風雷落莽蒼。繼開滇海曙，克破瘴天荒。啓智春生面，拄空錐出囊。文壇醢龍手，一旦仰堂堂。

隔簾

隔簾人影阻重城，欲贈芙蓉老此生。聽到梅花曲三叠，涉來江浦驛千程。王昌繾綣魂何往，神女遷延目已成。落雪時光歸静好，長流細水與卿盟。

讀陳寅恪的最後二十年有感

陸沉從識故園思，一角家山熨後支。聽斷紅歌天板板，望穿殘簡黍離離。墨儒喑啞黄圖蓋，牛李紛争赤運移。反復乾坤無藕遁，付他束手對枯棋。

佳辰

三載遥思坐致悲，佳辰孰得覓芳枝。鵑花寂寞往來地，蝶夢飛沉歌舞時。便到書成都是泪，况將筆輟願無期。鯨波弱水終何懼，蝕骨成灰衹自知。

堂後

春夢無痕不自尋，曾于堂後見陰陰。掛圖已啓遥年秘，芳若願盟今世心。有約青禽惟去去，便披重雨亦淋淋。吟軀一把成誰顧，抱柱何妨雪浪侵。

沉夜

河落星孤鳥使休，殘燈微注北窗頭。非非仍作往旬想，數數且瞞今夜愁。已是薄緣懷更老，可因短夢恨全幽。前塵風雨何收拾，話到低偎聽此樓。

與漢濟純的二兄武英殿觀展歸來次純的韻

爽氣彌天候轉秋，紫泉觚闕共經由。晨曦没厦人初集，宫月噤空星各流。胸臆同傾三世劫，殿臺早隔萬重憂。此心憭栗着何處，紅滿西山待結游。

感《Game of Thrones》中 Jon Snow 事

疆陲永是雪交侵，篝火高墻夜寂沉。破寐衣寒誰有愧，救危諾重倘能任。嶺頭洞暖春無主，族怨年修事詎臨。塞上嗚嗚風雜恨，校場化碧惑初心。

秋感次純的韻

柏掩槐飄到此途，風霾黮闇覆庭蕪。夜光排巷燈圓照，秋味殷楓客未殊。與世浮沉旋磨蟻，看人翻覆假威狐。白頭剩領息機趣，鷗鷺滄浪容暫呼。

晦懷次純的韻

晦懷風雨意誰如，蹭蹬元招積習除。去日同傾人外泪，隔簾永斷歲前書。白門漫記低徊夜，滄海獨枯盟誓初。畸骨年來銷易盡，絶憐昌谷跨羸驢。

孫偉

網名小莊，一九九三年十一月生，河北廊坊人。大學本科學歷，職業未定。

鷗

滄海蒸潮溢，江波陷渚深。時移因上下，物衍逐蕭森。地迴輕翻翊，天虚動唳吟。遂初生白雪，使伴寄槎心。

雷

羲輪方引軌，龍轡頓争飆。始動長蛇警，真疑急景凋。周聲開大武，舜日閉蕭韶。可惜非常恃，清時總寂寥。

十三夜對月二首

蟾蜍冷還浴，河漢沍而寒。露坐緇衣脆，風銷桂葉乾。傳籌催窈窕，薄望恐殫殘。照夜難長好，無勞却死丹。

含泓開碧落，吐納信靈潮。窟隩金樞漸，天虚玉璧消。村通嚴夜鼓，人度鎖星橋。自轉蒼茫後，其如客寂寥。

聞雪二首

聞雪鄉關夜，垂雲驛館天。燈懸歸客遠，龙吠里人偏。道枉嵇康駕，寒求謝朓氈。
久游懷已憊，何以涕潺湲。

聞雪寒驚被，屯陰雨繞樓。可憐异風物，猶作晚時秋。橘柚因霜飽，滄江帶霧收。
倏然思陋巷，僵卧夢歸休。

晴二首

風净秋生耀，雲乾石抱暄。泛蘭崇岸沚，接桂藹芳園。身恙疑消渴，魂招趁剪幡。
六龍渾失縶，來往日車煩。

野曠江流頓，天虚木葉芬。波瀾行碧迴，籽粒落朱蕡。篋腹宜開卷，盤飧喜炙芹。
可憐繁庶地，稍稍入斜曛。

雨二首

嵐虚難滯雨，霧淡易從風。點樹無窮翠，匀花有限紅。坐長心覺怯，聽久耳疑聾。
留客小山桂，垂條休作叢。

解悶棼方密，排雲溜便斜。通潮蛟捲沫，積潦蚌妨沙。涼入輕絺隙，愁來瘴海涯。
何時絶物役，益睡世情賒。

次顧青翎兄韻以贈之

磊落神交久會心，風塵拭目慘如今。揮成涕泪連江雨，擲作噓唏動地陰。蕭槖登樓微霰下，短槎浮海客星臨。高情或恐埋京闕，多少悲歌燕市沉。

廿一夜

擁鼻終朝碎豈工，敝裘抵死拒霜風。荒城樹有經冬碧，孤館燈無隔夜紅。歸計鄉關還易誤，浮踪江海總難通。傷心何苦言無盡，不過驚弓一斷鴻。

劉公島懷古

燧舉烽傳事總非，何存絶島障瀾飛。輿圖不返琉球色，兵革徒張虎豹威。縱使海氛防可杜，那堪長策繼無違。天聾地啞聊談夢，咳唾收將對浪揮。

甲午中秋

客裏人前雖可畏，也于今日强爲歡。厨行爛漫分炰煮，酒化槎枒壘肺肝。纖翳周遭失故道，微雲河漢簇新盤。勞歌月出低吟遍，恐照汍瀾不忍看。

春感

腐儒章句問端涯，每以窮經遺物華。豈料憂心身外事，翻添翳眼病中花。于人何有春猶客，到我長能旅即家。效隱争爲婚嫁累，歸山大業莫令賒。

黎競岸

號蘖庵，曾用網名葉寒軒、燕南界，一九九四年五月十五日生，湖北咸寧人。現居河南南陽，從事玉石鑒定工作。

列車駛陝豫道中

山勢蒼茫走大荒，土花草劍意堂堂。橫川猛信真龍卧，萬局翻看古道戕。遯世幾人能自隱，壯游一客等云亡。日車渾醉旋難駛，廢學浮生入海藏。

立秋後于家中檢點得汪君舊貽小詩感慨有記

隔歲風光看已非，逐塵衮衮壯心違。鷄鳴欲唤沉淪醒，燕語懸知自在飛。委地名山知己少，傷心湖海惡蛟肥。身衰世弃參無處，早負盟鷗在釣磯。

雨時作

一徑閑花得意開，幾番膩雨去還來。夢當怪媚催人笑，語作驚奇憤世回。敢望程門聞大道，應憐枯骨築金臺。風前渾見天如洗，莽莽蒼蒼勢欲頽。

弱冠前九日雨時作

壯歲吟詩難自持，青山青史兩無期。皇天電笑春霆雨，病骨家回綺夢時。橫卷經書誰繼聖，隕花天氣最憐枝。生當薄命曾相顧，一死何人幸作辭。

賦得莫放春秋佳日過最難風雨故人來贈陳樂嬌

舉世依然事與違，人間啼笑已全非。劇憐往事同蕉鹿，猶恐今生衹白衣。抵死不堪聞唳叫，傷心誰忍見孤飛。與君共話經年夢，俱是他鄉未有歸。

銘社六周年步韻諸子兼遺懷

早將恨骨付悲秋，暮色消磨未可留。冷葉自憐陳蔡厄，寒聲偏起少陵憂。鬢疑塵劫經年改，日逐滄瀾會海浮。畢竟梁園舊朋在，無妨風月自名流。

次韻西昆諸子咏漢武七首

臺鑄通天望渺漫，海西終偃六師難。鑿空真負天池馬，乞祚先承露掌餐。誰報玉門遮敗衆，猶教方士費勞肝。輪臺詔罷何人痛，環向刀頭死未安。次楊億

羽獵旌旗在九河，射牛封禪望巍峨。貳師先護龍媒馬，瞽樂重尋黄竹歌。塞上金人還入漢，昆明鯨鬣又翻波。華陰新起祈年觀，終作茂陵黄土多。次劉筠

始信傾城不復回，君王今下集靈臺。夢餘懷草分明見，香燼返魂容易來。黄葉何堪秋作賦，茫天難許雀爲媒。茂陵穩睡蒼龍後，來侍劉郎酒一杯。次錢惟演

上林射雉賀奇功，封禪開邊意未窮。代郡弦驚識飛將，休屠兵曳走元戎。生餘尚想三山近，死際方知萬歲空。終悔輪臺稍罪己，瓦飛灰冷漢諸宮。次刁衎

尚書臺閣候新曹，待詔垂衣曉自勞。向壁空疑鱗甲動，隔香猶見緑墀高。憂時將相兼熊夢，經世文章許鳳毛。欲奏君王封禪事，海西昨已獻蒲桃。次任隨

語過青烏鬢已蒼，當年雲輦駕虹光。仙桃啖盡閬相問，莖掌承多思不忘。詔罷三呼祈聖壽，丹爲九轉欠玄黃。年年海上無消息，應比昆侖路更長。次劉鷺

曉侵金掌露盤嶢，瓊屑朝餐倍寂寥。東去瀛洲滄海闊，西來銅骨馬蹄驕。鼎遷無奈隨人附，仙契真知入夢遥。不待宫車方晏駕，祈年虚館又蕭蕭。次李宗諤

抒懷

未近中年夢已殘，春風與我不相干。天涯極目胸濤怒，人事傷心壯齒寒。浩蕩驚雷宜束手，裴回虺蜮幾催肝。何時又謁江山故，濁淚無端剩可彈。

答胡兄瑜見贈

一番薄命在花枝，厭世方今始是癡。王土王臣元自若，爲猿爲鶴更誰知。狂花坐供焚香盡，壯歲終輪覆鹿疑。幸有湖山存故態，秋風病酒任醇灕。

韋大龍

筆名紫墨寒，布依族，一九九七年五月十三日生，貴州興仁人。貴州大學本科在讀。

寒夜抒懷

西樓月色倚長廊，初上華燈夜未央。青案書臺揮墨彩，寒窗燭影映梅妝。凝眉情繫三生夢，回首心藏一縷香。借得飛鴻傳錦字，他年何日聚周莊？

咏竹

高風有竹淡虛名，入得雲屏寵不驚。千尺寒梢能自直，一竿瘦影最分明。程門掃却階前雪，管筆描空腹裏情。常伴雅賢居隱處，菊蘭爲友共梅清。

後記

寫詩難，選詩更難。蓋選詩者，首須知詩能詩，既體得詩家之情味，又見微知著，不惑于詩家之炫巧。其次，選家應兼收并蓄，于所選既有所標舉，亦不以個人好惡定取捨。再則，選家還應衆望所歸，約稿之函既出，四海風從響應，然後優游其間，擇其善者而録之。

近三十餘年間，詩道復蘇，詩者既衆，選家亦多，然不以爲利，僅以爲樂，堅守其道而得清譽者，惟毛先生谷風者也。先生編選歷代詩詞集二十餘種，尤以《海岳風華集》《海岳天風集》《海岳弦歌集》爲著，《風華》《天風》二集，以推介青年才俊爲主；《弦歌》一集，以收録詩壇老將爲主。其中《風華》《弦歌》二集，所選不過三五十家；《天風》一集，所選亦不足百家。這既有先生嚴格標準精挑細選之故，亦有約稿時未之廣聞的原因。選編《風華集》時尚無網絡可用，選編《天風》《弦歌》二集時雖有網絡而慎用之，此亦先生選編之秘也。

甲午年秋，余受命入編校之職，聞先生時下選編之計劃，而感出版印刷之艱難，遂有邀先生選編是集之念。書稿幾易其名，書名之改變，實乃選編定位之調整，因此過程之曲折艱難，外人或可以想見，而最終能得以脱稿者，誠先生之功也。余僅于熟悉者，略做宣傳，而江右、居庸、碧山、多景等詩社，中華、國風、平山、詩昆等論壇，以及先生與余之故交詩友，前後多有支持，成此規模，甚爲感念。期間，亦有直友告余：『今者，網絡時代也，圖書實乃可有可無。勞神費力，豈非多事！』余思忖其言，是也，非是也。詩，于網絡皆可傳，然經作者自薦、先生删選者，必是『千淘萬漉雖辛苦，吹盡狂沙始到金』者也。余之能做者，唯將該書出精出美，使于文字之外，有令人愛不釋手之存在者也。

是集既以『當代』名之，則必當具備一定規模，以期體現當代律詩創作之風貌。該集之所選約二百一十餘家，遠超海岳諸集，而不同年代之詩人，皆爲一時之選，既有詩界長城巨擘，亦有吟邊遺才新秀，繁花照眼，風格各具。是集既爲『詩鈔』，亦無須求全責備，但有孤特之詩家，或不屑厠身其間者，雖不影響是集之選編，而仍不免有遺缺之憾。然此又非先生及余之力所能爲者，于徒呼奈何之餘，唯請覽之者知之諒之。

既爲選集，則于不同詩家必有多選少選之區别。囿于規模，每位詩家詩作最多只選十八首，于個别詩家，或并未能盡騁其才。而未選足十八首者，既有實力高下之差异，亦有投稿時用心與否之不同，間有個别詩作因涉敏感而不得不删除者。待書之印成，必有譽之者，亦必有罪之者，譽之罪之，余皆莫能辯也。唯因才學不逮，造成疏漏者，雖爲難免，終屬遺恨，能得四海詩朋文友之批評指正，則深謝焉。

丙申年六月，峴堂附記。